insel taschenbuch 5030
Alex Hay
Mayfair House

AF216917

London, Mayfair 1905: Die Villa der Familie de Vries ist die prachtvollste auf der Park Lane, außen weißer Marmor, innen kostbare Möbel, funkelnde Kronleuchter, Kristallschalen und edle Kunstgegenstände, Silber und Gold glänzen um die Wette. Es ist Mrs Kings ganzer Stolz, für die exzellente Haushaltsführung der noblen Residenz zu sorgen – bis sie beim Tod des Hausherrn nach Jahren treuer Dienste kurzerhand entlassen wird. Doch Mrs King denkt gar nicht daran, sich der Willkür der Erbin de Vries zu fügen. Sie will nur eins – Gerechtigkeit.

Mit einer bunten Truppe von Komplizinnen plant sie den Coup ihres Lebens: In der Nacht des großen Kostümballs werden sie unter den Augen der vornehmen Gäste das Haus bis auf den letzten Silberlöffel ausräumen. Und während sich im Obergeschoss die High Society amüsiert, beginnt ein Stockwerk tiefer der kühnste Raubüberfall, den London je gesehen hat …

Alex Hay erzählt in diesem Heist-Roman voller Eleganz und Esprit die Geschichte eines atemberaubenden Rachefeldzugs und einer schillernden Gruppe Frauen, die sich nehmen, was ihnen zusteht.

Alex Hay ist in Cambridge und Cardiff aufgewachsen, studierte Geschichte an der Universität von York und schrieb seine Dissertation über weibliche Macht an den königlichen Höfen. Er hat für britische Zeitschriften und im Wohltätigkeitssektor gearbeitet und lebt mit seinem Mann im Südosten Londons.

Regina Rawlinson, geboren in Bochum, lebt in München. Sie ist freiberufliche Übersetzerin und hat bisher weit über einhundert Titel in den unterschiedlichsten Genres übersetzt. Sie erhielt zahlreiche Stipendien und Auszeichnungen, zuletzt im Jahr 2023 den REBEKKA-Übersetzerpreis.

Alex Hay
MAYFAIR HOUSE

Oben lädt Madam zum Ball der Saison,
unten planen die Dienstmädchen
den Raub des Jahrhunderts

Aus dem Englischen
von Regina Rawlinson

INSEL VERLAG

Die englische Originalausgabe erschien 2023
unter dem Titel *The Housekeepers* bei Headline Review, ein Imprint
von HEADLINE PUBLISHING GROUP, London.

Erste Auflage 2025
insel taschenbuch 5030
© der deutschsprachigen Ausgabe Insel Verlag
Anton Kippenberg GmbH & Co. KG, Berlin, 2024
Copyright © 2023 Alex Hay
Alle Rechte vorbehalten. Wir behalten uns auch eine
Nutzung des Werks für Text und Data Mining
im Sinne von § 44b UrhG vor.
Umschlaggestaltung: Designbüro Lübbeke Naumann Thoben, Köln
Umschlagabbildungen: iStock by Getty Images/Kumer (Tasse),
Julia Urchenko (Frau)
Satz: Dörlemann Satz, Lemförde
Druck: CPI books GmbH, Leck
Printed in Germany
ISBN 978-3-458-68330-8

Insel Verlag Anton Kippenberg GmbH & Co. KG
Torstraße 44, 10119 Berlin
info@insel-verlag.de
www.insel-verlag.de

MAYFAIR HOUSE

Für meine Mutter,
die mich zu diesem Buch ermutigt hat

Und für Tom,
der es bei jedem Schritt unterstützt hat

1

Freitag, den 2. Juno, 1905
Park Lane, London

◄○►

Mrs King legte die Messer nebeneinander auf den Tisch. Nicht um Mr Shepherd zu erschrecken, sondern aus Prinzip. Sie pflegte ihre Messer, hielt sie tipptopp in Schuss. Ihre Messer – ihre Küche.

Die Mädchen hatten sich die Hände fast blutig geschrubbt, als müsste der Raum keimfrei gemacht werden. Die Tischplatte war noch feucht.

Das Haus lastete schwer auf Mrs King, dieser Berg aus Marmor, Eisen und Glas, die pochenden, klopfenden Rohrleitungen. Ihr blieben höchstens zwanzig Minuten, bevor man sie vor die Tür setzte. Madam war wach. Gewiss streifte sie schon ungeduldig durch die elfenbeinfarbene Stille der oberen Etage. Ihr Frühstück ließ auf sich warten. Mrs King durfte keine Zeit verlieren – und auch niemanden sonst in Gefahr bringen. Was ihr selbst blühte, kümmerte sie nicht weiter, damit hatte sie längst abgeschlossen, aber ein Ungemach kommt selten allein, und sie wollte keine Unbeteiligten in die Sache hineinziehen. In Windeseile durchwühlte sie eine Schublade nach der anderen. Sie hoffte, ihr würde irgendetwas ins Auge springen, eine Unregelmäßigkeit, ein fehlendes Puzzleteilchen, doch es war alles in perfekter Ordnung.

Es kribbelte ihr im Nacken. In viel zu perfekter Ordnung.

Ein Schatten fiel auf die Wand.

»Mrs King? Ihre Schlüssel, wenn ich bitten darf.«

Dass Mr Shepherd hinter ihr stand, erkannte sie an dem Geruch nach Bratenfett und seinem Herrenduft mit Moschusnote.

Ruhig weiteratmend drehte sie sich zu ihm um.

Obwohl er einen exzellenten Butler abgab, hätte er sich als Pfaffe noch viel besser gemacht. Dafür sorgte seine frömmlerische Ausstrahlung. Er starrte sie mit unverhohlener Schadenfreude an, genoss jede Sekunde.

»Guten Morgen, Mr Shepherd«, sagte sie mit samtweicher Stimme, genau wie jeden Tag.

Mrs Kings Spielregel lautete: Wähle deinen ersten Zug mit Bedacht, danach kannst du die Partie nach eigenem Belieben steuern. Entscheidest du dich falsch, wirst du womöglich in die Ecke gedrängt und zu Hackfleisch verarbeitet. Mr Shepherd schürzte die Lippen. Er hatte einen seltsamen Mund, wie eine hässliche kleine Rosenknospe.

»Die Schlüssel.« Er streckte die Hand aus.

Auch gut, kein langes Palaver. Mrs King umkreiste ihn, ging immer näher auf ihn zu. Sie wollte sich sein Gesicht einprägen. Das würde ihr später noch zupasskommen. Falls ihr an ihrem Vorhaben jemals Zweifel kämen, bräuchte sie sich bloß an seine Visage zu erinnern. Das wäre ihr Ansporn genug.

»Ich muss erst meinen Kontrollgang beenden, Mr Shepherd.«

Der Butler wich einen halben Schritt zurück, um sie sich vom Leib zu halten. »Das dürfte wohl nicht mehr nötig sein, Mrs King.« Er schielte zur Tür.

Die anderen Dienstboten standen im Flur und lauschten, knapp außerhalb des Blickfelds, im Schatten verborgen. Mrs King stellte sie im Geist wie Schachfiguren auf. Chauffeur und Stallknecht kamen in den Hof, die Hausmädchen auf die Hintertreppe, die völlig aufgelöste Köchin – vor Empörung ihr Taschentuch verknotend – in die Speisekammer. William, streng bewacht, in Mr Shepherds Büro unter Arrest, Alice Parker oben ins Nähzimmer, jedem Ärger aus dem Weg gehend. Und alle hatten die Uhr im Auge. Das ganze Haus verharrte in Erwartung, reglos.

»Ich lasse meine Arbeit nicht halb getan liegen, Mr Shepherd.«
Sie schlüpfte an ihm vorbei zur Tür. »Das wissen Sie doch.«

Vor ihr stoben erschrockene Gestalten auseinander, duckten
sich in Vorratskammern und Büros. Ihre Schnürstiefel polterten
hallend über die Steinfliesen. Kalte, feuchte Luft wälzte sich die
Hintertreppe herunter. Ob ihr die Kälte fehlen würde? Der pe-
netrante Karbolgeruch? Alles andere als schön, aber so unendlich vertraut? Seltsam, wie sehr man sich im Laufe der Jahre an
Dinge gewöhnte. Nicht nur seltsam, sondern regelrecht unheimlich.

Mr Shepherd folgte ihr. Er war wie ein Aal, schwer und tü-
ckisch, und er konnte sehr schnell sein.

»Mrs King«, rief er. »Sie wurden gestern Nacht im Quartier
der männlichen Dienstboten gesehen.«

»Ich weiß«, sagte Mrs King über die Schulter hinweg.

Vom Küchengang führte eine steile Treppe ins Vestibül hinauf. Sie endete an einer mit grünem Stoff bespannten Tür, der
Grenze zwischen den Welten, hinter der die Luft dünner wurde,
das Licht milchig verschwommen war. »Sie gehen nicht nach
oben!«, befahl Shepherd.

Sich vom Butler herumkommandieren zu lassen, schmeckte
ihr ganz und gar nicht. »Ich muss etwas überprüfen«, sagte sie.

Er setzte ihr nach, dass die Treppe bebte.

Komm doch, dachte Mrs King. Fang mich.

»Keinen Schritt weiter.« Er streckte die Hand nach ihr aus, um
sie festzuhalten.

Sie blieb stehen. Vor Shepherd würde sie nicht davonlaufen.

Er packte sie so fest beim Handgelenk, dass sich seine Wurst-
finger in ihre Adern gruben. Obwohl er aus dem Mund roch,
schauderte sie nicht zurück, sondern blickte ihm furchtlos in die
Augen. Nichts war ihm verhasster.

»Was haben Sie gestern Nacht getrieben, Mrs King?«

Obwohl dem Butler nur ein paar armselige Härchen über der

Stirn geblieben waren, pflegte er sie hingebungsvoll mit Brillantine. Oder er rieb sie jeden Morgen einzeln mit Haarwachs ein.

»Vielleicht bin ich schlafgewandelt.«

»Vielleicht?«

»Ja, vielleicht.«

Mr Shepherd lockerte seinen Griff ein wenig und überlegte hin und her. »Das wäre natürlich etwas anderes. Das könnte ich Madam unter Umständen erklären.«

»Aber vielleicht war ich auch hellwach.«

Mr Shepherd drückte ihre Hand gegen das Geländer. »Die Schlüssel, Mrs King.«

Sie spähte zu der grünen Tür hinauf. Über ihr erhob sich das Haus, riesengroß und unerreichbar. Die Antwort, die sie suchte, lag dort oben. Das wusste sie. Ob versteckt oder zu Schnipseln zerschnitten, sie war da. Irgendwo. Und wartete darauf, gefunden zu werden.

Dann blieb ihr wohl nichts anderes übrig, als wiederzukommen und sie sich zu holen.

Während sie das Wirtschafterinnenzimmer betrat, verharrte er wie ein Wachtposten in der Tür, raubte ihr das Licht. Schon jetzt schien ihr der Raum der Vergangenheit anzugehören. Er war nicht gemütlich, nur vollgestopft. Auf dem Tisch lag noch das Geschenk des Hausherrn an sie. Vor vier Wochen hatte sie Geburtstag gefeiert, einen schönen halbrunden. Ihren fünfunddreißigsten. Der gnädige Herr hatte ihr ein Gebetbuch geschenkt. Die Dienstboten bekamen immer Gebetbücher von ihm, mit Goldschnitt und Satinbändchen.

Erhobenen Hauptes übergab sie Mr Shepherd die Schlüssel.

»Sind das alle?«

Sie nickte.

»Wir kümmern uns um Ihre Habseligkeiten. Sie können sie später abholen.«

Mrs King zuckte mit den Achseln. Sollten sie ruhig ihre Schlafstube inspizieren, die Betttücher beschnüffeln, die Waschschüssel auslecken. Wenn sie wollten, konnten sie auch gern ihre Wirtschafterinnentracht verschenken. Kleider aus festem Baumwollstoff, schlichte Bänder, enge Kragen, Sachen, mit denen sich jede erdenkliche Person erschaffen ließ. *Am besten suchst du dir einen neuen Namen aus*, hatte es geheißen, als sie damals ins Haus gekommen war. Und sie entschied sich für King. Das gefiel ihnen gar nicht – aber sie ließ sich nicht beirren. Mit diesem Namen fühlte sie sich stark, unangreifbar. Das »Mrs« hatte sie sich erst später zugelegt, als sie Wirtschafterin wurde. Einen Mr King gab es natürlich auch nicht.

Den marineblauen Mantel und die Hutnadeln behielt sie. Alles andere packte sie in ihre schwarzlederne Gladstone-Tasche. Nur eine Sache gab es noch, derer sie sich entledigen musste. Sie holte einen Stapel Papiere aus der Schublade des Schreibsekretärs und warf sie mit schwungvoller Bewegung in den Kamin.

Mr Shepherd wagte sich einen Schritt ins Zimmer. »Was ist das?«

»Die Menükarten«, sagte Mrs King. Es schnürte ihr die Brust zusammen.

Die seidene Schleife, die das Päckchen zusammenhielt, dunkelte schon im Feuer, von Rot nach Braun und zuletzt nach Schwarz.

»Was für Menükarten?«

Sie drehte sich um und fixierte ihn. Wie gehetzt ließ er den Blick durch den Raum wandern, als wäre er auf der Suche nach etwas Übersehenem, nach Geheimnissen, die sich in den Wänden verbargen.

»Für Miss de Vries' Ball«, antwortete sie.

»Das wird Madam aber gar nicht gefallen.«

»Ich habe alles veranlasst.« Mrs King lächelte kühl. »Den Rest schafft sie auch ohne mich.«

Das Seidenband im Kamin bestand nur noch aus Erde und Asche. Wie schnell die Verwandlung vor sich gegangen, wie vollständig sie abgelaufen war.

Ohne sie ein zweites Mal anzufassen, eskortierte Shepherd sie durch die Gesindestube, vorbei am Porträt des Hausherrn, das über dem langen Esstisch hing, hinaus in den Stallungshof. Der Rahmen des Gemäldes war mit schwarzem Stoff verhängt. Wie lange Shepherd es wohl noch an der Wand lassen wollte, nachdem die Bestattung längst vorbei und der Master beigesetzt war? Ob er stattdessen ein Bild von Madam aufhängen würde, Lavendeltöne in sanften Ölfarben? Da würde sich das Gesinde schön grausen. Die junge Frau hatte Augen wie eine Beißzange. Wahrscheinlich würde Shepherd den Austausch so lange wie möglich aufschieben. Er hatte seinen Herrn länger betrauert als jeder andere.

Hoffentlich sah der alte Mann von Himmel aus zu – oder wo auch immer sonst er gelandet sein mochte – und bekam alles mit, bis zum bitteren Ende. Hoffentlich hatte man ihm die Augenlider festgeheftet, damit ihm ja nicht entging, was Mrs King mit seinem Haus vorhatte.

Das Haus. Früher hatte sie es bewundert, die größte Residenz in der Park Lane. Ein steinernes Ungetüm aus Säulen und Erkern, sieben Stockwerke hoch, wenn man Keller und Dachböden mitzählte. Ein Neubau in gleißendem Weiß, bezahlt mit Diamantengeld. Es stahl der Umgebung das Licht, ließ die ganze Straße schrumpfen. Die Nachbarn verabscheuten es.

War in London jemals ein Haus mit einem solchen Übermaß an Prunk, Protz und Pracht verziert gewesen? Wüsten aus eiskaltem Marmor, Öden aus glänzendem Parkett. Die Wände mit französischer Seide bespannt, im Rokokostil vertäfelt und durch Pilaster gegliedert. Und alles elektrifiziert: Spannung, die in den Wänden pulsierte, elektrische Kronleuchter, so groß wie Windmühlen. Monumentale Gaskamine. Unendliche Glasflächen, die stechend nach Essig rochen.

Und in allen Räumen echte Schätze: atemberaubende van Dycks, kolossale Kristallschalen, überquellend von Nelken. Kunstgegenstände aus Gold, Silber und Jade, Putten mit Augen aus Rubinen und Zehennägeln aus Smaragden. Mit Zebrafellen bezogene Sofas im Empfangssalon, Bakkarat-Tische aus Elfenbein und Nussbaum, rosa- und onyxfarbene Flamingos vor den Bädern. Die Bibliothek mit der teuersten privaten Büchersammlung in Mayfair. Das Rosenholzzimmer, der Rote Salon, der Ovale Salon, der Ballsaal. Ein Raum wie der andere mit Pfauenfedern und Lapislazuli verziert und einem unerschöpflichen Lilienvorrat geschmückt.

Nichts davon konnte Mrs King heute noch beeindrucken.

Sie gab Mr Shepherd nicht die Hand.

»Ich werde Sie auch weiterhin in meine Gebete einschließen, Mrs King«, sagte er.

»Tun Sie das.«

Vermutlich wurde ihr Zimmer bereits ausgeräumt, schrubbten die Mädchen die Dielen mit kochendem Wasser und Waschsoda, zogen das Bett ab, um die Wäsche zum Waschen zu geben, und löschten jede Spur von ihr aus.

Auf dem Weg nach draußen durfte sie auf gar keinen Fall noch einen letzten Blick über ihre Schulter werfen. Fiel er auf den falschen Menschen, konnte sie sich damit verraten, und was noch gar nicht richtig angefangen hatte, wäre vielleicht schon verdorben. Während sie durch den Hof ging, landete eine Taube auf dem Portikus des monumentalen Marmormausoleums. Ohne von dem Bau irgendeine Notiz zu nehmen oder dem verstorbenen Hausherrn mit einer Verneigung die letzte Ehre zu erweisen, marschierte Mrs King entschlossen durch das Tor auf die Gasse hinaus. Allein.

In der Ferne knatterten Automobile vorbei. Aus einem Riss im Pflaster sprossen Mohnblumen, unbeachtet in den Schmutz getrampelt, reckten sie sich dem Himmel entgegen. Mrs King zupfte ein Blütenblatt ab, umschloss das karmesinrote zarte Etwas mit der Hand, hielt es warm.

Ihr erster Diebstahl.

Beziehungsweise die erste Korrektur. Denn es war kein Diebstahl, wahrhaftig nicht.

2

Abgeschottet in der Stille der Gesellschaftsräume im ersten Stock studierte Miss de Vries die Gästeliste für ihren Ball.

Die Vorbereitungen liefen seit Wochen auf Hochtouren. Der Termin stand fest: der sechsundzwanzigste Juni. Noch drei Wochen und drei Tage, und Miss de Vries zählte jede Sekunde.

Die Idee zu dem Tanzvergnügen war ihr eigentlich schon vor Monaten gekommen, als Vater mit der Fähre zum Kontinent übergesetzt hatte, um in den Heilbädern zu kuren und dem Glücksspiel zu frönen, ohne sich um seine häuslichen Angelegenheiten zu scheren. Er hätte niemals zu einem Fest in die Park Lane eingeladen. Auch nicht zu einem Frühstück oder Lunch, einer Teegesellschaft oder einem Diner. Er lehnte es strikt ab, Miss de Vries wie auf dem Präsentierteller zur Schau zu stellen, um sie dem Meistbietenden feilzubieten.

Dabei ging Vater selbst sehr wohl in die Welt hinaus: zur Royal Regatta und zu diplomatischen Banketten, zu Empfängen der Königin und zu Gymkhanas. Er trug gelb gepunktete Halstücher und geschmacklose Westen und ließ sich auf den Wohltätigkeitsbällen als großzügiger Spender bejubeln. Die Menschen ergötzten sich an Anekdoten über seine Extravaganzen, an den ungeschliffenen Manieren – und an seinen glänzenden Knöpfen.

Während seine Tochter ein einsames Eremitendasein fristete und zu Hause die Wände hochging.

Nach Vaters Bestattung hatte sie Mrs King rufen lassen. Als die Wirtschafterin leise ins Zimmer trat, trug sie einen Trauerflor am Ärmel, ein Anblick, bei dem es Miss de Vries kalt überlief.

»Ich habe die Absicht, einen Ball zu geben«, sagte sie.

Sie rechnete mit Erstaunen, Einwänden, Zweifeln hinsichtlich der Schicklichkeit ihres Vorhabens. Oder noch besser: mit einer Zurückweisung. Die Loyalitäten gegenüber Vater waren im Fluss, die Stimmung fiebrig. Womöglich regten sich im Haus erste Veränderungsbestrebungen. Miss de Vries hätte ein gewisses Maß an Widerstand, ja sogar an Aufsässigkeit durchaus begrüßt. Es böte ihr einen guten Grund, bestimmten Domestiken die Papiere auszuhändigen.

»Haben Madam schon ein Datum im Auge?«, fragte Mrs King gleichmütig.

Die Ballsaison war bereits in vollem Gange: Miss de Vries hatte die Privatführung in der Royal Academy verpasst, und sie besaß kein Kleid für die Rennwoche in Ascot. »Vor Ende Juni. Keinesfalls später«, antwortete sie, obwohl sie genau wusste, was sie dem Personal damit zumutete. Ein Ball war ein Auftritt, ein Entree: Er musste groß, glänzend und aufwändig sein, der beste im Kalender.

»Das sehe ich auch so«, sagte Mrs King verbindlich und nahm, zu Miss de Vries' großer Verblüffung, souverän die Organisation in die Hand, beinahe so, als hätte sie selbst das Fest geplant. Sie erarbeitete die Speisenfolge und führte die diffizilen Verhandlungen mit der Köchin. Bestellte Blumen, Tischwäsche, Gläser und Karaffen, Lohnkellner, Zelte und Markisen, diverse Zerstreuungen. Stellte eine Liste mit dem benötigten Personal zusammen: neue Stubenmädchen, Aufwärterinnen und sogar eine Näherin, die bei der Anfertigung des Kostüms für die Gastgeberin helfen sollte. Sie versperrte die Hälfte der Zimmer, machte andere zugänglich, stellte die Möbel um, räumte die Schubladen aus, verstaute Sachen in Packkisten.

»Das können Sie doch den Mädchen überlassen, Mrs King«, sagte Miss de Vries leicht pikiert, als die Wirtschafterin eines Tages in einem der Schränke stöberte. »Sie sollten sich nicht überanstrengen.«

Mrs King sah sie mit festem Blick an. »So leicht überanstrengt mich nichts, Madam.«

Die Nachricht wurde ihr von Mr Shepherd überbracht. Am frühen Morgen hatte er sie aufgesucht, zutiefst empört und außer sich.

»Madam müssen es unverzüglich erfahren«, sagte er. »Der Lampenputzer hat beobachtet, wie Mrs King sich heimlich in das Quartier der männlichen Bediensteten geschlichen hat. Es kann sich unserer Meinung nach nur um ein Rendezvous gehandelt haben.«

Miss de Vries trug Schwarz, tiefste Trauer. Keinen Schmuck, das Haar unter Chantilly-Spitze verborgen. Ein Bild der Sittsamkeit und Tugend.

»Mit welchem Kammerdiener?«, fragte sie.

Er zögerte keine Sekunde lang. »William.«

»Wie abscheulich«, sagte Miss de Vries emotionslos. »Wissen die anderen Dienstboten davon?«

»Es steht zu befürchten, Madam.«

»Dann müssen wir ein Exempel statuieren. Sie wird noch heute das Haus verlassen.«

Ein wohliges Kribbeln lief durch ihre Adern. Wieder eine weniger. Nacheinander wurde sie die ganze Bagage los. Shepherd starrte sie an, die Augen flackernd in den Höhlen. Seit sie dem Schulzimmer entwachsen war und Vater ihr die Haushaltsführung überantwortet hatte, verlangte Shepherd Entscheidungen von ihr. Termine, Ausgaben, Lob und Tadel. Im Stundentakt brachte er ihr Visitenkarten, Briefe, Tee, Botschaften, Lieferungen. Es war, als hätte er sich an sie gefesselt, um hinter ihr her zu spionieren. Was er wohl machen würde, wenn sie ihm das glühende Schüreisen aus dem Kamin auf die Haut presste? Auf die Knie sinken, laut schreien, sie anbetteln, ihn ein zweites Mal zu brandmarken?

Diese Leute, Vaters Leute – Mrs King, Mr Shepherd, die Anwälte und die vielen anderen – passten nicht mehr zu ihr. Natürlich hatte Vater es an nichts fehlen lassen, sie Kindermädchen und Gouvernanten anvertraut und ihr auch sonst alles geboten, was man mit Geld kaufen konnte. Aber irgendwann kam man damit im Leben nicht mehr weiter. Sie wollte auf die oberste Sprosse der Leiter, in die höchsten Sphären der feinen Gesellschaft, mit Ministern, Grafen, Herzögen und Prinzen verkehren. Aber dafür brauchte sie den richtigen Ansatz. Sie musste das Totholz auslichten, auf frischem, sauberem Boden neu bauen.

Noch vor dem Frühstück hatte Miss de Vries die Wirtschafterin an die frische Luft befördern lassen. Um zwölf Uhr begab sie sich zum Lunch nach unten. Sie studierte die Gästeliste und nahm letzte Änderungen daran vor. Die Anwälte trafen, wie vereinbart, um vierzehn Uhr ein, angeführt vom grauhaarigen Mr Lockwood, gestriegelt und gebügelt, wortkarg wie immer. Sie hieß ihn, noch zum Tee zu bleiben.

»Ich möchte, dass Sie einen Ehevertrag für mich aushandeln«, sagte sie, während sie ihm eingoss, ganz Herrin des Hauses.

Er nahm die Tasse und kniff die Augen zusammen. »Mr de Vries hat derartige Ansinnen stets zurückgewiesen. Ich wüsste auch nicht, welcher Kandidat dafür überhaupt in Betracht käme.«

Nicht gerade eine wohlwollende Reaktion. »Und wenn wir besonders attraktive Bedingungen anbieten?«

Er überlegte. »Was versprechen Sie sich davon?«

Sie lächelte und senkte die Stimme. »Liebe«, antwortete sie. »Was sonst?«

Wenn sie erst Vaters Besitz veräußert hatte, konnte sie alles erreichen. Eine erstklassige Heirat, einen Adelstitel, eine Adresse am Berkeley Square oder in einer anderen ebenso feinen Wohngegend. Ihr Elternhaus war ihr viel zu neu, zu blitzblank, und es roch nach Motoröl. Sie wollte in einem altehrwürdigen Gemäuer wohnen. In wunderbar altem Grund Wurzeln schlagen.

Vaters Adressbuch war ihr zuwider. Stahlmagnaten, Zeitungsbarone und *Amerikaner*. Sie wünschte sich hochkarätige Bewerber, blaues Blut.

Mr Lockwood schilderte ihr die Vermögenslage. Seine Einschätzung erboste sie. Überschuldet, sagte er. Als hätte sich das de Vries'schen Imperium überfressen.

»Ich bin mir nicht sicher, ob die Geschäftsbücher einer genauen Prüfung standhalten würden«, sagte er. »Besser, Sie warten noch ein, zwei Jahre.«

Noch ein Jahr? Eine ganze Ballsaison? Wo sie bereits sechs verpasst hatte? Was redete der Mann für einen Unsinn? Sämtliche Rechnungen, die im Haus anfielen, wurden pünktlich beglichen. Kredite kamen herein, Zahlungen gingen hinaus. Aber natürlich gab es bei einem Vermögen, das so kolossal wie ihres war, immer wieder finanzielle Schwankungen.

Da half nur ein selbstbewusster Auftritt. Wir müssen Reichtum ausstrahlen, dachte sie. Glanz und Gloria.

Denn schließlich kam sie ganz nach ihrem Vater.

»Ich gebe einen Ball, Mr Lockwood«, sagte sie. »Hatte ich das schon erwähnt?«

Der Anwalt wirkte glatt und geschmeidig, doch dieser Eindruck täuschte. In Wahrheit besaß er so viele Ecken und Kanten, dass man sich an ihm die Haut hätte aufschürfen können, wenn man ihm zu nahe gekommen wäre.

»Das kann ich nicht gutheißen«, entgegnete er. »Es ziemt sich nicht.«

»Ich trauere um meinen Vater, Mr Lockwood. Dieser Tatsache werde ich Rechnung tragen. Sie brauchen sich nicht zu sorgen. Ich habe nicht vor, im Aufzug einer Revuetänzerin herumzulaufen.«

»Müssten nicht eher Sie sich sorgen?« Er musterte sie mit hartem, unerbittlichem Blick. »Ist das Risiko nicht viel zu groß?«

Auf der Straße knallte eine Fehlzündung.

Sie zuckte nicht mit der Wimper. »Was für ein Risiko, Mr Lockwood? Man erwartet schon lange einen Ball in diesem Haus. Ich werde tagein, tagaus deswegen bedrängt.«

»Von wem denn?«, fragte er zweifelnd.

»Die Vorbereitungen laufen bereits. Es käme mir höchst ungelegen, das Fest jetzt noch absagen zu müssen.«

»Sie wissen, dass es meine Pflicht ist, Ihnen mit Rat und Tat zur Seite zu stehen.«

»Als Anwalt, Mr Lockwood«, sagte Miss de Vries. »Nicht als Anstandswauwau.«

»Der gute Ruf einer jungen Dame ist ein zartes Pflänzchen, das gehegt und gepflegt werden muss.«

»Es gibt nichts Kostbareres«, pflichtete sie ihm bei. »Er ist mit Gold nicht aufzuwiegen. Deshalb muss man ihren Ruf polieren, bis er funkelt und strahlt.«

In Lockwoods Augen blitzte es auf. Erkannte er in ihr den Vater wieder? Vater hätte gesagt: *Sie machen, was ich will. Wer zahlt, bestimmt.* Für den Anwalt wählte er stets einen besonders vulgären Aufzug, die protzigsten Goldringe, die üppigsten Fuchsien im Knopfloch. Er wollte ihn spüren lassen, wer das Heft in der Hand hielt.

»Die bezauberndste Tugend auf der Welt ist die Bescheidenheit«, sagte Mr Lockwood. »Sie ist ein wertvolles Gut, ein Pfund, mit dem wir auf dem Markt wuchern können.«

»Auf welchem Markt?«

»Dem Heiratsmarkt.«

Er musterte sie abwartend, eine Hand in die Weste geschoben.

Mit einem letzten lauten Knall sprang draußen ein Automobilmotor an.

Natürlich schickte es sich nicht, in den ersten Wochen der Trauerzeit einen Ball zu veranstalten. Was unterstand Lockwood sich anzudeuten, dass sie daran nicht gedacht – oder noch schlimmer –, es nicht gewusst hatte? Sie schäumte vor Wut. Nein, es ziemte sich nicht, aber genau darum ging es ja. Sie musste Rückgrat zeigen, durfte keinen Zollbreit zurückweichen. Keine Wette ohne Risiko. Erst das Risiko verlieh dem Spiel die Würze, den Sauerstoff. Sie wollte die große Bühne mit einem Paukenschlag betreten – und zwar gleich, sofort. Solange ihre Macht noch frisch und neu war.

Der Meinung war sogar Mrs King gewesen, als sie den Ball das erste Mal besprochen hatten. »Madam haben nur das eine Leben. Und wenn es ein Vermögen kostet: Die Welt soll erfahren, dass es Madam gibt.«

Nachdem Lockwood gegangen war, zog Miss de Vries sich in ihre Zimmerflucht zurück. Darin hatte einst ihre Mutter gewohnt, doch es war keine Spur mehr von ihr darin zu finden, nicht die leiseste Erinnerung. Als Mama starb, war Miss de Vries noch so jung, dass sie nicht einmal einen Hauslehrer hatte. Betäubend schwer hing der Duft nach Orchideen in der Luft. Sie atmete ihn tief ein, als Trost und zur Beruhigung. Es war nicht einfach, ihn über längere Zeit zu genießen, denn er wurde viel zu schnell von den üblen Gerüchen vertrieben, die von allen Seiten ins Haus gezogen kamen: vom Bürgersteig, aus den Kellern, aus der Stadt.

Die dumpfen Ausdünstungen bestärkten sie darin, dass ihre Entscheidung goldrichtig war.

3

Noch vierundzwanzig Tage

————◄○►————

Petticoat Lane. Die Sonne brannte Mrs King im Nacken. Sie war die ganze Strecke von Mayfair bis nach Aldgate zu Fuß gegangen, um die zwei Pence für die Untergrundbahn zu sparen. Auf dem Trottoir herrschte ein elendes Geschiebe und Gedränge, aber das war es ihr allemal wert. Mit der Person, zu der sie wollte, war nicht gut Kirschen essen, sie hatte für Überraschungen nichts übrig. Man wagte sich nicht leichtfertig in Mrs Bones Revier und auch dann nur, wenn man einen triftigen Grund dafür hatte. Doch Mrs King war für alles gewappnet, und sie kam mit einem unschlagbaren Angebot.

In der Hitze flirrte die Straße vor aufgestauter Energie. Die Luft roch alt und abgestanden – nach Mist, verschrumpeltem Obst und Abwasser. Alles war ein einziges Durcheinander, dominiert von einem Meer aus Schlägerkappen. In der Ferne spielte Musik, ein Fiedler balancierte auf einem Hocker. Das ganze Bild versetzte ihr einen Stich ins Herz. So erging es ihr immer, wenn sie nach Hause kam.

Keine Sentimentalitäten. Sie musste sich zusammennehmen.

Sie zückte ihre Geldbörse, nahm eine Münze heraus und drehte sie zwischen den Fingern. Beobachtete die Marktstände. Eine Einzelgängerin, abgesondert von der Menge. Die Händler taxierten sie heimlich von der Seite, nahmen ihre Witterung auf.

Mrs King hob die Hand, schützte die Augen vor der Sonne. Ihr war klar, dass niemand so recht wusste, wo er sie hinstecken sollten. Sie war weder eine feine Dame noch eine Schullehrerin. Weder Krankenschwester noch Köchin. Eine Abnormität. Stramm geschnürt, den Hut tief in die Stirn gezogen. Einen Hauch Farbe auf den Lippen – rot, die Farbe von Granat. Ihr Schutzpanzer.

Sie verschränkte die Arme.

Und wartete.

Es dauerte nicht lange. Die Nachricht musste sich durch die Wände verbreitet haben, von Hof zu Hof und Gasse zu Gasse. Die Tür der Pfandleihe flog auf. Die Händler schraken zusammen, so laut bimmelte die Ladenglocke. Eine Frau in Witwentracht kam heraus, blinzelte in der gleißenden Sonne.

Mrs King drückte den Rücken durch. »Mrs Bone«, rief sie.

Die so Angesprochene war kräftig, kompakt, täuschend unscheinbar. Geschätzte fünfzig Jahre alt. Die Sonne tat ihr nicht gut. Sie raubte ihr die Farbe, sodass sie aussah, wie aus einem Kellerversteck gekrochen. Wer sie nicht näher kannte, unterschätzte sie leicht. Was ihr mehr als recht war.

Sie kniff die Augen zusammen. Mrs King sah ihr an, wie sich ihr Gedankenkarussell in Gang setzte.

»Na, da brat mir doch einer einen Storch!«, krähte Mrs Bone mit heiserer Stimme. »Was für ein Glanz in unserer bescheidenen Mitte.«

Die Händler gaben sich wieder ganz natürlich. Wandten die Köpfe ab, sahen versonnen zum Himmel, als ob es dort etwas Faszinierendes zu sehen gäbe.

Mrs King überquerte die Straße und begrüßte die andere Frau auf traditionelle Art. Sie senkte einen Fingerbreit das Kinn, deutete einen Kratzfuß an. Wangenkuss, Handkuss. »Guten Tag, Mrs Bone.«

Mrs Bone duftete wie immer: nach Rosenwasser und das Haar nach Holzspänen. »Wie kann ich helfen, mein Kind?«, murmelte sie.

Mit diesem Schmu kam sie bei Mrs King nicht durch. Ganz gleich, in welchen Kalamitäten man steckte, in welche Zwickmühle man geraten war, man bat Mrs Bone nicht um Hilfe. Niemals. Man schlug ihr ein Geschäft vor, ein hübsch geschnürtes Paket. Mrs King richtete sich auf und peilte die Lage. An einer Laterne lehnte ein mageres Kerlchen, die Nase in einer Zeitung. Zerschlissene Manschetten, nackte Fußknöchel. Kein Polyp. Ein Kundschafter, ein Späher. Aber keiner, der bei Mrs Bone in Lohn und Brot stand. Ihre Leute liefen nicht wie Vogelscheuchen herum. Mrs King blickte forschend um sich. An der nächsten Straßenecke lungerte ein weiterer Bursche, neben der Kneipe. Ein dritter stand unter der Dachtraufe.

Eine sehr interessante Beobachtung. Die Marktstände gehörten Mrs Bone, genau wie das Haus. Dieser Teil der Straße war fest in ihrer Hand. Ihr Revier reichte von hier bis ins Hafenviertel, ein weit verzweigtes Netz aus legalen und weniger legalen Unternehmungen, ein perfekt abgegrenztes Territorium. Man betrat Mrs Bones Spielfeld nicht, es sei denn, man suchte Ärger.

Trotzdem spielten heute jede Menge Fremde darauf mit.

»Mächtig viel Betrieb, hier draußen«, sagte Mrs King.

Mrs Bone schnalzte gereizt mit der Zunge. »Immer hereinspaziert.«

Während sie die Tür ins Schloss zog, warf sie vorsichtshalber doch noch rasch einen Blick über ihre Schulter.

Das Leihhaus gehörte zu Mrs Bones legalen Geschäften, ein bescheidenes Ladenlokal, das sich hervorragend für ein Treffen eignete. Nachdem Mrs Kings Augen sich auf das Halbdunkel eingestellt hatten, erkannte sie kreuzbrave Pfänder aus schimmerndem Messing, Silber und Gold.

Mrs Bone drehte das Geöffnet-Schild an der Ladentür um, nahm hinter einem riesigen Schreibtisch Platz und griff im Dämmerlicht zu einem Zettelspieß, auf dessen Metallstift ein ganzer Schwung Quittungen steckte. »Dein freier Nachmittag?«

»Nein.«

»Dann willst du was einkaufen.«

»Das kann man so nicht sagen.«

Mrs Bone blätterte in den Zetteln. »Du steckst in der Klemme.«

»Mir geht es gut. Ich habe Urlaub.«

»Schön für dich.«

»Ja.«

»Da freust du dich sicher.«

»Ja.«

»Ich selber mache ja nie Urlaub. Habe ich gar nicht die Zeit für.«

Mrs King lächelte. »Sie sollten sich auch einmal etwas gönnen.«

»Und ich sollte mich Prinzesschen Spaß-an-der-Freude nennen, aber was will man machen? Ich krieg auch nicht immer meinen Willen.«

Mrs King hob die Augenbraue, knipste ihre schwarze Ledertasche auf und holte eine Ausgabe der *Illustrated News* heraus, darauf das Lichtbild ihres verstorbenen Herrn, der ihnen strahlend zuzwinkerte. Das berühmte Halstuch mit den Punkten, die leuchtend weißen, lachend gebleckten Zähne. Am oberen Rand der Seite ein schwarzes Schriftband: *Wilhelm de Vries, geboren 1850, gestorben 1905.*

»Ja, ja, ich hab's schon gehört«, sagte Mrs Bone gepresst.

Mrs King legte den Kopf auf die Seite. »Und?«

»Ich bin ein Christenmensch. Ich bin nicht schadenfroh, wenn einer stirbt.« Ihre Augen verdunkelten sich. »In der Zeitung geben sie ihm diesen Namen.«

»Sie haben noch immer nichts für ›de Vries‹ übrig?«

Mrs Bone zerriss die Quittungen in kleine Schnipsel. »Als Danny O'Flynn ist er geboren. Als Danny O'Flynn ist er gestorben.« Sie schniefte. »Falls er denn gestorben ist. Falls nicht alles bloß ein Riesenschwindel ist. Ein böser Streich.«

Mrs King wusste nur zu gut, wie Mrs Bone zu dem Mann stand, der einen *Wilhelm de Vries* aus sich gemacht hatte. Ein wunder Punkt, an den man nicht rühren, ein Verhältnis, das man nicht ansprechen durfte.

»Nein, er ist wirklich tot, Mrs Bone.«

»Und was hat er hinterlassen?«

Mrs King warf einen Blick auf die Zeitung. Madam war ebenfalls abgebildet. *Das gnädige Fräulein in schönster Maienblüte. Miss de Vries in ihrem Wintergarten.* In eine Chiffon-Wolke gehüllt, war sie nur vage als verschwommener Umriss zu erkennen. Die holde Unschuld, die kein Wässerchen trüben konnte.

Mrs King war bei der Sitzung im Wintergarten dabei gewesen. Der Fotograf musste bis lange nach Einbruch der Dämmerung bleiben, während Madam am Fenster posierte, das Gesicht zum Park, und ihm mit versteinerter, unlesbarer Miene wortlos befahl: *Geben Sie Ihr Bestes! Die Aufnahme muss perfekt werden!*

»Die Tochter.«

Mrs Bones Blick verhärtete sich. »Und sonst?«

»Sonst nichts.«

»Hatte er seine Angelegenheiten geregelt? Das will ich wissen!«

Mrs King seufzte. »Ich habe keine Ahnung.«

»Was willst du dann hier?« Mrs Bone schnippte mit den Fingern. »Ich bin eine vielbeschäftigte Frau. Ich hab keine Zeit für sinnloses Gequatsche.«

Sie wirkte gereizt. Das Kramen in alten Erinnerungen tat ihr nicht gut.

»Vielleicht wollte ich ja nur guten Tag sagen«, antwortete Mrs King ungerührt.

Mrs Bone verdrehte die Augen. »Du führst was im Schilde!«

»Wer? Ich?«

»Du heckst irgendwas aus.« Sie tippte sich an die Schläfe. »Etwas Hinterlistiges. Das ist nicht schön.«

»Ach, was! Wo Sie mir doch selbst alles beigebracht haben, was ich weiß.«

Mrs Bone presste die Lippen zusammen. Das hörte sich für sie nach böswilliger Verleumdung an. Und sie legte sehr viel Wert auf ihren guten Ruf. Sie ließ der Kirche großzügige Spenden zukommen, empfing nur die fadesten Besucher und trug bis heute Trauer um den guten Mr Bone, ihren vor langen Jahren verblichenen Ehemann, den rechtschaffenen Eisenwarenhändler. Ihr tiefschwarzer Gagatschmuck klackerte bei jeder Bewegung.

»Die haben dich rausgeschmissen, was?«, fragte sie.

Mrs King nickte andeutungsweise. »Wegen einer kleineren Indiskretion.«

»Was hast du dir geleistet?«

Mrs King erzählte es ihr. Mrs Bone lüpfte die Augenbraue. »Du hast deinen Verehrer besucht?«

»Es war alles ein riesengroßes Missverständnis.«

»Da ist wirklich was im Busch. Ich hör die Nachtigall doch trapsen.« Mrs Bone seufzte. »Komm mit nach hinten durch.«

Das private Büro lag hinter dem Geschäft und war von der Straße aus nicht einzusehen. Das Fenster ging auf einen schmutzigen Hinterhof hinaus, wo einige junge Männer rauchend beieinanderstanden. Mrs Bone klopfte energisch an die Scheibe. »Besuch!«, rief sie. Die Burschen zuckten zusammen wie erschreckte Tauben, stoben auseinander und waren auch schon im Schatten verschwunden.

Wo das düstere Ladenlokal mit billigen Ringen und Uhren vollgestopft war, bot sich im Büro ein gänzlich anderes Bild. Hier hortete Mrs Bone ihre Schätze, ihre Lieblingsstücke: Novitäten, Raritäten, Kuriositäten. Wie Mrs King wusste, besaß sie im Osten und Südosten von London weitere geheime Häuser, in denen sie neumodische Maschinen, Gemälde, Pelze und Spiegel sammelte. Exotische Artefakte, auf Kredit gekauft und aus den entferntesten Winkeln des Empires herbeigeschafft. Zwischen all den Fußbänken und Beistelltischen, *armoires* und *escritoires* war kaum ein Durchkommen.

»Wie laufen die Geschäfte?«, fragte sie höflich.

»Bestens«, sagte Mrs Bone.

Den Eindruck hatte ihre Besucherin ganz und gar nicht. Sie griff nach einer Silberschale und besah sie sich genau. Angemaltes Blech. Die oberste Schicht hätte sie mit den Zähnen abziehen können.

»Sind das Mr Murphys Jungs, die sich da draußen auf der Straße rumdrücken?«

Mrs Bone verzog das Gesicht. »*Murphy*. Komm mir bloß nicht mit Murphy.«

»Einschüchterung war doch noch nie sein Stil, Mrs Bone. Wieso jetzt auf einmal?«

»Einschüchterung? Wer ist hier eingeschüchtert? Soll er mir seine glotzäugigen Wichte ruhig auf den Hals hetzen. Wann bin ich denn schon mal zu Hause? Die Arbeit hält mich ständig auf dem Trab.«

Mrs King lächelte. Da war etwas Wahres dran. Sie konnte froh sein, dass sie Mrs Bone in der Pfandleihe erwischt hatte, denn sie hielt sich nie lange dort auf. Sie besaß nicht nur die Fabrik draußen am Hafen, sondern überall an der Küste Speicherhallen. Außerdem Zigarettenläden, Friseursalons, Eisenwarenhandlungen und so weiter. Hinzu kamen noch die Laufgeschäfte. Wobei Mrs Bone weder mit schmuddeligen Daguerreotypien handelte noch Bordelle betrieb, sondern sich lieber auf weniger anrüchigen – und noch dazu nützlicheren – Tätigkeitsfeldern engagierte. Ein kleiner Einbruch hier oder da, eine Schlägerei auf Bestellung. Sie hatte Mrs King fast alle Kniffe und Tricks ihres Gewerbes selbst beigebracht und immer ein Auge auf sie gehalten, was sie ihr auch gern unter die Nase rieb: *Einer musste sich ja kümmern. Deine Mama hat dir doch noch nicht mal die Haare gekämmt.*

»Also, was willst du?«, fragte Mrs Bone. »Mir ein Geschäft vorschlagen?«

»Was sonst?«

Es lag ein fauliger, modriger Geruch in der Luft, als ob das Haus bald unbewohnbar werden würde. Mrs Bone sah aus dem Fenster.

»Hast du was ausgekundschaftet?«

»Ja.«

»Wo?«

»In der Park Lane.«

Mrs Bone machte ein entgeistertes Gesicht. »Wie bitte?«

»Interessiert?«

Mrs Bone hievte sich aus dem Sessel. Sie nahm einen leeren Taubenkäfig in die Hand und schwang ihn langsam hin und her. »Lass die Finger davon«, sagte sie.

»Wovon?«

»So dumm kannst du doch gar nicht sein.«

Mrs King schwieg.

»In der Park Lane.« Mrs Bone schnalzte missbilligend mit der Zunge. »Hast du denn gar nichts von mir gelernt, Dinah? Man dreht kein Ding, wenn es persönliche Gründe dafür gibt. Niemals.« Sie rieb sich das Kinn. »In der Park Lane?«

»Ja.«

»Ich fass es nicht. Kommst unangekündigt hier anmarschiert und bildest dir ein …« Sie richtete sich zu voller Größe auf. »Ich kenne mein Revier, verflucht noch mal. Es geht nur bis zur Gracechurch Street, weiter nicht. Du glaubst doch wohl nicht, dass ich wegen dem Klimbim in der Park Lane in die Stadt rauf trapse.«

Die Uhren auf dem Kaminsims, ein ganzes Dutzend, tickten hurtig vor sich hin. Nicht eine davon ging richtig.

»Vielleicht ist es an der Zeit, die ausgetretenen Pfade zu verlassen, Mrs Bone.«

»Das hab ich wahrlich nicht nötig!«

Mrs King schlug einen etwas sanfteren Ton an. »Es ist ein großes Haus. Ein größeres gibt es nicht. So viel Marmor haben Sie im Leben noch nicht gesehen. Stühle aus Versailles. Seide. Edelsteine, so groß wie Gänseeier.«

»Meinst du, das weiß ich nicht? Meinst du, ich weiß nicht, was für einen Palast Danny sich gebaut hat?«

Natürlich wusste sie es. Danny O'Flynn hatte sein Geld mit Diamanten gemacht und ein Vermögen angehäuft, das mit dem Verstand nicht mehr zu fassen war: Aktien, Monopole, eine Liquidität, von der selbst Staaten nur träumen konnten. Und darauf aufgebaut: das neue Leben mit dem nagelneuen Namen. *Mr de Vries* war so brutal reich, dass einem das Herz in der Brust stehenblieb. Einen Millionär rief man ihn. Einen *Millionär*.

Mrs Bone hatte es ihm nie verziehen.

»Nun denn.« Mrs King breitete die Hände aus.

Die Uhren auf dem Kaminsims glänzten grell.

Mrs King zog einen in ein Tuch eingeschlagenen Gegenstand aus ihrer Tasche. Als sie ihn auswickelte, kam eine silberne Taschenuhr zum Vorschein. Sie baumelte an einer Kette und drehte sich im Licht, sodass die kleinen gravierten Lettern zu erkennen waren: *WdV*.

»Wie wäre es mit einem Vorschuss?«, fragte Mrs King. »Auf geleistete Dienste?«

Mrs Bone hatte kaum einen Blick für die Uhr, sah überhaupt nur sekundenschnell hin. Das Silber spiegelte sich in ihren Augen. »Wie oft soll ich es dir noch sagen? Ich drehe keine Dinger, wenn was Persönliches mit reinspielt.«

Mrs King nahm ihr das nicht ab. Mrs Bones geschäftliche Operationen waren durch und durch persönlicher Natur. Sie setzten sich aus hunderttausend ineinandergreifenden kleinen Kettengliedern zusammen, aus Geschenken und Gefälligkeiten, die man austauschte, aus Feindseligkeiten, die aufflammten und wieder beigelegt wurden. Und genau darauf baute Mrs King, denn auch ihre Motive waren rein persönlich, wenngleich man es ihnen nicht auf Anhieb ansah. Sie beflügelten ihren Verstand, trieben ihr das Blut durch die Adern, durch jeden einzelnen Muskel in ihrem Körper. Sie hatte fast einen ganzen Monat an ihrem Plan getüftelt, obwohl er schon seit Jahren immer mehr Gestalt angenommen hatte. Bestimmt spukte er auch schon länger in Mrs Bones Kopf herum. Ein atemberaubender Coup. Die vielen Kostbarkeiten, die sinnlos in der Park Lane herumstanden. Mrs King beabsichtigte, sie sich zu holen, und zwar alle, wie sie da waren, jedes einzelne Stück.

Mit ruhiger Stimme sagte sie: »Wenn Sie kein Interesse haben, suche ich mir jemand anderen.«

In Mrs Bones Gesicht zeichnete sich eine seltsame Reaktion ab: Ihre Lippen kräuselten sich, aber nicht aus Verärgerung, sondern genüsslich, als liefe ihr das Wasser im Mund zusammen.

Abschätzig musterte sie die Uhr. »An was für Dienste hättest du denn gedacht?«

»Hauptsächlich an finanzielle.«

»Immer wollen alle an mein Geld. Aber hast du auch eine Truppe beisammen?«

»Natürlich können wir noch mehr Leute gebrauchen, aber die wichtigsten habe ich im Boot. Und Alice Parker ist schon vor Ort.«

»Alice *Parker*? Die komische Nulpe? Das gefällt mir gar nicht. Wer ist deine rechte Hand?«

»Winnie Smith.«

»Nie gehört. So heißen nur Memmen. Glaub bloß nicht, dass ich mein Geld irgendwelchen wildfremden Waschlappen hinterherschmeiße.«

Mrs King übergab ihr die Taschenuhr. »Ich halte am Sonntag eine Einsatzbesprechung ab. Da können Sie alle unter die Lupe nehmen.«

»Am Sonntag? Diesen Sonntag?«

»Wozu Zeit verlieren?«

Mrs Bones Augen gluckste leise in sich hinein. »Ich müsste deine Zahlen sehen.«

»Selbstverständlich.« Mrs King zog einen dünnen Briefumschlag aus der Jackentasche.

Mrs Bone riss ihn ihr aus der Hand. »Und was fällt dabei für mich ab?«

»Ein Siebtel, dasselbe wie für alle«, sagte Mrs King. »Weil die Sieben eine Glückszahl ist.«

»Ein *Siebtel*?« Mrs Bone hielt die Uhr ans Licht, ließ sie langsam hin und her schwingen. »Zu diesem Coup haben sich sieben Schwachköpfe von dir beschwatzen lassen?«

Die jüngere Frau trat auf sie zu und drückte ihr ein Küsschen auf die Wange. »Noch nicht, aber wenn Sie dabei sind, wären wir schon zu viert. Laden Sie uns doch für Sonntag ein, und holen Sie auch gleich noch Ihre besten Mädels dazu. Ich brauche zwei, die tüchtig anpacken können, als Verbindungsleute im Haus.«

Mrs Bone stemmte die Arme in die Hüften. »Aha, verstehe. Du bildest dir ein, du kannst einfach hier aufkreuzen, auf meinen Nerven rumreiten, mir den Nachmittag verderben, mich nach deiner Pfeife tanzen lassen …«

Mrs King richtete ihre Jacke, rückte sich den Hut zurecht. »Sonntag, Mrs Bone. Sie bestimmen, wo. Sie bestimmen, wann.«

Die alte Ganovin schob sich den Umschlag in den Ärmel, pendelte mit der silbernen Uhr. Ihre Augen blitzten. »Zähl mich lieber nicht mit«, sagte sie. »Noch nicht. Noch lange nicht.«

4

Weiter nach Spitalfields. Über der Commercial Street stieg eine Staubwolke in die Luft. Mrs King lehnte an einem Obstkarren und aß einen Apfel. Sie wartete auf ihre Adjutantin, ihre rechte Hand. Ihr Blick hing an dem Hutgeschäft auf der anderen Straßenseite. Das Ladenschild glänzte in der Sonne: *Mr Champion, Modist.* Normalerweise hätte sie es kaum ausgehalten, die Zeit mit Warten zu verschwenden. Aber seit sie ihre Stellung verloren hatte, konnte sie sich den Tag frei einteilen. Heute verfolgte sie ein ganz besonderes Ziel, ein sehr spezielles Vorhaben.

Niemand beachtete sie, nur ein kleines Mädchen in einer lehmbekleckerten Schürze starrte sie mit hungrigen Augen an. Mrs King warf ihr eine Sixpence-Münze zu.

»Dafür, dass du so gut aufpasst«, sagte sie. Mit einem Satz war die Kleine bei dem Geldstück, klaubte es vom Kopfsteinpflaster und lief blitzschnell davon.

Mrs King brauchte nicht auf ihre Armbanduhr zu sehen. Sie wusste ganz genau, wie spät es war. Während sie die Apfelkerne mit den Backenzähnen zermalmte, zählte sie im Geiste die Sekunden.

Fünf Minuten später kam Winnie Smith um die Ecke. Sie schob einen riesigen Kinderwagen zu Mr Champions Geschäft. Darin lagen keine Wickelkinder, sondern Hutschachteln, zu schwankenden Türmen gestapelt. Beim Anblick der vertrauten Gestalt wurde es Mrs King warm ums Herz. Winnie in einem mehr schlecht als recht geflickten violetten Kleid, den Hut traurig schief auf dem Kopf, lenkte den Wagen wie einen Panzer. Etwas knackte, der Stoßdämpfer oder eine Speiche, und sie geriet ins Taumeln. Mrs King schloss die Augen.

Sie schluckte den letzten Apfelbissen, schleckte sich die Finger ab und schlenderte über die Straße.

Winnie hievte gerade den Kinderwagen den Bordstein hoch, als sie Mrs King erblickte. »*Heute?*«, fragte sie ungläubig.

»Was du heute kannst besorgen …« Mrs King schmunzelte.

Winnie holte tief Luft und rückte ihren Hut gerade. »Aber ich habe einen Termin.«

Mrs King musste daran denken, wie sie sich vor zwanzig Jahren kennengelernt hatten. In der Küche des Hauses in der Park Lane. Damals wirkte die fünf Jahre ältere Winnie wie die perfekte ältere Schwester auf sie. Ein mutiges, verlässliches Mädchen, dem man rückhaltlos vertrauen konnte. Und das galt noch immer, obwohl sie heute wie eine Getriebene aussah.

Sie stupste sie an. »Vergiss deinen Termin, Winnie. Wir haben Wichtigeres zu tun.«

Winnie wuchtete den Kinderwagen komplett aufs Trottoir. Stur schüttelte sie den Kopf. »Zehn Minuten. Dann gehöre ich dir.«

Mit ihrer properen, kreuzbraven Erziehung war Winnie voller Skrupel. Mrs King schnaubte. Sie sah in den Wagen und klappte eine der Hutschachteln auf. Ihr Blick fiel auf ein zerdetschtes, zerquetschtes Etwas, das von Form und Farbe her einem Pudding glich, verziert mit scheußlichen braunen Schleifchen.

»Sehr hübsch«, sagte sie.

»Nicht anfassen! Die Kreation heißt Savoy.« Winnie strich behutsam darüber. »Champagnerfarbener Satin, schokoladenbrauner Samt. Und eine mit Seide veredelte geflochtene Litze. Siehst du? Die kommt unter die Krempe.«

»Ist sie aus Haaren geflochten?«

»Es ist halt eine Litze.«

»Aus wessen Haaren?«

Winnie schob Mrs King beiseite und drückte energisch den Deckel wieder auf die Schachtel. »Das ist der neueste Schrei aus New York.«

Mrs King verschränkte die Hände auf dem Rücken. »Wie viel willst du dafür haben?«

Winnie zögerte.

Ihre Freundin lächelte. »Ich helfe dir beim Verhandeln.« Winnie war seriös und integer, der fleißigste Mensch, den Mrs King kannte. Aber hin und wieder musste man eben auch bei ihr mal die Peitsche auspacken.

Winnie machte ein ärgerliches Gesicht. »Dinah …«

»Keine Bange. Ich will die Sache nur ein bisschen beschleunigen.«

»Aber wozu? Es ist nicht nötig, dass du dich einmischst.«

Mrs King musterte sie skeptisch und stieß mit dem Fuß die Ladentür auf, dass die Glocke aufgeschreckt losbimmelte. Winnie bugsierte mit Mühe den Wagen hinein. Sie seufzte. »Übertreib's nicht, Dinah.«

Im Geschäft war es hell, in den Regalen stapelten sich eierschalenfarbene Seidenbänder und Ballen aus Satinstoffen. Mrs King hatte keinen Sinn für solch mädchenhaften Krimskrams. Von Musselin bekam sie Zahnschmerzen. »Ich bin in der Pause«, tönte es aus dem Hinterzimmer. »Kommen Sie später wieder.«

»Aber heute ist Ihr Glückstag«, sagte Mrs King.

»Ich bin's bloß, Mr Champion. Winnie Smith«, rief Winnie, gegen die Ladentheke rumpelnd. »Wir haben einen Termin!« Sie warf Mrs King einen warnenden Blick zu: *Keinen Mucks mehr!*

Wie Mr Champion da in seinem Büro saß, umgeben von Korbgeflecht und Drähten, glich er mit seinen rosa glänzenden Bäckchen einem Schinken in einem Picknickkorb. Es roch nach getrockneten Früchten und Essig. Er zuckte zusammen, dass ihm fast die Brille von der Nase sprang. »Nein, nein, *nein*«, rief er. »Bleiben Sie mir vom Leib. Wie oft muss ich es Ihnen noch sagen? Ich kaufe Ihren Plunder nicht mehr.«

Winnie schnappte sich eine Hutschachtel vom Stapel, der Deckel segelte zu Boden. »Eine Minute, Mr Champion. Nur eine Minute, bitte.« Sie stemmte die Füße fest auf den Boden. »Schauen Sie sich dieses Modell an. Es heißt Navy. Blaue Rosetten, sehen Sie? Ich habe ihn mit blauen Veilchen dekoriert, aber ich könnte natürlich auch weiße Blüten nehmen …«

Mr Champion stieg die Zornesröte ins Gesicht. Er zeigte auf den Kinderwagen. »Schaffen Sie dieses Monstrum hinaus!« Er wandte sich an Mrs King. »Und wer sind Sie?«

Mrs King knackte lächelnd mit den Fingerknöcheln. »Mrs Smith' Agentin.«

»Ein Schnupperangebot, Mr Champion«, warf Winnie rasch ein. »Was meinen Sie? Vielleicht würden Ihre Kundinnen ja gern mal etwas Neues ausprobieren.«

»Meine Kundinnen kaufen Qualität.« Der Modist taxierte Winnie von oben bis unten, und Mrs King wusste genau, was er sah: verschossenes Kleid, grauer Teint, Tränensäcke unter den Augen. Nichts Respektgebietendes oder gar Angsteinflößendes. »Und jetzt verschwinden Sie.«

»Haben Sie ihr die letzte Lieferung abgenommen, Mr Champion?«, fragte Mrs King.

Er fasste sie ins Auge, grinste höhnisch. »Das glaube ich kaum.«

»Das stimmt nicht, Mr Champion«, protestierte Winnie verstört. »Ich habe Ihnen meine beste Ware gegeben.«

»Nicht auszuschließen, dass Sie irgendwelche alten Lumpen bei mir abgeladen haben. Ich kann mich nicht erinnern.«

»Sie haben bestimmt noch die Lieferscheine«, sagte Mrs King.

»Ganz bestimmt nicht.«

Er hatte einen Teint wie Rindertalg, eine Farbe, von der einem übel werden konnte. »Dürfte ich das überprüfen?«, fragte sie.

»Ob Sie …?« Er schnappte nach Luft. »Nein. Das dürfen Sie nicht. Sie dürfen die Ladentür zumachen. Von außen.« Sein Blick zuckte zwischen den Frauen hin und her. »Hören Sie mal, was soll das? Wollen Sie beide mich hier aufs Kreuz legen? Raus mit Ihnen, aber dalli!«

Winnie hob bestürzt die Hände. »Mr Champion …«

»Fünf Guineen«, sagte Mrs King.

Er riss die Augen auf. »Wie bitte?«

»Fünf Guineen für das Modell Navy. Oder ich will das Einlieferungsbuch sehen.«

Mr Champion lachte verächtlich. »Passen Sie auf, dass ich nicht den Konstabler rufe.«

»Tun Sie sich keinen Zwang an.« Mrs King ließ sich nicht aus der Ruhe bringen. »Dann kann ich ihm gleich melden, was hier vor sich geht. Sie betrügen ehrbare Frauen um das Geld, das ihnen zusteht.«

»Sagen Sie das noch einmal«, knurrte er. »Und Sie werden in Ihrem Leben keiner Menschenseele in dieser Stadt mehr irgendetwas verkaufen.«

»Das Einlieferungsbuch, bitte.« Mrs King stemmte die Hände auf den Tisch.

Tiefes Schweigen war die Antwort. Winnie hielt den Atem an.

»Drei Guineen«, knurrte Mr Champion schließlich.

Manchmal staunte Mrs King über sich selbst. Mit welcher Leichtigkeit es ihr gelang, sich durchzusetzen, sich Geltung zu verschaffen. Es war nicht sehr sympathisch. Sie kam sich dabei eiskalt vor, als ob sie die ganze Welt verachtete. Aber es ging nicht anders. Irgendjemand musste wieder geraderücken, was im Leben schieflief.

»Abgemacht.« Sie achtete darauf, dem Mann nicht zu nahe zu kommen.

Unter lautem Geklimper und Geklapper zählte er das Geld ab. »Das ist Diebstahl und sonst gar nichts. Lasst euch nie wieder hier blicken. In dieser Gegend kriegt ihr keinen Fuß mehr auf die Erde, das kann ich euch flüstern …«

Aber er zahlte ihnen die drei Guineen aus.

Winnie schob den Kinderwagen auf die Straße. »Du liebes Lottchen!«

Mrs King ließ krachend die Ladentür zufallen. »Bitte schön.« Sie drückte ihrer alten Freundin die Münzen in die Hand.

Winnie schien sich lange nicht entscheiden zu können, ob sie sich nun bedanken sollte oder nicht. Sie kniff die Lippen zusammen. »Darauf brauche ich erst mal einen Sherry«, sagte sie schließlich.

»Geh du voran.« Mrs King nahm ihr den Kinderwagen ab. »Ich kümmere mich um den Nachwuchs.«

Zügig ausschreitend, begaben sie sich nach Bethnal Green, begleitet von den wütenden Blicken der Männer, denen der schlingernde, kippelnde Wagen über die Zehen rollte. Es dunkelte bereits; langsam und schicksalsergeben ging die Sonne unter. Die Dämmerung verfehlte ihre Wirkung nicht. Sie weckte Mrs Kings Jagdinstinkt, und dem stand der Sinn nach einer ganz bestimmten Beute. Sie war nicht die einzige Wirtschafterin, die jemals im Haus in der Park Lane tätig gewesen war. Bis vor drei Jahren hatte Winnie diesen Ehrentitel innegehabt. Ein überaus nützliches Objekt aus jener Zeit war bis heute in ihrem Besitz.

Winnie wohnte in einer trostlosen Mansarde unter dem Dach eines schmalen Gebäudes mit feuchten Wänden, beengt und niedrig, aber pieksauber. Während Mrs King den Blick über die mit Chlorbleiche geschrubbten Dielenbretter wandern ließ und sie mit dem blank gebohnerten Parkett im Empfangssalon der Park Lane verglich, wurde sie von einer heißen Wut gepackt. Und das sollte die Freiheit sein? Sie jedenfalls hatte nicht vor, so zu enden.

Winnie korkte die Sherryflasche wieder zu. Die Frauen stießen an, tranken.

»Hast du es?«, fragte Mrs King.

Winnie seufzte. »Augenblick.«

Sie huschte hinaus und kam mit einem großen, in Seidenpapier eingeschlagenen Gegenstand wieder zurück. »Da, bitte.«

Mrs Kings Herz schlug schneller. Endlich! Das wunderbare, in Leder gebundene Buch mit den goldenen Intarsien im graugrünen Deckel und den dicken, festen Seiten, die beim Umblättern raschelten.

Das Inventarbuch.

»Du alte Diebin, du.« Mrs King nahm es an sich.

»Ich hab es nicht gestohlen«, sagte Winnie mit fester Stimme. »Es gehört mir quasi, weil ich es ja selber geschrieben habe. Ich hatte jedes Recht, es mitzunehmen.«

In dem Buch war das gesamte Inventar des Hauses verzeichnet. Jedes Gemälde, jeder Stuhl, jeder Zahnstocher. Die Seiten rochen wie Haferschleim, nach nassem Getreide. Ovaler Salon. Rosenholzzimmer. Langer Salon. Ballsaal. Zeile um Zeile, Seite um Seite, bis hinunter zur kleinsten Speisekammer. *Ein Satz Löschhütchen, Zinn. Ein Paar Kerzenformen, Zinn. Zwei Paar Petroleumlampen, blau. Zwei Paar Petroleumlampen, gelb.* Mrs King sah sie vor sich. Butterfarben, violett marmoriert. *Zunderbüchse. Drei Satz messingne Kerzenhalter. Drei Satz Kerzenschachteln – Putzkammer.*

Es schnürte ihr fast den Atem ab. Sie legte die Hand auf die Seite, deckte die Wörter zu. All das konnte sie verschwinden lassen.

»Gut«, sagte sie ausdruckslos. »Danke.« Sie klappte das Buch mit einem lauten Knall zu, presste die Hände auf den Deckel, nahm es in Besitz.

»Gern geschehen.« Winnie sah sie lächelnd an. Dann wurde ihr Blick hart. »Wie sieht es aus? Rückt deine alte Tante mit der Kohle raus?«

»Pass bloß auf, dass Mrs Bone das nicht zu Ohren kommt: *Deine alte Tante.* Dafür macht sie Hackfleisch aus dir.«

»Aber gibt sie uns das Geld nun oder nicht? Ohne flüssige Barmittel können wir nichts machen, Dinah.«

Mrs King lachte. »Nun hör sich einer die liebe Winnie an. Lass die flüssigen Barmittel mal meine Sorge sein. Du siehst inzwischen zu, dass du unsere letzte Kumpanin ins Boot holst. Spätestens am Sonntag muss die Truppe vollzählig sein. Keinen Tag später.«

Winnie blätterte in ihrem Notizbuch. Hunderte von Anweisungen an sie selbst liefen kreuz und quer über das Papier – Pfeile, Streichungen und Kritzeleien.

»Hoffentlich verbrennst du das Buch hinterher«, sagte Mrs King.

»Das kann uns nicht verraten. Es ist alles in Geheimschrift.«

»Was sonst?«, meinte die Freundin liebevoll.

Vor vier Wochen hatte Mrs King den Plan zum ersten Mal zur Sprache gebracht, anfangs nur vage und andeutungsweise, ohne das Kind beim Namen zu nennen, sich behutsam an ihr Vorhaben heranpirschend. »Du willst einen *Raub* begehen?«, fragte Winnie ungläubig, als ihr dämmerte, worauf sie hinauswollte. Mrs King ruderte zurück: *Hoppla, Win! Nicht so hastig, immer langsam mit den jungen Pferden …* Aber Winnies Miene verdüsterte sich, während sie in Gedanken in die finstersten Winkel ihrer Erinnerung hinabsank.

»Was hältst davon?«, fragte Mrs King sie schließlich geradeheraus. Winnie brauchte das Geld, so viel stand fest. Ihre Freundin dachte an die Worte, mit denen Winnie sich aus der Park Lane verabschiedet hatte: *Ich muss meinen eigenen Weg gehen. Ich muss etwas aus meinem Leben machen.* Es lag etwas Verzweifeltes, Gehetztes, Unerklärliches darin. Sie ging mit großen Schritten auf die Vierzig zu und hatte fast ihr ganzes Leben im Haus de Vries gearbeitet. Doch auch nach ihrem Abschied lag nicht gerade eine rosige Zukunft vor ihr. Sie hatte keine grandiosen Ziele und konnte sich mit dem Verkauf der Hüte gerade so über Wasser halten.

»Wenn das irgendwer durchziehen kann, dann du«, hatte sie mit leuchtenden Augen zu Mrs King gesagt. »Du kennst genau die richtigen Leute.« Und sie lächelte dabei.

Weil dieser Coup der reine Wahnsinn war. Und wie auch nicht? Die besten Spiele waren immer kühn und verrückt. Wie die Beleuchtung eines Märchenstücks im Theater: Magnesiumdrähte und Kalklicht, die vor den Augen des Publikums zischten und knallten. Davon ließen sich selbst nüchterne Zeitgenossen wie Winnie mitreißen.

Mrs King nickte. »Und ob ich die richtigen Leute kenne.« Sie grinste.

Winnie hatte vor Dinahs außerhäuslichen Interessen stets die Augen verschlossen. Sie war nicht dumm. Weil sie sich ein Zimmer mit ihr teilte, fiel ihr auf, dass sie kleinere Aufträge für Mrs Bone erledigte, dass sie zum Beispiel Botschaften oder Essenskörbe überbrachte. Auch das Verschwinden von Gegenständen aus dem Haushalt durch die Hintertür entging ihr nicht – Handschuhe aus Robbenfell, ein Sonnenschirm mit Griff aus Schildpatt, himmlische Schaumseifen …

Als sie einmal einen Ballen feiner Spitze in Dinahs Kleiderschrank fand, fragte sie streng: »Woher hast du das?«

»Habe ich mir gekauft«, antwortete Dinah wahrheitsgemäß. Natürlich stellten diese kleinen Nebentätigkeiten ein Risiko dar. Aber sie lohnten sich auch.

Mrs King hatte nie Angst gehabt, dass Winnie sie verraten könnte. Die Frauen waren einander unverbrüchlich in Freundschaft verbunden. Mit angestrengter Miene lockerte Winnie an der Rückwand des Schranks ein Brett. »Hier kannst du deine Schätze verstecken, wenn du meinst, dass das nötig ist.« Sie hielt kurz inne. »Aber ich würde dir raten, du legst deine Kröten auf die Seite. Vielleicht brauchst du sie eines Tages noch.«

Mrs King nahm sich den Ratschlag zu Herzen. Sie kaufte keine Duftwässerchen und Armbänder mehr, sondern sparte ihr Geld in alten Strümpfen.

»Am Sonntag also.« Winnie trug das Datum in ihr Notizbuch ein. »Das ist aber schon sehr bald, Dinah.«

»Je eher desto besser.«

Die Freundin machte ein ernstes Gesicht. »Wahrscheinlich hast du recht.«

Mrs King legte ihr die Hand auf den Arm. »Du gibst bestimmt eine fantastische Diebin ab, Win.«

Winnie runzelte die Stirn. »Veralber mich nicht.«

»Ich dich veralbern?«, antwortete Mrs King. »Die blutrünstigste Räuberin, die ich kenne? Niemals.«

Winnie hatte einen Ausdruck in den Augen, der sie plötzlich sehr viel älter erscheinen ließ. »Und du bist die einzige Frau, die ich kenne, die aus Jux und Tollerei ein ganzes Haus leerräumen will, bis auf den letzten Teelöffel.« Sie musterte Mrs King nachdenklich. »Erinnere mich daran, dir nie in die Quere zu kommen.«

»Das würdest du doch sowieso nicht machen.« Sie tippte auf ihre Taschenuhr. »Und jetzt komm. Die Arbeit wartet auf dich, du Meisterdiebin. Die Uhr tickt.«

5

Winnie betrat das Paragon-Theater durch den Eingang in der Mile End Road. Während sie durch das Foyer ging, sah sie ihr Gesicht in den großen Spiegeln, die hochroten, heißen Wangen. Statt der alten Gaslampen leuchteten nagelneue elektrische Kronleuchter, an den Wänden hingen chinesische Drucke. Glänzendes Glas und rote Samtgirlanden taten ein Übriges. Winnie war recht angetan. Sie atmete tief durch und steuerte auf dem kürzesten Weg den Zuschauerraum an.

Mrs Kings Anweisungen hatten an Deutlichkeit nichts zu wünschen übriggelassen: »Wir brauchen ein Schauspielgenie, ein geborenes Täuschungstalent.«

»Wen hattest du im Sinn?«

»Was dachtest du denn?«

»Das kann nicht dein Ernst sein!«, sagte Winnie. »Die Frau ist doch völlig unberechenbar.«

»Sie ist die ideale Besetzung. Du kennst sie am längsten. Wenn du sie fragst, macht sie bestimmt mit.«

Winnie schüttelte den Kopf. »Das ist keine gute Idee.«

»Unsinn. Ich setze mein ganzes Vertrauen in dich. Und jetzt: Ab mit dir«, fügte Mrs King hinzu, als sie immer noch zögerte.

Winnie brachte es nicht über sich, ihr zu sagen, warum es ihr vor diesem Zusammentreffen graute. Sie fürchtete sich davor, an Abgründe zu rühren, deren Dimensionen sie bestenfalls erahnen konnte. Außerdem hatte sie geschworen, das Geheimnis zu wahren. Deshalb nickte sie nur stoisch. »Na gut. Ich werde sehen, was ich ausrichten kann.«

Jetzt hatte Winnie plötzlich eine Hand auf dem Arm. »Madam!« Ein Platzanweiser versperrte ihr den Weg. »Haben Sie eine Eintrittskarte?« Er taxierte abschätzig ihren schäbigen Mantel.

Sie marschierte zurück ins Foyer. Mit dem gesamten Geld, das sie von Mrs King bekommen hatte, mietete sie eine Loge. Eine notwendige Auslage – auch wenn sie an die Kosten gar nicht denken durfte.

Ein Programmheft bekam sie – gratis – dazu. Immerhin etwas. Es war auf Seide gedruckt und hatte die Farbe von Pfirsich mit Sahne. Winnie fuhr mit dem Finger die Liste der Darsteller ab, auf der Suche nach einem ganz bestimmten Namen: *Hephzibah Grandcourt*. Vergeblich.

Stirnrunzelnd blickte sie über die Logenbrüstung nach unten. Im Publikum tummelten sich schrecklich viele Krämer und Besteckvertreter. Die Männer trugen auffallend bunt gemusterte, schottisch karierte Jacken und hatten ihre Regenschirme in den Zuschauerraum mitgenommen. Aber wer im Glashaus saß … Wirkte doch sie selbst mit der in Auflösung begriffenen Frisur noch seltsamer, wie ein Brocken Kohle in einer Schmuckschatulle.

Ein zweiter Platzanweiser sah zu ihr herein. »Darf es etwas von der Speisekarte sein?«

»Brandy«, sagte sie, ihren ganzen Mut zusammennehmend. Genauso gut hätte sie einen Krug Starkbier bestellen können.

Der Mann zwinkerte ihr zu. Winnie wusste nicht, ob das die Sache besser oder nur noch schlimmer machte. Ihre Beine schlotterten. Das schlechte Gewissen.

Dann ging die Tür auf. Das Rascheln schwerer Seide.

»Unten ist alles in heller Aufregung«, sagte eine Stimme über ihre Schulter hinweg. »Eine Scheuerfrau hat sich die besten Plätze im Haus unter den Nagel gerissen.«

Winnie wappnete sich und drehte sich um.

Ihr erster Eindruck galt nicht der Frau, die vor ihr stand. Sondern der Frau, die sich in ihr verbarg. Wenn man sich sehr konzentrierte, erkannte man mit einiger Anstrengung das frühere Küchenmädchen aus der Park Lane wieder. Ein gewöhnlicher Hausspatz im prachtvollen Gewand eines Paradiesvogels. Sie trug ein strahlendes Lächeln zur Schau, eine eng anliegende Perlenkette um den Hals, das seidige Haar dramatisch in die Höhe frisiert. Aber die Augen waren noch die gleichen: riesengroß und kornblumenblau.

»Hallo, Hephzibah.« Winnie benutzte ihren neuen Namen mit Bedacht. Das war das Mindeste, was sie ihr schuldig war.

Hephzibah Grandcourt zuckte mit keiner Wimper. Als Schauspielerin hatte sie ihre Gesichtszüge perfekt unter Kontrolle. Diese Fähigkeit hatte sie schon damals in der Park Lane besessen, als ihre Hände noch gelb von Kernseife waren und sie immer nach Ammoniak roch. Ihre Ausstrahlung war die gleiche gewesen wie heute. Und heute drückte ihre Miene Verärgerung aus.

»Wer hat dir gesagt, dass ich hier arbeite?«, fragte sie.

Winnie drückte die Schultern durch. »Keiner. Ich habe es erraten.«

Hephzibah roch nach kandierten Früchten und Mandeln, widerwärtig süß. »Ich habe dich von hinter der Bühne bemerkt.« Sie dehnte ihre Finger. »Ich konnte meinen Augen nicht trauen.« Sie spießte Winnie mit ihrem Blick auf. »Wolltest du dir ein Autogramm von mir holen?«

Winnie musste sehr behutsam vorgehen. Sie kannte Hephzibah ihr halbes Leben. Seit das Mädchen die Park Lane vor achtzehn Jahren verlassen hatte, war Winnie mit ihr in Verbindung geblieben, hatte ihr nicht gerade aufregende Briefe geschrieben und ihr Eintrittskarten für das Weihnachtsstück geschenkt. Sie war durch und durch lieb und nett zu ihr gewesen. Winnie wurde heute noch rot, wenn sie daran dachte, wie wichtigtuerisch sie sich in ihrer Ahnungslosigkeit aufgeführt hatte.

Normalerweise traf sie sich mit Hephzibah in einem Teesalon

oder am Fluss – auf sicherem, neutralem Grund. Dass sie sich in Hephzibahs Revier gewagt hatte, war ein kühner Schachzug, der das zwischen ihnen unter Mühen errungene Gleichgewicht gefährdete. »Ich wollte mit dir reden«, sagte Winnie.

Der Platzanweiser brachte ihr den Brandy und ein Glas Sherry für Hephzibah, daneben ein Schüsselchen Kirschen, die aussahen, als hätte man sie in Zuckerwasser getaucht, so unanständig glänzten sie.

»Tja, da wäre ich«, antwortete Hephzibah.

»Du stehst nicht im Programm. Spielst du nicht mit?«

Hephzibah zog einer Kirsche mit den Zähnen die Haut ab. »Ich bin die zweite Besetzung«, antwortete sie emotionslos.

»Die was?«

»Der Ersatz, die Reserve. Aber ich werde trotzdem bezahlt«, fügte sie hinzu.

In der Luft hing ein Hauch von saurem Apfel. Hephzibah nestelte ununterbrochen am Perlenbesatz ihres Kleides herum. Winnie tat es leid, sie in Unruhe versetzt zu haben. »Ich könnte dir unter Umständen das Gleiche anbieten«, sagte sie eifrig. »Ich möchte dich nämlich engagieren.«

Hephzibah spuckte den Kirschkern in die Schüssel. »Was soll das heißen?«

»Ich hätte einen Auftrag für dich.«

»Was soll ich machen?« Hephzibahs Augen verdunkelten sich.

Winnie fiel das richtige Wort nicht gleich ein. »Jemanden … bezirzen.« Sie durfte es nicht riskieren, belauscht zu werden. Geschäfte dieser Art waren ihr unendlich fremd.

»*Bezirzen?*«

»Ja! So wie nur du es kannst.«

Statt einer Antwort dröhnendes Schweigen. Hephzibah nahm sich noch eine Kirsche, betrachtete sie prüfend. »Nicht jede Schauspielerin ist ein leichtes Mädchen«, sagte sie schließlich.

Winnie erstarrte. »Das habe ich doch gar nicht gemeint.«

Ein wütender Augenaufschlag. »So arm bin ich nun auch wieder nicht. Ich habe Geld ...«

»Hephzibah ...«

»Und jede Menge Engagements in Aussicht.«

Winnie rutschte auf ihrem Stuhl nach vorn. »Lass mich erklären.«

Die andere riss ihr das Programm aus der Hand, hielt es ins Lampenlicht. »Die Vorstellung heute Abend taugt nichts. Eine primitive Nummer nach der anderen. Du wärst besser am Samstag gekommen. Da könntest du Talente sehen. Nicht solche trüben Tassen.«

»Hephzibah!«

»Wäre es mein Laden, würden sie mir die Bude einrennen. Ich würde die Stücke selber schreiben. Ich habe eine Begabung dafür.«

»Ich weiß.«

»Eine seltene Begabung. Die man hegen und pflegen müsste.« Wieder landete ein Kirschkern in der Schüssel. »Das ist sehr frech von dir, dass du aus heiterem Himmel einfach hier reinspaziert kommst. Nachdem du dich seit Monaten nicht mehr gemeldet hast.«

Winnie biss sich auf die Zunge. »Ich schreibe dir doch«, sagte sie zuletzt kläglich.

»Und ich antworte!«

»Na ja.« Winnie konnte sich nicht mehr beherrschen. »Du schickst mir Lichtbilder von dir.«

Hephzibah funkelte sie an. »Ansichtskarten!«

Winnies Gegenwehr erlahmte. »Ja.«

»Mit *sehr* attraktiven Ansichten.«

Manchmal bot sich eine goldene Gelegenheit, die man unter allen Umständen beim Schopf packen musste. Winnie zwang sich, nicht zu kneifen. »Hephzibah. Es tut mir so ... so unsagbar leid«, platzte es aus ihr heraus.

Dieses Gesicht! Makellos. Die Miene mit einem Mal so glatt wie ein Strand, wenn die Flut abgelaufen ist. Hephzibah schwieg.

Winnie erinnerte sich gut daran, wie Hephzibah damals verschwunden war. In der Nacht auf und davon, hieß es. Schon wieder eine Ausreißerin. Die Empörung war groß. Auch bei Winnie, der es oblag, Hephzibahs Hinterlassenschaften und ihre traurige, oft geflickte Tracht zu beseitigen.

Dinah King hatte gelacht. »Du kennst sie doch. Sie hat Träume. Sie will auf die Bühne.«

Sie hatten keine Fragen gestellt.

Hephzibah zerknüllte das Programm und schleuderte es von sich. Als sie nach ihrem Sherry griff, schwappte die Hälfte aus dem Glas. »Wenn du nicht so verdammt fromm und sauertöpfisch wärst, würde ich mich nicht halb so sehr über dich ärgern. Ehrlich. Nach jedem Besuch von dir geht es mir richtig mies. Wegen dir kommen die ganzen Erinnerungen wieder hoch. Das verstehst du doch, ja?«

Winnie nickte. »Das ist nicht meine Absicht.«

Hephzibah hielt Winnie das Glas mit dem Brandy hin. »Da. Damit du ein bisschen Farbe bekommst. Das ist ja nicht zum Aushalten, wie du dich windest.«

Winnie griff zu. »Danke.«

»Also dann, schieß los!«

Winnie trank einen Schluck. »Wir brauchen deine Hilfe in einer delikaten Angelegenheit.« Der Weinbrand rann ihr heiß die Kehle hinunter.

»Wir?«

»Dinah King und ich.«

Das frühere Küchenmädchen riss die Augen auf. Winnie hob beschwichtigend die Hand. »Sie weiß es nicht, Hephzibah. Bei meiner Ehre, sie hat nicht die leiseste Ahnung.«

Hephzibah lehnte sich auf dem Stuhl zurück.

»Schön für sie. Dann komm jetzt, lass hören!«

6

Noch dreiundzwanzig Tage

————◄○►————

Alice Parker war spät dran. Sie band sich die Schürze um, zwei Knoten in aller Eile, ließ das Kruzifix unter dem Kragen verschwinden und warf noch kurz einen Blick in den Spiegel. Nach einem Monat in der Park Lane hatte sie sich an die Dienstbotentracht gewöhnt. Sie staunte selbst darüber, hatte sie doch damit gerechnet, dass sie sich am Hals und an den Handgelenken arg eingeengt fühlen würde. Aber mittlerweile fand sie nichts mehr dabei. So musste einem Soldaten zumute sein, der die Uniform anzog. Die Tracht verlieh ihr eine wohltuende Anonymität. Darin sah sie nicht mehr wie sie selbst, sondern nur noch wie irgendein Hausmädchen aus.

Sie rückte den Trauerflor zurecht. Mrs King hatte ihn ihr an ihrem ersten Arbeitstag gegeben.

»Wir trauern um unseren Hausherrn«, hatte sie gesagt.

Alice spürte nichts von Trauer im Haus. Noch war Mr de Vries' Leiche nicht richtig kalt, da plante die neue Herrin schon ein Kostümfest, den spektakulärsten Ball der Saison. Dafür brauchte sie dringend die Hilfe einer Näherin. Alice war mehr als beeindruckt. So sündig das Vorhaben auch war, es verlieh ihrer Aufgabe einen besonderen Kitzel. Seltsam, eigentlich. Ihre Schwester war auf jeden Fall dieser Meinung. Sie hatte sie sogar darauf angesprochen, als sie ihr die Stelle anbot.

»Sei bitte keine Zimperliese, ja? Ich brauche eine Person, die ihre fünf Sinne beisammenhat. Sie muss sich quasi unsichtbar machen und die Gnädige im Auge behalten. Verstehen wir uns?«, sagte Mrs King.

Zugegeben, sie war nur ihre *Halb*schwester, aber die Bezeichnung passte eigentlich gar nicht schlecht, wenn man bedachte, dass sie sich auch nur halb ähnlich waren. Vierzehn Jahre Altersunterschied und nur eine einzige Gemeinsamkeit: ihre Mutter.

»Alles klar, Dinah«, sagte Alice.

»Du redest mich mit Mrs King an. Brauchst nicht zu denken, dass du irgendwelche Extrawürste gebraten bekommst.«

»Natürlich nicht«, antwortete Alice kleinlaut.

Mrs King musterte sie zweifelnd. »Du begreifst, was ich von dir erwarte? Du weißt, um was für einen großen Coup es geht?«

»Ja, ja, ich hab's kapiert. Außerdem hab ich sowieso Lust auf eine Luftveränderung.«

Mrs King hob eine Augenbraue. »Hast du Ärger?«

Ärger – wie Alice dieses Wort hasste. Es umlauerte sie, legte ihr Fallstricke, verfolgte sie von früh bis spät. »Ärger?«, sagte sie. »Ich und Ärger? Ach, was!«

Die Schwester starrte sie forschend an, ohne zu blinzeln. Sie strahlte eine Kraft aus, mit der sie Alice jederzeit ausstechen konnte.

»Gut. Stell dich Montag in der Park Lane vor. Ich sorge dafür, dass alles glattgeht. Ein Wort zu irgendwem, dass du mich kennst, und ich ziehe dir bei lebendigem Leib die Haut ab.« Mrs King streckte ihr die Hand hin, die in einem butterweichen, elfenbeinfarbenen Glacéhandschuh steckte. »Abgemacht?«

Mutter hatte ebenfalls kleine Hände gehabt. Alice war diejenige gewesen, die ihr die Handschuhe zugeknöpft und aufgepasst hatte, dass sie eine propere Erscheinung abgab, Aufgaben, die Mrs King schon vor langer Zeit auf sie abgewälzt hatte.

Alice war stolz, dass sie sich nichts hatte anmerken lassen. Denn natürlich hatte sie Ärger; tiefer als sie konnte man gar nicht in der Patsche sitzen. Manchmal hätte sie deswegen am liebsten Gift und Galle gespuckt. Dabei hatte sie sich nur gewünscht, dass es ihr einmal besser gehen sollte. Mehr nicht. Sie träumte davon,

Hausschneiderin in einem Geschäft zu sein, so adrett und frisch. Vater hatte sie hinter der Kurzwarentheke ausgebildet, und sie wusste, dass sie mit der Nähnadel umgehen konnte, aber sie hatte keine Lust, sich für einen Hungerlohn verheizen zu lassen. Beim Zeichnen des Entwurfs für ein Kleidungsstück war sie flinker als die meisten Mädchen beim Haarebürsten. Selbst ihre schlichtesten Arbeiten saßen perfekt und übertrafen an Genauigkeit jedes Schnittmuster. Sie hortete illustrierte Zeitschriften und sog die Reklamebilder regelrecht in sich auf. Alice studierte die aktuelle Mode wie ein Objekt unter dem Mikroskop, beobachtete, wie sich die Silhouette von Saison zu Saison veränderte: die Kleider länger, enger, am Busen anliegend, locker um die Hüfte fließend. Insgeheim sehnte sie sich danach, ihre eigenen Modelle zu entwerfen. Aber das ging nur, wenn sie eine Lehre machte. Und dafür brauchte sie Geld.

Es war nicht schwierig, einen Kredit zu bekommen. Sie war nicht auf den Kopf gefallen und wusste über Geldverleiher Bescheid. Es gab Frauen im Viertel, die alles verpfändet hatten, was sie besaßen, und ihre Schulden trotzdem nicht zurückzahlen konnten. So dumm war Alice noch lange nicht. Sie wandte sich an eine Frau namens Miss Spring, die in der Bell Lane ein schlichtes, seriöses Etablissement betrieb. Miss Spring hatte eine sanfte Stimme, gute Manieren und makellose Wachstuchtischdecken. Sie hörte sich Alice' Wünsche an, schrieb alles säuberlich nieder und bot ihr einen Vorschuss auf ihren zukünftigen Lohn an, den sie mit sieben Shilling und sechs Pence die Woche veranschlagte. Keine Bürgschaft erforderlich, das ganze Geschäft per Schuldschein geregelt.

Alice saß sechs Monate an der Maschine, bevor sie es überhaupt in die Werkstatt schaffte, und sie verdiente nur drei Shilling in der Woche. Selbst die erfahrensten Mädchen kamen höchstens auf fünf Shilling und sechs Pence. Alice musste hilflos mit ansehen, wie ihre Schulden anstiegen wie die Flut, bis ihr das Wasser bis zu den Fußknöcheln stand. Als sie Miss Spring aufsuchen wollte, waren Türen und Fenster vernagelt. Aber die Männer, die die Außenstände eintrieben, kamen trotzdem alle vierzehn Tage vorbei. Sie traf sich in einem Durchgang am Ende der Straße mit ihnen, damit Vater sie nicht sah.

»Nächste Woche«, sagte sie. »Nächste Woche zahle ich.«

»Aber natürlich, Miss.« Sie bleckten die Zähne, die Höflichkeit in Person. »Lassen Sie sich nur Zeit.«

Es wäre besser gewesen, wenn die Männer sie mit einem Bleirohr zusammengeschlagen und schreiend durch die Gasse gejagt hätten. Dann hätte sie sich Hilfe suchen können, ohne sich schämen zu müssen. Aber so hatte sie das konfus machende Gefühl, immer tiefer in etwas hineingesogen zu werden, worüber sie keine Kontrolle besaß und das in eine Katastrophe münden musste. Denn für den, der seine Schulden nicht zurückzahlte, konnte es nur ein Ende geben. Sie erzählte niemandem davon.

Die Eintreiber rochen seltsam: nach Kreidestaub, gemischt mit Gardenien. Sie hatte den Geruch noch spätnachts in der Nase. Sie schlief schlecht. Es beruhigte sie nicht im Geringsten, ihr Nachtgebet zu sprechen.

Alice brauchte Schutz. Und als Versteck war die Park Lane ideal. Ihr wäre kein größeres, besser gesichertes Haus eingefallen, und wenn sie sich das Hirn zermartert hätte. Sie verließ das Kaufhaus, ohne zu kündigen. Sie gab ihrem Vater eine falsche Nachsendeadresse. Bis sie das benötigte Geld in der Hand hatte, war es besser, sich ganz von der alten Nachbarschaft loszusagen.

»Wie viel ist dabei zu holen?«, hatte sie Mrs King gefragt.

Als die Schwester es ihr sagte, schwoll Alice vor lauter Staunen die Brust. Mehr brauchte sie nicht – nein, es war sogar unvorstellbar viel mehr, als sie brauchte. In ihrer Rolle als Näherin musste sie nur darauf achten, dass sie immer saubere Hände und einen aufgeräumten Nähkorb hatte – und Miss de Vries im Auge behalten. Sie bekam sogar ein eigenes Kämmerlein, ganz oben unterm Dach. In der ersten Nacht kniete sie sich neben das Bett und betete dreimal leise das Vaterunser. Sie kam sich vor wie eine Diebin, der die Kirche Asyl gewährte. Ganz schön ironisch, eigentlich.

Ihrer Schwester aus dem Weg zu gehen, war einfach. An der langen Tafel in der Gesindestube saß Alice am unteren Ende. Nach ihr kamen nur noch der Junge, der sich als Lampenputzer und Laufbursche sein Geld verdiente, die Spülmägde und die nicht enden wollende Riege der Küchenmädchen. Es roch immer nach gesottenem Fleisch und gedünstetem Obst, und in den Rohrleitungen klopfte es ohne Unterlass. Vor Alice saßen die Hausmädchen, gefolgt von den Stubenmädchen, gefolgt von den Männern: den Hausknechten und Hausdienern, dem Chauffeur Mr Doggett und Mr de Vries' Kammerdiener. Und da waren noch nicht einmal die Elektriker und Gärtner dabei, der Leibarzt der Familie, der Krankenpfleger, drei Tischler, ein halbes Dutzend Stallknechte, die die großen Pferdeställe ausmisteten, die Mechaniker und der französische Chefkoch, der zweimal die Woche in die niederen Gefilde herabstieg und unaufhörlich mit der Köchin stritt. Die Dienstbotenarmee, die ein Herrenhaus auf dem Land hätte versorgen können, war für eine Villa in der Park Lane eigentlich viel zu groß. Der Butler, Mr Shepherd, saß als Herr und Meister am Kopf der Tafel, Mrs King zu seiner Rechten.

Die Schwestern besprachen sich heimlich, wann immer sich die Gelegenheit bot. Gespräche zwischen Tür und Angel, keine Zeit für Sentimentalitäten. Alice war einsam.

»Da.« Mrs King kippte eine Schachtel vor ihr aus. »Etiketten.«

Alice nahm sie in die Hand. Sie waren mit mikroskopisch kleiner Schrift bedruckt. »Etiketten wofür?«, fragte sie ratlos.

»Anweisungen. Ich möchte, dass sie in diese Röcke eingebügelt werden.« Sie packte ihr einen Schwung nagelneuer, maschinengenähter Unterröcke auf den Arbeitstisch. »Bald fangen die neuen Mädchen an. Ich kann sie nicht mehr selbst einweisen. Sie müssen den Plan schwarz auf weiß vor sich haben.«

Alice starrte sie verwundert an. »Und wo sind Sie dann?«

Die Wirtschafterin ließ sich nicht in die Karten blicken. »Das braucht dich nicht zu kümmern. Fang an zu bügeln.«

Sie ging ohne ein Wort des Abschieds. Sie warnte Alice nicht einmal, dass sie weggehen würde. Am Morgen, als die Bombe platzte, verbreitete sich die Neuigkeit durch die Mädchen, die über die Hintertreppe ins Souterrain kamen. Mrs King sei im Quartier der männlichen Dienstboten erwischt worden. Mr Shepherd stelle sie gerade in der Gesindestube zur Rede. William, der Kammerdiener, werde im Büro des Butlers festgehalten, um anschließend ins Verhör genommen zu werden.

William, dachte Alice? Doch, gut möglich, dass Dinah eine Schwäche für ihn hatte. Auf jeden Fall war er sehr ansehnlich, und er hatte wunderschöne goldene Augen. Und man konnte sich mit ihm unterhalten. Als Alice ihm von dem Viertel erzählt hatte, in dem sie aufgewachsen war, und von den gehässigen Nachbarn, hatte er ihr aufmerksam zugehört, als ob sie etwas wirklich Spannendes zu berichten hätte.

Die Köchin labte sich an dem Skandal. »Unzucht!«, rief sie. »Sodom und Gomorrha!«

Alice erhaschte einen Blick auf William, der in Mr Shepherds Sessel saß, die Tür bewacht von Hausknechten, das Gesicht gerötet, die Miene trotzig. Er wirkte verwirrt, als wäre er nichtsahnend in eine Falle getappt. Alice überlief ein Kribbeln: Jetzt ging es tatsächlich los! Die Unterröcke lagen in ihrem Kleiderschrank, die Etiketten perfekt in die Säume eingebügelt.

Kaum war Mrs King aus dem Haus, ging es mit der Villa in der Park Lane bergab. Das Frühstück wurde verspätet serviert, frische Blumen blieben unbeachtet im Vestibül stehen, in einer Abstellkammer fiel ein Regalbrett von der Wand, der Kronleuchter sprühte und knisterte, und jemand sah zwei Ratten in den

Keller huschen. Ein Stubenmädchen kam atemlos nach unten gehetzt. »Hast du es nicht läuten hören? Madam verlangt nach der Näherin. Jetzt gleich.«

Alice hob den Kopf. »Nach *mir*?«

Sie nahm den elektrischen Fahrstuhl. Er hing in einem eisernen Käfig, und die anderen Dienstboten hatten immer ihre Schwierigkeiten damit, die Tür zu schließen – aber Alice nicht. Manche Leute hatten eben einfach keinen Sinn für Maschinen. Sie drückte auf den gläsernen Kopf, und der Fahrstuhl setzte sich mit einem Ruck in Bewegung. Es war, als bisse er die Zähne zusammen, bis sie einrasteten, um anschließend mit einem hässlichen Brummen ganz langsam nach oben zu steigen. Das Vestibül wurde größer, denn es versank unter ihr. Die Luft schmeckte süßlicher. Alice schwebte hinauf in ein Reich der gedämpften Töne, wie unter einer cremefarben goldenen Decke liegend.

Die Etage mit den Privatgemächern.

Bevor sie in die Park Lane kam, hatte Alice noch nie solche Teppiche unter den Füßen gehabt, so üppig, so neu, dass sie sie einzusaugen drohten. Die verspiegelten Türen sahen aus wie mit Sirup glasiert. Die ganze Etage war ein Traum. Auf ihrer Zunge prickelte es, als hätte sie den Mund voll Zucker. Es war wie im Himmel, wo die Engel wohnten.

Sie wartete am Ende des Korridors, strich sich die Schürze glatt, lauschte dem Ticken der Uhren. Sie rückte ihr Häubchen gerade. Die Maschinerie des Haushalts hielt den Atem an, sogar die Uhrzeiger verharrten in tiefer Spannung.

»Du bleibst im Flur stehen«, hatte das Stubenmädchen sie gewarnt. »Klopf bloß nicht an die Tür. Das kann sie auf den Tod nicht ausstehen.«

Bis jetzt hatte sie so gut wie keinen direkten Kontakt zu Miss de Vries gehabt. Obwohl die sich, wenn Alice im Ankleidezimmer zu tun hatte, nur wenige Meter entfernt im Boudoir aufhielt.

Doch sie wurde von ihren persönlichen Zofen bedient. Alice beobachtete sie, um sich ihren Tagesablauf einzuprägen, doch zu mehr hatte es bis jetzt nicht gereicht. Um die Anproben für das Ballkleid der Gnädigen, das Alice überhaupt nicht gefiel, kümmerten sich die Schneiderinnen aus der Bond Street.

Das Kleid war schwarz, wie es sich für eine Trauernde gehörte, aber es hatte altmodisch schwere Ärmel, und die Spitze wirkte fast antik. Die Schneiderin fertigte ein Teil nach dem anderen und schickte sie in die Park Lane, wo Alice letzte Hand daran legte. Eine langweilige Routinearbeit, die sie mit verbundenen Augen hätte erledigen können. Stattdessen trennte sie die Nähte auf, nahm hier und da kleinste Änderungen vor, milderte den strengen Schnitt ein wenig ab. Um das Kleid eleganter zu machen. Während sie auf die nächste Lieferung wartete, skizzierte sie manchmal Entwürfe für das Kleid, das sie selbst für Madam schneidern würde. Mit etwas mehr Schwung, etwas mehr Pfiff. Ein Kleid, das Staunen machte.

Die Zeiger sprangen um, leise Glockenschläge hallten durchs Haus.

Durch ein halbrundes Fenster am Ende des Korridors fiel hell ein Sonnenstrahl herein, darin, wie in einen Kokon aus Licht eingesponnen, eine Gestalt, die sich bewegte.

Ein zartes Persönchen, schwarze Spitze, zart wie der Flügelschlag eines Nachtfalters, blondes Haar. Und doch umgab sie ein Kraftfeld, ging eine Ausstrahlung von ihr aus.

»Madam.« Alice hob die Hand.

Die Gestalt blieb stehen. Der Lichtschein löste sich wabernd auf, Miss de Vries drehte sich zu ihr um.

Alice war verblüfft gewesen, als sie die Gnädige das erste Mal sah. Sie hatte sich Miss de Vries ganz anders vorgestellt, nicht so klein, nicht so zerbrechlich. Sie war – wie alt? Höchstens zwei Jahre älter als Alice selbst. Dreiundzwanzig, aber *aller*höchstens. Im Grunde noch ein halbes Mädchen.

Miss de Vries trug Trauer, schwarzen, gerüschten Batist und Spitze, die ihr bis unters Kinn reichte. Das flachsblonde Haar trug sie so frisiert und onduliert, dass ihr eine einzelne Locke in die Stirn fiel. Sie hatte seltsame Gesichtszüge: eine dünne Nase und leicht vorquellende Augen. Wie eine Fee oder ein Kobold.

Während sie wartete, legte sie eine schier übernatürliche Geduld, Seelenruhe und Gefasstheit an den Tag. Je näher Alice ihr kam, desto spürbarer war die Elektrizität, die sie umfloss und ihre zarten Hände und Handgelenke knisternd umspielte. Obwohl Miss de Vries Knochen wie ein Vögelchen hatte, strahlte ihr Körper eine harte Unnachgiebigkeit aus.

»Alice, nicht wahr?«, fragte Miss de Vries mit gedämpfter, beherrschter Stimme.

Alice nickte.

»Gut. Komm mit ins Ankleidezimmer. Ich möchte dich etwas fragen.«

Die zweiflügelige Schlafzimmertür, die auf Schienen lief, glitt geräuschlos auf.

Kaum war man hindurchgegangen, veränderte sich das Licht. Das Zimmer glich einem riesigen vergoldeten Kasten, kalt und hoch und sonderbar. Die Wände waren mit rosa Blumen bedruckt, und obwohl dichter Musselin vor den Fenstern hing, konnte man auf der anderen Straßenseite die grau-grünen Schatten des Hyde Parks erkennen. Zur Einrichtung gehörte ein Schreibsekretär, in dem Miss de Vries Korrespondenzen, private Papiere und – wie Alice mit den Auge an einer Ritze in der Tür des Ankleidezimmers beobachtet hatte – ihre persönlichen Geldmittel aufbewahrte. Banknoten, Postanweisungen und Seidenbeutelchen mit Münzen.

Auf den Baldachin über dem großen Himmelbett war ein Sinnspruch gestickt: *Morgenstund hat Gold im Mund.* Alice hatte immer geglaubt, dass feine Damen bis zum Mittag im Bett blieben, aber Miss de Vries stand im Morgengrauen auf, noch bevor die Dienstboten wach waren. »Was fängt sie bloß mit ihrer ganzen Zeit an, wenn sie so früh aus den Federn kriecht?«, hatte sie Mrs King gefragt.

Mrs King dachte eine Weile nach, ob die Frage wohl relevant war oder nicht. »Sie liest«, sagte sie schließlich widerwillig.

»Ach ja? Und was liest sie?« Alice hatte aus der Antwort ihrer Schwester einen Anflug von Unsicherheit herausgehört.

»Weiterbildende Schriften.«

»Worüber?«

Mrs King runzelte die Stirn. »Krieg. Philosophie. Die Kunst der Diplomatie. Die Lebensgeschichten großer Könige.«

Alice lachte. »Im Ernst?«

Ihre Schwester hatte keine Miene verzogen. »Was sonst?«

Miss de Vries öffnete die Tür zum Ankleidezimmer, eine kleine Ausgabe des Schlafzimmers, verspiegelt, vergoldet und mit Seide behängt. Aber der Raum war viel dunkler, und er hatte keine Fenster. Es standen nur Kleiderschränke und Paravents darin. Alice hielt sich ständig hier auf, Stoffballen zwischen den Schränken und dem Arbeitstisch hin und her schleppend.

»Sag mir …«, begann Miss de Vries. Ihre Stimme klang heller, als ob sie nun, da sie allein waren, offen reden könnte. Sie riss eine Schranktür auf, kramte hastig darin herum und zog einen Stapel Papiere heraus. »Sind die von dir?«

Alice wurde rot. Madam hatte ihre Entwürfe in der Hand.

Miss de Vries sah sie abwartend an. »Nun?«

»Entschuldigung, Madam.« Alice streckte die Hand nach den Zeichnungen aus. »Ich hätte sie nicht hierlassen dürfen.«

Ihre Herrin lächelte, die Lippen ein kalter Strich. Sie hob die Blätter so hoch, dass Alice nicht herankam. »Nicht übel«, sagte sie knapp und breitete sie mit undurchdringlicher Miene auf dem Tisch aus. »Du kannst sehr gut zeichnen«, sagte sie.

Alice schüttelte den Kopf. »Madam sind zu freundlich.«

Miss de Vries kniff die Augen zusammen. »Unsinn. Falsche

Bescheidenheit ist mir zuwider.« Sie tippte auf eines der Blätter. »Dieses hier. Was würde es kosten, das Kleid zu schneidern?«

Alice überkam ein mulmiges Gefühl. »Es zu *schneidern*?«

»Ja.« Miss de Vries klopfte mit dem Fingernagel darauf. Alice ging zum Tisch und sah sich den Entwurf an, den sie selbst gezeichnet hatte. Ein Kleid mit Schnürmieder, eine reich verzierte, duftige Schleppe, Träger, nicht viel breiter als ein Fädchen, die von nackten Schultern glitten. Ein zartes Etwas, das den Körper in weichen Wellen umfloss. Ein Kleid, das für eine Trauernde vollkommen unpassend war. Alice wollte das Blatt an sich nehmen. »Ich hätte das niemals zeichnen dürfen, Madam.«

Miss de Vries beschwerte das Papier mit der Faust. »Was hättest du nicht zeichnen dürfen? Ein schönes Kleid für mich?«

Alice schüttelte den Kopf. »Das ist doch nur Gekritzel, Madam. Spinnereien, sonst nichts.«

»Mein Kleid ist zum Davonlaufen. Ich kann es unmöglich tragen. Das ist mir jetzt völlig klar.« Miss de Vries trat einen Schritt nach hinten. Aus dieser Nähe, aus diesem Blickwinkel konnte Alice Madams Haut ganz genau studieren, die winzigen Sommersprossen und die feinen Härchen im Nacken. Sie ließen sie sanfter, menschlicher erscheinen. »Ich möchte ein Kleid wie das hier. Könntest du es für mich nähen?«

»Ich?«, sagte Alice ungläubig.

»Die Schneiderinnen aus der Bond Street können dir bestimmt dabei helfen«, antwortete Miss de Vries. »Es ist doch nichts weiter dabei, man muss nur die einzelnen Teile zusammennähen.« Sie deutete mit dem Kopf auf die Zeichnung. »Das Schnittmuster hast du ja schon fertig.«

Alice' Gedanken rasten. Was für Probleme, was für Risiken eröffneten sich hier? *Nur die Teile zusammennähen?* Ein solches Kleid bedeutete einen Berg von Arbeit, größer als jeder Auftrag, den sie jemals angenommen hatte. Am liebsten wäre sie losgelaufen und hätte Mrs King um Rat gefragt.

»Es ist möglich, dass die Zeit nicht reicht, Madam«, sagte sie.

Miss de Vries sah ihr in die Augen. »Natürlich sollst du für deine Mühen fürstlich belohnt werden.«

Damit war die Sache entschieden.

7

Noch zweiundzwanzig Tage

———◄○►———

Ein Dunst lag über dem Wasser, ein seidenpapierdünner Schleier. Die Themse roch nach Meer und Kohlenrauch. Mrs Bones Lieblingsfabrik befand sich in einer schlammigen Straße zwischen der Zuckerraffinerie und dem Kautschukspeicher. Die Männer, die sich durch den Matsch kämpften, kamen sich vor, als wateten sie durch Schweinefutter. Mrs King fragte sich, warum sie nicht den anderen Weg nahmen. Wie immer war auch dies eine Frage der richtigen Entscheidung zwischen den vorhandenen Alternativen.

An die Fabrik angebaut war eine Villa mit blutrotem Glas in den Fenstern, umgeben von hohen Mauern. Ein gespenstisch aussehender Portier verriegelte, nachdem sie eingetreten war, hinter ihr die Tür. Sie schälte sich die Handschuhe von den Händen. Damenhafte Zimperlichkeit war hier und heute fehl am Platze. Es würde mit harten Bandagen gekämpft werden.

In dem düsteren Raum mit den geschlossenen Fensterläden und den zugezogenen Vorhängen stand Mrs Bone, die Hände in die Hüften gestemmt. »Das hier ist mein Erfindungszimmer.« Sie hob warnend den Zeigefinger. »Brauchst gar nicht erst versuchen, dir was zu merken. Ich hab Patente. Also denk gar nicht erst dran.«

Altmodische Lampen tauchten das Zimmer in ein rumfarbenes Licht. Alles war mit Farb- und Lacktupfern übersät, an den Wänden hingen Gewehre. Feuerwaffen aller Größen und Modelle. Mrs King verstand genau, worauf die ausgefallene Dekoration abzielte. Mrs Bone wollte ein unmissverständliches Zeichen setzen.

Die Frauen waren pünktlich: ein guter Anfang. Hephzibah kam ins Zimmer gesprintet wie ein Emu, mit Federn und Perlen geschmückt, die Perücke halb verrutscht, die Augen überall.

»Wie schön, Hephz. Ich freue mich.« Mrs King wollte auf sie zugehen, um sie zu umarmen.

»Ist das ein Dessertwagen?« Hephzibah schnippte mit den Fingern. »Her zu mir, her zu mir!«

Winnie lotste die Schauspielerin zur Couch und warf Mrs King einen gepeinigten Blick zu. *War ein langer Tag.*

Bald darauf fand Alice sich ein. Sie deutete einen Knicks an, drückte Mrs Bone rechts und links ein Küsschen auf die Wange und gab ihr zuletzt noch einen Kuss auf die Hand.

Mrs Bone steuerte zwei Hausmädchen in nicht zueinander passenden Schürzen bei. »Du wolltest meine besten Kräfte? Hier sind sie. Schwestern«, fügte sie hinzu. »Nützlich. Es gibt sie nur im Doppelpack. Sie heißen Jane.«

Mrs King besah sich die Mädchen genau. Schwestern waren sie schon einmal nicht, dafür war ihre Ähnlichkeit viel zu gewollt, die Haare wie Besenborsten, von den Häubchen zerdrückt. Mädchen vom Land, die es in die große Stadt verschlagen hatte. Und Jane hießen sie auch nicht. Das Recht der Namensgebung behielt Mrs Bone sich vor.

»Ihr wart beim Zirkus, nicht wahr, Kinder?«, fragte Mrs Bone. »Meine Mädchen müssen das nötige Rüstzeug mitbringen. Darauf lege ich Wert.« Sie blickte in die Runde. »Wer auf dem Jahrmarkt arbeitet, versteht etwas von Mechanik. Und sie können lesen und schreiben – das ist mir ebenfalls wichtig. In diesem Haus kann jeder das Abc.«

Die Janes wirkten recht jung auf Mrs King. Achtzehn, vielleicht neunzehn Jahre, mit Sicherheit nicht älter. Sie sah sie vor sich, wie sie an einem Feldrain auf einem Gatter saßen und die Dorfbewohner erschreckten. Man konnte sich unschwer vorstellen, wo sie gelandet wären, wenn Mrs Bone sie nicht angeworben hätte: in einer Absteige unweit der Charing Cross Road, wo sie nach Einbruch der Dunkelheit auf Freier warteten. Mädchen wie diese, die keine richtige Familie hatten, bekamen keine Stelle als Verkäuferin, Sekretärin oder als Hausmädchen bei einer angesehenen Familie. Sie wurden von der Straße aufgelesen und verheizt. Das war allgemein bekannt.

»Wir müssen sie irgendwie unterscheiden, Mrs Bone. Wir können sie doch nicht einfach Jane Eins und Jane Zwei nennen«, sagte sie.

»Ich schon!«

»Was sagt ihr dazu, Mädels?«, fragte Mrs King.

Sie tauschten schnelle, nicht zu deutende Blicke. »Ist uns schnuppe.«

»Wie ihr wollt. Wir sind hier sowieso alle gleich«, sagte Mrs King. »Ihr könnt euch zu Mrs Bone setzen.«

Mrs Bone kniff die Augen zusammen. »Du machst hier nicht die Regeln, du Gör.«

»Da täuschen Sie sich aber gewaltig«, antwortete Mrs King freundlich. »Das wäre nämlich auch schon die erste Regel: Wir sind alle gleich, auch wenn wir Mrs Bone heißen.«

»Du kannst mich mit deinen Regeln am Hobel blasen. Wer finanziert denn schließlich die ganze Chose?«

»Ich werde Ihnen auf ewig dankbar sein, wenn Sie diese wohlüberlegte Investition tätigen. Aber ich habe ebenfalls meine Bedingungen.« Mrs King blickte starr geradeaus. »Und meine zweite Regel lautet, um mit Mr Disraeli zu sprechen: Beschwere dich nie, erkläre dich nie.« Sie blickte in die Runde. »Wir haben eine gemeinsame Absicht, ein gemeinsames Ziel. Gejammer und Streit können wir dabei nicht gebrauchen. Wer eine Aufgabe bekommt, erfüllt sie. Von heute an seid ihr von allen sonstigen Verpflichtungen befreit. Bis wir das Unternehmen erfolgreich abgeschlossen haben, schuldet ihr nur noch den Mitgliedern dieser Gruppe Rechenschaft. Niemandem sonst.« Sie sah ihre Schwester an. »Bis Juli bin ich Gott. Und Gottes Wort gilt.«

Mrs Bone schnaubte verächtlich.

»Drittens«, fuhr Mrs King fort. »Macht den Mund auf, wenn ihr etwas zu sagen habt. Ihr habt eine Stimme, also benutzt sie auch. Ihr seht eine Gefahr aufziehen? Sagt Bescheid! Ihr habt einen Fehler gemacht? Gebt es zu. Traut euch was! Zufrieden, Mrs Bone?«

Mrs Bone zog die Janes zu sich auf die Couch. »Bevor ich nicht den ganzen Plan in- und auswendig kenne, verpflichte ich mich zu nichts.«

Winnie beugte sich vor und sagte ruhig: »Wir sollten wirklich zur Sache kommen.« Zustimmendes Gemurmel machte sich breit.

Mrs King nickte kurz. »Also dann, meine Damen. Zugehört und aufgepasst.«

Sie saßen im Kreis. Mrs King wollte alle gleichzeitig im Auge behalten können. Winnie, ihre rechte Hand. Mrs Bone, die mit funkelnden Augen überlegte, ob sie investieren sollte. Hephzibah, die Umwerfende, nervös wie ein Rennpferd, die an ihren Bühnenanweisungen feilte. Die Janes, Notizhefte auf den Knien, die die technische Planung unter die Lupe nahmen. Und Alice, mit großen Augen und angespannter Miene, der Kanarienvogel im Bergwerk.

Mrs King gab Winnie ein Zeichen. »Holst du das Buch? Meine Damen, wir kommen zum alles entscheidenden Punkt. Wir besitzen eine Aufstellung des gesamten Inventars der de Vries'schen Residenz in der Park Lane. *Beinahe* des gesamten Inventars.« Sie nickte den Janes zu. »Die letzten Lücken müsst ihr schließen.«

Jane Eins meldete sich mit erhobenem Bleistift zu Wort. »Wozu, Madam?«

»Ich bin keine Madam. Sag einfach Mrs King.«

»Wozu, Mrs King?«

»Weil wir alle aufgeführten Gegenstände stehlen und verkaufen werden.« Mrs King lächelte in die Runde. »Ich möchte nicht, dass uns auch nur ein einziges Stück durch die Lappen geht.«

Jane Zwei verschränkte die Arme. »Wie viel wollen Sie verkaufen?«

»Alles, Schätzchen«, sagte Hephzibah. Sie angelte sich eine Zitronencreme vom Dessertwagen. »Liege ich richtig?«

»Vollkommen richtig.«

Mrs Bone rieb sich das Kinn. »Fantastisch.«

»Später mehr zu den Risiken«, sagte Mrs King. »Zunächst zum Ablauf. Wir landen den Coup am sechsundzwanzigsten Juni. Schreibt euch das Datum in den Kalender, Ladys. Alice, sag uns, was an dem Abend passiert.«

Das Mädchen zuckte zusammen, fand aber rasch ihre Stimme wieder. »Es findet ein Ball statt.«

»Ein Ball?« Hephzibah fuhr sich mit der Zunge über die Lippen.

Mrs King breitete die Arme aus. »Ein Maskenball, Ladys. Ein rauschendes Fest. Eine Feier, von der man noch seinen Enkelkindern erzählt. Die ganz große Sause.«

Mrs Bone schürzte die Lippen. »Während der Hausherr in seinem Sarg noch nicht mal richtig kalt ist?«

»Das Leben geht weiter, Mrs Bone. Und überlegen Sie doch mal, mit was für einer Sorte Gäste das Haus de Vries rechnen kann. Amerikaner. Glücksspieler. Blaues Blut.«

Hephzibah strich ihr Kleid glatt. »Diese Blaublüter sind oft sehr unvorteilhaft gekleidet.«

»Das ist doch der reine Wahnsinn«, bemerkte Mrs Bone.

»Im Gegenteil«, entgegnete Mrs King. »Wir könnten uns für unser Vorhaben keine besseren Bedingungen erhoffen. Ich war an den gesamten Ballvorbereitungen maßgeblich beteiligt. Die Hälfte der Zimmer wird vorsichtshalber abgeschlossen. Das heißt, ein Viertel der Beute kann schon in Verwahrung genommen werden, bevor die ersten Gäste eingetroffen sind.« Sie deutete mit dem Kopf auf ihre Schwester. »Alice bleibt nicht die einzige neue Dienstbotin in der Park Lane. Auch wenn es vor Ort eigentlich ausreichend Personal gibt, werden bei einem Ball dieser Größenordnung noch viel mehr Hilfen benötigt. Ich habe bereits alle wichtigen Posten besetzt: Stubenmädchen, Scheuerfrauen und so weiter. Wenn Sie uns die erforderlichen Mittel bereitstellen, Mrs Bone, können wir auf jeder Etage des Gebäudes Leute einsetzen, die unsere Sache vorantreiben.« Sie sah Hephzibah an. »Du steuerst die Hälfte der Gäste und das gesamte Unterhaltungsprogramm bei. Es wird entscheidend auf dich und dein gottgegebenes Talent ankommen. Nichts ist wichtiger, als die vielen Menschen zu dirigieren. Laut unseren Berechnungen müsste das Haus bis um Mitternacht vollständig ausgeräumt sein.«

»*Unsere* Berechnungen?« Mrs Bone warf ihr einen misstrauischen Blick zu.

»Ich bin die zeitlichen Abläufe genau durchgegangen, Mrs Bone«, antwortete Winnie. »Bis ins kleinste Detail.«

Mrs King ließ Mrs Bone erst gar nicht wieder zu Wort kommen. »Niemand kennt das Haus besser als Winnie Smith«, sagte sie und klopfte mit der flachen Hand auf das Inventarbuch. »Glauben Sie mir.«

Mrs Bone machte ein skeptisches Gesicht. »Und ich gehe mal davon aus, dass meine Hehler die Sachen abtransportieren sollen?«

»Mit Ihrem gesamten Fuhrpark. Und mit jedem einzelnen Karrengaul.«

»Vergiss mir die Esel nicht«, sagte Mrs Bone. »Du hast hier ja schon eine kleine Herde um dich geschart.« Sie schüttelte missbilligend den Kopf. »Man räubert doch kein Haus aus, in dem gefeiert wird! Man wartet, bis die Hütte leer ist, bis die Herrschaften in die Sommerresidenz abgedampft sind und der Butler seine Woche Jahresurlaub am Meer verbringt. Herrschaftszeiten, so einen Raub zieht man doch nicht auf dem Höhepunkt der Ballsaison durch!«

Mrs King erlebte das nicht zum ersten Mal. Manche Menschen scheuten einfach das Risiko. Sie schreckten davor zurück, alles auf eine Karte zu setzen. Es zeugte von einem bedauerlichen Mangel an Fantasie. Ob Mr de Vries dieses Defizit bei Mrs Bone wohl auch erkannt hatte? Schließlich hatte er sein Imperium ohne ihre Hilfe aufgebaut.

Sie rief sich zur Ordnung. So etwas durfte sie nicht einmal denken, geschweige denn laut aussprechen. Es war treulos.

»Unser Coup soll Furore machen, Mrs Bone«, sagte sie. »Er soll für einen Paukenschlag sorgen. Stellt es euch vor, Ladys: das exklusivste Haus in London, während des größten Ereignisses der Ballsaison ratzeputz leergeräumt. Das ist so aufregend, dass es den Leuten den Schlaf rauben wird. Die Zeitungen werden sich überschlagen. Und hätten Sie nicht auch gern etwas aus dem Haus? Eine kleine Uhr vielleicht? Ein paar Vorhänge? Einen Kaminvorleger fürs Kinderzimmer? Etwas Verrücktes, etwas Freches, etwas Gestohlenes, nur für Sie allein? Meinen Sie nicht, Sie haben es verdient?« Sie musterte Mrs Bone eindringlich. »Wir können fünfzig Prozent auf die Preise aufschlagen, sie vielleicht sogar verdoppeln, keine Frage. Und die besten Stücke können sofort versteigert werden.«

»Versteigert? Meine Agenten brauchen Wochen, um eine Auktion zu organisieren.«

»Dann organisieren wir sie eben selbst«, sagte Mrs King mit einem unbeeindruckten Lächeln. »Die wichtigsten Abnehmer können wir ruck, zuck benachrichtigen, wenn Sie Ihr Teil dazu beitragen und überall verbreiten lassen, dass ein Großanbieter in der Stadt ist.«

»Ohne dass mein Name fällt! Ich kann dafür sorgen, dass sich die Sache herumspricht, und auf meine Leute kann ich sowieso zählen, aber ich verlange Diskretion! Bis zur letzten Minute. Das ist *meine* Regel, damit du es weißt.«

»Dann nehmen wir einen Codenamen«, sagte Mrs King. »Ich lasse mir was einfallen.«

Jane Eins hob den Bleistift. »Wie viele Zimmer hat das Haus, bitte?«

Mrs King war froh um jede praktische Frage. »Winnie, hol die Suppenterrine.«

Winnie nickte und zog eine riesige Silberschüssel hinter der Couch hervor. Mrs King nahm den Deckel ab und zeigte ihn in die Runde. Der Silberglanz spiegelte sich in ihren Augen. »Hier habt ihr eine schematische Zeichnung. Die Aufteilung des Kellers, des Erdgeschosses, der Beletage, der Etage mit den Privatgemächern, der Kinder- und Gästezimmer, der Dienstbotenquartiere und Dachböden.« Hephzibah beugte sich besonders aufmerksam über den Deckel. Auf der Innenseite waren eingeritzte Linien zu sehen, ein bis ins Detail penibel ausgeführter Grundriss. »Wenn ihr euch verlauft, geht ins Speisezimmer. Die Deckel zeigen euch den Weg. Winnie hat euch den Plan auch auf Papier abgezeichnet, aber die Zettel müsst ihr verbrennen, sobald ihr sie gelesen habt.«

»Das ist ja raffiniert«, sagte Jane Eins. Sie nahm den Stift aus dem Mund und besah sich die Terrine genau.

Mrs King nickte. »Und notwendig. So, Winnie, und jetzt erzählst du uns von den Türen.«

Die alte Freundin drückte die Schultern durch. »Das Anwesen hat vier Eingänge.« Sie blickte sich fragend um, ob auch alle sie gut verstehen konnten. »Den Haupteingang. Den Lieferanteneingang. Das Hoftor. Das Gartentor. Alle haben drei bis vier Schlösser. Der Haupteingang ist zudem doppelt verriegelt.«

»Und wer hat die Schlüssel, Mrs King?«, fragte Jane Zwei.

»Früher hatte ich sie«, antwortete Mrs King. »Aber an dem Tag, als ich gekündigt wurde, musste ich sie dem Butler, Mr Shepherd, übergeben. Der hat sie jetzt. Zumindest so lange, bis eine neue Wirtschafterin eingestellt wird.« Sie warf Alice einen Blick zu. »Was wir nach Möglichkeit verhindern werden.«

Mit einem Klirren landete Hephzibahs Glas auf den Tisch. »Shepherd? Dem will ich nicht über den Weg laufen, diesem ekelhaften, widerlichen Wurm.«

Winnie legte ihr die Hand auf den Arm, ob zum Trost oder zur Beruhigung konnte Mrs King nicht unterscheiden.

»Müssen wir den Butler bezirzen?«, fragte Mrs Bone. »Ihn irgendwie auf unsere Seite ziehen?«

»An Mr Shepherd beißen wir uns die Zähne aus«, sagte Mrs King. »Er war Mr de Vries' Mann, ihm völlig ergeben.«

Mrs Bone kratzte sich die Nase. »Und wenn man ihn zu seinem Glück zwingen würde?«

Ihre Nichte schüttelte den Kopf. »Wir gehen ihm nicht an den Kragen. Aber danke für die Frage, Mrs Bone. Genau zu dem Punkt wollte ich gerade kommen. Wir werden in dem Haus keine Gewalt anwenden, weder gegen Menschen noch gegen Sachen. Wir werden nichts beschädigen, weder Schlösser noch Fenster noch Eingänge oder Türrahmen. Keinen Kratzer, keine Schramme.«

»Wegen der Versicherung, Mrs Bone«, erläuterte Winnie der potenziellen Geldgeberin, deren Miene sich verdüstert hatte. »Das de Vries'sche Haus ist extrem hoch gegen Einbruch und Diebstahl versichert. Die Bedingungen der Police sind glasklar. Dass ein Verbrechen vorliegt, erkennt man entweder an Spuren gewaltsamen Eindringens oder an der Androhung von Gewalt gegenüber den Bewohnern des betreffenden Domizils.«

Mrs Bone verdrehte die Augen.

»Ihr seht unser Dilemma, Ladys.« Mrs King schnippte mit den Fingern. »In beiden Fällen würde die Versicherung die volle Summe auszahlen, die von der Police abgedeckt ist.«

Alice zappelte auf ihrem Stuhl herum. »Na und?«

»Na und was?«

Das Mädchen zuckte zusammen, doch dann reckte sie trotzig das Kinn. »Wir kriegen unser Geld, wenn wir ihre Sachen verkaufen. Hat sie dafür keine Entschädigung verdient?«

Aus der Diele drang friedlicher Glockenschlag herüber.

»*Sie?*«, fragte Mrs King. »Wer soll das sein?«

»Na ja.« Alice blinzelte. »Miss de Vries.«

Noch bevor Mrs King antworten konnte, brach es aus Mrs Bone hervor. »Deine Gefühlsduselei kannst du dir an den Hut stecken. Wenn wir keinem ein Härchen krümmen, keinen einsperren und noch nicht mal ein verfluchtes Fenster einschlagen dürfen, kriegen wir aus der Bude keinen einzigen Teelöffel raus.«

»Miss de Vries kannst du uns überlassen, Alice«, sagte Mrs King. »Du behältst sie bloß im Auge. Wenn es so weit ist, kümmern wir uns schon um sie.« Sie warf Winnie einen fragenden Blick zu, die nickte stumm. Es brachte nichts, alle Karten auf einmal auf den Tisch zu legen. Vorläufig mussten sich die anderen mit Brotkrumen bescheiden.

Alles andere würde sie überfordern.

Alice wirkte nicht ganz überzeugt, widersprach aber auch nicht.

»Kommen wir jetzt also zu den Finanzen«, fuhr Mrs King fort, das Gespräch in eine andere Richtung lenkend. »Jeder Penny, der hereinkommt, wird ins Hauptbuch eingetragen. Mrs Bone, Sie prüfen die Umsätze und verteilen den Erlös. Wie besprochen: Jede von uns bekommt den gleichen Anteil vom Nettogewinn.«

»Von was für einer Summe reden wir hier eigentlich?«, fragte Hephzibah.

Mrs King nannte eine Zahl.

Grimmig entschlossen starrten die Janes einander an.

Mrs King nahm ihre ganze Truppe ins Visier. »Darauf könnt ihr euch eine Zukunft aufbauen, ganz gleich, wie sie aussehen soll. Erfolg oder Misserfolg, dann liegt es allein an euch.« Sie breitete die geöffneten Hände aus. »Es ist genug, um frei zu sein.«

Ein leiser Schauer lief durch den Kreis.

»Nicht so hastig«, sagte Mrs Bone. »So schnell lasse ich mich nicht einwickeln. Ich habe schon Pläne in Flammen aufgehen sehen, die nicht halb so gewagt waren wie deiner.«

Mrs King war leicht irritiert. »Ich sagte doch, dass wir auf die Risiken später zu sprechen kommen, Mrs Bone.«

»Und ich sage, wir behandeln sie jetzt. Janes?«

Jane Eins nickte, stand auf und holte einen in Leder gebundenen dicken Ordner aus dem Aktenschrank. »Wir haben den Plan auf Herz und Nieren geprüft, eine Risikoabwägung gemacht, Mrs King.«

Winnie runzelte die Stirn. »Eine Risikoabwägung?«

»Wir haben hochfliegende Pläne analysiert, die geplatzt sind«, sagte Mrs Bone mit stechendem Blick. »Ihr müsst noch viel lernen.« Sie riss Jane Eins den Ordner aus der Hand. »Nehmen wir zum Beispiel diesen Fall. Harry Jackdaw hatte einen Überraschungscoup in Vauxhall geplant. Er ließ einen Heißluftballon bauen, mit dem er das gesamte Silber aus dem Vergnügungspark abtransportieren wollte. Und was war? Alles abgebrannt.«

Mrs King seufzte. »Heißluftballons haben wir in Betracht gezogen – und verworfen, Mrs Bone.«

»Das ist wahr«, bestätigte Winnie aufgeregt.

Hephzibah musterte die ehemaligen Wirtschafterinnen verwundert. »*Ballons?*«

»Oder diese Meisterleistung hier.« Mrs Bone hielt Alice ein mit der Maschine geschriebenes Manuskript unter die Nase. »Die alte Nanny March hat zwanzig Männer angeheuert, damit sie ihr einen Tunnel in ein Herrenhaus buddeln. Und was hatten sie davon? Sie wurden lebendig begraben!«

»Haben wir einen Tunnel in Betracht gezogen, Winnie?«

»Aber sicher, selbstverständlich. Der Londoner Lehmboden

kann sehr unberechenbar sein. Er eignet sich ganz und gar nicht für den Tunnelbau. Sie haben vollkommen recht, Mrs Bone.«

Alice warf einen Blick auf die getippte Seite. »Wer ist denn diese alte Nanny March?«

»Gute Frage!«, rief Mrs Bone triumphierend. »Nanny schmort im Kittchen, so gut wie tot. Erledigt.«

Mrs King und Winnie waren auf diese Eventualität vorbereitet, hatten den nächsten Schachzug geplant. Du bist dran, bedeutete Mrs King der Freundin stumm.

Winnie warf sich in die Bresche. »Meine Damen«, sagte sie. »Natürlich müssen Sicherheitsvorkehrungen und Vorsichtsmaßnahmen getroffen werden. Einige Teile des Plans sind gefährlicher als andere. Deshalb gehe ich auch davon aus, dass wir von Zeit zu Zeit eine Kurskorrektur vornehmen müssen.«

Mrs Bone lehnte sich zurück. »Du bist Ikarus, Herzchen«, sagte sie zu Mrs King. »Du kommst der Sonne zu nah.«

»Dann gehen Sie doch«, entgegnete die ruhig. »Reden Sie mit Mr Murphy. Der übernimmt Ihren Kiez sicher mit Kusshand.«

Alles schwieg.

Mrs King sah Alice an. »Und das gilt für dich genauso. Wenn du dein Leben weiterhin als kleine Kaufhausnäherin von billigen Fähnchen fristen willst, nur zu.« Dem Mädchen schoss das Blut ins Gesicht. »Oder du, Hephz. Zurück mit dir auf die Varietébühne. Wo all deine Träume wahr werden. Oder etwa nicht?«

Hephzibah stellte ihr Glas ab, dass es laut schepperte. »Sie brauchen nicht gehässig zu werden«, bemerkte sie und blickte fragend zu den Janes hinüber. »Was sagt denn eigentlich ihr dazu, ihr seltsamen Vögel?«

Die beiden hatten sich die ganze Zeit kaum geregt. »Mit Risiken können wir umgehen«, sagte Jane Eins.

»Ich führe ein Logbuch«, sagte Jane Zwei. »Da schreibe ich alles auf, was brenzlig werden könnte.«

»Nicht so hastig mit den jungen Pferden!«, mischte Mrs Bone

sich ein. »Es ist noch längst nicht alles ausbaldowert. Ich will einen kompletten Überblick über das Haus haben, von den Abflussrohren bis zum Wetterhahn auf dem Dach, wenn es sein muss. Und den will ich mir selber verschaffen.«

»Sie wollen das Objekt selbst auskundschaften, Mrs Bone?«, fragte Winnie vorsichtig. Offenbar konnte sie sich nicht recht vorstellen, wie das zu bewerkstelligen sein sollte.

»Na, wer denn sonst? Meinst du, ich sitze hier, lege die Füße hoch und schmauche ein Pfeifchen, während ihr mir die Haare vom Kopf fresst?« Sie zeigte anklagend auf die erschrockene Hephzibah. »Während ihr meinen Kredit verbratet, die Stadt unsicher macht, Preisetiketten auf Klunker klebt, die ihr noch nicht mal gesehen habt? Und alles auf *meine* Kosten? Auf *meine* Rechnung?« Sie holte tief Luft. »Kommt nicht in Frage. Meint ihr vielleicht, ich kann nicht meine eigene Risikoabwägung vornehmen?«

Mrs King seufzte vernehmlich. Es konnte nicht schaden, Mrs Bone gewinnen zu lassen, wenn es nicht darauf ankam. Selbstverständlich hatte sie diese Reaktion einkalkuliert. »Eine Stelle wäre noch frei. Wenn Sie wollen, können Sie jederzeit anfangen. Wie ich schon sagte, habe ich die zusätzlichen Dienstbotenpöstchen vor meiner Kündigung noch selbst ausgeschrieben. Und gefälschte Zeugnisse ließen sich leicht besorgen.«

»Zeugnisse?«

»Ja. Für die Arbeit als Putzfrau. Wäre das etwas für Sie?«

»O nein«, jubelte Hephzibah. »Fußböden scheuern? Pinkelpötte ausleeren? Ein Traum!«

Mrs Bone knirschte mit den Zähnen. »Du kannst mir dabei gern zur Hand gehen.«

»Alter Hut«, sagte Hephzibah. »Hab ich alles schon hinter mir. Glauben Sie mir.«

»Können Sie sich damit anfreunden?«, fragte Mrs King.

Mrs Bone schnaubte. »Ein Kinderspiel.« Ihre Hausmädchen

machten große Augen. »Was ist?«, schob sie hinterher. »Glaubt ihr, ich bin zu stolz, den Fußboden zu schrubben?«

Mrs King schmunzelte. »Wunderbar. Dann wäre wohl alles geklärt.« Niemand widersprach. Die Frauen – *ihre* Frauen – hingen ihren eigenen Gedanken nach.

In einer Geste, die sie alle umfasste, fuhr sie mit dem Zeigefinger durch die Luft. »Ladys«, sagte sie. »Die Zeit ist reif, dass wir uns holen, was wir verdient haben. Aber verlasst euch darauf – ich behalte euch im Auge. Kommt mir nicht auf die Idee, mich zu verraten. Wenn ein Kanarienvogel auch nur einen schiefen Ton singt, drehe ich ihm persönlich den Hals um.«

»Sonst übernehme ich das«, sagte Winnie Smith leise. Sie wurde rot, als hätte sie sich mit dieser Aussage selbst überrascht.

»Wir verstehen uns?«, fragte Mrs King.

Die Frauen nickten, eine nach der anderen.

Mrs King holte die Schriftstücke heraus. Sie hatte die Gelöbnisse mit eigener Hand zu Papier gebracht. *Hiermit schwöre ich, getreulich an der Verwirklichung des Plans mitzuwirken und mich an alle darin enthaltenen Abmachungen zu halten – mit unbedingtem Vorsatz, aus freien Stücken, Zweifel und Angst verlachend.*

Alle unterschrieben, nur Mrs Bone nicht. »Ich setze meine eigenen Verträge auf, Herzchen«, sagte sie. »Das weißt du doch.«

Mrs King sah den diesbezüglichen Verhandlungen mit Freude entgegen.

8

Noch achtzehn Tage

———◁◯▷———

Mrs Bone brauchte nicht lange für ihre Vorbereitungen. Für den ersten Akt zog sie sich ins Schafzimmer zurück, in ihr Geheimversteck, wie sie es nannte. Die Wände waren dick wie die eines Tresorraums. Auf dem Bett türmten sich die Polster und Federkissen so hoch, dass sie eine Trittleiter brauchte, um hineinzuklettern. Alle anderen Möbel waren austauschbar und leicht zu transportieren. Das Bett dagegen war der reine Luxus. Ihr lag sehr viel daran, dass sie es bequem hatte.

Die Fenster waren verriegelt, die Fensterläden ebenso. Auch ohne hinauszusehen, wusste sie, dass das Haus beobachtet wurde. Mr Murphys Laufburschen. Beinahe hätte es hinter dem Laden einen Zusammenstoß mit ihnen gegeben. Sie konnte von Glück sagen, dass es nicht dazu gekommen war. Einschüchterung war das eine, ein offener Angriff etwas völlig anderes. Angriffe verlangten nach Vergeltung. Und für einen Rachefeldzug fehlten Mrs Bone momentan die Mittel.

Aber bald! Wenn dieser Coup hielt, was er versprach. Wenn der Plan ihren Test bestand.

Nachdem sie ihr schwarzes Kleid abgestreift hatte, warf sie sich einen Morgenrock über. Sie besaß eine wunderbare Sammlung davon. Dieses Prachtstück hatte die Farbe reifer Pfirsiche und war mit Hermelin abgesetzt. Sie zündete sich eine Zigarette an und nahm genießerisch ein paar kräftige Züge. Dann riss sie den Kleiderschrank auf, fing an zu stöbern und verwarf ein Teil nach dem anderen. »Nicht zu gebrauchen«, murmelte sie. »Zu schön. Nein, nein, nein.«

Erst in der tiefsten Tiefe des Schranks wurde sie fündig. Schnürstiefel und Korsett. Dazu eine abgetragene Bluse, adrett und oft ausgebessert, und ein langer Rock aus grobem Stoff von unbestimmter Farbe.

»Perfekt«, ächzte sie. »Das passt. Hübsch hässlich.«

In diesen Klamotten würde sie genau wie eine Scheuerfrau aussehen. Sie drückte die Zigarette aus und probierte die Verkleidung an.

Nächster Punkt: Menschen und Material. Sie rief einen zerlumpten Jungen zu sich, der, sobald er vor ihr saß, die Hände vors Gesicht schlug und zum Steinerweichen losflennte, während er mit den Absätzen scharrte. Mrs Bone zählte die Schuldner an den Fingern ab. »Und deine Mama. Und dein Papa. Und deine Tante Eilidh. Und dein Vetter Gerry. Und du natürlich auch.«

Das Kerlchen heulte noch lauter.

»Mach nicht so ein Theater. Du weißt genau, was ihr mir schuldet.«

»Da weiß ich gar nix von!«

»Dann läufst du wohl am besten mal schnell nach Hause und fragst deinen alten Herrn, was? Bestell ihm, Mrs Bone hat das Kassenbuch rausgeholt!«

Bei dem Wort »Kassenbuch« hob er den Kopf. Mrs Bone klappte es auf und leckte ihren Zeigefinger an, ohne den Jungen aus den Augen zu lassen. »Wollen wir mal sehen. Wo hätten wir denn deinen Namen?«

Der Junge schaltete seine Tränen ab. Sie merkte ihm an, dass er kurz überlegte, ob er weglaufen sollte. Doch dann sah er ein, dass eine Flucht sinnlos wäre. Kluges Kerlchen.

»Was wollen Sie?«, fragte er aufsässig.

»Ich würde gern mein Geld zurückhaben. Das würd ich wollen. Aber ich wäre auch bereit, mich anderweitig zu arrangieren. Fürs Erste.«

»Und was haben Sie da im Sinn?«

»Männer.« Mrs Bone durchbohrte ihn mit ihrem Blick. »Deine Brüder. Alle sechs. Und dich. Die Sieben ist meine Glückszahl.«

»Wofür brauchen Sie uns?«

Mrs Bone knallte das Kassenbuch auf den Schreibtisch. »Das geht dich einen feuchten Kehricht an.«

Der Junge rappelte sich vom Stuhl auf. Er zog seine Rotzlaterne hoch und rieb sich die Augen. »Die wollen bestimmt wissen, ob Sie zahlen können.«

»Ob *ich* zahlen kann?« Sie rammte ihm die Nase regelrecht ins Gesicht. »Hast du nicht zugehört? Ich komme und hole mir deine Mama, deinen Papa – und dich auch.«

Er sprang auf. »Ich sag's ihnen!«

Mrs Bone nickte. Mit dem Knaben war sie fertig. »Dann tschüss, du Lauser. Und jetzt zieh Leine.«

Das Bürschchen hatte wissen wollen, *ob* sie zahlen konnte. Und nicht, *wie viel.* Das gefiel Mrs Bone ganz und gar nicht. In ihrer Branche war Vertrauen alles. Natürlich hatte sie die Zahlen für den Coup längst im Kopf. Ihr klopfte das Herz bei dem Gedanken, wie viel Geld Dannys Haus ihr womöglich einbringen würde. Gleichzeitig erwachte in ihr aber auch der Hass auf ihn.

Noch vor ein paar Jahren hätte sie niemals bei dieser Sache mitgemacht, die Risiken wären ihr viel zu hoch gewesen. Aber von einem Raubzug dieser Größenordnung ging eine ganz eigene Wirkung aus. Er würde Mr Murphy und die anderen rivalisierenden Familien in Schach halten. Und der Coup war nicht nur groß: Er war spektakulär.

Jetzt war nur noch eine Sache zu erledigen, eine Sache, die ihr gehörig gegen den Strich ging. Sie brauchte jemanden, der sich um den Laden kümmerte. Sie traf sich mit ihrem Vetter Archie auf einer Bank im Park. Er hatte die Spitzen seines Schnurrbarts kühn noch oben gezwirbelt, was Mrs Bone gar nicht gefiel. Sie hielt nichts von auffälligen Modeerscheinungen, jedenfalls nicht außer Haus. Archie dagegen schauderte es regelrecht beim Anblick ihres schäbigen Rocks und der geflickten Bluse.

»Ach, du Schreck!«, entfuhr es ihm.

»Benimm dich«, sagte sie und zeigte mit dem nackten Finger auf ihn.

Er zog das Kinn ein, gab ihr einen schmierigen Kuss auf die Wange und auf die Hand. »Ist das Kassenbuch auf dem neuesten Stand, Madam?«

Mrs Bone stach weiter mit dem Finger auf ihn ein. »Zerbrich du dir darüber mal nicht den Kopf. Falls es Schwierigkeiten gibt, wissen die Jungs, wo sie mich finden, und ich bin im Handumdrehen zur Stelle. Glaub mir.«

Er kratzte sich die Nase. »Eigentlich wollte ich ja selber auf Urlaub gehen.«

Sie machte ihm ein Angebot.

Ihm traten fast die Augen aus dem Kopf. »Warum sagen Sie das nicht gleich? Ich dachte, die Geschäfte laufen mau.«

Mrs Bone beugte sich vor und packte ihn beim Arm. Er roch nach Zucker und Öl, Pomade und Kölnisch Wasser. Seine Haut war sahneweiß. Er sah aus wie ein Ei.

»Die Geschäfte laufen nie mau«, sagte sie.

Wie gesagt: Vertrauen war alles. Aber Selbstvertrauen genauso.

Das Haus in der Park Lane war eine Schau. Mrs Bone fühlte sich an ein Hotel erinnert. Es herrschte ein ständiges Kommen und Gehen, ein Holen und Bringen: Lebensmittel, Wasch- und Putzbedarf, Briefe und Pakete, Vorräte. Was für eine Geldverschwendung. Sie wischte sich den Schweiß von der Stirn. Natürlich hatte Danny ein Heer von Dienstboten, typisch für seinen ausschweifenden Lebensstil. Mrs Bone zog sich den hässlichen Hut tiefer über die Ohren. Schließlich war sie ein armes, bescheidenes Geschöpf. Die Erbärmlichste der Erbärmlichen. Eine Ratte, ein Wurm.

Sie läutete am Lieferanteneingang. Tief in den Eingeweiden des Hauses klingelte es schrill.

Mrs Bone legte den Kopf in den Nacken. Weiße Mauern, schöne Säulen, Fenster so groß wie ein Bus. Ein Gebäude, das so gewaltig emporragte, dass man Angst haben musste, von ihm zerquetscht zu werden. »Ich mache Kleinholz aus dir«, drohte sie ihm halblaut. Sie ruderte zurück: Es war noch lange nicht entschieden, ob sie in den Coup investieren wollte. Sie war zum Auskundschaften hier, mehr nicht.

Bei ihrem letzten Besuch in der Park Lane war das Haus noch im Bau gewesen. Sie hatte die Staubwolke schon von der anderen Seite des Parks aus gesehen, das Scheppern und Poltern gehört, das immer lauter wurde, während sie unter den Bäumen darauf zuging. Das Gerüst war riesig: eine monströse, schwindelerregende Wucherung aus Balken und Trägern, Planken und Kränen. Mindestens fünfzig Männer arbeiteten auf der Baustelle. In der Straße reihte sich ein Fuhrwerk ans andere. Weiße Planen flatterten in der Brise, ein Windjammer mit hundert Segeln. Die Angst rumorte in ihrem Gedärm. Sie kam sich unbedeutend und klein vor.

Danny lag auf einer Picknickdecke und sah den Handwerkern bei der Arbeit zu. Tweedjacke, weißer Strohhut mit gelbem Band – aus feinster Seide! Sein Butler kam mit einem Silbertablett über den Rasen, darauf einen Krug Limonade mit Eisstücken.

Sie ballte die Fäuste. »Danny«, rief sie mit heiserer Stimme.

Er war gealtert. Kein Wunder: Sie hatten sich seit zehn Jahren nicht mehr gesehen. Aber allein am kobraartigen Herumschnellen seines Kopfes hätte sie ihn jederzeit wiedererkannt. Dieser Mann war ein O'Flynn durch und durch. Wenn das irgendwer bemerken konnte, dann sie. Der Wohlstand hatte ihn kein bisschen verweichlicht.

Im ersten Augenblick glaubte sie, es wäre ihr gelungen, ihn zu erschrecken. Er biss die Kiefer zusammen, aber keine Sekunde später umspielte schon das rätselhafte Lächeln der Grinsekatze seine Lippen. Auch daran erinnerte sie sich gut. Wie er es genoss, sich in seinem Sieg zu suhlen, sie geschlagen zu haben und ihr überlegen zu sein. Das war es, worauf es ihm ankam, das war für ihn der Stoff, aus dem das Leben war. Er *freute* sich, sie zu sehen.

»Hallo, Schwester Vogelscheuche«, sagte er wie früher.

Mrs Bone hatte ihren fünf Jahre älteren Bruder geliebt. Er nahm sie mit, wenn er um die Häuser zog, obwohl sie noch ein halbes Kind war – vierzehn, höchstens fünfzehn. Zu den Hunden, zum Boxen und manchmal auch zu den Galoppern. Sie stand daneben, wenn er seinen Gegnern die Kniescheibe zertrümmerte. Half ihm, die Beute zu zählen. Ging mit ihm auf Einkaufsbummel, suchte schöne Sachen für ihn aus. Danny hatte einen Kennerblick für Seide. Er besaß eine exquisite Halstuchsammlung. Mit gelben Punkten, schwarzen Fransen, gemustert, niemals uni. Er kaufte nur beste Qualität. Genau wie sie.

Die Idee mit den Diamanten war auf seinem Mist gewachsen, das musste sie ihm lassen. Der Ansturm auf die Minen in Kimberley hatte gerade erst angefangen: Nur wer schnell wie ein Windhund war, konnte dort sein Glück versuchen. Nachdem er mit dem Plan schon bei allen Nachbarn hausieren gegangen war, kam er damit zu seiner kleinen Schwester.

»Du fragst mich als Letzte?«, empörte sie sich. Kluger Schachzug von ihm, sie auf die Palme zu bringen. Schließlich war sie diejenige mit dem Geld. Mit Provisionen für Faustkämpfe und mit Schutzgelderpressung verdiente sie gar nicht übel.

»Du kriegst alles wieder«, antwortete er. »Mit Zinsen.«

»Sagst du.«

»Sage ich. Genau.« Er musterte sie scharf. »Du kannst nicht immer wie eine Klette an mir kleben. Du brauchst einen Mann. Und den musst du dir kaufen.«

Damals war Mrs Bone noch nicht Mrs Bone. Sie war die junge Ruth O'Flynn aus Devil's Acre, die in Aldgate bei dem Eisenwarenhändler Mr Bone arbeitete. Sie konnte gut Nägel verkaufen. Nicht überraschend, war sie doch selbst hart wie Eisen, ein Mädchen, an dem man sich die Zähne ausbiss. Ihrem Bruder, dem tollen Hecht mit den hochfliegenden Plänen, konnte sie nicht das Wasser reichen. Er war einundzwanzig und ein Mann, der sich die Welt nach seinem Willen zurechtbiegen würde.

»Verarsch mich nicht, Danny«, sagte sie.

Er zuckte mit den Schultern. »Die Entscheidung liegt bei dir, ob du das Risiko eingehen willst. Friss Vogel, oder stirb.«

Danny nahm kein Blatt vor den Mund. Jedenfalls nicht, solange es ihm in den Kram passte und ihn weiterbrachte. Aber auch das verstand sie, natürlich. Letzten Endes gab sie ihm, was er wollte. Genug für eine Schiffspassage ans andere Ende der Welt, in die Kapkolonie.

Sie sah sich schon als reiche Frau, wenn sie seine Briefe las, hastig die Zeitungen durchging und darauf wartete, dass er seinen ersten Claim absteckte, seine ersten Steine erwarb, die ersten Gewinne einstrich. Sie genoss die atemlose, prickelnde Spannung. Die Gewissheit, dass sie eine gemachte Frau war, dass ihr nichts mehr passieren konnte, nie mehr. Der Gefühlsüberschwang hielt so lange an, bis keine Briefe mehr kamen. Bis Danny sie fallen ließ. Und komplett von der Bildfläche verschwand.

Anfangs wollte sie es nicht wahrhaben. Sie fuhr sogar in die Stadt, postierte sich vor dem Büro der einzigen Bergbaugesellschaft, die sie kannte, und fing einen Angestellten ab, der auf dem Weg in den Feierabend war. Auf dem Trottoir warteten scharenweise Frauen, die mit Schriftstücken, Briefen von Reedereien und verschwommenen Lichtbildern fuchtelten, um sich nach dem Verbleib von Ehemännern, Brüdern und Vettern zu erkundigen, die auf die Diamantenfelder gegangen waren.

»Es geht um meinen Bruder«, sagte sie. »Danny O'Flynn.«

Der Angestellte, ein junger Mann, hatte bereits erste Silberfäden im Haar. Er fuhr sich mit der Hand darüber, die Verärgerung stand ihm ins Gesicht geschrieben. »Madam. Solche Anfragen bekomme ich fast jede Woche. Da unten schürfen bis zu fünfzigtausend Männer. Verstehen Sie? Ich habe – wir haben –keinerlei Informationen über ihren jeweiligen Aufenthaltsort.«

Sie ließ sich nicht abwimmeln und drückte ihm einen Brief in die Hand. »Ich bitte Sie doch nur, Erkundigungen anzustellen.«

Der Mann schnalzte ungeduldig mit der Zunge. »Ich sehe, ich muss deutlicher werden. Das Leben als Schürfer ist hart. Der Sommer war lang und voller Strapazen. Auch wenn wir uns nach Kräften um das Wohlergehen der Männer bemühen, liegt ihr Leben doch jeden Tag aufs Neue in Gottes Hand.« Er runzelte die Stirn. »Geht es um eine Versicherungsangelegenheit?«, fragte er. »Falls ja, möchte ich keine weiteren Angaben machen.«

Dass Danny tot war, erschien ihr mehr als unwahrscheinlich. Sie machte auf dem Absatz kehrt und marschierte nach Hause. Sie konnte sich keine Umstände vorstellen, unter denen er ums Leben hätte kommen können. Dafür war er viel zu abgebrüht, viel zu gerissen. Bevor ihm ein Felsbrocken auf den Kopf fiel, hätte ihr Bruder mit ihm verhandelt. Sie sah ihn vor sich, wie er am anderen Ende der Welt in einer Bretterbude hockte, während die Hitze wütend durch die Ritzen der Jalousie brandete. Wie er Verträge unterschrieb, über seiner Unterschrift grübelte. Sein Name hatte ihm nie viel bedeutet. Er hasste es, ein O'Flynn zu sein, einer der vielen Vettern, von denen es im Viertel nur so wimmelte.

»Ich möchte ewig leben, Vogelscheuche«, hatte er immer gesagt, wenn er nachts wach lag und einen Gummiball an die Decke ticken ließ. »Ewig.«

Er würde zurückkommen – daran hatte sie nie gezweifelt. Der Rest der Familie trug einen Trauerflor am Arm, der Priester kam, und Ma verging vor Kummer. Nur sie weigerte sich, in Schwarz zu gehen. »Ihr werdet schon sehen«, sagte sie grimmig. »Wartet's nur ab.«

Es erfüllt sie nicht mit Genugtuung, dass sie recht behalten hatte. Es sah ihm ähnlich, dass er mit einer Horde von Zeitungsfritzen im Schlepptau zurückkam, ein blasses Kaufmannstöchterlein am Arm – neuer Name, neuer Mann, reich wie der Teufel. *Wilhelm de Vries* nannte er sich. Die alten Nachbarn waren völlig aus dem Häuschen. Danny schickte einen jungen Angestellten von Haus zu Haus, einen feinen Herrn mit silbergrauem Haar, der mit den Leuten Absprachen auskungelte. Für eine kleine Aufmerksamkeit sicherten sie ihm zu, die Klappe zu halten und sich ihren Teil zu denken. Danny – *Wilhelm* – ließ sich wahrhaftig nicht lumpen. Seine Geschenke fielen um einiges großzügiger aus, als nötig gewesen wäre. Aber natürlich konnte er sich das auch leisten.

An jenem Tag in der Park Lane war sie vorsichtig über die Wiese bis zur Picknickdecke gegangen. Er war nicht aufgestanden.

Sie begriff, warum er sich eins grinste. Für ihn musste es sich so anfühlen, als wäre jeder seiner Träume wahr geworden. Hier im Gras zu liegen, in der prallen Londoner Sommersonne, hinter sich die Villa, die er aus dem Boden stampfen ließ. Seine »kleine« Schwester, die ihn mit großen Augen anstarrte. Er genoss es, dass sie ihn mit den Blicken verschlang und sah, dass er ein gemachter Mann war. Sie sollte staunen, sollte ihn bewundern. Sie verstand diesen Impuls, kannte ihn von sich selber. Es war nicht einfach, sich in den Gassen und Hinterhöfen von Devil's Acre einen Namen zu machen. Wer beachtet werden wollte, musste so laut wie ein Löwe brüllen.

Seine Locken waren ausgebleicht, und im Gesicht wirkte er schmaler, eingefallen, als ob seine Backenzähne verfault wären. Aber die Haut sah gut aus, wie mit Öl oder einer Creme behandelt, damit sie teuer glänzte. Er trug einen Ehering. Aber das war ja schon immer so gewesen. Jedes Mal wenn er ein Mädchen schwängerte, steckte er sich einen Ehering an, um vor den Nachbarn den Schein zu wahren. Aber er trug ihn höchstens fünf Minuten, dann riss er ihn sich wieder vom Finger.

»Dann bist du also nicht tot«, knurrte sie grimmig, damit ihre Stimme nicht bebte.

»Nein, ich bin nicht tot.« Sein Grinsen wurde breiter, und er streckte die Arme nach ihr aus.

Dafür hasste sie ihn. »Du solltest dich schämen«, sagte sie.

Er lüpfte die Augenbraue. »Tu nicht so scheinheilig, Vogelscheuche. Du hättest es ganz genauso gemacht.« Er hielt inne. »Wenn du könntest.«

Letzten Endes hatte er Mrs Bone zwei Schecks gegeben, einen über den Betrag, den sie ihm damals geliehen hatte, plus einen hübschen Batzen Zinsen. Davon erfuhr die gesamte alte Nachbarschaft. Er sorgte dafür, dass es sich herumsprach. Der Scheck war mit seinem neuen Namen unterzeichnet: schwungvoll und mit Schnörkeln. Das W zuckte wie ein Peitschenhieb über das Papier. *Wilhelm de Vries.*

Sie löste ihn nicht ein, sondern spießte ihn, wie um ein Zeichen zu setzen, mit dem Messer an die Wand.

Von dem zweiten Scheck, der noch üppiger ausfiel, wusste niemand. Er war weder mit Bedingungen noch mit irgendwelchen Vorgaben verknüpft. Auch eine Erklärung fehlte. Bei einer derartigen Summe bedurfte es keiner Worte: Der Sinn war klar: *Ich will keinen Ärger.*

Monatelang nahm sie den zweiten Scheck immer wieder in die Hand, ließ sich Zeit damit. Und natürlich löste sie ihn irgendwann ein. Von dem Geld kaufte sie die Fabrik, die angeschlossene Villa und das Haus am Meer in Broadstairs. Und das Lagerhaus in Deal, für ihre größten Schätze. Sie erkaufte sich damit den Beweis ihrer eigenen Wichtigkeit, den Beweis, dass auch sie der Welt ihren Stempel aufdrücken konnte. Anschließend fühlte sie sich größer, wie jemand, der Zähne hatte. Aber ihre Wut auf Danny minderte das Geld nicht im Geringsten. Im Gegenteil. Sie wollte Rubine mit den Zähnen knacken, flüssiges Gold trinken, Blut vergießen.

Das alles war vierundzwanzig Jahre her. Danny war tot, mausetot. Und sie stand hier und starrte auf sein großes, protziges Haus.

Mrs Bone wartete immer noch am Lieferanteneigang. Sie hämmerte an die Tür.

»He!«, rief sie. »Aufmachen!«

Sie gestand es sich nicht gern ein, aber die Küche imponierte ihr. Es herrschte rege Betriebsamkeit. Der Herd, der Hitze ausspuckte, die Kacheln so weiß wie Zähne. Der Glanz überall rührte in Mrs Bone etwas an. Traurig musste sie an Mr Bone denken, der an den vielen gigantischen Schürhaken seine Freude gehabt hätte.

»Hier ist ja mächtig was los«, sagte sie, während die Köchin sie herumführte. Die Frau, die offensichtlich nicht zum ersten Mal eine neue Kraft in ihre Aufgaben einwies, hatte ihr System perfektioniert. Mit unerschütterlicher Seelenruhe beschrieb sie den Inhalt jedes einzelnen Schranks. Mrs Bone konnte es kaum erwarten, endlich anzufangen und in die oberen Stockwerke zu gelangen, um sich das teure Mobiliar anzusehen. »Sie müssen Geduld haben«, hatte Mrs King sie gewarnt. »Lassen Sie keinen merken, dass Sie in Wahrheit ein kleines Rennpferd sind. Sie dürfen sich nicht verraten.«

»Herzlichen Dank, aber ich mache schließlich nicht zum ersten Mal die Kundschafterin«, hatte sie ihr entgegnet.

»Wie darf ich Sie anreden, Ma'am?«, fragte Mrs Bone, die Bescheidenheit in Person.

»Mit Frau Köchin«, antwortete die Köchin. »So. Also, hier kippst du die Asche aus. Das muss ich dir bestimmt nicht erklären, oder? Du sorgst dafür, dass die Hausmädchen immer volle Putzkästen haben, bereitest die Teeblätter für die Teppiche vor, holst das heiße Wasser mit dem Eimer.«

Mrs Bone seufzte. »Sehr wohl.«

Die Köchin beäugte sie misstrauisch. »Du deckst die Möbel mit den sauberen Planen gegen Staub ab. Das machst *du*, das machen nicht meine Mädels! Und die Servietten presst du auch. Mr Shepherd sieht es gar nicht gern, wenn in der Küche irgendwelche Gerätschaften herumliegen – genau wie ich.« Sie musterte sie streng. »Verstanden?«

Ich bin ein Wurm, dachte Mrs Bone. Ich bin eine Nacktschnecke. Sie verbeugte sich tief. »Ja, Ma'am. Das hab ich auch alles schon mal gemacht.«

Der Köchin war anzumerken, dass ihr die Verbeugung gefiel – auch wenn sie gegen die Regeln verstieß. »Du sagst nicht Ma'am, du sagst Frau Köchin zu mir. Nächste Frage: Kennst du dich mit Bürsten aus?«

Mrs Kings Bürstenlektion war für Mrs Bone kaum auszuhalten gewesen. Harte Bürste für Lehm, weiche Bürste für Ofenschwärze – und die Ofenschwärze kam aus einer Flasche. Einer *verkorkten* Flasche.

»Und wie«, antwortete sie jetzt. »Bei Bürsten macht mir so leicht keiner was vor.«

»Achtung, aus dem Weg! Da kommt Mr Shepherd!«

An den Mann, der damals das Silbertablett mit der Limonade nach draußen gebracht hatte, erinnerte Mrs Bone sich kaum. Er hielt mit schwerem Schritt auf sie zu, ein Gefolge von Schuhputzern im Schlepptau, und nickte ihr flüchtig zu, ohne sie zu erkennen. Er roch nach Mottenkugeln und Öl, und er schwitzte. An seiner Hüfte blitzte es auf, eine Kette, an der ein Schlüssel hing. Mrs Bone hatte nicht übel Lust, ihn einfach abzubeißen.

»Bummelanten können wir hier keine gebrauchen«, sagte die Köchin und packte sie beim Ellenbogen.

Mrs Bone, die ihr liebend gern gezeigt hätte, wo der Hammer hing, grinste wie eine Schwachsinnige und passte sich ihrem Schritttempo an: lahm, lahm, lahm.

»Und hier schläfst du«, sagte die Köchin. Krachend flog die Tür auf. »Mit unserer Sue.«

Aus der dunklen Zimmerecke spähte mit großen Augen ein junges Ding herüber. Es klammerte sich verzweifelt an die Waschschüssel. Mrs Bone überlief ein Kribbeln. Für sie gab es kaum etwas Schlimmeres, als sich mit jemand anderem das Bett teilen zu müssen.

»Alles im Lot, Sue?«, fragte die Köchin.

»Alles klar«, antwortete das Mädchen mit belegter Stimme.

Mrs Bone tat sich schwer mit dem Namen Sue. Er machte sie nervös, und sie kam sich wie elektrifiziert vor. Ihr Töchterchen hatte Susan geheißen. Sie atmete ein paarmal tief durch.

Die Köchin machte sich am Wasserkrug und dem Eimer zu schaffen, rückte sie nicht nur einmal, sondern gleich zweimal zurecht. »Licht aus um elf, wenn du die Bügeleisen weggeräumt hast. Danach wird abgeschlossen.«

Mrs Bone runzelte die Stirn. »Abgeschlossen?«

Die Köchin war schon halb wieder zur Tür hinaus. »Über Nacht werdet ihr eingeschlossen.«

Bleiern landete Mrs Bones Tasche auf dem Bett. »Mich sperrt keiner ein!«, entfuhr es ihr.

Aus den benachbarten Stuben hörte man das Kommen und Gehen der Mädchen. Es drang kein Licht durch das kleine Fensterchen, als wagte es sich nicht herein. Der violett gebeizte Holzboden war zerschrammt, wie wenn jemand die Möbel vor die Tür geschleift hätte, um sie zu verbarrikadieren.

»Bei uns hat es diesen Monat ein paar unschöne Vorfälle gegeben«, erklärte die Köchin. »Außerdem es ist eine Anweisung von der Gnädigen.«

Mrs Bone schlug das Herz langsam und gleichmäßig in der Brust. *Die Gnädige*, wiederholte sie im Stillen. Sie spürte die Nähe ihres eigenen Fleischs und Blutes, Dannys Aura in den Wänden. Sie warf einen Blick auf die Tür: Jetzt hatte er sie im Käfig.

Sie nahm sich zusammen, obwohl es ihr schwerfiel. »Na gut«, sagte sie. »Wenn das nun mal die Regeln sind.«

Die Köchin rümpfte die Nase. »Schön. Wenn du deine Sachen verstaut hast, meldest du dich unten. Noch Fragen?«

Mrs Bone dachte an die Belohnung, an die fette Beute, die glitzernden, klimpernden Kostbarkeiten unter ihr im Haus. Als stünde sie auf Aladins Schatzhöhle. Das war das Einzige, was zählte: nicht ihre Erinnerungen, nicht ihre Gefühle.

Sie saugte die Wangen ein und hätte um ein Haar einen Hofknicks hingelegt. »Nein, nein, Frau Köchin«, sagte sie. »Alles kapiert.«

9

Unter der Leitung von Mrs King und Hephzibah fanden am anderen Ende der Stadt die ersten Proben statt, wobei Hephzibah für die Regie zuständig war und Mrs King lediglich aufpassen musste, dass die Türen verriegelt blieben und niemand etwas ausplauderte. Sie war froh über die Ablenkung. Es machte sie nervös, dass Mrs Bone in der Park Lane war und nach Schwachstellen in ihrem Plan suchte, bevor sie sich entschied, ob sie investieren sollte oder nicht. Mrs King hätte lieber schon alles unter Dach und Fach gehabt.

»Gott sei Dank, dass du Hephzibah begleitest«, hatte Winnie zu ihr gesagt.

»Warum? Du hättest dich königlich amüsiert. Hephzibah genießt es doch so, vor dir anzugeben.«

Worauf Winnie die Stirn runzelte. »Nein, das stimmt nicht.«

Mrs King hatte weder Zeit noch Lust, hier nachzuhaken. Winnie und Hephzibah kabbelten sich eben ab und zu, das war ganz normal. Nichts, worüber man sich Sorgen machen müsste.

Einer von Mrs Bones Männern hatte den Schlüssel zu einem nicht genutzten Gemeindesaal organisiert, wo Hephzibah mit einer Reihe ältlicher Schauspielerinnen, die Mrs King noch aus ihrer Jugend von Ansichtskarten und verschnörkelten Theaterplakaten her kannte, den Text durchging. Den starken Zitronen- und Gewürzduft eines neumodischen Parfüms verströmend, trieb sie ihre Altmiminnen wie Schäfchen im Saal auf und ab.

»Da drüben haben wir die Gräfinnen.« Sie zeigte auf ein kleines Grüppchen Frauen. »Hier vorne die Ministersgattinnen und daneben ein paar abgehalfterte Kurtisanen, als Jux. Was schwebt Ihnen sonst noch vor?«

»Ich denke, ein paar Amerikanerinnen könnten nicht schaden.«

»Neureiche, wie köstlich. Du da«, raunzte Hephzibah und zeigte auf eine verschüchterte Großmutter mit perfekt sitzenden Locken. »Du kommst aus Neuengland, verstanden? Also dann, meine Damen. Los geht's!«

Die Schauspielerinnen holten tief Luft und fingen an, laut ihre Texte zu deklamieren, wild durcheinander und ohne Punkt und Komma: »*Guten Abend. Was für ein wunderbares Fest. Haben Sie vielleicht irgendwo meinen Mann gesehen? Waren Sie nicht auch in der Sommerfrische auf der Isle of Wight?* Von einer Sekunde auf die andere schwoll der Lärm schier ohrenbetäubend an. Plötzlich begriff Mrs King, dass sie noch nie im Leben für so viele Menschen gleichzeitig verantwortlich gewesen war. Auch in der Park Lane hatte die letzte Entscheidungsgewalt nicht bei ihr gelegen. Sie war so erschlagen von der Größe des Vorhabens, dass es in ihrem Kopf flimmerte. Sie kannte niemanden, der es auf die Beine hätte stellen können. Mit einer Ausnahme: sie selbst.

Anscheinend verriet ihre Miene einen leisen Anflug von Zweifel, denn Hephzibah rief ihr zu: »Keine Bange!« Sie konnte sich in dem Getöse kaum verständlich machen. »Ich bringe sie schon noch alle auf Vordermann!«

Sie war bester Stimmung. Ein Glück. Es gab nämlich kaum einen sprunghafteren Menschen als Hephzibah. Mrs King vertrug es nicht gut, den Ängsten und Sorgen anderer zu nahe zu kommen. So etwas konnte ansteckend wirken. Sie war überzeugt, dass Hephzibah es ebenso empfand. Es untermauerte das wortlose Verständnis zwischen ihnen. Sie warf der Schauspielerin einen fragenden Blick zu. »Können wir ihnen trauen?«

»Ist der Himmel blau? Sie haben einen Treueschwur auf uns abgelegt. Ich würde ihnen mein Leben anvertrauen.«

»Ich würde sie lieber einsperren und dafür anständig bezahlen, Hephzibah.«

»Das natürlich auch, meine Beste. Ich schicke Ihnen die Rechnung.«

Damit musste Mrs King sich bescheiden. Sie brauchten Leute, die in der Ballnacht die Gästeströme kanalisierten. »Lass uns weitermachen«, sagte sie. »Wir haben heute Vormittag mindestens noch ein Dutzend Termine.«

Hephzibah beherrschte ihr Fach, das musste Mrs King neidlos anerkennen. Nach der Kündigung in der Park Lane hatte die Wirtschafterin eine Abschrift der Einladungsliste für den Ball mitgehen lassen, die nobelsten Adressen im feinen Kensington, in Belgravia und im vornehmeren Teil von Piccadilly. Tief verschleiert zogen Hephzibah und Mrs King von Residenz zu Residenz, um Bedienstete zu bestechen. »Wenn eine ganz bestimmte Einladung eintrifft«, schnurrte Hephzibah, Männerarme tätschelnd, »bringst du sie schnurstracks zu uns, nicht wahr?«

Ein Diener sah sich den Zettel, den sie ihm hinhielt, genauer an. »Bei uns flattern jeden Tag hundert Einladungen rein.« Er beäugte die beiden Frauen misstrauisch. Hephzibah senkte die Stimme. »Dann wird ja wohl keiner das Kärtchen aus dem Haus de Vries vermissen, oder?« Sie drückte seinen Arm fester. »Die Moneten, meine Beste.«

Mrs King holte ihre Börse heraus und zahlte, was zu zahlen war. So bestimmten sie Haushalt um Haushalt, wer den Ball besuchen würde – und wer nicht. Die meisten Diener waren sehr entgegenkommend, aber es gab auch welche, die den Hals nicht voll bekamen.

»Was soll ich denn damit anfangen?«, fragte ein Lakai mit skeptischem Blick auf eine Bankanweisung, ein schlaksiger Bursche, der in der Curzon Street die Tür eines Ministers hütete.

»Einlösen«, antwortete Mrs King kühl.

»Wenn ich mir an der Post meines Herrn zu schaffen machen soll, kostet es euch das Doppelte.«

Mrs King überlegte. Ihr blieben zwei Möglichkeiten: zähneknirschend nachgeben und ihren finanziellen Rahmen sprengen. Oder die Unverschämtheit im Keim ersticken.

»Schon die Hälfte wäre ein gefundenes Fressen für die Presse«, sagte sie. »Ich sehe die Schlagzeile direkt vor mir: Korruptionsskandal – Minister im Zwielicht.«

»Könnte natürlich auch Korruptions*affäre* heißen«, fügte Hephzibah hinzu. »Oder Korruptions*vorwürfe.*«

Mit finsterer Miene nahm der Diener das Schmiergeld an.

»Ich habe ja eine fürchterliche Schwäche für Männer im Frack«, gestand Hephzibah, als sie Arm in Arm über den Berkeley Square gingen. Der Automobilverkehr staute sich bis hinter die nächste Kurve. Die Fahrer der Lieferwagen deckten sich gegenseitig mit deftigen Flüchen ein, während sie versuchten, sich in die Charles Street durchzukämpfen. Mrs King sah es mit Freuden, hoffte sie doch darauf, dass die Adern von Mayfair am Abend des Sechsundzwanzigsten vollkommen verstopft sein würden. Auf den langsamsten und unvorhersehbarsten Strecken, durch Seitenstraßen und kleine Gassen, würden *ihre* Fahrer unbemerkt aus der Stadt hinausrollen. »Du nicht?« Hephzibah tippte ihr auf den Arm.

»Wie bitte? Ich war ganz in Gedanken.«

»Schwärmst du nicht auch für Lakaien im Frack? Mit langen Strümpfen und breiten Strumpfbändern? So muss ein Mann sein. Er muss Waden haben!«

»Mir sind lange Hosen lieber.«

Hephzibah zappelte vor Vergnügen. »Ach ja? Raus mit der Sprache. Hast du einen bestimmten langhosigen Galan im Sinn?«

»Einen Galan?« Das Thema war Mrs King nicht geheuer. »Ich glaube, ich wüsste gar nicht, wie so ein Galan aussieht. Und was ist mit dir? Woher stammt deine Vorliebe für Männer in Livree? Jedenfalls nicht aus der Park Lane. Ich wüsste nicht, dass du mal hinter einem Chauffeur oder Kammerdiener her geschmachtet hättest.«

Hephzibahs Miene erstarrte hinter dem Schleier. »Ich kann mich kaum erinnern. Und du warst bestimmt viel zu sehr damit beschäftigt, Töpfe mit Schmalzfleisch oder Büchsen mit Ölsardinen aus dem Haus zu schmuggeln, um sie auf dem schwarzen Markt zu verkaufen, oder womit du dir sonst die einsamen Nachtstunden vertrieben hast.«

Mrs King seufzte. So lief es immer mit ihren Frauen. Ein falsches Wort, und sie gingen an die Decke. Der Weg war mit Schlaglöchern übersät, sodass man jederzeit hinschlagen konnte. Fast tat es ihr leid, dass sie es nicht mit jemandem zu tun hatte, der schonungslos offen war. Mit jemandem wie Miss de Vries.

Ein erschreckender Gedanke. Seltsam, aber wahr. Madam war von Natur aus entscheidungsfreudig. Sie hatte sehr genaue Vorstellungen. Das Kostümfest zu planen war fast … was gewesen? Kein Vergnügen, nein. Aber eine Genugtuung.

Mrs King erinnerte sich auf die Sekunde genau an den Augenblick, als der Plan in ihrem Kopf Gestalt angenommen hatte: einen Tag nach der Beerdigung des Hausherrn. Das Mausoleum war verschlossen, der Garten lag still und verlassen da. Miss de Vries empfing Mrs King im Wintergarten, von Kopf bis Fuß in Schwarz gehüllt, das Gesicht blass. Sie war wie elektrisiert, so voller Überschwang, dass es Mrs King kalt ums Herz wurde.

Leise und ruhig ergriff Miss de Vries das Wort. »Ich möchte einen Ball veranstalten.«

Ihr Blick senkte sich forschend in den ihrer Wirtschafterin. Wie würde sie reagieren? Im ersten Moment verstand Mrs King gar nichts. Einen *Ball*?

Doch plötzlich flackerte eine Idee in ihr auf, die Formen und das Licht verschoben sich. Was ihr bis jetzt verstreut und unverbunden erschienen war, verschmolz. Ein Ball war ideal. *Ideal.* Hitze, Lichter, Menschenmassen, Konfusion …

»Haben Madam bereits einen Termin ins Auge gefasst?«, fragte sie, ebenso leise wie ihr Gegenüber zuvor.

Natürlich brauchte Miss de Vries den Ball aus gänzlich anderen Gründen als Mrs King. Sie beabsichtigte, sich unter das Ehejoch zu begeben. Sie wollte unter die Haube, sich an den meistbietenden Hochkaräter verkaufen. Mrs King hatte ihr Leben komplett anders geplant, und sie war froh darum. Sie war ein freier Mensch, frei und ungebunden. Dass sie die gleichen und dabei doch völlig anderen Wünsche hatten, weckte in ihr ein merkwürdiges Gefühl der Zusammengehörigkeit, als wären sie in einer eng verzahnten Komplizenschaft miteinander verbunden. Kopf oder Zahl, der Wurf entscheidet, die Münze, die wie ein Kreisel über den Spieltisch tanzt.

Doch, doch. Lakaien im Frack gefielen ihr. Und sie fehlten ihr. Ganz besonders einer.

Sie schluckte ein Seufzen hinunter.

»Wir müssen wieder zurück«, sagte sie energisch.

10

―――◄o►―――

Ihren ersten Nachmittag in der Park Lane brachte Mrs Bone mit
dem Scheuern von Kupfertöpfen zu. Getreu Mrs Kings Anweisungen, verhielt sie sich dabei so unauffällig wie ein Mäuschen.
Die Wanduhr ständig im Blick, schrubbte sie wütend vor sich
hin, während sie auf die erste Pause wartete. Sie hatte keine Zeit
zu verplempern. Sobald sie die Köchin und die anderen Dienstboten abgeschüttelt hatte, legte sie sofort mit dem Auskundschaften des Hauses los. Zum Glück hatte das Souterrain große
Ähnlichkeit mit einem Kaninchenbau, sodass es ihr mühelos
gelang, unbeobachtet nach oben zu schleichen. Als Allererstes
nahm sie sich das Vestibül vor, was sie mit grimmiger Genugtuung erfüllte, weil sie es eigentlich gar nicht betreten durfte.

Es herrschte eine Stille wie in einer Kathedrale. Das Tageslicht
fiel durch eine Glaskuppel herein, überall Palmen und Farne in
großen Vasen. Ein weißer Marmorfußboden. Die Türfüllungen
vergoldet, die Knäufe aus Kristall. Jede Menge teure Scheußlich-
keiten, die Mrs Bone durchaus gefielen: Gemälde mit nackten
Frauen, ausgestopfte Füchse, denen die Augen aus dem Kopf
quollen, Hirsche, die auf ihren Sockeln stumm vor sich hin
röhrten. Was ihr den Atem verschlug, war weniger die Größe
der Halle als vielmehr die Art, wie sie sich in die Höhe schwang,
gekrönt von der Kuppel aus Glas, Eisen und Licht. Das ganze
Haus wirkte wie mit Puderzucker bestäubt, wie mit Zuckerguss
glasiert, zum Schlecken, zum Naschen einladend.

Ihr brannte die Haut vor Neid.

Das Vestibül war durch einen langen Säulengang und mehrere Glastüren mit der Gartenanlage verbunden. Genau wie auf
der schematischen Gravur im Deckel der Suppenterrine. Sehr

schön. Der Zutritt zum Haus war also kein Problem. Aber sie wollte noch überprüfen, wie es um das Garten- und das Hoftor stand. Den Plan, den Winnie für sie gezeichnet hatte, im Kopf, schlich sie wieder nach unten. Sie tappte leise durch den Küchenflur, drückte sich an Spülküchen, Speisekammern, Waschküchen, Vorratskammern, Kühlräumen, Trockenstuben vorbei, kam auf dem Stallungshof heraus und war mit einem Satz beim Tor.

Sie drehte den Türknauf. Nicht abgeschlossen. Vom Garten aus hatte man bis hierher freie Bahn. Nützlich.

Nachdem sie sich mit einem Blick zurück zum Haus vergewissert hatte, dass sie nicht beobachtet wurde, öffnete sie die Hoftür und bewegte sich rückwärts auf die Gasse hinaus.

»Mrs Bone.«

Ihr blieb fast das Herz stehen. »Verdammt und zugenäht!«

Winnie Smith lugte aus ihrem Efeuversteck hervor. »Entschuldigung. Hab ich Sie erschreckt?« Ihr weißkohlfarbenes Kleid war mit abgebröckeltem Putz von der Mauer übersät.

»Mich erschreckt keiner.« Mrs Bone schnappte nach Luft. »Was willst du?«

»Den ersten Lagebericht von Alice abholen. Und da dachte ich mir, Sie wollten vielleicht auch schon mal ein paar Erkenntnisse loswerden.«

»Ach was! Erkenntnisse willst du haben? Dann hol ich mir doch gleich meine Lupe und lese dir vor, was für Erkenntnisse mir schon gekommen sind.« Sie schnalzte mit der Zunge. »Ich hab doch eben erst angefangen. Einen Tag brauche ich mindestens.«

Winnie runzelte die Stirn. Mrs Bone seufzte und senkte die Stimme. »Wie ich es sehe, hänge ich in der Küche fest. Ich kann höchstens über die Hintertreppe raus. Und nachts werde ich unterm Dach eingesperrt. Wenn ich das Haus auskundschaften soll, musst du mir einen guten Grund liefern, wieso ich mich, ohne mich verdächtig zu machen, in den anderen Räumen und Etagen aufhalten kann.«

Winnie zögerte kurz. »Da fällt Ihnen doch sicher selbst etwas ein.«

Mrs Bone packte Winnies Handgelenk. »Ich habe nicht vor, mich wie eine Ladung Unterröcke durch die Mangel drehen zu lassen. Du überlegst dir was!«

Winnie machte sich los. »Schon gut, schon gut«, sagte sie mit einem härteren Unterton in der Stimme. Sie dachte nach. »Die Scheuerfrau dürfte höchstens dann in die oberen Stockwerke, wenn die anderen Mädchen eine Putzarbeit nicht schaffen. Richtig grobe, dreckige Arbeit.«

»Wenn's was mit Blut zu tun hat, kannst du's vergessen. Oder mit den Aborten. So was mach ich nicht.«

»Schauen Sie sich im Esszimmer um. Da ist es immer besonders schmutzig, weil die Automobile draußen vor den Fenstern parken. Sie suchen sich irgendetwas aus, was besonders verdreckt ist, und sagen, dass Sie es saubermachen wollen.«

Mrs Bone saugte die Wangen ein. »So einfach soll das sein?«

»Ich sage Ihnen, es funktioniert.«

»Hm, gut. Aber da wäre noch was. Weißt du, wie der Bobby heißt, der hier in der Gegend Streife geht?«

»Wozu wollen Sie das denn wissen?«, fragte Winnie misstrauisch.

»Weißt du es, oder weißt du es nicht?«

Winnie runzelte die Stirn. »Seinen Namen weiß ich nicht. Aber ich habe sein Revier natürlich im Auge behalten.« Nach kurzem Zögern holte sie ein Notizbuch aus ihrer Tasche. Blätterte darin. »Er kommt dreimal am Tag am Haus vorbei, pünktlich wie die Maurer.« Sie riss die Seite heraus und gab sie Mrs Bone.

»Aha«, sagte die anerkennend. »Hast gute Vorarbeit geleistet, das muss man dir lassen.«

Winnie ließ sich die Freude über das Lob nicht anmerken. »Sie sollten sich wirklich nicht alleine mit einem Polizisten treffen, Mrs Bone. Das könnte böse enden. Wenn sie wollen, sage ich Alice, dass sie den Stallungshof im Auge behalten soll. Sobald Sie den Bobby ansprechen, kann sie gleich runterkommen und Ihnen zur Hilfe eilen.«

»Mir? Zur Hilfe? Ich brauche doch keine Hilfe von der Näherin!« Plötzlich überlegte sie es sich anders. »Kommando zurück, ich kann sie gut gebrauchen. Sag ihr, sie soll auf dem Hof rein zufällig über uns stolpern.« Mit einer Geste schickte sie Winnie weiter. »Und jetzt zieh Leine, bevor dich noch einer entdeckt.«

Sie hastete durch das Hoftor zurück aufs Grundstück. Sie war so in Gedanken vertieft, dass sie das kleine Frettchen, das sie von der Kellertreppe aus beobachtete, fast nicht bemerkt hätte.

»Was machst du hier?«, fragte das Bürschchen. »Du hast im Hof nichts verloren.«

Ein Laufbursche oder ein Küchenjunge, sie konnte sich nicht erinnern.

»Ach nein?«, sagte sie. »Und was treibst *du* hier?«

»Nichts.«

»Genau wie ich, ich mache auch nichts. Übrigens kannst du ruhig mit dem Nichtstun weitermachen, bis ich zu dir runterkomme und dir eine Ohrfeige verpasse.«

Grummelnd ging er seiner Wege.

»Und die Zähne hau ich dir gleich auch noch raus«, rief sie ihm nach.

So ein Giftzwerg, aber sie kannte ihre Pappenheimer. Ein sauberes Früchtchen, das es faustdick hinter den Ohren hatte. Sie lauschte seinen Schritten nach, die sich allmählich auf der Treppe und im Keller verloren. Sie blieb stehen, um sie sich einzuprägen: Takt, Rhythmus und die Richtung, in die sie sich in den Grundfesten des Hauses fortsetzten. Jede Ratte hatte ihr Versteck. Es war ratsam, das nicht zu vergessen.

Mrs Bone schlief nie gut, auch nicht, wenn alles um sie herum stimmte. Hier würde sie wahrscheinlich stundenlag wachliegen.

Sue war zwar nur ein kleiner Hänfling, aber trotzdem ein atmender Mensch, der Platz im Bett beanspruchte. Es puckerte in Mrs Bones Bein. Der Tagesablauf in diesem Haus würde die reinste Folter sein. Beim Abendessen war die schwere Geschirrschlepperei an ihr hängengeblieben. Die Köchin hatte sie mit Argusaugen beobachtet und im Sekundentakt mit Befehlen bombardiert.

In ihrem Kopf flirrte es. Sie kämpfte gegen das Heimweh nach ihrem Geheimversteck an. Wo Danny wohl geschlafen haben mochte? Als junger Kerl hatte seine Matratze im rechten Winkel zu ihrer eigenen gelegen. Sie konnte sich noch genau erinnern, wie sein Atem in der Nacht gerochen hatte: verbraucht und abgestanden. Dachsparren, niedrige Decke, Sackleinen vor den Fenstern …

Sie musste eingedöst sein, denn als sie die Augen wieder aufmachte, fiel von draußen ein anderes Licht herein, es war dunkler als vorher – und jemand klopfte leise an die Tür.

Mrs Bone fuhr hoch. »Wer ist da?«, fragte sie, wach und sprungbereit.

Sue lag reglos neben ihr im Bett, so tief in ihrer Matratzenkuhle, als wäre sie halb in den Sprungfedern versunken.

Sachte pfiff der Wind durch die Dachstuben. Wäre es heller gewesen, wäre Mrs Bone aufgestanden und zur Tür getappt. Sie hätte durchs Schlüsselloch gespäht und »Zieh Leine!« gefaucht.

Aber sie blieb liegen. Aus unerfindlichen Gründen befahl ihr Körper ihr, sich nicht vom Fleck zu rühren. Sue bewegte sich ebenfalls nicht, sie schnarchte nicht, sie war wie tot. Wahrscheinlich hielt sie den Atem an.

Mrs Bone starrte grübelnd ins Dunkel. Was hatte das zu bedeuten? Ob sich ein Mädchen von nebenan eine Decke borgen wollte? Ob jemand krank geworden war?

Sie bekam eine Gänsehaut.

Der Augenblick wollte nicht enden. Noch ein leises Geräusch, kaum hörbare Schritte oder vielleicht ein Atemzug – dann Stille.

Um sich einen Überblick zu verschaffen, zählte sie am nächsten Morgen die Dienstboten, die sich an der langen Tafel versammelt hatten, und versuchte, sich ihre Gesichter einzuprägen. Fünf Küchenmägde. Sue. Fünf Hausknechte. Der Chauffeur, Mr Doggett. Keine Spur von dem Bürschchen mit der Frettchenvisage, und das Stubenmädchengeschwader war bereits in den oberen Stockwerken im Einsatz. Es gab eindeutig zu viel Personal. Solche Mengen an Arbeit konnten überhaupt nicht anfallen. Und doch waren sie ständig in Bewegung, huschten geschäftig hierhin und dorthin. Dadurch war es fast unmöglich, sie im Visier zu behalten.

»Na, gut geschlafen?«, fragte sie Sue.

Das Mädchen nickte, den Blick niedergeschlagen. »Ja, danke, Mrs Bone.«

»Da hast du!« Einer der Hausknechte stellte ihr unter lautem Geschepper einen Stapel Töpfe hin. »Zack, zack!«

Düster starrte sie auf die Polierlappen. Die armen Hände taten ihr jetzt schon weh.

»Hört, hört«, bemerkte die Köchin spitz.

»Hä?«, fragte Mrs Bone.

»Was brabbelst du da vor dich hin?«

Mrs Bone wurde rot. Als Untergebene der Köchin würde das Leben kein Zuckerschlecken sein. Bei ihr musste sie jedes Wort auf die Goldwaage legen.

»Was ich noch sagen wollte, Frau Köchin ... Wegen den Bilderrahmen in den oberen Etagen. Die sind sehr dreckig. Richtig schmierig. Die sollte sich mal einer gründlich vornehmen.«

Der Kammerdiener musterte sie kritisch. »Was hast du denn in den oberen Etagen verloren?«, fragte er.

Der Mann hieß William. Ein richtig schmucker Knabe. Vielleicht fünfunddreißig, sechsunddreißig. Dunkle Haare. Schmale, gerade Nase. Ohne die Livree hätte man ihn für einen Förster oder Holzfäller halten können. In seinem Blick lag etwas Wildes, golden und jaguarartig. Beim gestrigen Abendessen hatten die anderen über ihn und Mrs King getuschelt. Guter Fang, Dinah, dachte Mrs Bone, anerkennend und missbilligend zugleich.

Jetzt ging auch noch die Köchin auf sie los: »Und wozu erzählst du mir das überhaupt? Was oben zu machen ist, geht mich doch nichts an. Ich habe genug mit der Küche zu tun, *das* ist meine Aufgabe. Und damit bin ich voll und ganz ausgelastet. Wer ist denn hier die Scheuerfrau?«

Mrs Bone hob beschwichtigend die Hände. »Dann rühr ich schon mal die Natronlauge an.«

Mit einem Fingerschnippen wandte sich die Köchin an die Küchenmägde. »Drei Unzen Ei und eine Unze Pottasche für die Putzmadame. Und eine Rührschüssel.« Ihre Augen glitzerten. »Schmutzige Rahmen?! Dass ich nicht lache. Am liebsten würde ich mir das selber mal anschauen.«

Mrs Bone holte sich einen Eimer. »Sie können ruhig hierbleiben, Frau Köchin«, sagte sie. »Ich wollte Sie wirklich nicht stören.«

Weil der Eimer bis zum Rand mit der schäumenden Flüssigkeit gefüllt war, musste sie gut aufpassen, dass nichts herausschwappte. Die Lauge hätte auf dem Marmor Flecken hinterlassen. Sie schob die Tür zum Speisezimmer mit dem Fuß auf.

Das Zimmer war riesig, der Spiegel so groß wie ein Kirchenfenster. Der Esstisch gefiel ihr nicht. Er war achteckig und sehr klein – fast schon mickrig. Plötzlich erkannte sie eine Marotte ihres Bruders darin wieder, eine Marotte, die sie teilte. Sie hatte ihren Schreibtisch ebenfalls weit von der Tür entfernt aufgestellt. Damit jeder, der etwas von ihr wollte, erst einen weiten Weg zurücklegen musste.

Mrs Bone stellte den Eimer vorsichtig auf dem Teppich ab. Sie hatte ein gutes Auge für Teppiche – und ein noch besseres für Stühle. Bei Louis-seize machte ihr keiner was vor. Der Raum schimmerte im sanften Braun der O-beinigen Möbelstücke. Die Wände waren mit Gobelins bedeckt, die aus der Nähe fast ein bisschen zu dünn wirkten. Aber sie würden einen guten Preis erzielen, das stand fest.

Schon ging es ihr viel besser.

Ohne Zeit zu verlieren, durchsuchte sie den Raum. In den Schubladen fand sie jede Menge Tafelsilber, wenngleich nicht das wirklich teure Besteck.

»Sehr schön, sehr schön«, murmelte sie, während sie Messer, Löffel und sonstige Teile in den tiefen Taschen ihrer Schürze verschwinden ließ. Sie war froh, dass sie darunter einen Rock aus dickem, grobem Stoff trug. Er dämpfte das Klimpern und Klirren, das bei jeder Bewegung entstand.

»Bist du da drin?«

Erschrocken fuhr sie herum, sprang zum Eimer und zauberte blitzschnell eine Bürste hervor.

Die Tür glitt auf.

Die Köchin erschien, die Arme vor der Brust verschränkt. Sie besah sich die Rahmen. »Sehen genauso dreckig aus wie vorher. Du traust dich was.«

Mrs Bone kroch zu Kreuze. »Ich hätte Sie erst nach Ihrer Meinung fragen müssen, Frau Köchin.«

Die Frau kniff die Augen zusammen. »Stimmt«, knurrte sie, obwohl sie es offensichtlich genoss, gebauchpinselt zu werden.

Mrs Bone verdrehte innerlich die Augen. Was waren die Leutchen hier im Haus doch für eine leichte Beute!

Sie riss sich am Riemen. Keine vorschnellen Schlüsse. In jeder Ecke lauerte Gefahr. Das Schicksal wartete nur auf eine Gelegenheit, sie zu Fall zu bringen. Vorläufig aber schätzte sie die Gewinnaussichten als durchaus günstig ein. Sie hätte es Mrs King gegenüber nie zugegeben, doch sie gefielen ihr sehr.

Am nächsten Tag machte sie sich daran, dem Bobby mit ihrem Diebesgut eine Falle zu stellen. Vor einem Raubzug musste man die Polizei kompromittieren. Wer keinen Gesetzeshüter als As im Ärmel hatte, konnte seinen Coup gleich vergessen. Der Chauffeur, Mr Doggett, und zwei Hausknechte saßen im Stallungshof und spielten Karten. Mrs Bone steckte jedem von ihnen eine Zigarette zu, um sich ihr Schweigen zu erkaufen. »Du qualmst wie ein Schlot«, sagte der Chauffeur.

»Das sind die Nerven«, antwortete sie und schlüpfte in die Gasse hinaus.

Diese ewige Warterei! Sie würde es noch im Rücken kriegen, wenn sie hier Tag für Tag stundenlang in der Gegend rumstehen musste. Im Geiste führte sie eine Liste mit Pro und Kontra. Die Warterei fiel eindeutig unter Kontra. Leise drang der Glockenschlag der Uhren aus dem Haus in die Gasse.

Endlich kam der Bobby auf seinem Streifengang um die Ecke gebogen. Als er sie entdeckte, sah er sie fragend an. Sie winkte ihm. »Nein, Sie kennen mich nicht«, rief sie. Sie zog die Nase kraus und begrüßte ihn mit einem Knicks. »Ich bin neu hier.«

»Sag bloß, ihr dürft rauchen?«, fragte er.

Mrs Bone drohte ihm neckisch mit dem Zeigefinger. »Nicht petzen.« Sie hielt ihm die Zigarette hin. »Wollen Sie auch mal ziehen?«

Der Konstabler lachte. »Eine hässliche Angewohnheit bei einer Dame.«

Mrs Bone zwinkerte ihm zu. »Mit irgendwas muss sich die Dame ja die Zeit vertreiben. Ich habe auf Sie gewartet.«

»Auf mich?«

»Ich dachte, Sie hätten vielleicht Interesse an einem kleinen Nebenverdienst.«

Der Wachtmeister machte eine ausdruckslose Miene. »Das glaube ich kaum.«

»Ach nein?«

Mrs Bone wusste genau, dass es in solchen Situationen darauf ankam, nicht mit der Wimper zu zucken, extrem auf der Hut zu sein und alle richtigen Signale auszusenden.

»Oder doch?«, meinte er schließlich.

»Aber ja«, antwortete sie.

Eine ganze Weile sagte keiner mehr ein Wort, bis irgendwann seine Mundwinkel zuckten. »Lass mich halt doch mal ziehen«, sagte er.

Mrs Bone gab ihm die Zigarette mit spitzen Fingern, um ihn nicht zu berühren.

»Kommen Sie her, ich zeig Ihnen was.« Sie vergewisserte sich, dass sie nicht beobachtet wurden, und spreizte die Beine. Der Konstabler hob die Augenbraue.

»In meiner Schürze! Werfen Sie mal einen Blick rein.«

Er beugte sich vor und pfiff durch die Zähne. »Ein bisschen was vom Esswerkzeug hast du deiner Herrschaft hoffentlich noch gelassen, hm?« Mit einem Räuspern richtete er sich wieder auf. »Ah, verstehe. Du hast mir den billigen Plunder mitgebracht.«

Mrs Bone wippte mit der Hüfte. »Jetzt stellen Sie sich nicht an. Was davon hätten Sie gern?«

Der Bobby mochte ein krummer Hund sein, aber er war auch ein Geschäftsmann. »Ich gebe dir fünf Guineen für alles.«

Mrs Bone blieb höflich. »Mit Guineen gebe ich mich nicht ab. Und wir verhandeln über jedes Stück einzeln. Oder wir verhandeln gar nicht.«

Er zuckte mit den Schultern. »Na schön. Was willst du für die Teelöffel haben?«

»Zwei Pfund, drei Shilling, sechs Pence.«

Er saugte die Luft durch die Zähne. »Ich gebe dir dreißig Shilling. Und du weißt selber, das sind sie nicht wert.«

Mrs Bone schlug ihre Schürze wieder zu. »Verstehe. Sie wollen einen Sonderpreis. Da sind Sie bei mir an der falschen Adresse, Herr Wachtmeister.«

Er trat einen Schritt zurück. »Ich glaube schon, ich bin bei dir richtig.«

Mrs Bone schnalzte ungeduldig mit der Zunge und kramte in ihrer Schürze. »Wie wär's mit einem Salzstreuer? Einem Eierbecher? Oder einem Salzfässchen?«

In einiger Entfernung bewegte sich ein Schatten, der Konstabler wurde unruhig. »Da kommt einer.«

Mrs Bone hielt den Salzstreuer hoch, schüttelte ihn wie ein Glöckchen. »Also, dreißig Shilling für dieses schöne Stück, darüber können wir reden.«

Der Wachtmeister legte seine Hand auf die ihre. »Steck das weg.«

Tatsächlich, es kam jemand durch den Stallungshof. Eine Frau, die zum Tor wollte.

»Für ein Pfund zehn lege ich noch einen Löffel drauf. Was sagen Sie dazu?«

»Steck das weg, hab ich gesagt!« Der Bobby versuchte, Mrs Bone abzuschirmen.

»Und das Salzfässchen?«

Er warf ihr einen Blick zu, sah über seine Schulter, kramte in den Scheinen und Münzen in seiner Jackentasche. »Ein Pfund sechs. Aber binde dir um Gottes Willen die Schürze zu – da kommt wer.«

»Eins sechs? Sie sind ein Dieb, Herr Wachmeister. Das ist ja die reinste Wegelagerei.« Aber sie gab ihm die Silberteile aus der Schürze trotzdem und steckte sein Geld ein. »Eine arme alte Witwe zu berauben ...«

Unter den Augen der Frau, die von hinten näher kam, schob sie ihm einen Silberlöffel in die Tasche.

Der Bobby zuckte zusammen. »Guten Morgen, Miss.«

Alice war etwas außer Atem. Sie beäugte erst den Konstabler und dann seine Taschen. Er wurde rot.

Mrs Bone raunte ihm zu: »Ich glaube, sie hat was gesehen.

Sie alter Spitzbube! Am besten behalten wir die Geschichte für uns.«

In seinen Augen glomm ein Funken Sorge auf.

Alice sah Mrs Bone an. »Wir kennen uns noch gar nicht«, sagte sie steif. »Ich bin die Näherin.«

Mrs Bone legte ihr den Arm um die Schultern. »Ach, Kindchen. Ich habe unendlich viel zu flicken für dich.« Sie warf dem Polizisten über die Schulter ein strahlendes Lächeln zu. »Auf Wiedersehen, Herr Wachtmeister!«

Sie beeilten sich, in den Garten zu kommen. »Haben Sie ihn im Sack?«, flüsterte Alice ängstlich. »Was meinen Sie?«

Wenn Danny seine Schwester hätte beobachten können, wäre er vor Wut schier geplatzt. Der Coup könnte tatsächlich gelingen. Ein weiterer Punkt auf Mrs Bones Liste – ein Pro.

»Sei nicht so neugierig«, sagte sie, durchaus nicht unfroh, und hängte sich bei Alice ein. Sie sah immer zuversichtlicher in die Zukunft.

11

Noch 15 Tage
15 Uhr

———◄○►———

Für Alice waren die Sonntage in der Park Lane sterbenslangweilig. Morgens trotteten die Dienstboten wie brave Schulkinder in Zweierreihen zum Gottesdienst in St George's – ohne die Gnädige. Madam betete entweder in ihrer mit Türmchen und Schnörkeln verzierten Hauskapelle, einem Erker, der auf den Garten hinausging, oder sie besuchte die Kirche Immaculate Conception in der Mount Street.

Alice hatte Mr Shepherd gefragt, ob sie ebenfalls in die katholische Messe gehen dürfe.

»Auf gar keinen Fall!«, sagte er, als wäre sie eine papistische Verschwörerin. Ihren Rosenkranz holte sie seitdem nicht mehr hervor.

Am Sonntagnachmittag hatte das Gesinde Ausgang. Alice blieb als Einzige da, weil sie mit Madams Kleid weiterkommen wollte.

Eine tiefe Stille breitete sich aus. Manchmal war außer Alice und dem jeweiligen Burschen, der an dem Tag zum Dienst eingeteilt war, nur noch die Gnädige im Haus. Eine Zofe besaß Miss de Vries nicht, sie ließ sich der Reihe nach von den Stubenmädchen beim Ankleiden helfen und zog sie auch bei anderen leichten Arbeiten hinzu. Es war, als wollte sie sich nicht festlegen und den Abstand wahren. Wenn eine Dienstbotin sie langweilte, nahm sie einfach die nächste. Zurzeit wartete ihr Iris auf, die schon als Zimmermädchen in einem Hotel gearbeitet hatte, was Alice ungeheuer imponierte. Sie hatte bläuliche Lippen und Brenneisenlocken, die wie Sprungfedern aussahen. Alice hielt sich, wie angewiesen, ausschließlich im Ankleidezimmer auf, den Türspalt nicht aus den Augen lassend. Schließlich war sie der Kanarienvogel in der Goldmine, wie Mrs King gesagt hatte. Sie sollte sofort anfangen zu zwitschern, sobald ihr irgendetwas verdächtig vorkam. Aber oft war sie so sehr in die Arbeit an Madams neuem Kostüm vertieft, dass sie überhaupt nicht mehr an den Türspalt dachte. Sie brachte jede freie Minute mit dem Kleid zu und nähte bis tief in die Nacht hinein. Noch nie hatte ihr jemand so eine anspruchsvolle Aufgabe zugetraut.

»Ich möchte als Kleopatra gehen«, hatte Miss de Vries gesagt. »Aber natürlich in Schwarz, wie es sich für eine Trauernde gehört. Kannst du mir ein Kostüm entwerfen?«

Alice wusste nicht, wo sie anfangen sollte. Ihre Zeichnungen bildeten immer nur Fantasievorstellungen ab. »Hilfe«, sagte sie, als sie Winnie in der Gasse hinter dem Stallungshof heimlich Bericht erstattete. »Sie müssen mir ein Schnittmuster besorgen.«

Winnie machte ein besorgtes Gesicht. »Das gefällt mir gar nicht«, grummelte sie, in den Efeu geschmiegt, sowohl von der Gasse als auch vom Haus aus vor neugierigen Blicken geschützt. »Wieso redet Madam mit dir? Damit haben wir nicht gerechnet.«

»Ich werde schweigen wie ein Grab«, versprach Alice ungeduldig. »Aber Sie müssen mir helfen, bitte! Ich hab nicht die leiseste Idee, was ihr vorschwebt, und ich muss ihr am Sonntag einen ersten Entwurf vorlegen.«

Winnie wühlte in ihrer Tasche. »Da.« Widerwillig zog sie ein paar Zeitungsausschnitte aus der *Illustrated News* hervor. »Bilder vom Ball der Devonshires. Vielleicht kannst du damit was anfangen.«

»Vielen Dank«, hauchte Alice und eilte zurück ins Haus.

Sie hatte Berge von Stoffen, mit denen sie arbeiten konnte, zu schwindelerregenden Preisen bei Worth of Paris bestellt. Schwarzen Crêpe de Chine, flaumige Straußenfedern und schwarz gefärbte Gaze. Sie brütete über den Fotografien von Mrs Paget und der Countess de Grey aus der Illustrierten und verwandelte Madams Gagatketten in den grandiosesten Kopfschmuck, der ihr einfiel.

Ich kann das, dachte sie. Ich *muss*.

Miss de Vries kam aus dem Boudoir herein. Sie hielt einen Zettel in der Hand, einen Brief, wie es aussah. Zusammengeknüllt stopfte sie ihn sich in den Ärmel.

»Nimmst du noch einmal meine Maße?«, fragte sie.

Alice legte die Nadel weg. »So viel wird sich in der einen Woche wohl nicht verändert haben«, sagte sie. Etwas spät besann sie sich auf ihre Manieren und schob ein »Madam« hinterher. Mrs King hatte sich in dieser Hinsicht sehr klar ausgedrückt: *Du musst sie bei Laune halten. Sei bescheiden, still und leise: ein Mäuschen.*

»Es muss wie angegossen sitzen.« Miss de Vries musterte sich mit scharfem Blick im Spiegel. »Kleider leiern ja so schnell aus.«

»Gewiss, Madam.«

Miss de Vries' Augenfarbe changierte je nach den Lichtverhältnissen. Mal waren sie grau, mal grün. Sie musterte ihre Näherin von oben bis unten, mit einem Blick, der geradewegs durch sie hindurchging. Alice gefiel das gar nicht. Es ging ihr gegen den Strich, so genau unter die Lupe genommen zu werden. Sie holte das Maßband und kniete sich neben Miss de Vries. »Nicht bewegen, Madam.« Nach einer Weile sagte sie: »Wie ich mir schon dachte. Keine Veränderung. Alles wie gehabt.« Sie rollte das Maßband wieder auf. »Perfekt.«

Miss de Vries kniff die Lippen zusammen. »Gut, gut.« Sie seufzte. »Zeig mir, wie du vorankommst.«

Alice atmete tief ein und holte das angefangene Kostüm herbei. Ein zerbrechliches, nicht einmal halbfertiges Gebilde, übersät mit Stecknadeln und aufgeheftetem Seidenpapier. Vom Druck der Nähnadel hatte Alice wunde Schwielen an den Fingern.

Miss de Vries lächelte geziert. »Du hältst es so, als ob es jeden Augenblick auseinanderfallen könnte.«

»Noch muss man sehr behutsam damit umgehen, Madam.«

»Hm.« Miss de Vries kam näher, berührte vorsichtig die üppige schwarze Perlenstickerei auf dem Mieder, strich über die Seide. »Bei wem hast du Nähen gelernt?«

»Bei meinem Vater«, antwortete Alice. »Er ist Kurzwarenhändler.«

»Kurzwarenhändler können doch nicht solche Kleider nähen!«

Alice kaschierte ihre Freude über die Bemerkung mit einem Stirnrunzeln: Hochmut kommt vor dem Fall.

»Habe ich dich gekränkt?«, fragte Miss de Vries.

»Nein, Madam.« Alice verharrte. Miss de Vries fiel die Stecknadel auf, die sie in der Hand hielt, der metallische Glanz, die scharfe Spitze. Alice stach sie vorsichtig in ihre Schürze.

»Verstehst du dich gut mit deinem Vater?«

Zwar konnte die Frage durchaus als höfliche Floskel durchgehen, aber Miss de Vries hatte bisher noch keinerlei Interesse an Alice' Lebensumständen gezeigt. Das Mädchen schüttelte den Kopf. Jetzt hieß es, vorsichtig sein. »Nein, gar nicht gut.« Sie wollte nicht an ihren Vater denken. Weder an ihn noch an das schmuddelige Wohnzimmer, wo seine Gebetbücher auf dem Kaminsims standen, oder an die ausgefransten Teppiche auf dem mit billigem, rotem Lack gestrichenen Dielenboden. Hier oben in Madams Gemächern war alles sanft und reich, weich und rein. Und unermesslich viel schöner.

»Wie traurig.«

Da: Miss de Vries sah ihr in die Augen. Das ironische Lächeln war verschwunden. Ihr scharfer, durchdringender Blick traf Alice bis ins Mark. Die Gnädige zog den zusammengeknüllten Zettel aus ihrem Ärmel. »Räum alles weg. Und wenn du nach unten gehst, richte Mr Shepherd aus, dass ich ihn sprechen möchte.« Sie strich den Brief glatt. »Ich bekomme morgen Besuch. Wir müssen die Speisenfolge ändern.«

Alice war erleichtert. Eine zu große Nähe zu ihrer Herrin war gefährlich; der Frau entging so leicht nichts. »Jawohl, Madam«, sagte sie, schon halb im Hinausgehen. Als Zeichen des Entgegenkommens fügte sie hinzu: »Soll ich ihm auch ausrichten, welchen Besuch Madam morgen erwarten?«

Miss de Vries war halblaut in das Lesen des Briefs vertieft. So beiläufig ihre Antwort auch daherkam, lag doch etwas Gehetztes in ihrem Blick. »Lord Ashley, aus Fairhurst. Mr Lockwood wird uns Gesellschaft leisten.«

Die Namen sagten Alice nichts. »Sehr wohl, Madam.« Sie fing an, den Stoff wegzulegen.

»Ach, und noch etwas, Alice.«

Sie drehte sich um. Miss de Vries hatte sie schon wieder ins Visier genommen. Das Licht war ins Gelblichere umgeschlagen, wodurch sie zarter und sanfter wirkte. »Du schlägst dich sehr achtbar.«

Das Lob kam so unerwartet und sah der sonst stets sachlich-kühlen Madam so wenig ähnlich, dass Alice richtiggehend überrumpelt war. Es war ihr noch nie passiert, dass jemand ihre Arbeit lobte. Man bezahlte sie dafür, und das war auch schon alles. Nicht einmal von Mrs King konnte sie ein »Gut gemacht!« erwarten. Alice hatte nichts dagegen, sich Honig um den Bart schmieren zu lassen. Im Gegenteil, sie war der Meinung, dass sie es verdient hatte. »Danke«, sagte sie, und ihr stockte dabei die Stimme. Sie konnte es selbst kaum glauben. Womöglich lag ihr mehr an der Wertschätzung der Gnädigen, als sie bis jetzt geahnt hatte.

12

Am selben Nachmittag

———◦———

Hyde Park. Das Notizbuch offen auf dem Schoß, starrte Winnie unverwandt auf ihre Armbanduhr.

»Wie sieht es mit dem zeitlichen Ablauf aus?«, fragte Mrs King.

Winnie hob den Zeigefinger, hielt den Atem an – und schnaufte tief aus. »Nach meinen Berechnungen brauchen wir keine zehn Minuten, um die Kisten aus der Kuppel nach unten zu schaffen.«

»Na also. Jetzt lach mal, Winnie. Das sind doch gute Nachrichten.«

Die alte Freundin hob den Kopf. Die Sonne fiel ihr schräg ins Gesicht, sodass die Falten um ihre Augen deutlich hervorgehoben wurden. Beide Frauen hatten seit Tagen nicht mehr richtig geschlafen. Die Liste der zu erledigenden Aufgaben schien von Stunde zu Stunde länger zu werden. Und der Schuldenberg höher. Winnie kam gerade von einem Termin in der Curtain Road, wo sie einen Kaufvertrag für drei Dutzend Rauchmaschinen abgeschlossen hatte. Sie wirkte aufgekratzt, hochzufrieden mit ihrem Erfolg.

»Kein schlechter Preis«, lobte Mrs King sie.

Natürlich hätte sie selbst günstigere Konditionen herausschlagen können, aber wozu Winnie vor den Kopf stoßen? Mrs King hatte die Nacht mit zwei Monokelträgern verbracht, Vertrauensleuten ihrer Tante, von Mrs Bone hinzugezogen – und bezahlt –, und war mit ihnen das Inventarbuch durchgegangen. Die beiden Gentlemen, die betörend nach Fuchspelz und Käse rochen, waren exzellente Kunstkenner. Bei den Preisen, die sie nannten, ging ihr das Herz auf.

Sie fand, Winnie und sie hätten sich wahrlich eine Belohnung verdient.

»Komm, ich lade dich auf ein Eis ein«, hatte sie gesagt.

»Ich mag kein Eis.«

»Auf meine Rechnung!«

»Na dann.«

Sie saßen nebeneinander vor dem Musikpavillon. Das Haus in der Park Lane schimmerte zwischen den Bäumen hervor, zum Greifen nah. Mrs King machte sich mit Genuss über ihr Eis her.

»Wie kommt Hephzibah mit ihren Statisten zurecht?«, fragte sie.

Winnie verdrehte die Augen. »Du kennst sie doch!«

Sie hatten Hephzibah die Ausbildung von Mrs Bones Männern anvertraut. Nun feilte sie an ihrer Aussprache, brachte ihnen Manieren bei und korrigierte ihre Körperhaltung. Am Abend des Balls war sie dafür verantwortlich, sie im Haus hin und her zu manövrieren.

»Haben die harten Jungs die Hosen voll vor ihr?«

»Mich hat sie jedenfalls schon das Fürchten gelehrt. Sie hält sich für Sarah Bernhardt.«

»Vielleicht ist sie ja sogar noch besser.«

Winnie senkte die Stimme. »Wir reden hier von einem Raub, nicht von einer Premiere am Coliseum.«

»Unser Coup könnte beides sein.«

»Mir ist es ernst.«

»Mir auch. Hephzibah versteht sich auf ihr Handwerk. Und sie wird ganz nah am Zentrum des Geschehens sein.«

»Ich verstehe mich auch auf mein Handwerk.«

»Das Nähen?«

»Ja.«

»Dafür haben wir Alice.«

»Darum geht es doch gar nicht.«

Mrs King seufzte. »Doch, leider. Genau darum geht es. Dich brauche ich an meiner Seite.«

Winnie rutschte auf der Bank herum. »Willst du damit andeuten, ich wäre im Nähen eine Stümperin?«

Sie sah so erschrocken aus, dass sie ihrer Freundin leidtat. »Das würde ich nie sagen.«

Grüppchen um Grüppchen flanierten die Menschen durch den Park. »Ich bin so müde«, sagte Winnie.

»Leg dich ein bisschen aufs Ohr.«

»Ich habe keine Zeit, ein Nickerchen zu machen.«

»Dann gönn dir noch eine Waffel.«

Traurig sah Winnie zu, wie ihr Eis auf die Bank tropfte. »Seit wann bist du so ein Unmensch?«

Mrs King stupste sie sacht in die Rippen. »Und seit wann bist du so ein Gänschen?«

Eine Zeitlang war nur das Rascheln der Bäume zu hören.

Winnie wischte sich die Hände ab. »Dinah«, sagte sie schließlich. »Es steckt doch noch mehr dahinter, oder?«

Mrs King schleckte sich das Eis von den Fingern. »Wohinter?«

»Hinter dieser ganzen Sache.« Sie suchte Mrs Kings Blick. »Hinter dem Raub.«

»Du meinst, es muss um mehr gehen als darum, Reichtümer anzuhäufen, von denen wir nie auch nur zu träumen gewagt hätten?«

»Ja.«

Mrs King aß ihr Eis auf. »Warum fragst du?«

»Weil ich dich kenne. Du bist eine stolze Frau. Aber so stolz bist du nun auch wieder nicht.«

»Was soll das denn heißen?«

»Du hast deine Stelle verloren. Pech gehabt, du Ärmste. Aber du nagst nicht am Hungertuch. Du hast all deine Sinne beisammen. Du schlägst dich schon irgendwie durch.« Winnie machte ein versonnenes Gesicht. »Man verwüstet nicht jedes Mal ein Haus, wenn man keine Lust mehr auf ehrliche Arbeit hat.«

Mrs King lachte. »Ach nein?«

»Nein«, entgegnete Winnie starrsinnig. »Und deshalb frage ich dich: Steckt noch mehr dahinter?«

Manchmal dachte Mrs King im Dunkel der Nacht an den einen Punkt in ihrem Plan, der ihr Angst machte: die Menschen. Die Menschen mit ihren kleinen Bedenken und Sorgen, ihren Eifersüchteleien, ihren ständigen Wünschen. Tiere folgten, ohne zu fragen. Vögel ebenso. Sie flogen in perfekter Formation, ein mächtiges Bündnis.

»Doch«, sagte Mrs King. »Gut möglich.«

Winnie kniff die Augen zusammen. »Dann rück endlich raus damit.«

Manchmal reichte schon ein Brosame, ein Informationshäppchen, um ihre wunderbare Frauentruppe zu besänftigen. Wie beim Anrichten von Hunden, beim Füttern von Vögeln. Sie wandte sich Winnie zu. »Als ich damals ins Haus gekommen bin, hat Mr de Vries mir ein Versprechen gegeben.« Sie streckte die Beine aus. »Nein, es waren sogar zwei.«

Winnies Blick verdüsterte sich. »Mr de Vries?«

»Ja. Erstens, dass mich keiner fragt, wo ich herkomme. Zweitens, dass er für meine Mutter das Hospital bezahlt.«

»Das Hospital?«

»Ja. Ich weiß nicht, wie man das nennt. Armenhaus? Heilanstalt?«

»Verstehe.«

»Ach ja? Da verstehst du mehr als ich.«

»Entschuldige«, sagte Winnie.

Bilder schossen Mrs King durch den Kopf, alte Erinnerungen. Fahles Licht. Mutters starrer Blick, der immer seltsamer wurde. »Sie haben mir versprochen, dass ich nicht darüber reden müsste. Dass ich alles vergessen könnte. Auch Mutter. Und Alice.«

Winnie sagte bedächtig: »Wir haben noch nie darüber geredet. In unserer ganzen gemeinsamen Zeit, nicht ein einziges Mal. Mir kam es von Anfang an merkwürdig vor.«

»Was?«

»Wie du in die Park Lane gekommen bist. Aus heiterem Himmel warst du plötzlich da. Ein Mädchen ohne Familie, ohne Papiere. Du wusstest noch nicht mal, wie man sich die Schürze richtig bindet.«

»Dafür hatte ich dann ja dich«, sagte Mrs King. »Du hast es mir beigebracht.«

Winnie legte den Kopf auf die Seite. »Wir wissen beide, was für eine Sorte Mädchen das ist, das ohne ein Zeugnis in Stellung geht.«

Mrs King lachte. »In solchen Schwierigkeiten habe ich nicht gesteckt, Winnie.«

»Nein?«

»Nein.«

»Aber warum hat Mr de Vries dich dann eingestellt?«

Die Frage hörte Mrs King nicht zum ersten Mal. »Alter Freund der Familie.«

Winnie lachte trocken. »Ach was? Ein alter Freund, ja?« Sie schüttelte den Kopf. »Mein Gott. Wenn ich daran denke, wie wir uns für dich überschlagen haben, was für Extrawürste du bekommen hast. Wir haben das Frühstück und das Abendessen verschoben, dir die leichtesten Aufgaben zugeteilt. Du hattest mehr Kerzen, mehr Zucker, mehr Tee. Ein Bett am Fenster, ein eigenes Zimmer, neue Häubchen. Wir haben deine Sachen für dich geflickt ...«

»Dir ging es bei ihm doch auch nicht so schlecht.«

»Aber ich habe gearbeitet! Ich habe mir die Finger wundgearbeitet. So schwer hab ich in meinem ganzen Leben nicht geschuftet.«

Winnies Gesichtsausdruck ließ sich kaum deuten. Mrs King

konnte nicht leugnen, dass sie recht hatte. Ihre alte Freundin hatte sich in dem Haus wie ein Ackergaul ins Geschirr gelegt. Sie arbeitete sich von der Küchenmagd zum Hausmädchen hoch, vom Hausmädchen zum Stubenmädchen und schließlich – unter dem Beifall der anderen Dienstboten – sogar bis zur Wirtschafterin. Sogar die *Köchin* hatte ihr gratuliert. Nach fünf Jahren hatte sie von einem Tag auf den anderen ihre Sachen gepackt und war gegangen. Ohne sich zu verabschieden. Mrs King brauchte Monate, um sie ausfindig zu machen: als Händlerin für zerfledderte Straußenfedern bei einem Hutmacher in Spitalfields.

Winnie holte tief Luft. »Was war er für dich?«

»Was meinst du?«

»Was ich meine? Dass du vom ersten Augenblick an auf einem Podest standest. Aber ich habe keine Ahnung, warum. Deshalb frage ich dich ja.«

Mrs King ließ sich keine Gefühlsregung anmerken. »Ich bitte dich, Frau Polizeikommissar!«

Winnie hob warnend den Zeigefinger. »Lass das bitte bleiben.«

»Was denn?«

»Mich wie ein Kind zu behandeln.«

Mrs King war mit ihrer Geduld fast am Ende, aber sie nahm sich zusammen »Es muss leider sein«, sagte sie. »Ich muss an euch allen herumerziehen. Weil ich der Kopf des Unternehmens bin.«

Winnie ließ sich nicht aus der Reserve locken. »Du antwortest mir jetzt, Dinah.«

Sie standen an einem entscheidenden Wendepunkt.

»Du bist auf dem Holzweg«, sagte Mrs King. »Glaub mir.«

»Inwiefern Holzweg? Ich weiß nicht, worauf du hinauswillst.«

Mrs King stand auf. »Komm, wir müssen weitermachen. Ich will noch zu Sanger, um mit ihm über die Kamele zu sprechen.«

»Nein.« Winnie rührte sich nicht vom Fleck.

Wäre die Frage von Hephzibah, Mrs Bone oder Alice gekommen, hätte Mrs King sich herausreden können. Sie ließen sich leicht auf Abstand halten. Aber Winnie würde einfach wie angewachsen sitzenbleiben, bis sie die Wahrheit erfuhr. Mrs King schuldete ihr eine Antwort, Winnie hatte sie verdient.

Die Angst, sich ihre Gefühle anmerken zu lassen, schnürte Mrs King den Brustkorb zusammen.

»Er war mein Vater«, sagte sie.

Winnie hätte später nicht zu sagen gewusst, ob sie sich mit ihrer Reaktion zum Gespött gemacht hatte. Ob sie blass geworden war, ob sie nach Luft geschnappt oder sich sonst wie blamiert hatte. Hell jauchzend lief ein Kind mit einem Luftballon an ihnen vorbei. Mrs King stützte das Kinn in die Hand.

Irgendwann hatte Winnie die Sprache wiedergefunden. »Dein Vater?« Sie musste sich noch einmal vergewissern, brauchte die Bestätigung unbedingt.

Mrs King suchte ihren Blick. »Anfangs wusste ich es selbst nicht. Es hat mir keiner gesagt.«

»Aber wie bist du dann darauf gekommen?«

»Ich habe es mir zusammengereimt«, antwortete sie mit fremder, ausdrucksleerer Stimme.

Zögernd hakte Winnie nach: »Dann hat er es dir nie gesagt? Du musstest es selbst austüfteln?«

»Nein, zum Schluss hat er es zugegeben.« Mrs King faltete die Hände. »Als es mit ihm zu Ende ging.«

Plötzlich wünschte Winnie sich weit fort. Es war zu heiß, zu hell, hier auf der Parkbank, vor allen Leuten. Ihr war es blümerant zumute. Wahrscheinlich der Schock.

»Aber du weißt es schon viel länger?«

Mrs King nickte.

»Und du hast nichts gesagt.«

Mrs King senkte die Stimme. »Über so etwas spricht man nicht.«

Winnie wurde es flau im Magen. »Komm«, sagte sie. »Gehen wir paar Schritte.«

Sie hakte sich bei Mrs King unter und zog sie hoch. Auf schmalen Wegen entfernten sie sich immer weiter von der Park Lane.

»Wissen es die anderen?«, fragte sie schließlich.

»Sie wären nicht gerade entzückt.«

Nicht gerade entzückt? Sie wären *entsetzt*. »Vielleicht wäre es eine Erleichterung, es ihnen zu sagen. Dann könnten sie dich besser verstehen. Es muss schlimm sein, so ein Geheimnis mit sich rumzuschleppen.«

»Ich bin nicht diejenige, die ein Geheimnis daraus macht. Dafür sind andere verantwortlich.«

Ob sie wohl selbst daran glaubte? Winnie klammerte sich an den Gedanken. »Gut, aber dann ist es höchste Zeit, dass du es dir von der Seele redest.«

Mrs King verkrampfte. »Mrs Bone weiß es«, sagte sie. »Sie wusste es von Anfang an. Ich bin nicht die Einzige von uns, die mit ihm verwandt war. Sie war seine Schwester.«

Winnie blieb stehen. Diesmal empfand sie den Schock nicht als Schwäche, sondern als Schmerz. Sie zog ihrer alten Freundin den Arm weg. Wenigstens besaß Mrs King so viel Anstand, ein verlegenes Gesicht zu machen. »Es war besser, dass du nicht Bescheid wusstest«, sagte sie.

Winnie hätte am liebsten laut geschrien. »Herrgott noch mal, Dinah.« Sie hielt sich die Stirn, ihr dröhnte der Schädel. »Du hättest es mir sagen müssen. Vor Jahren schon.«

Mrs King schüttelte stumm den Kopf.

Winnie seufzte. »Dieses Gespräch hat uns beide aus dem Gleichgewicht gebracht. Lass uns umkehren.«

Schweigend machten sie sich auf den Rückweg. In Winnie brodelte es. Es war unverzeihlich, dass Dinah ihr das Geheimnis nicht anvertraut hatte. Eine Frage aber ließ sie nicht los: *Konntest dir das nicht denken?*

Wenn sie daran dachte, wie verspielt Mrs King gewesen war, wie keck sie den Kopf auf die Seite gelegt hatte. Dem gnädigen Herrn so ähnlich, dass Winnie weiche Knie bekam.

Sie verstand genau, was geschehen sein musste. Mr de Vries hatte sich einen Bastard anhängen lassen. Die meisten Gentlemen hätten sich freigekauft, die Mutter des Kindes brieflich in ihre Schranken verwiesen oder sich einfach aus dem Staub gemacht. Er dagegen hatte sich etwas Originelleres einfallen lassen und das Kind in Stellung genommen. Auf eine derart gewagte Idee musste man erst einmal kommen. Um diese atemberaubende Selbstherrlichkeit war er zu beneiden.

Auch sie kannte Geheimnisse, über die sie niemals sprechen würde. Mr de Vries war brutal, er walzte jeden nieder, der ihm in die Quere kam, er war ein eitler Geck in zinnoberroter Seidenweste mit kanariengelben Knöpfen. Aber mit Winnie ging er behutsam um. Er behandelte sie höflich. »Meine liebe Winnie Smith«, sagte er immer mit einem leisen Schmunzeln. »Der klügste Mensch im Haus.« Denn klug war sie tatsächlich, und für klug hielt auch sie selbst sich, so wohlerzogen, verlässlich und kultiviert. Sie hatte viele Stunden in Mr de Vries' Gegenwart zugebracht, Diktate aufgenommen, seine Korrespondenz erledigt. Er machte ihr kleine Geschenke, gab ihr eine Zulage und hatte sogar Winnies Mutter zum Tee eingeladen, nachdem der Vater gestorben war. Er besaß einen entwaffnenden Charme. Und sie glaubte, sich seine Gewogenheit verdient zu haben. Ihre ganze Seele steckte in dem Haus. Sie hatte Mr de Vries unendlich bewundert: Natürlich war er vulgär, aber wenigstens verstellte er sich nicht.

Die Scham lag ihr wie ein Stein im Magen.

Sie hakte sich wieder bei ihrer alten Freundin unter. »Es tut mir leid, dass ich es nicht erraten habe.«

Mit fahlem Gesicht wandte Mrs King sich ihr zu, fast so, als hätte sie Angst vor dem, was Winnie ihr womöglich sagen würde. Die hielt ihren Blick kaum aus, Tränen brannten ihr in den Augen.

»Ich wollte ja gar nicht, dass du es errätst. Dazu hätte ich es auch niemals kommen lassen.« Mrs King drückte Winnies Arm. »Sag den anderen nichts davon«, fügte sie hinzu.

Winnie schnaufte. »Wir sollten keine Geheimnisse voreinander haben, Dinah.«

Die Angst wich aus Mrs Kings Zügen. Sie reckte grimmig das Kinn. »Das ist ein Befehl, Winnie.«

13

Später

———◄○►———

Am vereinbarten Tag, zur vereinbarten Stunde trafen sich Mrs
Bone und Mrs King in Kensington Gardens. Höchste Zeit, dass
die alte Ganovin ihre Risikobewertung abgab – und endlich damit herausrückte, wie üppig die von ihr erhoffte Finanzspritze
ausfallen würde.

Mrs King musste an die alten Zeiten denken, als Mrs Bone sie
zur Taschendiebin ausgebildet hatte. Mit Ketten aus schweren,
klackernden Stein- und Mooreichenperlen behängt, hatte sie
sich im Regent's Park auf eine Bank gesetzt und den Diebstahl
immer wieder aufs Neue mit ihr durchgespielt. *Vorsichtig, Kind.
Stell dir vor, deine Finger wären aus Luft ...* Sie hatte von Anfang
große Erwartungen in Dinah gesetzt. Das Mädchen besaß alles,
was man brauchte: ein scharfes Auge, ein ausgeglichenes Gemüt
und eine starke Persönlichkeit. Wie auch nicht? Schließlich floss
das gleiche Flynn-Blut in ihren Adern.

»Bleib ruhig sitzen.« Mrs Bone stützte sich mit den Händen
auf den Oberschenkeln ab. »Mein Gott, bin ich außer Puste.«

Die Kindermädchen, in Scharen auf den Wegen unterwegs,
schoben moderne Kinderwagen, deren Räder so groß waren,
dass sie auch zu einem Omnibus gepasst hätten. Die Szene wirkte
ausgesprochen friedlich, aber der Eindruck täuschte. Mrs King,
die sich eine Bank mit Blick auf den Palast und die Schafe ausgesucht hatte, zählte die Männer. Einer stand reglos auf dem Brown
Path, drei lümmelten sich unter den Sonnenschirmen neben
dem Teezelt. Zwei weitere, die in einem Boot auf dem Wasser
vorbeiglitten, hielten sich auffällig gerade. Mrs King wusste, was

das bedeutete: Sie hatten Pistolenhalfter um den Brustkorb geschnallt.

Mrs Bone hatte sich für das Gespräch Verstärkung mitgebracht, was Mrs King, die ihre Tante gut kannte, als durchaus ermutigendes Vorzeichen deutete. Anscheinend war sie in Verhandlungslaune und bereit, sich in die Unternehmung einzukaufen.

Mrs King knöpfte ihre Handschuhe zu. Strich sich die Röcke glatt. »Guten Tag, Mrs Bone«, sagte sie munter.

»Ja, ja. Wie geht's, wie steht's? Schön, dich zu sehen. Ich arme Frau, ich habe Frostbeulen und Wasserblasen wegen dir, und an den Zehen quellen die Hühneraugen, den ganzen Tag treppauf, treppab in dem riesigen Kasten.« Mrs Bone ließ sich so schwer auf die Bank sacken, dass das Holz spürbar ächzte, und streckte die Beine von sich. Schon jetzt hing der typische Geruch der Wirtschaftsräume an ihr, der Geruch nach Kochschinken und Karbol. Mrs King überkam fast so etwas wie Heimweh. Sofort verdrängte sie das seltsame Gefühl. Es war extrem gefährlich und überflüssig. Sie musste es sich verbieten.

»Und?«, sagte sie, gespannt auf Mrs Bones Entscheidung.

Ihre Tante atmete aus. Schloss die Augen. »Das Risiko gefällt mir nicht.«

Mrs King nickte. Sie hatte die Antwort erwartet. »Ich danke Ihnen für Ihre Offenheit.«

»Wenn du es ganz genau wissen willst, Kindchen, ist der Plan großer Kokolores.«

»Kokolores?«

»Ein einziger Mumpitz. Quatsch mit Soße. Ich habe mich umgesehen. Ich bin in den hintersten Ecken und Winkeln rumgekrochen. Wir müssten zig Stockwerke ausräumen! Dazu der L-förmige Garten, der von der Gasse aus voll einsehbare Innenhof … und erst der Autoverkehr! So was würde man noch nicht mal vor dem Höllentor erwarten, wenn die Luden, Huren und

Hurenböcke angefahren kämen, um sich ihre gerechte Strafe abzuholen …« Sie hielt inne, holte tief Luft. »Herrschaftszeiten, Kind. Ich wette, du kannst mir keinen Grund sagen, warum der Coup nicht nach spätestens fünf Sekunden in die Hose gehen sollte.«

»Doch, das kann ich.«

»Na, dann tu dir keinen Zwang an.«

Mrs King blickte auf das Wasser hinaus, wo Mrs Bones Männer langsam vorbeiruderten. »Weil *ich* die Sache deichsle.«

Mrs Bone lächelte traurig. »Du bist wirklich mit Herzblut dabei, das muss man dir lassen, Kindchen. Aber Herzblut allein ist zu wenig. Dreh erst mal ein paar kleinere Dinger für mich. So wie früher. Billige Seife und seidene Taschentücher.« Sie hob den Zeigefinger. »Versteh mich nicht falsch. Danke, dass du an mich gedacht hast. Du bist eine ganze Patente. Meine Männer halten große Stücke auf dich. Aber dieser Coup ist eine Nummer zu groß, auch für dich.«

Das war der Eröffnungszug. Keine Frage.

Mrs King überlegte. Sie konnte es nicht leugnen: Der Coup *war* groß. Er war riesig und so überwältigend, dass ihn ihr auf der ganzen Welt kein Mensch zugetraut hätte. Und genau deswegen war sie so erpicht darauf. »Wie Sie meinen«, antwortete sie. »Dagegen lässt sich nichts sagen. Danke, dass Sie darüber nachgedacht haben.« Sie stand auf. »Soll ich Sie noch zum Bahnhof bringen?«

»Wenn ich heute noch einen Schritt gehen muss, kippe ich aus den Pantinen«, sagte Mrs Bone. »Dann bin ich gelähmt und zu nichts mehr zu gebrauchen, außer, dass man Leim aus mir kocht.«

Trotzdem stand sie, ohne zu zögern, auf, hängte sich bei Mrs King ein und krallte sich mit ihren knochigen Fingern in deren Ärmel. Auch das war ein Zeichen.

Mrs King war klar, wo die nächste Verhandlungsrunde stattzufinden hatte. Sie steuerte einen vollkommen unauffälligen Tabakladen im Queensway an. Auch wenn Mrs Bone jeden Eid geschworen hätte, dass ihr Revier im Osten nur bis zur Cheapside reichte, betrieb sie in der Stadt doch den einen oder anderen Außenposten. Das wusste Mrs King. Im Laufe der Jahre hatte sie Mrs Bones Organisation systematisch ausgespäht.

»Ich würde mir gern noch schnell Zigaretten kaufen«, sagte sie, als sie auf der Bayswater Road herauskamen.

Mrs Bone gluckste in sich hinein. »Braves Mädchen. Hab ich mir schon gedacht, dass du meinen kleinen Laden kennst.«

»So bin ich nun mal, das wissen Sie doch.« Mrs King drückte ihren Arm. »Ich habe immer auch die Nebensachen im Auge, das Kleinklein.«

Die Glocke über der Tür bimmelte laut, als sie hineingingen. Mrs Bone schnippte sich gleichmütig den Schmutz von ihrem speckigen Mantel. Der Mann hinter der monströsen Registrierkasse klappte den Mund auf – und wieder zu. Auf der Theke reihten sich Bonbongläser aneinander, ein leuchtend bunter Schatz gestreifter, glänzender Köstlichkeiten. Mrs King schraubte ein Glas auf. »Wie wär's mit ein paar Salmiakpastillen?«

»Und du kriegst zwei Brustkaramellen«, sagte Mrs Bone mit einem dünnen Lächeln.

Mrs King schaufelte eine Handvoll Brausebonbons in ein Papiertütchen. »Seien Sie so gut, und lassen Sie uns ein paar Minuten allein?«, bat sie den Ladenbesitzer.

Schatten huschten über die Wand. Männer auf der Straße, Männer im Nebenraum. Im ersten Stock knackte ein Dielenbrett. Mrs Bones Männer waren also bereits oben. Das bedeutete, dass sie sämtliche Züge im Voraus geplant hatte.

Für Mrs King ein weiteres gutes Zeichen.

Der Ladenbesitzer warf Mrs Bone einen Blick zu, wurde blass um die Nase und machte sich eilig davon.

Mrs King steckte sich ein Brausebonbon in den Mund. Lutschte.

Es prickelte am Gaumen. »Sagen Sie mir«, murmelte sie schließlich. »Wenn Sie an dem Plan eine Sache ändern könnten, was wäre das?« Am besten redete man bei Mrs Bone nicht lange um den heißen Brei herum. Falls irgendwo ein Problem lauerte, wollte Mrs King es offen auf dem Tisch liegen haben.

Die Miene engelsgleich, verschränkte Mrs Bone die Hände hinter dem Rücken. »Ich bitte dich! Wer wäre *ich* denn, dass ich dir raten könnte?«

»Der Termin?«

»Jeder Tag ist ein schlechter Tag für einen schlechten Coup.«

»Die Uhrzeit?«

»Nein.«

Mrs King ließ das Bonbon in die andere Wange wandern. »Die Truppe?«

Mrs Bone schüttelte den Kopf. »Nein, deine Ladys sind in Ordnung. Auch wenn sie meinen Janes natürlich nicht das Wasser reichen können.«

»Über Ihren Anteil kann ich nicht verhandeln.«

»Nein?«

Die nächste Männergestalt baute sich auf dem Trottoir auf. Mrs King bot ihrer Tante die Tüte an. »Brausebonbon?«

Die schlug ihre Hand weg. »Du hast dreckige Pfoten.« Sie wühlte sich eine Handvoll Birnendrops aus dem Glas. »Und wie weiter?«

»Ich glaube, jetzt sind *Sie* am Zug.«

Genussvoll schmatzend starrte Mrs Bone sie mit stechenden Augen an. »Ich will einen Vorschuss.«

»Den haben Sie doch schon.«

»Nein, ich habe eine billige Uhr, die du Danny geklaut hast. Sie hat dich nichts gekostet und ist überhaupt nichts wert.«

Mrs King fand diese Aussage etwas frech. »Sie hat symbolischen Wert. Ich habe sie mit Bedacht ausgewählt.«

»Das sind hier nicht die Hängenden Gärten der Semiramis,

Kindchen. Wir sind nicht in den Pyramiden. Ich pinsele keine *Symbole* an die Wände. Auf nette Gesten kann ich verzichten. Du ziehst den Coup auf Pump durch. Gute Idee, würde ich genauso machen. Aber ich hab ja auch einen anständigen Kreditrahmen. Wenn du auf meine Kosten Geld ausgeben willst, auf meinen guten Namen, dann gegen Vorkasse, um meine Risiken abzudecken.«

»Ja, ja.« Mrs King zermalmte krachend ihr Bonbon. »Das ist wahr.«

Diese Antwort war Mrs Bone anscheinend auch nicht genehm. »Gut, wir verstehen uns. Ich kann keine großen Summen investieren, solange die Geschäfte so mau laufen.«

Der zweite Zug! »Ich glaube kaum, dass Ihre Geschäfte in nächster Zeit wieder in Schwung kommen werden«, sagte Mrs King.

Mrs Bone nahm sich noch einen Birnendrops. »Sagt wer?«

»Ich habe Augen im Kopf.«

»Und?«

»Ich kann Kassenbücher lesen.«

Zum ersten Mal zeigte Mrs Bone ein leises Anzeichen von Zorn. Mit dieser Antwort hatte sie offenbar nicht gerechnet. Fast hätte sie Mrs King leidgetan. Es war nicht nett, sie so zu quälen. Ihre Tante war der einzige Mensch, der sich, als sie noch ein Kind war, um sie gekümmert hatte, wenn ihrer Mutter alles zu viel wurde. Saubere Kittelschürzchen, stabiles Schuhwerk, neue Strümpfe – für alles hatte sie gesorgt. Aber hier und jetzt war nicht die Zeit für Gefühlsduseleien.

»Nicht *Ihre* Kassenbücher«, schob sie geschmeidig hinterher. »Ich würde meine Nase doch nie in die Angelegenheiten einer Dame stecken. Nein, aber ich habe Mr Murphy einen Besuch abgestattet. Und seine Bücher machen wirklich etwas her, Mrs Bone. Eine Bestellung nach der anderen. Während es in Ihrem Büro eher nach alten Schulden gemüffelt hat.«

»Ach was!?«

Mrs King nickte. »Nach Schulden und Schuldnern, von denen es in deinem Revier nur so wimmelt.«

Mrs Bone schwieg. Die Haut an ihrem Hals straffte sich, als ob sie das Kinn nur mit Mühe hochhalten könnte. Es schien sie einiges an Überwindung zu kosten, Mrs King keine Ohrfeige zu geben. Doch schon im nächsten Augenblick fand sie ihre Selbstbeherrschung wieder. Lächelnd steckte sie sich noch einen Birnendrops in den Mund. »Soll ich dir den Betrag sagen? Oder wollen wir uns zanken, bis die Sonne untergeht?«

Mrs King verschränkte die Arme. »Ich höre.«

Mrs Bone nannte ihr den Betrag.

Von draußen drang ein seltsames Licht herein. Nicht wie in der Vorwoche, als sich ein Unwetter so angekündigt hatte, sondern ein schwächliches, ins Grau spielendes Licht. Mrs King fand es abscheulich – und deprimierend.

Sie seufzte. »Verrechenbar womit?«

»Mit zwei Siebteln vom Reingewinn.«

»Zwei?«

Mrs Bone nickte.

»Dafür müsste ich meinen eigenen Anteil drangeben«, sagte Mrs King.

»Oder den von jemand anderem.« Mrs Bone zuckte mit den Schultern. »Sind schließlich nicht meine Leute.«

»Alice Parker ist meine Schwester.«

»Du Glückliche.«

»Winnie Smith meine älteste Freundin.«

»Dann schmeißt du eben die andere alte Schachtel raus, wenn's nicht anders geht.« Mrs Bone zerbiss ihren Birnendrops, dass es laut knackte.

Mrs King hielt ihrem Blick stand. »Ich schmeiße keine von ihnen raus. Bei diesem Coup sind alle gleich. Das habe ich doch von Anfang an klipp und klar gesagt.«

»Ich mache dir ein faires Angebot, Kindchen. Du gibst mir einen verrechenbaren Vorschuss, und ich gebe dir das Geld, das du brauchst, um die Sache ins Rollen zu bringen. Und damit meine ich, *richtig* ins Rollen.«

»Hatten Sie nicht gesagt, der Plan wäre Kokolores?«

Mrs Bone lächelte listig. »Und wer weiß denn, ob das nicht stimmt? Aber das geht auf deine Kappe.«

Mrs King überlegte. Natürlich konnte sie ihrer Tante einen Vorschuss zahlen. Bar auf die Hand, wie die es erwarten würde. Es wären fast ihre gesamten Ersparnisse, alles, was sie in der Park Lane im Laufe des Lebens zusammengekratzt hatte. Mehr besaß sie nicht. Keine Sicherheiten, keine Bürgschaft. Nichts. Aber wenn dieser Raubzug, der Coup ihres Lebens, schiefginge, wäre ihr verlorener Notgroschen noch das geringste ihrer Probleme. Mrs Bone verlieh nie Geld, ohne dass sie mit der vollen Rückzahlung rechnete. Der Preis für Zahlungsverzug war eine drakonische Strafe, Verwandtschaft hin oder her.

Mrs King glaubte nicht an Gott und demnach auch nicht an den Teufel. Aber plötzlich spürte sie die Präsenz einer Macht, die größer war als ihre eigene, größer und dunkler. Monströs lag ihr Schatten an der Wand. Sie fühlte die Anwesenheit von Mr de Vries, hörte sein brüllendes Lachen, das sich in der Luft verlor.

»Abgemacht«, sagte sie. Wie genau der Handel ablaufen sollte, würde sich später finden.

»Nicht hier!« Mrs Bone schnitt eine Grimasse. »Ich will einen unterschriebenen Vertrag, unter Zeugen. Zwei Siebtel für mich, schwarz auf weiß.«

Sie klopfte laut auf die Theke. Im hinteren Teil des Ladens ging eine Tür auf. »Da lang.« Sie rieb sich die Nase. »Meine Jungs kümmern sich um dich.«

Die Tür führte in ein kleines Büro. Die Männer, die dort warteten, waren ein ganz anderes Kaliber als die Burschen auf der

Straße. Schwerer: älter, stabiler, gleichgültiger. Wie aus Granit gemeißelt. Sie waren mit Messern bewaffnet.

Der Mann mit der Pfeife, der die Tür bewachte, gab den Weg frei. In dem Zimmer stand ein Tischchen, darauf Füllhalter und Tintenfass. Und ein Vertrag auf reinweißem Papier, auf dem nur noch eine Unterschrift fehlte. Der Raum hatte keine Fenster, an Flucht war nicht zu denken.

Der dritte Schachzug.

Mrs King nahm sich ein letztes Brausebonbon, als Glücksbringer. Es staubte ihre Hand mit Zucker ein. Ohne Mrs Bone aus den Augen zu lassen, schleckte sie ihn ab. »Einverstanden«, sagte sie. »Ich erledige hier, was zu erledigen ist. Aber Sie sehen zu, dass Sie wieder in die Park Lane kommen.«

Mrs Bone rückte sich ihren gruseligen Hut zurecht und war mit einem Satz an der Tür. »Tschau!« Die Ladenglocke bimmelte.

Was tat man nicht alles, um die Familie zu ehren?

Mrs King ging nach hinten durch, um den Vertrag zu unterschreiben.

14

Noch zwei Wochen

———◄○►———

Lord Ashley wurde zum Tee erwartet. Eigentlich hatte Lockwood sich auf Geheiß von Miss de Vries mit dessen Bevollmächtigten nach stundenlangen Verhandlungen auf eine Einladung zum Dinner geeinigt, doch nachdem sie den Köder endlich geschluckt hatten, sprach die Mutter des Lords ein Machtwort: Tee oder gar nichts. Die Entscheidung läge ganz bei Miss de Vries.

»Lady Ashley wird unser Ansinnen genau prüfen«, sagte Mr Lockwood, der in aller Herrgottsfrühe vorstellig geworden war, um das weitere Vorgehen zu planen.

Miss de Vries rümpfte die Nase. Vor Nervosität hatte sie die ganze Nacht nicht geschlafen. »Eine fürsorgliche Mutter. Wie reizend.«

Lady Ashley. Der Name, den sie tragen würde, wenn alles wunschgemäß verlief. Er hatte das gewisse Etwas: Schwung und Flair. Sie mochte ihn.

Mr Lockwood gliederte den Ashley-Besitz nach Positionen auf. Die Familie besaß eine repräsentative Stadtvilla aus schwarzen Ziegeln am vornehmsten Ende der Brook Street. Fairhurst, ihr Landsitz in Surrey, war seit dem siebzehnten Jahrhundert in Familienbesitz – ein elegant geschnittenes Gutshaus aus hellem Stein. Das Anwesen in Schottland, aus terracottafarbenem Stein, war mit Fahnen geschmückt und mit kitschigen Türmchen versehen. Es war ein hässliches Gebäude von brutaler Kraft, das ihr Herz vor Vorfreude höher schlagen ließ.

»Und wo haben die Ashleys ihre Achillesferse?«, fragte sie Mr Lockwood.

Er breitete die Hände aus. »Immer die gleiche Geschichte. Altes Geld, an den Grundbesitz gebunden. Sie wären gern etwas liquider.«

Miss de Vries nickte. »Dann muss er eben zum Tee kommen.«

Lord Ashley fuhr in der Park Lane in einer zweisitzigen Victoriette vor, von ihm selbst chauffiert – einhändig, den Ellenbogen auf der roten Seitenverkleidung. Miss de Vries' Vater hätte den Anblick des kleinen Motorwagens nicht gut vertragen. Weil er ihn selbst hätte besitzen wollen. Sie stand am Fenster über dem Portikus und beobachtete die Ankunft seiner Lordschaft. Um kurz nach vier Uhr hielt das Automobil vor dem Haus. Miss de Vries stellte sich oben an der Treppe hinter eine Säule, um heimlich zu beobachten, wie ihr Zukünftiger ins Vestibül gestürmt kam. Ein junger Mann – jedenfalls nicht viel älter als sie selbst, höchstens vierundzwanzig. Nicht besonders groß. Während seine Gesichtszüge auf Lichtbildern sehr fein wirkten, mit spitzen Augenbrauen, die wie mit dem Pinsel gezogen aussahen, machte er in natura einen robusteren, härteren Eindruck. Er hatte ein kantiges Kinn mit einem markanten Grübchen.

Seine Stimme trug bis in den ersten Stock. »Gott, was für ein Gestank!«, sagte er, während er mit flotter Geste seinen Seidenschal abnahm und an einen Diener übergab. »Bestialisch.«

Miss de Vries beneidete ihn um sein Organ, tief aus der Kehle heraus, elitär angeraut. Sie hatte ihre Stimme mit größter Sorgfalt und außerordentlicher Disziplin trainiert, damit sie sich nicht überschlug. Trotzdem empfand sie längeres Sprechen als ermüdend. Wie frei man sich doch fühlen musste, wenn man ohne Rücksicht auf Verluste einfach drauflosreden konnte.

»Und wie es hier zieht!«, schob er mit düsterem Blick nach oben hinterher. »Ein fürchterliches Gemäuer!«

Miss de Vries hielt den Atem an. Obwohl sie voll und ganz seiner Meinung war, nahm sie ihm die Kritik übel. Ihr Haus war ein

Gebäude gewaltigen Ausmaßes, an Pracht nicht zu überbieten, dessen Errichtung unvorstellbare Summen verschlungen hatte.

»Mylord?« Lockwood war ins Vestibül hinuntergegangen, um ihn zu begrüßen.

»Ich bin überzeugt, Sie haben Ratten. Riechen Sie das nicht? Dieser Gestank! Als wäre in den Wänden etwas verreckt.«

Auch diese Bemerkung erboste sie. Natürlich hatten sie Mäuse. Aber bestimmt gab es auch in der Brook Street welche. Sie quetschten sich mit ihren kleinen Körpern unter die Fußböden und hauchten dort ihr Leben aus. Der Geruch, der dadurch entstand, fiel ihr inzwischen kaum noch auf – süßlich, faulig, vermischt mit Essig und Rosenwasser. Ob ihr wohl noch mehr entging?

Zwei Stufen auf einmal nehmend, kam Lord Ashley die Treppe herauf. Miss de Vries huschte hurtig in den Empfangssalon.

Bis die zweiflügelige Schiebetür aufging, hatte sie sich wieder gefangen. »Lord Ashley«, sagte sie. Sie senkte die Stimme, um ihn zur Salzsäule erstarren zu lassen und von Anfang an den Ton vorzugeben. »Guten Tag.«

Er kam plaudernd hereinmarschiert. »… und die Fenster gehen nach Westen – man kommt sich ja vor wie in einem Backofen. Ich weiß nicht, wie Sie das aushalten …«

Ihre Stimme hatte keinerlei Wirkung auf ihn.

Lord Ashley setzte sich mit dem Rücken zum Fenster. Je länger Miss de Vries ihn ansah, desto weniger konnte sie sich entscheiden, ob sie ihn hässlich oder hübsch finden sollte. Ein halber Junge. Er hatte ein verkniffenes Gesicht, und seine Haare liefen auf der Stirn zu einer Schmachtlocke zusammen, die aussah wie angeklebt. Mit den Absätzen durch den Teppich pflügend, fläzte er sich breitbeinig in den Sessel.

Miss de Vries war beeindruckt, wie souverän der Anwalt das Gespräch lenkte. Er verstand sich auf sein Geschäft. Die Themen schienen nichts miteinander zu tun zu haben. Lord Ashleys

Pferde, seine Meinung zur Eisenbahn, die Kosten der Automobilhaltung, die Vulgarität der Amerikaner. Doch dabei stellte Lockwood geschickt Verknüpfungen her und hielt hin und wieder etwas in seinem Notizbuch fest. Und er lächelte ununterbrochen.

»Wie wahr, wie wahr«, steuerte Miss de Vries in unregelmäßigen Abständen bei. Sie hatte mit dem Anwalt ausgemacht, dass sie sonst nichts sagen würde. Bescheidenheit, Redlichkeit, Würde – das waren die Tugenden, die sie, perfekt die Haltung wahrend, konsequent ausstrahlte.

»Aber für den Sommer in der Stadt haben Sie doch gewiss nichts übrig«, sagte Lord Ashley zu Mr Lockwood, während sein Blick an Miss de Vries hing. »Sie können unmöglich vorhaben, dieses Haus zu behalten.«

Das Schweigen zog sich. Die Partie war eröffnet.

Miss de Vries stellte ihre Tasse ab. »Ich …«

»Außerdem lassen die Geschäftsbücher sehr zu wünschen übrig. Sie leben über Ihre Verhältnisse, und nicht zu knapp. Hat Ihr Anwalt Ihnen meine Bedenken hierzu nicht mitgeteilt?«

Mr Lockwood presste die Kiefer zusammen. Was für eine unerhörte Impertinenz! Das Haus de Vries als so vulgär und minderwertig anzusehen, dass man es herabwürdigen und auf seine guten Manieren verzichten durfte. Man schlug die Beine übereinander, schlürfte seinen Tee und fing ohne jegliche Hemmungen umstandslos zu feilschen an.

»Ich habe keinen Sinn fürs Geschäftliche«, sagte Miss de Vries, einen sanften Ton anschlagend. »Aber ich weiß, dass mir mein Vater ein bestens geordnetes Erbe hinterlassen hat.«

Sogleich ergriff Lockwood wieder das Wort. »Wir haben die Finanzen sehr genau im Blick.«

Lord Ashley schüttelte den Kopf. »Aber Sie investieren immer noch in Gold! Da gibt es nur eins: sofort abstoßen! Und die Kredite sind ein Witz. Die müssen weg!«

Miss de Vries nippte an ihrem Tee.

»Apropos«, sagte Lord Ashley, mit maliziösem Unterton. »Was hat es mit den Gerüchten über die dubiosen Geschäfte Ihres alten Herrn auf sich?«

Mr Lockwood schluckte.

»Gerüchte?« Miss de Vries betrachtete ihre Finger.

Der Anwalt räusperte sich. »Die Leute reden viel, wenn der Tag lang ist.«

Lord Ashley ließ Miss de Vries nicht aus den Augen. »Wobei ich nicht unbedingt etwas dagegen einzuwenden hätte«, fügte er mit einem nervösen Lachen hinzu.

Miss de Vries schob ihren Stuhl zurück.

In diesem Haus gab es die unterschiedlichsten Behältnisse, mehr Kisten und Kästen, Büchsen und Dosen, Schachteln und Schubladen, als man zählen konnte. Sie enthielten alle möglichen Sachen. Manche waren offen, manche zugelötet oder mit Marmor verkleidet, wieder andere weggesperrt oder vergraben. Lord Ashley zielte mit seiner Anspielung auf ein Tabu, an das niemand rühren, von dem niemand wissen durfte. Miss de Vries kannte die Regeln: Sie hatte sie nicht gemacht. Man sprach es nicht aus, man ahnte es, das war so intuitiv wie atmen. Damit konfrontiert, gab es kein Zögern – man sagte kein Wort, sondern dachte sich sein Teil und ging.

Sie stand auf. »Lord Ashley? Einen guten Abend!«

Später suchte Mr Lockwood sie noch einmal auf.

»Und?«, sagte sie. Sie fragte Mr Lockwood nicht gern nach seiner Meinung, ganz egal, wozu. Es machte ihn noch selbstgefälliger, als er ohnehin schon war. Aber sie hatte sonst keinen Menschen, der ihr raten konnte.

Lockwood kratzte sich am Kinn. »Er ist ein sonderbarer Zeitgenosse, bei dem nicht viel zusammenpasst. Einerseits natürlich ein schlimmer Snob, andererseits aber auch entschlossen, in der Welt seinen eigenen Weg zu gehen. Von wirtschaftlichen Dingen versteht er nichts. Nicht das Geringste. Wir müssten aufpassen, dass er uns nicht ins Handwerk pfuscht. Aber die Punkte, die uns vorher Kopfzerbrechen bereitet haben, kümmern ihn nicht weiter.«

»Und was für Themen wären das?«, fragte Miss de Vries kühl.

Lockwood konsultierte seine Notizen. »Grundgütiger, wo fängt man da an? Das Feilschen um die Leibrente, die Auswahl der Nachlassverwalter, um Drittgut und Witwengedinge. Leute seines Schlages handeln seit den Zeiten der Magna Carta Eheverträge aus. Aber Ashley ist ein forscher Bursche, der sich nicht lange mit Details aufhält.« Lockwood rümpfte die Nase. »Vielleicht versteht er sie bloß nicht.«

»Mr Lockwood«, sagte Miss de Vries. »Sie vergessen sich. Schließlich haben Sie die zukünftige Lady Ashley vor sich.« Es war angebracht, Lockwood in die Schranken zu weisen.

Unerschrocken hob der Anwalt die Augenbrauen. »Die *derzeitige* Lady Ashley hält sich dagegen sehr gern mit Details auf. Ihre Anwälte werden eine Einigung so lange wie möglich verschleppen. Das verlangt schon allein ihr Stolz, glauben Sie mir. Wir müssen uns auf mehrere Verhandlungsrunden einstellen, vorausgesetzt, wir haben überhaupt die Absicht, ein Angebot anzunehmen.«

Miss de Vries' Herz setzte vor Ungeduld einen Schlag aus. »Dann ziehen Sie die Daumenschrauben an! Sie haben es selbst gesagt: Ihm sind die Details egal. Wenn die Ashleys so dringend Geld brauchen, müssen sie von ihrem hohen Ross heruntersteigen und unterschreiben. Sorgen Sie dafür, dass sie auf den Ball kommen. Zeigen wir ihnen, wie mir der Rest der feinen Welt die Ehre erweist. Wenn er nicht will, wird mir schon ein anderer einen Antrag machen.«

Lockwood seufzte, die Missbilligung war ihm deutlich ins Gesicht geschrieben. »Ach ja, der Ball!«

Miss de Vries senkte die Stimme auf ein normales Niveau. »Sie kümmern sich um Ihre Angelegenheiten, Mr Lockwood, und ich kümmere mich um meine.«

Nachdem sie sich in ihre Privatgemächer im zweiten Stock zurückgezogen hatte, betrachtete sie die Einladungskarten. Sie war sehr zufrieden mit dem Entwurf, für den sie sich zuletzt entschieden hatte. Das steife Papier zwischen ihren Fingern, die sanfte Prägung, der Goldrand, die schwarzen Linien des Schriftbands. Wobei das Gold für Eleganz stand und das Schwarz für Sitte und Anstand.

»Schön«, sagte sie. Auf dieses Stichwort fingen die Diener an, die Karten zu stapeln und in die Umschläge zu stecken. Es waren Aberhunderte Einladungen.

Miss de Vries schloss die Augen und stellte sich bildhaft vor, wie sie vom Postsystem verschluckt wurden, um im Morgengrauen überall in der Stadt ausgeliefert zu werden. Die South Audley Street hinauf, die Piccadilly entlang, über den Cadogan Place. Wie der Wind, wie im Fluge, weiß leuchtend, aufs Silbertablett gelegt, mit cremefarbenen Handschuhen weitergereicht, mit scharfer Klinge aufgeschlitzt. Einhundert Augen, die ihre Einladung lasen, zweihundert, fünfhundert, tausend: *Das Haus de Vries wäre hocherfreut, wenn Sie uns zu folgender Feierlichkeit mit Ihrer Anwesenheit beehren würden …*

Es wurde höchste Zeit, dass die Welt sie bemerkte.

Am anderen Ende der Stadt waren Mrs King und Winnie ebenfalls mit der Post beschäftigt. Kurze Briefe und Telegramme an Adressen, die sie von Mrs Bone bekommen hatten. Überall auf der Welt – in Paris, Hamburg, Neapel, Sankt Petersburg, Philadelphia – wurden Kommissionäre darüber in Kenntnis gesetzt, dass auf dem Markt für Luxusgüter, Raritäten und unvorstellbar kostbare Kunstgegenstände in allernächster Zeit einiges an Warenbewegungen zu erwarten war.

»Wie sollen wir unterschreiben?«, fragte Winnie während einer kurzen Atempause. Überall in dem Haus in Spitalfields türmten sich schiefe Stapel aus aufeinander geschichteten Briefbögen auf dem Fußboden. Die beiden Frauen arbeiteten in einem Zimmer mit vergitterten Fenstern, bewacht von Mrs Bones Männern, die im Korridor Wache hielten.

Aus der Konzentration gerissen, schnitt Mrs King sich an einem Blatt Papier in den Finger, eine feine scharfe Linie in die Kuppe. Obwohl sie das Blut schnell ableckte, blieb auf dem Briefkopf ein Fleck zurück, ein blassrosa Wasserzeichen. Mit Blut unterschrieben.

»Du bist die Klügere von uns Zweien«, sagte sie. »Was meinst du?«

Winnies Augen strahlten. »Wir brauchen einen Namen, der etwas hermacht. Wie wäre es mit Pariser Fischweiber? Oder das Weiberregiment? Die Amazonenarmee?«

»Wir sind keine Fischweiber. Wir sind Wirtschafterinnen.«

»Wir *waren* Wirtschafterinnen«, gab Winnie hitzig zurück. »Das ist vorbei.«

»Man darf nie vergessen, wo man herkommt«, sagte Mrs King nachdenklich. Sie holte ihren Füllhalter heraus und unterschrieb schwungvoll den ersten Brief. »*Die Wirtschafterinnen. Das passt schon.*«

Als es Abend wurde, schleppten sie die Säcke zum Briefkasten. Einer von Mrs Bones grimmig dreinblickenden Männern eskortierte den Postboten bis ans Ende der Straße.

Mit einem aufmunternden Tätscheln verabschiedete Winnie sich von ihrem Sack. »Gute Reise«, murmelte sie.

Ihre alte Freundin sah sie von der Seite an. »Du hast ja richtig Spaß.«

Winnie überlegte. »Das stimmt«, antwortete sie schließlich.

»Komm«, sagte Mrs King. »Gehen wir ein Gläschen trinken.«

In diesem Augenblick überkam auch Mrs King eine prickelnde

Vorfreunde, und mit einem Mal war sie sich des Sieges vollkommen sicher. Sie hatte das Geld, die Frauen, den Plan. Wenn sie sich vorstellte, wie die Briefe in die Nacht hinausgingen, glichen sie in ihrer Fantasie aufgescheuchten Staren, erst einzelnen Vögeln, dann in der Gruppe und als Schwarm und zuletzt wie eine sich immer stärker zusammenballende Gewitterwolke, die sich nach Europa, nach Amerika und in die ganze Welt hinaus ausbreitete. Und die eine gute Nachricht verkündeten: Ein großer Raubzug wirft seine Schatten voraus, ein unvorstellbar großer Coup, bei dem man ein Vermögen verdienen kann …

Und so lautete auch ihr geheimer Wunsch: Gute Reise.

Während die anderen Dienstboten beim Abendessen aufwarteten, kam Alice ins Souterrain herunter. Sie hatte fast vierzig Stunden ununterbrochen gearbeitet. Ihr Mund war ausgetrocknet, ihr Blick trübe, und sie hatte einen bösen Knick im Nacken. Inzwischen hatte sie Madams Kostüm im Griff – und nicht umgekehrt, das Kostüm *sie*. Wer einen Stich auftrennte, musste ein Dutzend weitere auftrennen. Die Schulternähte waren unglaublich filigran, hauchzart wie der Faden einer Seidenraupe. Dabei mussten sie so viel Gewicht halten: das schwere Futter, die Gagatperlen, die nicht enden wollende Schleppe. Jedes Mal wenn sie es ansah, schien sich das Kleid in seine Bestandteile aufzulösen, wurde hässlicher, verwegener, schwärzer. Es wäre ihr sehr lieb gewesen, wenn sie im ganzen Leben kein Crêpe de Chine mehr sehen müsste.

Miss de Vries hatte sie den ganzen Tag nicht zu sich zitiert. Alice quälte die anderen Dienstboten mit Fragen: Ob die Gnädige gesagt hatte, wann die nächste Anprobe stattfinden sollte? Ob sie ihr irgendeine Nachricht, irgendwelche Anweisungen hinterlassen hatte? Alice brauchte die Bestätigung, dass sie nach wie vor gute Arbeit ablieferte, dass sie sich selbst übertraf, dass sie in Sicherheit war.

Der Laufbursche mit dem Frettchengesicht schleppte einen Eimer Kohle für den Küchenherd herein. Er starrte Alice dreist an. »Was stellst denn du so viele Fragen, hä?«

Sie ging auf ihn los. »Verpiss dich, du kleine Ratte.« Und fletschte die Zähne.

Er riss erstaunt die Augen auf und machte sich über den Hof aus dem Staub. Seine zerlumpte Jacke flatterte im Wind. Alice hatte nicht nur ihn, sondern auch sich selbst überrascht. Sie hielt sich an ihrem Kruzifix fest.

Es war inzwischen so spät geworden, dass Miss de Vries unmöglich noch beim Essen sitzen konnte. Sicher hatte sie Geschäftliches zu erledigen.

Alice drückte sich im Vestibül herum, weil sie hoffte, ihr würde vielleicht ein Vorwand einfallen, das Speisezimmer zu betreten. Prompt wurde sie von William, dem Kammerdiener, entdeckt, als er herauskam. »Am besten machst du dich dünne, bevor Shepherd dich sieht.« Er kniff die Augen zusammen. »Was ist dir denn für eine Laus über die Leber gelaufen?«

»Gar keine«, antwortete sie gequält.

»Hm.« Er wandte den Blick ab. »Wittere ich da etwa eine Tragödie?«

Das Mädchen wurde rot. Sie flüchtete nach draußen, durch den Garten, durch den Stallungshof. Mr Doggett und seine Burschen, die vor den Ställen »Rasender Teufel« spielten, schnippten ihre Zigarettenasche hinter die ornamentalen Pflanzvasen. Entweder sie bemerkten Alice wirklich nicht, oder sie wollten sie nicht bemerken, weil sie für sie nur ein reizloses dummes Ding war, eine unbedeutende graue Maus. Unhörbar rief das Kleid nach ihr, rief sie wieder zu sich zurück. Sie wollte sich ihm entziehen. Sie brauchte eine Pause. Festen Schrittes marschierte sie zum Hoftor, als hätte sie einen Botengang zu erledigen und befände sie sich auf einer wichtigen Mission. Als die Uhren die Viertelstunde schlugen, trat sie auf die Gasse hinaus.

Sie blieb wie angewurzelt stehen.

Unter der Laterne standen zwei Männer in teuren, mit Seide gefütterten Jacken. Der Duft von Gardenien hing in der Luft. Alice erkannte erst den Geruch, dann die Gesichter.

Die Männer kamen zum Tor. Der Größere der beiden zog den Hut vor ihr. Die Höflichkeit in Person. Alice wusste sofort, was sein Lächeln zu bedeuten hatte. Das hätte sie sogar als Wickelkind erkannt. Es bedeutete Gefahr, Gefahr. Gefahr.

Die Schuldeneintreiber hatten sie aufgespürt.

Offensichtlich rechneten sie nicht damit, dass sie weglaufen würde. Oder es war ihnen gleichgültig. Unverwandt lächelnd sahen sie sie mit ruhigem Blick an, als wollten sie sagen: *Wir finden dich sowieso.* Sie übergaben ihr einen Zettel mit einer Nachricht.

Alice faltete ihn auseinander, sobald sie wieder im Haus war, im Küchengang, mit dem Rücken an die Wand gelehnt. Schwer atmend las sie im flackernden Lampenschein die zwei Worte, die darauf standen:

Eine Woche.

15

Noch zwölf Tage

———◄○►———

Allmählich wurde es Zeit, Hilfskräfte anzuheuern. Mrs King war mit Winnie die Zahlen durchgegangen. Sie brauchtes jede Menge Leute zum Bedienen der Flaschenzüge, für den Aufbau der Winden, das Packen und den Transport der Kisten, für die Demontage der Schienen und Rutschen, das Umherwuchten der schwersten Möbelstücke und so weiter. Die erste Rekrutierungsrunde fand in Mrs Bones Villa am Hafen statt. Der geisterhafte Portier beäugte Mrs King bei ihrem Eintreffen mit scheelem Blick.

»Mrs King?« Die Janes lugten aus dem Zimmer mit den Erfindungen. Die Mädchen trugen gestärkte Kragen und Schürzen mit einem wilden Rüschenmeer.

»Sie sind hier«, sagte Jane Eins.

Der Hof grenzte auf der einen Seite an ein großes Lagerhaus. Jane Eins zog die Schiebetür auf. Jane Zwei gab Mrs King einen Zettel. »Die Namen«, sagte sie. »Bitte anschließend verbrennen.«

Mrs King trat ein. Die elektrischen Lampen warfen nur ein schwaches Licht. Die riesige Halle roch nach Schwefel. Auf dem Kopfsteinpflaster, das gefegt, geschrubbt, abgespült und noch ein zweites Mal gefegt worden war, wartete ein halbes Dutzend Männer, überspannt von einer gewaltigen Konstruktion aus Eisenträgern.

»Wo sind die anderen?«, fragte sie halblaut die Janes.

»Mrs Bone sagt, Sie sollen die Kapos kaufen«, antwortete Jane Zwei. »Die schaffen dann den Rest ran.«

Mrs King hätte sich grün und blau ärgern können, dass sie

nicht selbst daran gedacht hatte. Die Männer ließen sie nicht aus den Augen, während sie langsam auf sie zuging. Einer von ihnen sah uralt aus: ein wettergegerbter Greis, das Gesicht ein einziges Runzelgeflecht. Die anderen Männer waren Hünen mit Verbrechervisagen, gebaut wie Ackergäule – und stark parfümiert.

Mrs King kam gleich zur Sache. »Reden wir über das Geld.«

Antwort heischend sahen die Männer den Alten an. Der schüttelte den Kopf. »Wissen wir alles. Da brauchen wir nicht drüber reden.«

Sie bewegten sich vorwärts, kamen in kleinen, kaum merklichen Schritten auf sie zu.

»Dann über die Risiken?«, sagte Mrs King.

Der Alte schüttelte erneut den Kopf. »Haben wir uns auch angesehen.« Grinsend entblößte er sein prächtiges Gebiss. Wahrscheinlich künstlich und sündhaft teuer. Sein trockener Atem roch nach Fleisch.

Mrs King lächelte zurück. »Wollen wir dann über Ihre Referenzen reden?«

Unruhig kratzten sich die Männer am Kopf.

»Bist wohl ne ganz Kluge, was?« Der Alte nickte.

Mrs King seufzte. »Sind wir das denn nicht alle?«

Die unergründlichen Äuglein des Alten blitzten. »Du musst mehr aus dir machen, Mädel«, sagte er. Er streckte die Hand aus und fuhr mit dem Zeigefinger die Knopfleiste ihrer Bluse ab. »Wenn du Eindruck schinden willst …«

Mrs King zuckte nicht mit der Wimper. »Ich habe es nicht nötig, Eindruck zu schinden.«

Er zog die Hand zurück. »Ach, nein?«, sagte er. »Aber wir, was? Werden hierher zitiert, sollen vor dir buckeln und dir unsere Referenzen zeigen, wo wir noch nie im Leben mit dir verhandelt haben.« Er legte den Kopf auf die Seite. »Wo ist Mrs Bone?«

Mrs King breitete die Hände aus. »Mrs Bone ist verhindert.«

»Wer's glaubt, wird selig. Meine Jungs kontrollieren die Gegend von der Leman Street bis runter nach Tower Hill. Alles, was nördlich vom Crown and Shuttle liegt, hat unser Joey hier im Sack. Und in Limehouse ist Walter Adlerian am Drücker. Wir sind alle alte Spießgesellen. Und was hören wir, wenn wir miteinander quatschen, Mädel? Die ganze Zeit bloß Gerede über ein junges Ding, das in Mrs Bones Revier rumspukt. Ein schmales Handtuch, nichts auf den Rippen – und so gut wie keine Referenzen –, aber voll am Drücker.«

Mrs King musste lachen. Ihr machte das Verhandeln Spaß. Es half ihr gegen die Nervosität. »Ich habe sehr wohl Referenzen.«

Er grinste noch breiter, so breit, dass die Ränder seiner dritten Zähne zum Vorschein kamen. »Klar doch, für Kinkerlitzchen. Kleine Klauereien. Straußenfedern und Fleischkonserven. Ist nichts gegen einzuwenden. Jeder macht, was er am besten kann. Schuster bleib bei deinem Leisten, wie es sich gehört.« Er musterte sie erneut. »Aber weil du jetzt auf einmal hier das Szepter schwingst, machen wir uns so unsere Gedanken.«

»Inwiefern?«

»Ob sich vielleicht was zusammenbraut.«

Mrs King überlegte. »Dann schauen Sie aufs Barometer.«

Er senkte leicht den Kopf. »Mach ich ja, Mädel. Jeden Morgen schau ich drauf. Ich will doch nicht plötzlich im Regen stehen. Auf böse Überraschungen kann ich gern verzichten. Und darin sind wir uns alle einig.«

Er hob den Zeigefinger. »Wir können den Auftrag für dich erledigen. Das schaffen wir mit links. Unsere Jungs sind die besten der besten. Das weißt du. Also frag mich nicht nach meinen Referenzen.« Seine Zähne blitzten. »Aber eine Warnung hab ich noch für dich. Wir haben alle ein Auge auf Mrs Bones Feinde, genau wie du. Wir kennen Mr Murphy. Ein stolzer Mann. Gute Familie. Loyal. Und sehr vorsichtig. Der würde nie einen Zug machen, wenn er irgendwo eine Gefahr wittert. Und jetzt will er Mrs Bone an den Kragen. Das hab ich im Urin.«

Mrs King schwieg.

»Unsere Männer sind genauso loyal. Sie sind Mrs Bone seit zwanzig Jahren treu ergeben. Aber wir richten uns nach den Moneten. Wenn es für Mrs Bone brenzlig wird, müssen wir auf ein anderes Pferd umsatteln.«

Sie verstand genau, worauf er hinauswollte. »Mrs Bone hat nichts zu befürchten«, sagte sie schließlich. »Unkraut vergeht nicht.«

»Mag sein. Aber vielleicht setzt ihr irgend so ein Greenhorn Flausen in den Kopf – macht ihr große Hoffnungen. Eine Person, die sie ausnutzt, die ihr Geld zum Fenster rausschmeißtt.« Er runzelte die Stirn. »Uns verbindet ein sehr fein gesponnenes Netz, das leicht zerreißen kann. Wir brauchen keine anderen Spinnen, die uns ins Gehege kommen.«

»Ich bin keine Spinne«, entgegnete Mrs King kühl.

»Dann bist du eine Fliege«, sagte der Alte. Sein Blick huschte flackernd über sie hinweg. »Und das heißt, dich verspeist eine Spinne zum Frühstück.«

»Angeheuert«, sagte sie zu den Janes, als sie wohlbehalten in der Villa angekommen war.

»Sind Sie zufrieden?«, fragte Jane Zwei.

»Hab ich eine Wahl?«

Die Janes überlegten.

Mrs King seufzte. »Ist schon gut.«

Sie brachten ihr den Dessertwagen mit Tee und Kuchen, rollten ihn so rasant herein, dass die Kanne besorgniserregend klirrte.

»Zucker, Mrs King?«

»Zwei Löffel«, sagte sie und wunderte sich selbst darüber, dass sie etwas Süßes brauchte, wie zum Trost. Vielleicht war sie doch ein bisschen einsam, zur Untätigkeit verdammt, hier draußen am Hafen.

Nach dem Coup konnte sie wohnen, wo sie wollte. Fragte sich bloß, wo? Aber sie durfte nicht zu weit vorausplanen. Davon wurde man selbstgefällig. Und Selbstgefälligkeit war ihr zuwider.

Jane Eins zog zwei Seile über den Fußboden, sie glitten ratschend über die Dielen. »Das wird unsere Schaukel«, erklärte sie. Mrs King besah sie sich. Vier Seile, vier Griffe, zwei Holzstangen. Sie wirkten sehr zerbrechlich. »Für das Trapez braucht man einen richtig stabilen Haken«, sagte Jane Eins. »Kriegen wir einen?«

Mrs King überlegte. »Wenn wir den Kronleuchter abnehmen, könnt ihr den Haken in der Kuppel benutzen.«

»Woraus ist denn die Kuppel?«

»Aus Glas.«

»Verstärkt mit?«

»Stahl, würde ich annehmen.«

»In Ordnung.« Die Janes nickten.

Nicht zum ersten Mal überkam Mrs King das Gefühl, dass nicht *sie* die Mädchen in den Raubzug einwies, sondern dass sie von ihnen lernte. »Gut. Alice kann dafür sorgen, dass ihr ihn euch ansehen könnt.«

Im Gesicht von Jane Eins zuckte es. Jane Zwei schloss die Augen.

»Ja?«, sagte Mrs King.

»Nichts«, antwortete Jane Eins.

Die Janes verschränkten die Arme; ihre Mienen verrieten nichts.

Mrs King lachte. »Jetzt erzählt mir nicht, ihr hättet etwas gegen meine Schwester.«

»Wir haben den Eindruck, dass sie wetterwendisch ist«, sagte Jane Zwei.

»Eine Träumerin«, ergänzte Jane Eins. »Ein Weichling.«

»Das ist aber nicht sehr nett«, sagte Mrs King. »Ihr habt sie doch erst einmal gesehen.«

»Wir haben Augen im Kopf«, antwortete Jane Eins. »Wir haben unseren Instinkt.«

»Wir machen nur den Mund auf«, fügte Jane Zwei spöttisch hinzu. »Wie Sie es uns gesagt haben. Wir sollten doch Bescheid geben, wenn wir eine Gefahr aufziehen sehen.«

»Was will man mit einem Kanarienvogel im Bergwerk, wenn er kein Gas riechen kann?«, fragte Jane Eins. »Alice Parker mit ihren Kulleraugen, so groß wie Unterteller? Die kann doch jeder um den Finger wickeln. Die Sorte kenne ich.«

»Unsinn.« Mrs King lachte. »Alice ist ein gescheites Mädchen. Glaubt mir.« Sie schob die Janes aus dem Zimmer. »Zurück an die Arbeit.«

Aber das Gespräch mit den Janes ging ihr nicht aus dem Sinn. Sie musste daran denken, wie sie ihre Schwester als Kleinkind herumgetragen hatte. Alice hatte geschrien, bis sie krebsrot angelaufen war.

Mrs Bone war die Erste gewesen, der es auffiel. »Hat die Kleine Fieber?«, fragte sie irgendwann.

»Ich glaube, nicht.«

»Worüber regt sie sich dann so auf?«

Alice boxte mit den Fäustchen Löcher in die Luft, am ganzen Körper vibrierend, strampelnd und zappelnd. Es hörte und hörte nicht auf. Wenn sie endlich Ruhe gab, sah sie fahl und erschöpft aus.

»Wie eine Wetterfahne« sagte Mrs Bone. »Weiß nicht, woher der Wind weht.«

Mrs King fand es schrecklich, auf Alice aufzupassen. Am liebsten wäre sie am Regenrohr hinauf aufs Dach geklettert und weggelaufen, um sich zu verstecken. Als sie Mutter, Alice und Mrs Bone verließ, um in die Park Lane zu ziehen, hatte sie sich so gefreut, ihre kleine Schwester nicht mehr hüten zu müssen, dass sie fast ein schlechtes Gewissen bekommen hätte.

Wie gut sie sich noch an ihren letzten Tag zu Hause erinnerte. Mutter saß in ihrem Sessel neben dem Kamin. In einer Zimmerecke brummte es laut, eine Wespe, die sich in einem Spinnennetz verfangen hatte. Der Staub im Kamin, eine dicke, klebrige Schicht. Mutters Gesicht war grau, von tiefer Erschöpfung gezeichnet. Ein Mann mit einer glänzenden Jacke und silberweißem Haar saß in Mr Parkers Sessel. Er hielt Mutters Handgelenk umklammert. Es war keine freundliche Geste.

»Sie brauchen sich keinerlei Sorgen zu machen«, sagte er.

Dinah, die in der Tür stand, hatte den Mann angefahren: »Was erzählen Sie ihr da?« Sie ließ ihre Angst nicht hochkommen.

Der Silberhaarige drehte sich um. Sie erinnerte sich noch gut an seinen Blick. Starr, offen, gleichgültig. »Vieles, junge Dame«, antwortete er. »Und nichts davon ist für deine Ohren bestimmt.«

»Kind …« sagte Mutter.

Obwohl es kein Befehl, ja, nicht einmal eine Bitte war, ging das Mädchen ins Zimmer und nahm ihr Alice vom Schoß. Sie wandte den Blick ab. Sie wollte den leeren Ausdruck in den Augen der Mutter nicht sehen.

»Ihrer Tochter eröffnet sich eine beneidenswerte Gelegenheit«, sagte der feine Herr. »Sie kann in einem vornehmen Haus in Stellung gehen. Sie wird einen sehr ordentlichen Lohn verdienen. Vielleicht kann sie Sie sogar unterstützen.«

Mutter drehte sich zu dem dreckigen Fenster. »Ich weiß nicht«, antwortete sie schließlich.

Mrs King erinnerte sich noch, wie flau ihr zumute gewesen war, als ihr klar wurde, dass die beiden über sie sprachen. Dass hier über ihren Kopf hinweg etwas entschieden wurde.

»Wunderbar, Mrs Parker«, sagte der Mann. Er ließ ihre Hand los und betrachtete seine Fingernägel. »Wir lassen Dinah dann heute Abend abholen.«

Mrs King wusste noch genau, dass sie Alice auf den anderen Arm genommen hatte. »Warum?«, fragte sie.

Heutzutage hätte sie auf einer Antwort bestanden – und sie auch bekommen, egal wie. Alles andere wäre unvorstellbar gewesen. Aber damals? Als junges Mädchen?

Der Mann sah sie noch einmal an. »Halt den Mund«, sagte er.

Mutter wies ihn nicht zurecht. Sie schien ihn überhaupt nicht zu hören. Alice quengelte, als ob sie sich nicht entscheiden konnte, ob sie weinen sollte oder nicht.

Wetterwendisch, hatte Jane Zwei gesagt. Mrs King gefiel das Wort nicht, und schon gar nicht in Bezug auf Alice. Natürlich würde Miss de Vries früher oder später versuchen, sich mit ihr anzufreunden. Mrs King hatte das öfter mit angesehen: die halb gelangweilte, beiläufige Art, mit der es geschah. Fast wie bei einem gähnenden Alligator, der mit dem Maul Fliegen fing. Madam verbündete sich gern mit einzelnen Bediensteten und stellte die natürliche Ordnung auf den Kopf: vorbei am Butler, der Wirtschafterin, den ranghöheren Domestiken, vorbei an allen, die ihre fünf Sinne beisammenhatten. Es war nicht weiter tragisch. Die Gnädige hatte einfach gern ein kleines Hascherl unter ihrem Pantoffel. Bestimmt, weil sie sich dadurch größer fühlte, als sie war.

Durchaus denkbar, dass Alice darauf hereinfiel.

Mrs King schob den Gedanken beiseite. Nein, es war doch eher unwahrscheinlich. Alice war ihr eigen Fleisch und Blut. Natürlich gab es Mädchen, die sich für Miss de Vries kleingemacht und sich alle möglichen Traumtänzereien erlaubt hätten – wie ein Backfisch für sie zu schwärmen, sich an sie zu hängen wie eine Klette, ihr den Besitz zu neiden. Aber Alice war nicht dumm. Sie wusste, was gut für sie war. Sie wollte ihren Anteil.

Das hatte sie erst gestern bestätigt, als Mrs King bei ihr gewesen war, um sich Bericht erstatten zu lassen.

»Es ist wohl nicht möglich, dass ich einen kleinen Vorschuss kriege, oder?«, hatte sie gefragt.

Mrs King schäumte. Erst Mrs Bone und nun auch noch die anderen! »Auf keinen Fall«, sagte sie. »Ich kann dir keine Extrawurst braten. Das wusstest du von Anfang an.«

Alice machte ein betretenes Gesicht. »Ich wollt's ja bloß wissen.«

Mrs King schlug einen freundlicheren Ton an. »Warum?«, fragte sie. »Ist etwas mit dir?«

Alice' Miene wurde starr. Den trotzigen Zug kannte Mrs. King nur zu gut von sich selbst.

»Ach was, nein«, antwortete die Schwester leise. »Und ich hab auch nichts zu berichten.«

16

Noch neun Tage

————◄o►————

Miss de Vries hörte, dass William und die Hausknechte im Vestibül die Post sortierten und zusätzliche Tabletts holten. Sie wusste, was das bedeutete: Die Antworten trudelten ein. Das machte sie kribbelig.

»Alice?«, rief sie.

Das Mädchen kam aus dem Ankleidezimmer herüber, beflissen, aber müde: das Haar nach hinten gerafft, das Gesicht grau. Sie steckte die Nadel in die Schürzentasche und wischte sich die Hände ab. »Madam?« Ihre Kehle klang trocken.

»Ich bin spät dran. Iris hat heute Ausgang. Bring mir ein paar Tageskleider zur Auswahl.«

Alice machte große Augen, und Miss de Vries verstand genau, warum. Näherinnen nähten – und sonst nichts. Unter dem Dienstpersonal im Souterrain ging es nach strengen, starren Regeln zu. Sie genoss es, das niedere Fußvolk aufzuscheuchen. Das war gut für ihr Nervenkostüm.

»Sehr wohl, Madam.« Alice eilte hinaus.

Sie war eifrig bestrebt zu gefallen. Und auch das genoss Miss de Vries.

Die Näherin kam mit zwei Kleidern zurück. »Welches möchten Madam? Das schlichte Crêpe-Kleid? Oder das Crêpe-Kleid mit dem Gagat-Besatz?«

Miss de Vries breitete die Arme aus. »Entscheide du.«

Alice zögerte kurz. »Das Schlichtere.« Dann fügte sie, ob ihrer Kühnheit leicht errötend, hinzu: »Es steht Madam besser.«

»Du müsstest sagen, dass sie mir gleich gut stehen.«

Alice bekam einen knallroten Kopf. »Entschuldigung, Madam.«

Miss de Vries lachte und streckte ihr die Arme hin, um sich die Manschetten aufknöpfen zu lassen. »Dann werde ich in Zukunft auf Gagat wohl besser verzichten.« Sie suchte Alice' Blick. »Du kannst es haben.«

Das Mädchen ließ die Hände sinken. »Ich?«

»Warum nicht? Sonst fressen es nur die Motten. Jetzt kann ich es unmöglich noch tragen.«

Alice trat einen Schritt zurück. »Madam müssen entschuldigen. Ich wollte nicht vorlaut sein«, sagte sie ernst.

Miss de Vries betrachtete sich im Spiegel. »Warst du auch nicht. Du hast ein gutes Auge; das weißt du selbst.« Sie zupfte sich am Hals die Spitze zurecht. »Iris könnte von dir noch etwas lernen.«

Auch ohne Alice anzusehen, wusste sie, was für eine Wirkung ihr Lob haben würde. So war es immer, jedes Mal. Ein Erröten, ein leiser Einwand und jede Menge hinreißende Verwirrtheit. Sie waren bezaubernde Spielzeuge, die kleinen Haushaltshilfen. Wenn man sie lange genug hätschelte, gaben sie eine Fülle an Klatsch und Tratsch preis. Die Stubenmädchen waren alle gleich, als kämen sie aus einer Fabrik, perfekt ausgebildet, nicht so leicht auszurechnen. Sie hatten schon bei weit mondäneren Damen in weit vornehmeren Häusern gedient. Manchmal brachten sie sogar Miss de Vries aus dem Konzept. Aber Alice war scheu, ein Mäuschen. Für jedes Kompliment empfänglich.

»Ich kann das nicht annehmen«, sagte das Mädchen sehr ernst. Sie hielt das Kleid auf Armeslänge von sich, als machte es ihr Angst. »Madam sind zu großzügig.«

Miss de Vries dreht sich überrascht um. Das Mäuschen legte eine unerwartete Willenskraft an den Tag. »Was bitte soll das heißen?«

Alice machte ein ernstes Gesicht. Sie antwortete nicht gleich, schien nach den richtigen Worten zu suchen. »Vielleicht möchten Madam es doch lieber behalten.«

Madam hielt das nicht für sehr wahrscheinlich. Schwarze Kleider hingen ihr jetzt schon zum Hals heraus. Noch sechs Monate bis zur Halbtrauer. Kaum auszuhalten. »Wie du meinst«, sagte sie. »Ich werde es mir gut überlegen, ob ich dir noch einmal eine Freude mache.«

Es klopfte an der Boudoirtür. »Die Post, Madam«, rief William.

»Herein.«

William stellte das Silbertablett neben die Tür. Die männlichen Dienstboten betraten das Allerheiligste nie.

»Mach du sie auf«, sagte sie wie beiläufig zu Alice. Ihr knotete sich vor Vorfreude der Magen zusammen. »Wen darf ich erwarten?«

Sie ging zum Fenster, konzentrierte sich auf die Musselinvorhang.

»Sehr wohl, Madam.« Alice fing an, die Umschläge aufzuschlitzen.

»Und?«, fragte Miss de Vries.

Alice hob den Kopf und warf Miss de Vries einen verstohlenen Blick zu. »Madam finden die Absagen auf dieser Seite.«

»Die Absagen?«

»Die Zusagen liegen daneben.«

»Wer hat zugesagt?«

»Der Generaldirekter der Quaker Bank. Mrs Doheny mit Sohn. Charles Fox und Mrs Fox.«

Bankiers. Amerikaner. Industrielle. »Und abgesagt?«

Alice riss die Umschläge auf, als wäre sie ein automatischer Brieföffner. »Der Marquess von Lansdowne. Lord und Lady Selborne. Die Gascoyne-Cecils. Lady Primrose.«

Die distinguiertesten Nachbarn. »Stopp«, befahl Miss de Vries. »Ich sehe sie selbst durch.«

»Aber es sind Dutzende, Madam.«

»Du hast mich gehört.«

Alice legte die Umschläge zurück aufs Tablett. »Wie Madam wünschen«, sagte sie, wieder mit ernster Stimme.

Miss de Vries drehte sich zu ihr um. Es lag etwas im Blick des Mädchens, das ihr nicht sehr behagte. Weder Spott noch Kritik. Eher ein Funken Mitgefühl.

»Möchten Madam sich heute trotzdem noch anmessen lassen?«, fragte sie betont gleichmütig.

Obwohl die Frage nicht so gemeint war, empfand Miss de Vries sie als Spitze. Was für einen Sinn hatte es, sich ein Kleid auf den Leib schneidern zu lassen, wenn es nur Fischweiber und Bankiers zu sehen bekamen? Ihre Haut brannte vor Wut.

»Nein«, antwortete sie eisig. »Definitiv nicht.«

Mit einer gewissen Schicksalsergebenheit machte Alice Anstalten, wieder nach unten zu gehen. Als wüsste sie, dass sie ihre Herrin nicht bedrängen dürfte. Diese Zurückhaltung vermittelte Miss de Vries das Gefühl, gelenkt zu werden. Ja, vielleicht sogar *umsorgt*. Ein seltsames Gefühl.

»Ich brauche dich nicht mehr«, sagte sie schnell, damit sofort klar war, dass Alice nur deshalb ging, weil sie es ihr befahl. »Wenn ich dich wieder brauche, schicke ich nach dir.«

Miss de Vries begab sich in den Wintergarten und ließ sich ein Kännchen Tee bringen. Sie setzte sich auf den Stuhl in der Ecke, am Fenster, hinter den Farnen verborgen, das etwas weiter die Straße hinunter liegende Stanhope House im Blick. Natürlich würde *die* Familie kommen. Seifenfabrikanten waren überhaupt nicht das Problem. Sie verbrannte sich an der Teetasse die Finger.

Sollte sie den Ball absagen? Nein, unmöglich. Das Fest war wie ein Sturm, der aus sich heraus immer mehr an Stärke gewann. Der Druck baute sich in ihrem Kopf auf. Es war ein gewagtes Spiel, aber sie hatte noch nie ein Risiko gescheut. Das größte

Risiko war sie bereits eingegangen. Wovon sie sich täglich aufs Neue überzeugen konnte.

Sie blies in ihren Tee – er sollte gefälligst abkühlen, sich ihrem Willen beugen, parieren.

Unter ihr auf dem Trottoir kamen Jane Eins und Jane Zwei die Park Lane heruntergetänzelt. Es war ein Spiel. Mal beschleunigte die eine das Tempo, mal die andere. Man musste scharf aufpassen. Wer blinzelte, geriet aus dem Tritt – und hatte verloren. Geschmeidig bewegten sie sich vorwärts.

Jane Eins läutete am Lieferanteneingang. Jane Zwei verstaute einen mitgebrachten Schraubenschlüssel in ihrer Handtasche. »Bereit?«

Die Frage hätte sie sich sparen können. Jane Eins nickte. »Bereit.«

Das Vorstellungsgespräch fand im Büro des Butlers statt. Er roch nach Gaslampen und schwitzte stark. Den Janes war nicht entgangen, dass es in der Gesindestube drunter und drüber ging. Lieferanten standen Schlange, im Küchengang stapelten sich die Kisten, Küchenmägde wuselten sinn- und ziellos im Kreis herum. Das Haus hatte seinen Zirkusdirektor verloren. Nun machte sich schadenfroh das Chaos breit.

»Wir suchen zurzeit eine Wirtschafterin«, erklärte Mr Shepherd den Mädchen. »Normalerweise würde sie das Vorstellungsgespräch führen. Aber noch haben wir die passende Kandidatin nicht gefunden …«

Das wussten die Janes bereits. Mrs King und Hephzibah hatten der von Mr Shepherd bevorzugten Personalagentur einen Besuch abgestattet. Die Briefe, in denen er um weitere Bewerberinnen bat, gingen aus unerfindlichen Gründen verloren. Die Janes hatten selbst den einen oder anderen verschwinden lassen.

Mr Shepherd sah zu ihnen hoch. »Ihr habt hervorragende

Referenzen. Unter anderem auch bei einer Mrs ... Grandcourt? Richtig?«

»Ja«, antworteten sie.

»Ja, Mr Shepherd«, korrigierte er sie pikiert.

»Ja, Mr Shepherd.«

Er schnaufte. »Ihr habt eine Ausbildung im Hotelgewerbe?«

Jane Eins hatte das Gefühl, dass er sie mit dem Blick eines Metzgers taxierte, ihre einzelnen Teile begutachtete: Hals, Brust, Schenkel, Hüfte.

Sie verzog keine Miene. »Ja, Sir.«

»Das dachte ich mir. Aber in einem Herrenhaus habt ihr noch nicht gedient?«

»Nicht in so einem großem wie dem hier.«

»Verständlich. Das könnten nicht viele von sich behaupten, mein Kind. Seid ihr fromme Christenmenschen?«

Sie starrten ihn an.

»Ich höre?«

»Ja«, sagten sie im Chor, perfekt aufeinander abgestimmt. Aus einem Mund zu antworten, hatte Mrs King ihnen eingeimpft. Mr Shepherd besaß eine Vorliebe für frische, reine Stimmen. Für ihn drückte sich darin der Wunsch aus, nach Höherem zu streben, etwas aus sich machen zu wollen.

»Mr Shepherd ist ein großer Befürworter der Domestikenbildung«, hatte Winnie Smith hinzugefügt.

»Lasst mich mal eure Hände sehen.«

Sie hielten sie ihm so schwungvoll unter die Nase, dass er zurückzuckte, einen Geruch nach Karbolseife und chemischen Reinigungsmitteln verströmend.

»Gut, sehr sauber. Schöne Nägel.« Während er raschelnd in seinen Unterlagen wühlte, wackelte Jane Eins mit den Fingern. »Danke, das reicht.« Ihm fiel etwas ein. »Ihr wisst, dass in eurem Lohn kein Zucker- oder Teedeputat inbegriffen ist?«

»Wir trinken keinen Tee«, sagte Jane Zwei.

Auch das gefiel Mr Shepherd. »Ausgezeichnet. Ein sehr sparsamer Lebenswandel.«

»Wir sind sparsam.« Jane Eins drückte ihre Handflächen auf den Schreibtisch. »Wir teilen uns sogar die Kost.«

»Zwei für den Preis von einer, ha-ha«, sagte Mr Shepherd, der es allem Anschein nach kaum erwarten konnte, das Gespräch zu beenden. »Gut, hiermit stelle ich euch auf Probe ein.«

Sie nickten, traten einen Schritt zurück. »Also geht es dann jetzt wohl zur Gnädigen«, sagte Jane Zwei.

»Zum gnädigen Fräulein? Nein, keineswegs. Madam überlässt sämtliche Personalentscheidungen ausschließlich mir.«

»Aber die Einstellung von Dienstboten ist doch eine Aufgabe, bei der es auf den geschulten Blick der Hausherrin ankommt.«

»Wie wahr, wie wahr«, murmelte Shepherd. Etwas energischer fügte er hinzu: »Und ich komme Madams Wünschen in diesen Dingen aufs Penibelste nach.« Er drückte den Rücken durch. »Also: Kein Wort mehr darüber, Miss …« Offensichtlich fielen ihm ihre Namen nicht mehr ein. »Miss …«

»Jane«, schallte es ihm einstimmig entgegen.

Es war nicht einfach, alles zu verstecken. Teleskopstangen, Seilschaukel, Klappleiter, Netze, Flaschenzüge, Streben, Plattformen, Träger. Die ganze Ausrüstung musste unter dem Dachboden gelagert werden. Die höhlenartigen Speicherräume waren über das Regenrohr erreichbar, aber wenn man schnell genug war, konnte man die Sachen auch mit der Winde aus dem Garten nach oben ziehen. Winnie hatte ihnen alles genau beschrieben.

»Hier, hier und hier sind Bullaugenfenster.« Sie zeigte auf den Grundriss. »Da durch könnt ihr die Seile runterlassen.«

Jane Eins las etwas Verräterisches aus Winnies Miene heraus. »Du bist ja ganz vernarrt in die Bude«, sagte sie.

Der Gedanke schien Winnie zu erschrecken. »Ach was.« Sie machte ein ernstes Gesicht. »Ich kenne das Haus bloß sehr gut.«

Die Janes legten gleich am ersten Tag los. Die Erklärung der verhassten Köchin, dass man sie über Nacht in ihre Kammer einsperren würde, zog eine sofortige Inspektion des Regenrohrs und der Dachrinnen nach sich. Sie waren zufrieden mit dem Ergebnis der Prüfung. Jane Eins hatte eine Schwäche für moderne Häuser. Die Dimensionen waren natürlich hoffnungslos vulgär, aber die handwerkliche Ausführung war einwandfrei. Sobald Ruhe eingekehrt war, stiegen die Mädchen vorsichtig aus dem Fenster.

Auf dem Weg nach ganz oben aufs Dach mussten sie einmal kurz anhalten. Jane Zwei rammte Jane Eins den Fuß in die Schulter.

»Was ist?«

»Pst.«

»Ist *er* das?«

»Pst, sag ich.«

Der Lampenputzer mit dem Rattengesicht, Laufbursche und Mädchen für alles, war ihnen gleich aufgefallen. An einem Fenster im vierten Stock drückte er sich an der Scheibe die Nase platt und sah in den Himmel. Jane Eins stieß einen unhörbaren Stoßseufzer aus. Jetzt war nicht die Zeit für Sternenguckerei.

Irgendwann verpasste Jane Zwei ihr noch einen Tritt. »Er ist weg. Komm, weiter.«

Jane Eins holte tief Luft. Sie war schon ewig nicht mehr so hoch oben gewesen. Das war das Problem, wenn man für Mrs Bone arbeitete. Man verweichlichte und vergaß, was man gelernt hatte. Sie schloss die Augen.

»Hast du ne Krise?«, flüsterte Jane Zwei.

»Nein, ich hab deinen Fettsteiß im Gesicht«, knurrte Jane Eins.

Sie kletterten nach oben.

Nachdem sie den Flaschenzug montiert hatten, mussten sie die Speicherböden zum Schallschutz mit Matten auslegen. Im Dienstbotenquartier durfte auf keinen Fall jemand knarrende

Schritte durch die Decke hören. Winnie hatte einen riesigen Berg Teppiche gekauft, die von Mrs Bones Männern in der Nacht geliefert wurden. Der größte von ihnen zwinkerte Jane Zwei zu, als er über die Gartenmauer turnte und zu ihren Füßen landete.

»Nicht schlecht«, sagte sie und musterte ihn anerkennend.

»Da gibt's Sachen, die kann ich sogar noch besser«, antwortete er und beaugapfelte sie ebenfalls.

»Mein Gott, Moira«, stöhnte Jane Eins, die unter dem Gewicht der Teppichrollen wankte. »Ich bitte dich!«

In der folgenden Nacht wären sie beinahe erwischt worden, als sie die Kisten auf den Speicher hievten, die am Abend des Balls als erste vollgemacht werden sollten. Obwohl das Licht längst gelöscht war, blieben zwei Hausknechte noch lange auf. Sie standen am Spaltbreit geöffneten Fenster, rauchten eingeschmuggelte Zigaretten und unterhielten sich leise. Jane Zwei stieß einen leisen Pfiff aus, einen halbwegs gelungenen nachgeahmten Eulenschrei. Inzwischen befanden sich mindestens zwei Dutzend der angeheuerten Männer auf dem Dach der Stallungen, um von dort aus in den Garten und auf die Hausseite zu gelangen. Sie erstarrten und rührten sich nicht vom Fleck, bis die Hausknechte ihre Zigaretten gelöscht und das Fenster wieder geschlossen hatten.

Tagsüber achtete niemand auf die Mädchen. Die Köchin hielt zwar mit ihren rabiaten und beleidigenden Ansichten nicht hinterm Berg, aber die Janes kannten ihre Rechte. Sie waren als Stubenmädchen eingestellt worden und brauchten sich von ihr deshalb nichts sagen zu lassen. Die Hausdiener waren entweder zu hochnäsig oder zu linkisch, um überhaupt mit Mädchen zu reden. Der Kammerdiener war ein Adonis, aber von Schönheit hatten sich die beiden noch nie beeindrucken lassen. Die anderen Hausmädchen rauchten, wogen ihre Teerationen nach, lasen illustrierte Zeitungen und drückten sich nach Kräften vor der Arbeit. Wegen des Maskenballs traten Tag für Tag neue Domestiken den Dienst an. Kellner, Uhrenaufzieher, Fensterputzer, Mechaniker, ein Mann mit einem prächtigen Toupet, der ein Experte auf dem Gebiet des Buchsbaumzierschnitts war. Mit anderen Worten, die Janes fielen niemandem mehr auf.

»Ein Kinderspiel«, sagte Jane Eins.

»Ein viel zu leichtes Kinderspiel«, sagte Jane Zwei. »Schreib das ins Logbuch. Jede Mutmaßung kostet uns einen Tag.«

Jane Eins verdrehte die Augen, aber sie gehorchte.

Mrs Bone liefen sie nur über den Weg, wenn sie in der Küche zu tun hatten. Sie fanden sie jedes Mal in einer erniedrigenden Position vor, im Kampf mit Mopp und Eimer, normalerweise auf Händen und Knien, der Tyrannei der Köchin ausgeliefert. »Tasse Tee, Mädels, ich flehe euch an«, raunte sie, als die Janes sie beim Fußbodenschrubben in der Speisekammer antrafen, mit Blasen an den Händen von der Kalklösung, der Blick wild, die Augen blutunterlaufen. »Ich verdurste.«

»Tut uns leid, Mrs Bone«, sagten sie. »Sonst denkt womöglich noch wer, dass wir mit Ihnen fraternisieren.«

Alice Parker hielt sich nur noch in Madams Gemächern auf. Sie nähte den ganzen Tag und ließ sich überhaupt nicht mehr blicken.

»Was höre ich da, Mädchen?«, sagte Winnie, als sie ihnen heimlich einen Besuch abstattete, um sich den täglichen Lagebericht abzuholen. »Mrs King erzählt, ihr habt etwas gegen Alice einzuwenden? Worum geht es da? Wir können in unseren Reihen keinen Unfrieden gebrauchen.«

»Wir wollen Alice Parker nicht misstrauen«, sagte Jane Zwei ernst. »Aber wir müssen.«

»Das ist nicht logisch. Sie hat sich doch nichts zuschulden kommen lassen.«

Jane Eins seufzte. »Sie kommt nie runter in die Küche, um mit uns zu essen. Sie bleibt lieber oben und scharwenzelt um die Gnädige herum.«

»Das ist doch auch ihr Auftrag.«

»Wir haben alle unsere Anweisungen«, sagte Jane Eins spitz.

»Aber deshalb muss man es noch lange nicht übertreiben.«

Winnie schüttelte den Kopf, genau wie zuvor Mrs King. »Kein Gejammer, Mädels«, sagte sie. »Ihr kennt die Regeln.«

Sie zuckten bloß stumm mit den Schultern. Wozu auf den Gong hauen, wenn sowieso keiner zum Essen kommen wollte? Von Miss de Vries sahen sie zu ihrer Erleichterung so gut wie gar nichts. Man konnte keiner Frau trauen, die so viel Zeit damit verbrachte, sich selbst zu dressieren, Stimme und Bewegungen zu verstellen. Im Haus sprachen alle von ihr, als ob sie etwas Besonderes darstellte: von einer übernatürlichen Ruhe, weise, abgeklärt. Aber für die Janes war Madam eine Leuteschinderin, sonst nichts. Sie freute sich, wenn einem Hausknecht etwas aus der Hand fiel. Sie zuckte zurück, wenn die Domestiken etwas sagten, als ob sie schrecklichen Mundgeruch hätten. Sie sonderte Menschen ab, gab ihnen sinnlose Aufgaben.

»Ich suche ein Blatt Papier, einen Brief«, sagte sie zu Jane Eins. »Er ist sehr wichtig und muss hier irgendwo im Haus sein. Finde ihn.«

Ein Blatt Papier in diesem riesigen Kasten mit seinen unzähligen Schubladen und Schränken? Jane Zwei trug die Bitte der Gnädigen noch am selben Abend als mögliches Risiko in ihr Logbuch ein. »Dauernd inspiziert sie alles. Sie merkt sofort, wenn irgendetwas nicht mehr an seinem Platz ist. Dadurch könnten wir noch ernsthaft in die Bredouille geraten.«

Jane Eins übte Handstand. Im Handstand konnte sie sich besser konzentrieren. Sie konnte über die kleinsten Teile des Hauses nachdenken, bis hinunter zu den Atomen. Sie sah Millionen Fäden, sah lange Zahlenkolonnen. Vorhänge und Jalousien und Glühbirnen und Statuetten und Teppichhalter und Kerzen. »Du machst dir zu viele Gedanken«, kam ihre Stimme vom Fußboden herauf.

17

Noch eine Woche

———◄○►———

Das heikelste Gespräch von allen hatte Mrs King lange vor sich hergeschoben. Aber irgendwann ließ es sich nicht mehr umgehen: nur noch eine Woche bis zum Tag X. Sie musste William aufsuchen.

Manche Besprechungen waren spannend, manche amüsant. Wieder andere öde, aber ein notwendiges Übel. Diese Zusammenkunft war nichts davon. Sie verlangte ihr seelisch einiges ab, weil sie sich ihren verdrängten Gefühlen stellen musste.

Winnie ließ sie nicht aus den Augen. »Dir ist doch eine Laus über die Leber gekrochen«, sagte sie.

»Unsinn.« Mrs King knöpfte sich die Handschuhe zu.

»Zu wem wolltest du noch mal?«

Sie hielt nichts davon, lange um den heißen Brei herumzureden. »Zu William.«

»Das kann doch nicht dein Ernst sein.«

Mrs King band sich mit einem letzten kräftigen Ruck den Gürtel. »Es geht nur um eine Kleinigkeit. Ich hätte es gar nicht erwähnt, wenn du nicht gefragt hättest.«

»Du rückst jetzt sofort raus damit«, sagte Winnie aufgebracht. Seit sie von Mrs Kings Geheimnis wusste, riss ihr schnell der Geduldsfaden.

Mrs King seufzte. Vertrauen war ein kostbares Gut, das so leicht zu Bruch ging. Der Schaden war da und ohne Weiteres nicht wiedergutzumachen.

»Nein«, sagte sie bestimmt. »Das brauchst du nicht zu wissen.«

Wäre sie ausgeschlafener gewesen, hätte sie die Beherrschung wohl nicht verloren und Winnie vielleicht sogar noch tiefer in ihr Vertrauen gezogen. Die alte Freundin hätte sie besser verstanden als jeder andere. Für Herzensangelegenheiten hatte sie immer ein offenes Ohr. Aber Mrs King war müde und gereizt, und ihr lief die Zeit davon.

Winnie gab ihr den Weg frei. Was hätte sie auch sonst machen sollen? Mrs King zu Boden ringen? In einem echten Kampf wäre sie chancenlos gewesen.

»Na, dann ... guten Morgen«, sagte sie mit gepresster Stimme.

»Guten Morgen«, gab Mrs King ebenso tonlos zurück.

Mrs King stand vor dem Gartentor, dessen Klinke von der Sonne aufgeheizt war. Die Gasse lag vollkommen still da, als wäre der Welt der Atem ausgegangen. Die Zypressen ließen reglos die Äste hängen. Der Himmel – staubfarben – wirkte weiter als sonst.

Mrs Bone hatte ihre Beobachtung durchgegeben: Er ging um halb drei zum Rauchen raus. Jeden Tag. Pünktlich wie ein Uhrwerk. »Hast wohl damals in der Nacht deinen Verehrer besucht, hm?« Sie kniff die Augen zusammen.

»Sie dürfen nicht auf Klatsch und Tratsch hören, Mrs Bone.«

Ihre persönlichen Angelegenheiten gingen nur sie allein etwas an. Ihr Vorsatz für diese Zusammenkunft stand fest: Es waren keine privaten Gründe, die sie heute hergeführt hatten, sondern geschäftliche. Offene Fragen, für die sie Antworten brauchte.

Da näherten sich auf der anderen Seite der Mauer auch schon Schritte.

Ein angerissenes Streichholz, das Knistern der Flamme. Er zündete sich eine Zigarette an. Warum? Um seine Nerven zu beruhigen? Um sich Mut zu machen?

Eine ganze Weile rauchte er stumm vor sich hin.

Sie stand vor dem Gartentor, atmete tief durch – und lauschte. Seine Schritte knirschten auf dem Kies, während er erst auf und ab stapfte und dann in dem lauschigen Winkel hinter den Büschen im Kreis ging.

Jetzt oder nie.

»Brennt dir was auf der Seele?«, fragte sie durch das Tor.

Über ihr flog eine Taube von der Mauer auf, der kräftige Flügelschlag unterbrach die Stille. Sein überraschtes Luftholen spürte sie mehr, als dass sie es hörte. »Dinah?«

»Mach auf«, sagte sie.

Noch eine Pause. Sie legte die Hände auf den Rücken, sah am Haus empor. Als sie noch Hausmädchen gewesen war, unbelastet von der Würde des Wirtschafterinnenamtes, hatte sie morgens, sobald es hell wurde, ein Dachfenster geöffnet. Sie war auf die Balustrade geklettert und langsamen, ruhigen Schrittes bis zum Ende darauf gegangen. Mit der Zeit und etwas Übung wurde sie immer schneller, bis sie die Strecke zuletzt ganz ohne Angst auch im Laufschritt zurücklegen konnte. Irgendwann entdeckte William sie von einer Fensterbank im Männerquartier aus. Er zog die Augenbraue hoch und tippte sich mit dem Finger an die Nase, eine Geste, die »Alle Achtung!« bedeutete. Damals war er noch nicht lange in Stellung. Er genauso alt wie sie, einundzwanzig. Das ganze Leben lag noch vor ihm.

»Gott im Himmel«, grummelte es jenseits der Mauer vor sich hin. Und im nächsten Augenblick wurde der Riegel zurückgeschoben.

Sie ließ die Welt hinter sich, betrat den Garten.

»Hallo, du«, sagte sie lächelnd und stieß das Tor mit dem Fuß zu.

Kaum war sie über die Schwelle getreten, wurde die Luft klebriger. Es war, als rasten die Pflastersteine auf sie zu. Sie sah die scharfen Linien, sah die Farne.

William stand vor ihr, groß und dunkel. Mit der Hand verscheuchte er eine lästige Fliege, die ihn brummend umschwirrte. »Was willst du?«, fragte er.

»Dich besuchen.«

»Mich besuchen?« Er glaubte ihr nicht.

»Ich wollte dir guten Tag sagen.«

In seinen Augen flackerte es. Er war zutiefst verletzt und längst noch nicht so weit, ihr vergeben zu können. Sie legte ihm die Hand auf den Arm. Er strahlte eine glühende Hitze aus. Das fühlte sie durch den dicken marineblauen Baumwollstoff hindurch, warme Muskeln, straff gespannte Sehnen.

Sein Arm zuckte. »Mach lieber, dass du wegkommst«, sagte er. »Sonst entdeckt dich noch wer.«

»Das kann mir doch egal sein.«

»Aber ich möchte nicht mit dir zusammen gesehen werden. Es ist auch so schwer genug, meinen guten Ruf wiederherzustellen.«

Er sah müde aus. Er hatte schon immer schlecht geschlafen. Und so hatte es auch mit ihnen angefangen. Eines Abends fragte er sie, ob sie ein paar Schritte mit ihm gehen wolle. Es war eine regnerische, trübe Nacht. Ja, hatte sie geantwortet, und sie waren über die Mauer geklettert, als wäre es das Normalste der Welt. Meilenweit waren sie gegangen. Verlassene Straßen, die Kirchtürme weiß und gespenstisch im Dunst. Eine Stadt, die nur ihnen gehörte. Und bei der Rückkehr kam ihnen das Haus in der Park Lane wie geschrumpft vor.

»Bitte«, sagte Mrs King. »Ich möchte es wiedergutmachen.« Sie hockte sich auf die niedrige Steinbank neben dem Teich, durch das Spalier mehr schlecht als recht vor dem Haus verborgen.

»Wiedergutmachen?« William starrte sie an. »Was hast du damals an dem Abend getrieben, Dinah?«

Sie verzog keine Miene. »Das weißt du doch. Ich musste im Männerquartier etwas suchen. Wie hätte ich ahnen können, dass ich beobachtet werde?«

»Und was hast du gesucht?«

Sie kam ihm nicht mit der Reaktion, die sie bei Winnie, Mrs Bone und den anderen angewandt hätte. Sie drohte ihm weder verspielt mit dem Finger, noch lächelte sie ihn schelmisch an. Mit ernster Stimme sagte sie: »Ich kann es dir nicht sagen. Also frag mich gar nicht erst.«

Er schnaufte wütend. »Ich fasse es nicht.«

»Das Leben draußen ist wunderbar, Will. Vielleicht überlegst du dir, zu kündigen und deine Zukunftspläne zu überdenken. Vielleicht wird es Zeit, etwas Neues auszuprobieren.«

»Ach ja?«, sagte er ätzend.

»Ja. Du könntest lernen, ein Automobil zu steuern. Dir eine Stelle als Chauffeur suchen. Chauffeure werden anständig bezahlt. Und die Arbeitszeiten sind auch gut. Du könntest dir zum Wohnen einen Heuboden mieten.« Sie grinste. »Überleg dir doch bloß mal, was du auf einem Heuboden alles anstellen könntest.«

Er schwieg einen Augenblick, dann sagte er: »Und du?«

»Ich?«

Er legte den Kopf auf die Seite. »Ja, du. Was hast du für Pläne? Willst du Näherin werden? Gemüse verkaufen? Ein Freudenhaus aufmachen?«

»In dieser Gegend?« Mrs King lehnte sich zurück, sah das Haus hoch und weiß über ihr aufragen. »Warum nicht? Das Geschäft würde florieren.«

William drückte seine Zigarette aus. »Danke, aber ich bin mit meinem Los ganz zufrieden.«

Zu ihrer Überraschung glomm in ihrer Brust ein Fünkchen Enttäuschung auf. Sie betrachtete William. Die hohe glatte Stirn. Die weit auseinanderstehenden Augen. Sie kannte seine Schultern, seinen Brustkorb, seine Rippenmuskeln. Sie wusste, wie seine Schienbeine unter den Kniestrümpfen aussahen, mit feinen Härchen und bedeckt mit kleinen Verletzungen und blauen Flecken.

Sie riskierte noch einen Versuch, obwohl sie sich denken konnte, wie unklug es war.

»Ich habe nämlich Pläne«, sagte sie leise. »Wenn du willst, kannst du mitmachen.«

William lachte heiser. »Pläne?« Er schüttelte den Kopf. »Du hast keine Pläne. Du bist erledigt. Deine Zeit ist abgelaufen. Du bringst keinem mehr Glück.«

Mrs King ließ sich nicht aus der Reserve locken. »Immer mit der Ruhe.«

Er malmte mit den Kiefern. »Wozu? Es ist die Wahrheit. Sie haben dich rausgeschmissen.«

»Und jetzt bin ich frei.«

»Sie haben dich *rausgeschmissen*, Dinah. Und mich beinahe mit. Mir ist nur deshalb nichts passiert, weil Shepherd allen erzählt hat, du wärst eine Schlafwandlerin.« Er atmete tief durch. Sein Blick war finster. »Bis dahin wusste keiner von uns. Jetzt schon. Deinetwegen kommt mir alles so ...« Er rang nach Worten.

Sie hätte ihm aushelfen können. *Deinetwegen kommt mir alles so schäbig, billig, armselig vor.*

»Was soll's?«, sagte er seufzend. »Du verstehst es ja doch nicht.«

Manchmal konnte es einen in den Wahnsinn treiben, sich für andere Menschen verantwortlich zu fühlen, ihre Gefühle zu berücksichtigen. Solange man an einem Strang zog, war das Leben leicht – so leicht wie Atmen. Aber seit ihrem Bruch mit William war er völlig verändert. Wobei Bruch nicht das richtige Wort war. Ein Bruch war eine saubere, glatte Angelegenheit. Aber so fühlte es sich bei William nicht an. Es war eher, als ob er sich ihr entwand.

»Gib mir etwas Zeit«, sagte sie. »Ich muss ein paar Sachen regeln. Das ist doch nicht zu viel verlangt.«

Er blieb skeptisch, schüttelte den Kopf. »Du hast mit mir Schluss gemacht, Dinah.«

»Herrgott noch mal.« Mrs King biss sich auf die Zunge. »Ich habe gesagt, dass wir noch warten sollen. Das ist alles.«

»Wir sind keine Leute, die sich lange Zeit lassen. Du bist kein Mensch, der wartet.« Er senkte die Stimme. »Ich habe dir einen Ring geschenkt.«

»Ach, jetzt reicht's.« Sie stand auf.

Der Ärger brach aus ihr heraus, riss alle Dämme nieder. Sie hatte eine Pause vorgeschlagen, wollte etwas Abstand, bis sie den Raubzug hinter sich hatte. Der Coup verlangte ihre volle Konzentration. Aber William verstand ihren Vorschlag als Trennung, als Verrat, als das endgültige Aus. Wie dumm konnte ein Mann sein?!

Ihr Zorn verflog genauso schnell, wie er gekommen war. Zurück blieb das gewohnte Gefühl der Scham. Er hatte recht, sie zu verurteilen. Sie war nicht ehrlich zu ihm gewesen, hatte ihre wahren Gründe für sich behalten. Hätte er sie so behandelt wie sie ihn, wäre sie genauso wütend gewesen. »Ich habe wirklich Pläne«, sagte sie. »Schließ dich mir an – wenn du möchtest.«

William schwieg. Nach einer Weile sagte er bedächtig: »Miss de Vries' neues Mädchen? Alice.«

Mrs King überlief es kalt. »Ja?«

Seine schönen Augen blitzten. »Komm mir nicht so. In welchem Verhältnis stehst du zu ihr?«

Ihr fehlten die Worte.

»Also?« Ungeduldig fuhr er fort: »Sie hat mir erzählt, dass sie aus deinem Viertel kommt. Das scheint mir kein Zufall zu sein.«

Sie schloss die Augen.

»Dinah?«

»Woher weißt du, aus welchem Viertel ich komme?«

»Du hast es mir erzählt.«

Sie runzelte die Stirn. »Vor einer Ewigkeit. Vor Jahren.«

Eine Ahnung huschte über sein Gesicht. »Wenn es um dich geht, erinnere ich mich an alles«, sagte er.

Auch Mrs King erinnerte sich gut an die alten Zeiten, als sie noch Stubenmädchen und William ein neuer Hausbursche gewesen war. Natürlich schwärmten alle weiblichen – und wohl auch die Hälfte der männlichen – Wesen für ihn. William, dem diese Tatsache durchaus bewusst war, ging sehr rücksichtsvoll damit um und passte auf, dass es ihm nicht zu Kopf stieg. Er war ein Einzelgänger und schwer zu durchschauen, genau wie Mrs King selbst. Als sich ihre Finger zum ersten Mal berührten, trugen sie zugeknöpfte Handschuhe. Er schnappte scharf nach Luft, als müsste er sich schnell wieder fassen. Was auch immer zwischen ihnen vorging, sie hatten es geheim gehalten. Jahrelang hatten sie es nicht einmal Liebe genannt. Es war ihre ureigene Geschichte, die nur sie etwas anging.

Wenn sie auf ihren nächtlichen Streifzügen am Rand von Whitechapel entlanggingen, drang er neugierig in sie: »Sag mir, wer du bist, wo du herkommst.« – »Ist doch egal«, antwortete sie lachend. »Lass mich ein Rätsel bleiben.« In ihrer alten Heimat führte sie ihn auf leisen Sohlen an Mr Parkers Haus vorbei. Gelb-graue Ziegelsteine und eine kaputte Straßenlaterne, ein schattenhafter Junge, der am Ende der Gasse Pennys schnippte. Sicher war sie wortkarg geworden, wenn sie an Mutter dachte. Er musste es gemerkt haben, aber er fragte sie nicht weiter aus, weil er sie nicht quälen wollte.

Wenn es um dich geht, erinnere ich mich an alles.

Was für ein Satz! Sie hatte eine trockene Kehle. »Sag es nicht weiter.«

Er starrte sie an. »Aber was denn?«

»Alles.« Mrs King setzte eine verschlossene Miene auf, wandte ihm den Rücken zu. Sie war ganz deutlich zu spüren, die Gefahr, die wie in Wellen durch den Garten lief.

18

Tilney Street, Mayfair. Weil sie sich nicht mehr zu weit von der de Vries'schen Residenz entfernen wollten, hatte Mrs Bone unweit der Park Lane eine Wohnung für die Frauen organisiert.

»Kann sie sich das leisten?«, hatte Mrs King gemurmelt, als sie die Räumlichkeiten in Augenschein nahmen.

»Wieso sollte sie es sich nicht leisten können?«, hatte Winnie zurückgefragt.

Mrs Kings Miene entspannte sich. »Ach, nur so ein Gedanke.«

Jetzt saß Winnie im Wohnzimmer vor einem riesigen Stoffberg und nähte Tuniken. Grimmig kämpfte sie mit der Maschine, die surrend und ratternd ihr Selbstvertrauen untergrub. Sie kam nicht annähernd schnell genug voran. Es mussten mindestens sechzig Männer eingekleidet werden, und sie hatte erst ein knappes Drittel geschafft.

»Wie läuft es bei dir, Hephzibah?«, rief sie.

Herrisch schallte die Antwort aus dem Schlafzimmer herüber: »Für Sie immer noch Lady Montagu!«

Winnie lugte um die Tür. Am Fußende des Bettes stand der riesige Spiegel, den Mrs Bone in die Tilney Street hatte bringen lassen. Hephzibah betrachtete sich darin, gerüscht und gerafft, in ein Meer aus rosa Seide gehüllt. Auf ihrem Kopf thronte ein dreistöckiger Hut mit Rosenschmuck. »Ich bin eine strahlende Schönheit«, sagte sie.

»Eine Venus«, bestätigte Winnie mit Bedacht.

Hephzibah musterte sie scharf. »Wegen der Bonbonfarbe?« Sie zog die Nase kraus. »Ja, das passt.«

Winnie trat vorsichtig auf sie zu, legte ihr die Hand in den Nacken, überprüfte die Knöpfe auf dem Rücken ihres Kleides.

Sie betrachtete forschend das Lichtbild, das am Spiegel hing. Die echte Herzogin Montagu starrte zurück. Kräftiges, ovales Gesicht. Elegante schlanke Nase. Winnie ließ den Blick zu Hephzibah wandern. Die Ähnlichkeit war verblüffend.

»Und? Kannst du deinen Text?«, fragte sie, um einen möglichst fröhlichen Ton bemüht.

Hephzibahs Hände zuckten, als wollten sie sich selbständig machen. »Bei dieser Aufgabe geht es doch nicht nur darum, dass man seinen Text auswendig aufsagen kann.«

Winnie rang sich ein Lächeln ab. »Du bist die Herzogin, wie sie leibt und lebt.«

Hephzibah atmete auf und spreizte die Hände. »Ich bin eine furchtbare Schmierenkomödiantin, nicht wahr?«

»Du bist umwerfend«, flüsterte Winnie und drückte ihren Arm.

Während Hephzibah durch das Zimmer schwebte, dachte Winnie beschwörend: »Sie vermasselt es nicht; sie schafft das!« In dem Bemühen, aufmunternd zu wirken, verbarg sie ihre Zweifel hinter einem krampfhaften Lächeln.

Mrs Bone hatte zu einem horrenden Preis einen Daimler angemietet – himmelblaue Karosserie, ledergepolsterte Sitze, glatt und schwarz wie Teer. Hephzibah hielt den Sonnenschirm über sich, um sich so gut wie möglich vor der Hitze zu schützen. Winnie gab ihr eine Schachtel mit Visitenkarten und markierte die oberste mit *P. P. C.* »Die anderen kannst du behalten. Aber untersteh dich, noch woanders vorzusprechen.«

Hephzibah klebte das Kleid am Leib, der Schweiß rann ihr den Rücken hinunter. Hoffentlich bekam der Satin keine Flecken. Das Automobil hielt an. Mit einem letzten nervösen Lächeln stieg Winnie aus. »Viel Glück.«

Hephzibah verbarg ihre bange Miene hinter dem Sonnenschirm. »Wer Talent hat, braucht kein Glück«, entgegnete sie in möglichst frostigem Ton.

Sie hatten den Chauffeur zusammen mit dem Daimler gemietet. Der Mann hatte nicht die leiseste Ahnung, wer Hephzibah war. »Hier, M'lady?«, fragte er.

Sie spähte nach draußen. Der Anblick traf sie unvorbereitet. Das Haus war so unglaublich groß und so weiß – wie eine mehrstöckige Hochzeitstorte. Der Park war vertrocknet: die Erde ausgedörrt, das Zinnkraut tot. Vom Reitweg wehten dicke Staubwolken herüber. Es war trostlos, öde und wüst.

Ich schaffe das nicht, dachte sie.

»Ja, hier«, antwortete sie. Der Chauffeur stieg aus, um ihre Visitenkarte abzugeben. Hephzibahs Ich verschwand. Aus Seide und Rüschen erstand sie als Herzogin Montagu wieder auf.

Der Kammerdiener geleitete sie durch das Vestibül. Dienstboten unterbrachen ihre Tätigkeiten und duckten sich tuschelnd hinter Säulen. Die Treppe – wie eh und je ein Auswuchs an Hässlichkeit. Hephzibah hatte die Nischen darin ganz vergessen, die Pfosten aus schwarzem und blutrotem Marmor, die wie Grabsteine aussahen, Wegweiser in die Hölle. Wie oft hatte sie das Geländer geputzt, es mit Schwärze poliert, sich an den Rillen und Schnörkeln die Nägel eingerissen …

Höflich ließ der Kammerdiener ihr den Vortritt. »Keine weiteren Besucher«, befahl er murmelnd den Hausknechten, die die Flügeltür hinter ihnen schlossen.

Er sah ungeheuer gut aus. Das Gesicht wie aus Stein gemeißelt, das dunkle Haar, die herrlichen Augen. Man konnte konzentriert den Blick auf ihm ruhen lassen, wenn man in Gefahr geriet, geistig abzuschweifen.

»Mylady.« Mit souveräner Geste deutete er die Richtung an.

»Ah, ich kann mir schon denken, wohin die Reise geht«, sagte Hephzibah. Sie musste sich warmreden, ihre Stimme ausprobieren. »Wer ein solches Haus baut, bewegt sich nur in eine Richtung.« Sie reichte ihm den Sonnenschirm. »Aufwärts.«

Seine Augen blitzen auf, einmal nur, ein goldener Funke. Belustigt. Gut. Hephzibah war mit sich zufrieden. Ein kluger Spruch. Treffend. Dreist und unverschämt. Sie fragte sich, ob eine Aristokratin überhaupt mit einem Lakaien sprechen würde. Aber Herzoginnen standen bestimmt über der Etikette.

Sie musste sich beruhigen. Wenn man zu sehr auf das Geschnatter im eigenen Kopf achtete, fiel man unter Umständen ganz schnell aus der Rolle. Sie betrachtete die Wadenmuskeln des Kammerdieners, das stramme Gesäß unter den Frackschößen. Eine Augenweide. Sogleich fasste sie neuen Mut. Die Räume im ersten Stock hatten Parkettböden. Ihr wurde schwindelig, wenn sie an die unzähligen kleinen Holzstreifen dachte. Wie viele Stunden sie gebraucht hatten, um die einzelnen Täfelchen zu bohnern …

Langsam, ganz langsam glitten die Flügel der Tür zum Empfangssalon auseinander. In einiger Entfernung erspähte sie eine kleine Gestalt, die in der Zimmermitte in einem Sessel saß. Durch die Fenster, die zum Park hinausgingen, fiel das Licht in breiten Bahnen herein. Hephzibah hielt sich zum Schutz vor der Helligkeit die Hand über die Augen.

Sie hatte versucht, die alten Zeiten heraufzubeschwören, die Erinnerung an das kleine Mädchen, das in der Kinderstube gewohnt hatte. Ein zartes Geschöpf mit gelbgoldenen Ringellöckchen. Eher ein Schoßhündchen als ein Mensch, ein flauschiges Etwas, das von den Stubenmädchen zu essen und zu trinken bekam. Hephzibah hatte kaum je einen Gedanken an sie verschwendet und sich fast nicht vorstellen können, dass sie überhaupt lebte und atmete oder existierte.

Die Frau vor ihr – kerzengerade, gertenschlank, aufrecht, wachsam – hatte keinerlei Ähnlichkeit mit jenem Kind. »Lass dich nicht von ihr einwickeln«, hatte Mrs King sie gewarnt. »Sei auf der Hut.«

Hephzibah blieb auf der Schwelle stehen. Noch könnte sie

wieder gehen. Einen anderen Termin vorschieben, eine Unpäss-
lichkeit ins Feld führen, die ganze Schmierenkomödie abblasen.

Langsam erhob sich Miss de Vries. »Mylady«, sagte sie mit
einer erstaunlich tiefen, ruhigen Stimme. Hephzibah beneidete
sie darum.

Sie musterte Miss de Vries. Sie sah aus, als ob sich in ihrem
Kopf ein Gedankenkarussell drehte, auf dem sich Überraschung,
Freude und Angst ablösten. »Die anderen Nachbarn schneiden
sie«, hatte Winnie ihr Alice' regelmäßigen Lagebericht zusam-
mengefasst. »Das macht ihr schwer zu schaffen. Es ist ihr sehn-
lichster Wunsch, dass eine Dame sie durch ihren Besuch beehrt.
Eine echte Dame! Also gib dem Affen Zucker!«

»Miss de Vries«, sagte sie mit einer eigenen hinreißenden
Stimme und bot ihr die behandschuhte Hand dar, um sie ehrfürchtig berühren – oder küssen – zu lassen, wie die einer Königin.

In Hephzibah steckte der vor Angst schlotternde Geist einer
Spülmagd, doch Herzogin Montagu hatte eine ruhige Hand.

Miss de Vries schlug ein. »Guten Tag«, sagte sie steif.

Hephzibah lächelte. Vorhang auf zum ersten Akt.

Hephzibah erinnerte sich an Mrs Kings Rat.

»Du darfst sie nicht reizen. Jedenfalls nicht gleich. Ihr Vater
hat sie gut dressiert. Als sein perfektes Geschöpf wird sie die Etikette wahren wollen.«

»Was schlägst du vor?«

»Spiel mit ihr. Nimm sie ein bisschen auf die Schippe. Dadurch gibst du ihr das Gefühl, dir ebenbürtig zu sein. Das Ge-
plänkel dürfte ihr gefallen.«

Hephzibah musste kühles Blut bewahren, auch wenn ihr unmerklich die Finger zitterten. Miss de Vries' Teint glänzte, wie
mit Öl eingerieben.

»So nehmen Sie doch Platz.« Hephzibah deutete mit einer läs-
sigen Handbewegung auf Miss de Vries' eigenen Sessel.

Der Blick der Hausherrin verhärtete sich. Ihre Nasenflügel flatterten, ganz leicht nur, als hätte sie die Witterung von Blut aufgenommen. »Danke.« Sie ignorierte den üppig gepolsterten Sessel mit dem vergoldeten Gestell und setzte sich so steif auf einen schlichten Hocker, als hätte sie einen Ladestock verschluckt. »Ah!«, sagte sie. »Die Erfrischungen.«

Hephzibah fuhr herum. Ein Milchbube im dunklen Frack brachte ein immenses Teetablett herein. »Madam?«

»Ja, perfekt. Stell es her.« Und sie lächelte ein Lächeln, das Hephzibah vollkommen unvorbereitet traf. So sanft war es.

»Ich bin halb verdurstet«, sagte Hephzibah. »Sparen Sie nicht am Zucker.«

Miss de Vries neigte den Kopf. »Niemals.«

Ihre Handgelenke waren klein und bläulich, als ob die Adern ein dichtes Geflecht bildeten. Sie trug keinen Schmuck, keinerlei Accessoires. Sie sah aus, als hätte man sie wie ein Stück Fleisch fest in Musselin eingewickelt, um sie frisch zu halten und vor Fliegen zu schützen. Siedend heiß ergoss sich der Tee in die Tasse, Dampfwolken stiegen auf. Von einer Sekunde auf die andere war Hephzibah klar, was sie wollte: raus hier, nur noch raus aus diesem Raum, so schnell wie möglich.

»Miss de Vries«, sagte sie, allen Mut zusammennehmend. »Ich suche Sie heute als Gesandte des Hofes auf. Wir haben Ihre Einladung erhalten. Der Privatsekretär hat sie an mich weitergeleitet. Ich muss mich entschuldigen, dass wir uns mit unserer Antwort so viel Zeit gelassen haben.«

»Aber ich bitte Sie.« Miss de Vries reichte ihr Tasse und Untertasse.

»Wir hatten so viele Termine. Eine Verpflichtung jagte die andere. Sie wissen ja, wie es ist.«

Der Junge nahm das Tablett an sich und ging rückwärts wieder hinaus.

»Sie sagen es.« Miss de Vries' Augen waren so ausdruckslos

wie die einer Echse. Mit einem leisen Kiekser in der Stimme fuhr sie fort: »Dann hat man es nicht als Impertinenz aufgefasst?«

»Als Impertinenz?«

»Meine Einladung, mein Schreiben an den Hof. Man hat es nicht als Affront angesehen?«

Etwas trübte ihren Blick. Ein Unbehagen, ein Anflug von Selbstzweifel.

»Grundgütiger!«, rief Hephzibah aus. »Der Palast betrachtet jedes Ersuchen als Affront. Jedes Buhlen um die Gunst der königlichen Hoheiten kann naturgemäß nur eine Impertinenz sein. Das ist nicht zu ändern. Doch nun, heraus mit der Sprache. Bei dem Fest handelt es sich um einen Maskenball?«

»In der Tat.«

»Wie entzückend. Als was werden Sie gehen? Ein Van Dyck? Eine maskierte Verführerin?«

Miss de Vries lächelte frostig. »Das soll ein Geheimnis bleiben, Mylady.«

»Aber mir müssen Sie es anvertrauen! Ich sterbe vor Neugier. Gehen Sie als Zauberin? Als Seeschlange? Als Sukkubus?«

Miss de Vries starrte sie an.

»Aber ich will Sie nicht quälen. Ich bin ein fürchterlicher Drache. Denken Sie, die Zeitungen werden darüber berichten? Waren Sie auf dem Ball der Devonshires?«

»Leider nicht, nein.«

»Nein? Jammerschade. Man will schließlich wissen, was die Konkurrenz macht. Die Menschen langweilen sich so schnell. Haben Sie Whitman für die Belustigungen engagiert?« Mrs King hatte der falschen Herzogin genau erklärt, wie sie die Frage stellen sollte. Ganz sanft und behutsam, fast beiläufig.

Miss de Vries runzelte die Stirn. »Whitman? Der Name sagt mir nichts.«

Whitman war eine der kostbarsten Gaben, die Hephzibah in die Unternehmung mit eingebracht hatte. Ein Kostümschneider und Impresario aus dem Elendsviertel in Spitalfields, der sich als Taschendieb einen einträglichen Nebenerwerb aufgebaut hatte. Im Zusammenwirken von Whitman, Hephzibah und den beiden Janes gab es keine Varietétruppe und keinen Wanderzirkus, die sie für den Raubzug nicht hätten anheuern können.

»Wie sollten Sie auch? Er betreibt keine Reklame.« Hephzibah zauberte aus ihrem Ridikül eine Visitenkarte hervor. »Wahrscheinlich ist er ohnehin ausgebucht und Sie können sich eine Anfrage sparen. Vielleicht im nächsten Jahr.« Achtlos warf sie die Karte auf den Tisch und nippte an ihrem Tee. »Er veranstaltet die extravagantesten Spektakel. Apropos, ich habe Ihren Ball tatsächlich der Prinzessin Victoria gegenüber erwähnt.«

»Tatsächlich?«

»Aber ja! Sie war zutiefst schockiert.«

Miss de Vries schluckte. Nachdenklich sagte sie: »Ich denke nicht, dass das Fest in irgendeiner Weise dazu angetan sein könnte, Ihre Königliche Hoheit zu schockieren.«

»Es ist der Reiz der Verruchtheit. Einen Ball zu geben, wenn man noch Tieftrauer trägt. Wir sind bass erstaunt.«

Miss de Vries verzog keine Miene.

»Habe ich etwas Falsches gesagt?« Hephzibah tätschelte ihr die Hand. »Grämen Sie sich nicht, Kind. Wir leben in einem neuen Jahrhundert! Alle Welt ist in Aufbruchsstimmung. Und was die Königliche Hoheit betrifft, brauchen Sie sich über die Etikette auch nicht allzu sehr den Kopf zu zerbrechen. Prinzessin Victoria sinkt in der Rangordnung bei Hofe mit jedem Jahr weiter nach unten, die Ärmste. Der Tag wird kommen, da sie sich zu jeder x-beliebigen Basareröffnung oder Blumenschau wird schleppen lassen müssen. Dass sie noch eine besonders gute Partie macht, kann ich mir nicht vorstellen. Sie vielleicht?« Hephzibah rutschte in ihrem Sessel nach vorn. »Aber fürs Erste müssen wir noch damit leben, dass in ihrem Haushalt ganz besondere Maßnahmen gelten.«

»Natürlich.«

»Was uns besonders umtreibt, ist die Frage der Sicherheit. Wir leben in gewalttätigen Zeiten. *Falls* Sie also Wert auf die Anwesenheit Ihrer Hoheit legen, müsste ich ihren Haushalt davon überzeugen, dass alles Erdenkliche zu ihrem Schutz getan wird.«

Einzig die Haut, die sich über Miss de Vries' Fingerknöcheln spannte, verriet ihr Interesse. »Natürlich.«

»Sie nimmt nicht sehr oft gesellschaftliche Verpflichtungen wahr.«

»Man sagt, sie habe ein sehr enges Verhältnis zur Königin.«

»Das ist korrekt«, sagte Hephzibah streng. »Und wir wären gut beraten, wenn wir uns öfter daran erinnerten, dass auch die königliche Familie in erster Linie eine *Familie* ist. Die vornehmste Familie des Landes, durch Bluts- und Familienbande ebenso eng miteinander verbunden wie …« Sie suchte nach dem richtigen Vergleich. »… wie ein Kaufmann mit seiner Tochter.«

Miss de Vries nahm die Breitseite mit einem dünnen Lächeln hin. »Wie wahr.«

»Ihre Sicherheit hat allerhöchste Priorität. Bei Hof unterstehen wir natürlich dem Schutz der Palastwache. Sie verstehen?«

Die Gesprächspause dehnte sich. Bis Miss de Vries schließlich sagte: »Wenn es etwas nützt, dürfen sich Ihre Männer gern im Haus umsehen.«

»Ich danke Ihnen.« Hephzibah stellte ihre Teetasse ab. »Wenn Sie unseren Leuten einige Räume zu Verfügung stellen könnten, müsste es eigentlich gehen.«

Miss de Vries sah sie zweifelnd an. »Sie meinen …«

»Am Abend des Balls. Da müssen wir unsere eigenen Kräfte vor Ort haben.«

»Ist es denn wahrscheinlich, dass die Prinzessin teilnehmen wird, Mylady?«

Hephzibah besann sich auf die Stärken aller Herzoginnen gestern und heute, auf die Geister lebender und toter Grand dames.

Sie drückte den Rücken durch. »Miss de Vries, ich würde es genauso wenig wagen, die Pläne ihrer Königlichen Hoheit vorauszusagen wie die Richtung, aus der der Wind weht. Aber ich bin bereit, ein gutes Wort für Sie einzulegen, falls Sie mir ein wenig entgegenkommen.«

Argwöhnisch kniff Miss de Vries die Augen zusammen. »Wenn es in meiner Macht steht, Mylady.«

Hephzibah lächelte. »Es ist ganz erstaunlich, welche Kosten einem Menschen entstehen, der Ihre Königliche Hoheit von einer Verpflichtung zur nächsten kutschiert. Falls man diese finanzielle Belastung etwas abmildern könnte …«

Miss de Vries' Züge verschlossen sich. Plötzlich war es, als wäre sie hinter einer Spanischen Wand verschwunden.

»Dafür wird sie dich verabscheuen«, hatte Mrs King gesagt. »Dafür, dass du sie wie eine Melkkuh behandelst. Das ist ihr ein Gräuel. Aber du musst dir eine Blöße geben. Damit sie sich dir überlegen fühlen kann.«

»Selbstverständlich bin ich bereit, für Myladys Unkosten aufzukommen«, antwortete Miss de Vries kalt. »Wenn es nötig werden sollte.«

»Zu gütig«, sagte Hephzibah. »Gestatten Sie mir noch eine Frage.« Mit pochendem Herzen stand sie auf. Ihr Tagwerk war fast vollbracht. »Welche Gäste erwarten Sie sonst? Ich höre mich fortwährend um, aber wen ich auch darauf anspreche, ich habe bis jetzt noch keine Menschenseele gefunden, die zugesagt hätte.«

Miss de Vries schoss das Blut in die Wangen, aber sie ließ sich nicht aus der Fassung bringen. »Sie bekommen in Kürze die Gästeliste.«

Hephzibah beugte sich so weit vor, wie es ihr gerade noch ratsam erschien. »Überlassen Sie ruhig alles mir«, sagte sie. »Ich werde Ihnen schon genügend Leutchen zusammentrommeln. Mir gehorcht jeder aufs Wort.«

Und da sah sie es: wie Miss de Vries von Erleichterung und Wut erfasst wurde. Als ihr klar wurde, dass sie sich den Weg nach oben einfach erkaufen konnte. »Ich danke Ihnen, Mylady«, sagte sie leise.

»Ich wünsche Ihnen einen guten Tag«, dröhnte Hephzibah – und stürmte hinaus. Nichts wie raus hier, raus an die frische Luft!

19

Der Tag vor dem Ball

———◄o►———

Es war ein unerwartet heißer Sonntag, schon am frühen Morgen drückend schwül. Aus dem Park zogen der Gestank von Pferdemist und der Duft von frisch gemähtem Gras herüber. Die Dienstboten wurden nach dem Gottesdienst zusammengetrommelt und bekamen letzte Instruktionen für den Ball.

Mrs Bone gefiel es gar nicht, mit welcher Leichtigkeit der Haushalt sie sich einverleibt hatte. Schon funktionierte sie wie ein Rädchen in dem tickenden Uhrwerk, das den Tagesablauf bestimmte. Sogar die aufgescheuerten, wunden Stellen in ihren Händen waren nach und nach verheilt und zu Schwielen geworden.

Und von morgens bis abends blickte Dannys Porträt auf sie herunter. Während sie in der ersten Zeit kaum hinsehen konnte, zog es sie irgendwann wie magisch an. Er hatte Fältchen um die Augen, und sein Gesicht war tief zerfurcht.

Sie war der einzige Mensch, der wusste, wie ihr Bruder als junger Mann ausgesehen hatte. Ein komisches Gefühl, das ihr das Herz abdrückte.

»Was war sein Lieblingsessen?«, fragte sie eines Tages die Köchin, um wenigstens ein bisschen über Danny in Erfahrung zu bringen. Es interessierte sie, was für ein Mann er geworden war.

Die Köchin legte mit einem glückseligen Lächeln die Hände zusammen. »Käsesoufflé«, seufzte sie. »Dafür hatte er eine große Schwäche.«

Das brachte Mrs Bone auch nicht viel weiter. In diesem Haus gab niemand gern etwas preis. Das galt insbesondere für Shepherd. Einmal hatte Mrs Bone versucht, ihm auf seinem abendlichen Kontrollgang zu folgen, aber in der Nähe des Ovalen Salons hängte er sie ab. Sie vermutete ihn im Rosenholzzimmer, aber dort war er ebenso wenig zu finden gewesen wie im dunklen Ballsaal. Offenbar lag ihm viel daran, nicht aufgespürt zu werden.

Tag für Tag erschienen irgendwelche Mädchen zum Dienst, die bei den Ballvorbereitungen helfen sollten. Es sah so aus, als stellte Mr Shepherd mit jeder neuen Order von oben – andere Blumen, schickere Vorhänge, frischer Anstrich, moderner elektrischer Kronleuchter – weiteres Personal ein. Er wirkte immer gehetzter. Die Köchin genoss das Durcheinander. Wie ein Schatten kam sie, ihre Zettel im Ärmel, aus einer dunklen Ecke hervorgeglitten und nahm die Neulinge mit auf die endlose Tour durch das Haus. Eines der jungen Dinger beäugte sie gelangweilt. »Ich bin bloß zur Aushilfe hier«, sagte sie, die Erklärungen abwehrend. »Bis ich als Ladenmädchen im Kaufhaus was finde.« Die Augen der Köchin funkelten. Sie wies die Neue eine geschlagene halbe Stunde in die Geheimnisse der Serviettenpresse ein.

Ja, dachte Mrs Bone. Eine Arbeit im Kaufhaus. In der Fabrik. Im Büro. Die klugen Mädchen, die Grips im Kopf hatten, kamen und gingen, wollten höher hinaus, wollten früher oder später wieder raus aus diesem Haus. Sue dagegen … Ihre stille, blasse Bettgenossin mit dem pockennarbigen Gesicht machte ihr Sorgen. Manche Leute umgaben sich ja leider nur zu gern mit stummen, verängstigten Mäuschen. Bei diesem Gedanken lief es ihr kalt den Rücken hinunter. Wenn sie des Nachts Sues süßen Kleinmädchenduft roch, musste sie an ihre kleine Susan denken, und ihr wurde das Herz schwer.

Es hatte niemand mehr bei ihnen an die Kammertür geklopft.

»Bauch rein, Brust raus, Sue«, murmelte sie jetzt. Das Mädchen hatte die Hände in den Schürzentaschen. Wenn sie sich weiter so krumm hielt wie ein Flitzebogen, würde sie noch einen Buckel bekommen.

»Ja, Mrs Bone«, murmelte Sue zurück.

Während der Dienstbotenbesprechung sagte Mr Shepherd kein Wort. Er thronte wie ein König am Kopfende der Tafel. Die Küchenmägde hatten keine Zeit, sich irgendwelche Anweisungen abzuholen. Sie waren spät dran und reichten sich heimlich die Töpfe weiter. William, der Kammerdiener, verlas die Aufgaben jedes Einzelnen. Er war grau im Gesicht, als hätte er nicht geschlafen.

Den heißen Atem der Köchin im Ohr, tauchte Mrs Bone aus ihren Gedanken auf. »Und wo stecken die beiden sauberen Früchtchen?«

»Hä?«

»Na, die zwei Janes.«

Die Köchin hatte die Namensvetterinnen schon seit Tagen auf dem Kieker. Sie empfand es als unter ihrer Würde, sich überhaupt mit ihnen abgeben zu müssen, und konnte sich ihretwegen regelrecht ereifern. Sie waren ihr einfach zu eigentümlich. Allein, wie sie aussahen! Und ihre blöden Mienen. Oder dass sie sich eine Kammer teilen durften. Das ging der Köchin gehörig gegen den Strich. Wenn man Schwestern nicht trennte, stifteten sie oft Unheil. »Wer hat denen das erlaubt? Bestimmt nicht Mr Shepherd. Der hat wahrscheinlich keinen blassen Schimmer. Vielleicht sage ich es ihm.«

»Nur los«, sagte Mrs Bone und schnippte ein Fitzelchen trockene Haut unter den Tisch.

»Was hat er sich bloß dabei gedacht? Er sollte sich was schämen. Genau wie die beiden Herzchen! Aber da kann ich lange warten, so frech wie die mich den lieben langen Tag anstarren, und wie sie rumstolzieren, als wären sie feine Damen und wir ihre Dienstmägde. Dabei bin ich das unersetzlichste Mitglied dieses Haushalts, vor allem ...«

»Pst, Frau Köchin«, flüsterte Mrs Bone.

»Wer tuschelt da?«, fragte Mr Shepherd. »Ich verlange Ruhe!«

Ruhe? Die konnte er haben. Und wenn Mrs Bone ihm dafür glühende Schürhaken in die Ohren stecken müsste.

Scheinheilig meldete die Köchin sich zu Wort. »Das war bloß wegen den Janes, Mr Shepherd. Weil wir gemerkt haben, dass sie gar nicht da sind. Die verpassen ja die ganzen Anweisungen.«

Shepherd war die Verärgerung anzumerken. »Sie sollen sich auf der Stelle hier einfinden. Jemand muss sie holen.«

»Ich geh schon.« Mrs Bone stieß sich von der Wand ab. Sie wusste ganz genau, wo die Janes waren. Sie räumten die Gästesuiten aus, in denen nie jemand übernachtete, verpackten das gesamte Inventar in Kisten. Sie hatten Mr Shepherd davon überzeugt, dass es besser wäre, die Sachen vor dem Ball sicher zu verwahren. Mrs Bone war beeindruckt: kluge Mädchen. So verschafften sie sich schon einmal einen Vorsprung für den großen Coup. Was du heute kannst besorgen … Sehr vernünftig, ihre Janes.

Im Vorbeigehen fing sie Williams Blick auf. Grau war gar kein Ausdruck für seine Gesichtsfarbe. Er sah aus, als hätte man ihm das ganze Blut abgezapft. Unglücklich war er sogar noch attraktiver. Eine nicht uninteressante Beobachtung. Nachdem sie seinem Blick eine halbe Sekunde lang standgehalten hatte, musterte sie ihn herausfordernd: *Was ist dir denn für eine Laus über die Leber gelaufen?*

Doch er runzelte nur die Stirn, ganz in Gedanken verloren.

Irgendwo bimmelte eine Glocke. Aller Augen fuhren zum Klingelbrett herum, alles schnappte nach Luft. Mit Sicherheit sahen sie im Geiste Madam vor sich. Das in schwarzen Musselin gehüllte zarte Persönchen, das sie mit immer neuen Befehlen auf Trab hielt. Shepherd war regelrecht erbleicht.

Mrs Bone lachte sich eins ins Fäustchen. Ihretwegen konnte es im Haus gar nicht nervenaufreibend genug zugehen.

Sie durfte bloß nicht an ihr eigenes Nervenkostüm denken, dass doch schon arg strapaziert war.

Am Sonntagnachmittag hatten die Dienstboten Ausgang. Während sie die freien Stunden mit Schwestern, Cousinen oder Verehrern verbrachten, trafen sich Mrs Kings Verschwörerinnen im Park, um noch ein letztes Mal den Plan durchzusprechen. Sie quetschten sich in ein sechssitziges Tretboot mit zwei großen Schaufelrädern, die sich platschend durchs Wasser drehten, angetrieben von den beiden Janes an den Pedalen. Mrs King hatte vorn im Bug Platz genommen, den Horizont im Blick. Alice saß dahinter, den Hut tief in die Stirn gezogen. Hephzibah thronte unter einem riesigen Sonnenschirm, mit dem sie ihre Spießgesellinnen hätte köpfen können.

Winnie war ungewohnt schlecht gelaunt. Erschöpfung und Nervosität hatten sie eingeholt. Im Auftrag von Mrs Bone hatte sie den ganzen Vormittag mit ausländischen Ankäufern Verhandlungen geführt. Ihr schwirrte der Kopf von all den großen Künstlernamen wie Danckert, Cuyp und Joshua Reynolds. Wie Sèvres und Meissen. »Die größten Posten müssen wir zuerst abwickeln«, hatte Mrs King ihr mit auf den Weg gegeben. »Wir können nicht fünfzig Auktionen gleichzeitig veranstalten. Ich muss wissen, wer bereit ist, gleich am ersten Abend, wenn wir auf dem Markt sind, größere Summen Bargeld auf den Tisch zu legen.«

Also hatte Winnie, bewacht von Mrs Bones grimmigen Vettern, im Wohnzimmer des Hauses in der Tilney Street über Preise für Büsten, Gemälde und Porzellan verhandelt. Während der Verkaufsgespräche saß sie tief verschleiert hinter einem Paravant, der mit hüllenlosen Vollbusigen bemalt war. Es war eine Heidenarbeit, in aller Eile ihre Notizen schriftlich festzuhalten und auf eventuelle Fehler durchzugehen. Als sie zum Stelldichein mit den anderen in den Park gehetzt kam, war sie ziemlich am Ende.

»Schlaf.« Sie räusperte sich. »Schlaf ist wichtig. Ihr müsst morgen eure fünf Sinne beisammenhaben.« Sie beugte sich vor und gab Hephzibah einen Stups. »Du vor allem.«

Hephzibah drohte ihr mit dem Sonnenschirm. »Ich mache garantiert kein Auge zu«, sagte sie. »Es ist viel zu heiß.« Sie zeigte auf Winnie. »Aber du hättest einen Schönheitsschlaf nötig.«

Winnie ließ sich nicht aus der Reserve locken. »Denk daran, Hephzibah, du musst besonders früh auf dem Ball eintreffen, um die ankommenden Gäste im Auge zu behalten und Miss de Vries Beine zu machen.«

»Bekomme ich ein Souper?«

Winnie seufzte. »Ich vermute schon, wenn du laut genug darum bittest. Stell ihr Mrs Bones Männer vor und sorg dafür, dass sie unsere Leute für Angehörige der Palastwache hält. Und dann machst du dich oben nützlich.«

Hephzibah runzelte die Stirn. »Geht es nicht ein bisschen schneller, Mädels?«

Die Janes legten sich tüchtig ins Zeug, bis das Tretboot pfeilschnell durchs Wasser rauschte. Die anderen Bootsfahrer, die in ihrem Kielwasser auf den Wellen schaukelten, warfen ihnen missbilligende Blick zu. Winnie wurde fast ein wenig seekrank. Sie tippte Alice auf den Arm. »Parker. Du gehst nach oben und nähst Miss de Vries in ihr Kostüm. Lass dir ruhig Zeit dabei, damit sie schön kribbelig und nervös wird. Sie soll den Zeitdruck spüren.«

Alice machte ein besorgtes Gesicht. Sie ließ die Hand durch das trübe Wasser gleiten. »Ich kann sie aber doch zu nichts zwingen.«

Mrs King lächelte versonnen vor sich hin. »Du kriegst das schon hin.«

Damit war anscheinend alles gesagt.

Wie schaffte sie das bloß? Wie konnte die Frau so abgebrüht sein, so selbstsicher? Winnie selbst musste dauernd in ihre Aufzeichnungen sehen, wenn sie – ihre Hände knetend – vor anderen Leuten redete. Ganz anders Mrs King. Sie hatte eine Vision. Wenn man ihr lange genug in die Augen sah, glaubte man früher oder später selbst daran: Lichter, die im Dunkeln leuchteten.

Mrs Bone runzelte die Stirn. »Passt mal auf. Ich habe mir die Kisten angesehen. Da müsst ihr euch was überlegen. Sie sind so schwer, dass bestimmt das ganze Haus wackelt, wenn ihr sie runterlasst. So geht das nicht.«

»Wir haben den Flaschenzug geölt«, erklärte Jane Eins.

Jane Zwei nickte. »Und wir legen Matten auf den Boden, um die Landung abzufangen. Wir haben alles ausgemessen, sogar Madams Bett.«

»Hm«, sagte Mrs Bone. »Dann will ich das mal glauben. Weil ihr es seid, meine Janes.«

Winnie beneidete die Mädchen um die Fähigkeit, Mrs Bone so leicht um den Finger zu wickeln.

»Ihr *Bett*?«, rief Alice entsetzt. »Wollt ihr sie etwa mitnehmen, während sie schläft?«

Jane Eins schnaubte. »Wenn es nicht schief hängt und nicht zu stark hin und her schwingt …

Alice musterte Mrs King. »Das soll doch wohl ein Scherz sein, oder?«

»Ach Gottchen, wie öde«, murmelte Hephzibah und ließ den Sonnenschirm sinken.

»Hephzibah, nicht doch«, sagte Winnie.

Alice erhob die Stimme. »Dinah …«

»Du nennst mich nicht Dinah.«

»Na gut, *Mrs King*. Falls ihr nicht vorhabt, Madam mit Chloroform zu betäuben und zu fesseln oder sie an einen lösegeldgierigen Entführer zu verkaufen, könnt ihr es vergessen. Sie wird uns durchschauen, uns auf frischer Tat ertappen. Ihr entgeht nichts.«

Winnie musterte Alice besorgt. Das Mädchen hatte hochrote Flecken im Gesicht, weil es so weit vorgeprescht war. Aber Mrs King ließ sich nicht aus der Ruhe bringen. »Natürlich ertappt sie uns.«

Alice wurde blass um die Nasenspitze. »Was soll denn das nun wieder heißen?«

Mrs King drehte das Gesicht in die Sonne. »Darüber reden wir morgen.«

»Morgen, morgen, morgen«, knurrte Mrs Bone. »Alles passiert morgen, was?«

»Ja«, antwortete Mrs King freundlich. »Morgen.«

»Kann ich es nicht jetzt schon wissen? Bitte.« Alice machte ein gequältes Gesicht.

»Wir hören, Winnie«, sagte Mrs King gelassen. »Bitte weiter.« Sie drehte wieder zu den Bäumen um.

»Nein.« Alice' Stimme bebte. »Dann mache ich nicht mehr mit.«

»Sie macht nicht mehr mit«, sagte Jane Zwei.

»Gehorsamsverweigerung«, sagte Jane Eins. »Schmeißen wir sie in den See.«

»Mädels …«

»Ich schmeiße *euch* in den See, ihr gemeinen …«

Winnie gefiel es gar nicht, woher der Wind plötzlich wehte. »Meine Damen, ich bitte euch …«

»Ich drehe euch die Gurgel um, jeder einzelnen von euch!«, rief Mrs Bone. »Ich bin seit heute Morgen um vier auf den Beinen, hab Pisspötte ausgeleert, Küchengeräte auf Hochglanz poliert, die Schlüpfer von der Frau Köchin auf dem Waschbrett geschrubbt …«

Die Janes traten wie Furien in die Pedale, dass das Boot nur so am Rand des Sees entlangschlingerte.

»Hoffentlich verpasse ich mein Abendessen nicht«, sagte Hephzibah mit einem lauten Seufzer.

Winnie war mit ihrer Geduld fast am Ende. »Natürlich nicht!«

»Ach, nein? Es ist doch schon längst Zeit zum Essenfassen.«

»Bitte weiter, meine Damen«, sagte Winnie.

»Wie, weiter? Wohin denn? Ich kann nicht denken, wenn ich halb verhungert bin.«

Winnie ging zum Angriff über. »Dann hau doch ab. Stell dich

an eine Straßenecke und sing für eine Handvoll Pennys. Oder womit du dir sonst deine Brötchen verdienst.«

»Ich verdiene meinen Lebensunterhalt mit meinem Talent«, sagte Hephzibah. »Mit meinem *einzigartigen* Talent. Das weißt du doch ganz genau!«

Winnie explodierte. »Ein einzigartiges Talent? Wohl kaum. Wir wissen doch alle, wie sich eine Schauspielerin von deinem Schlag ihren Lebensunterhalt verdient. Mit dem ältesten Gewerbe der Welt.«

Die Janes hörten auf, in die Pedale zu treten. Das Boot wurde langsamer, trieb führerlos in Richtung Ufer.

Mrs Bone riss die Augenbrauen hoch. Alice' Blick glitt ins Leere, Mrs King runzelte die Stirn.

Schlagartig konnte man in Hephzibahs Miene lesen wie in einem offenen Buch, flammende Röte raste an ihrem Hals nach oben. Sie sah sich entlarvt.

»Das ist ja ein Ding«, sagte Mrs Bone. »Wer hätte das gedacht?«

Die Frauen starrten Hephzibah an.

Winnie bekam heiße Ohren. »Ich …«, begann sie.

Während die Janes das Boot ans Ufer lenkten, befahl Mrs King mit schneidender Stimme: »Winnie. Steig aus.«

Die Scham stieg ihr ins Gesicht. »Hephzibah …«

»Raus«, befahl Mrs King. »Du kennst die Regeln. Wenn du jemanden kleinmachen musst, um dich selbst groß zu fühlen …«

Mrs Bone vervollständigte den Spruch: »Bist du nicht mal mehr Mittelmaß. Stimmt. Den Satz habe ich dir selber beigebracht. Am besten schreibt ihr ihn euch alle hinter die Ohren, Mädels.«

Winnie stieg aus. Das Boot geriet gefährlich ins Schaukeln. Sie hätte sich nicht beschwert, wenn sie ins Wasser gefallen wäre.

20

―――――◄o►―――――

Shepherd hatte für alle eine frühe Nachtruhe angeordnet, damit sie für das Fest bei Kräften wären. Im Stillen trieb Mrs Bone das Haus zum Einschlafen an. Sie erwartete die erste Abordnung ihrer Helfertruppe, ein Vorauskommando, das sich schon mal unterm Dach einquartieren sollte. Mit dem Flaschenzug hinaufgezogen, wären sie bis zum Tagesanbruch vollzählig auf dem Speicher untergebracht, der mit Winnies Teppichen ausgelegt war, damit sie sich unhörbar bewegen konnten. Sie warf einen Blick zur Decke. Nicht auszudenken, wie es wohl da oben riechen mochte: vierzig Männer auf engstem Raum zusammengepfercht – Schweißfüße, Whisky-Dünste, die sich langsam in den Eimern erwärmende Pisse. Wären die Türen des Nachts nicht versperrt gewesen, hätte sie sich auf jeden Fall dazugesellt. Eine Truppeninspektion am Vorabend der Schlacht wirkte besser als ein Tritt in den Hintern.

Sue stand an der Waschschüssel und pulte sich verstohlen den Dreck unter den Fingernägeln hervor. Das machte sie immer heimlich, wenn sie glaubte, dass Mrs Bones es nicht mitbekam, als ob sie sich wegen des bisschen Kohlenstaubs schämen müsste.

»Nun mach schon«, sagte Mrs Bone bereits zum dritten Mal.

»Es ist so warm«, flüsterte Sue. Sie fuhr sich ein paarmal mit dem feuchten Waschlappen über das Gesicht.

»Immer noch besser als zu kalt, Kind«, sagte Mrs Bone. »Besser, als wenn dir die Zehen abfallen. Und jetzt husch, ab ins Körbchen.«

Sue war unendlich langsam. Die Zeit schien stillzustehen.

Als es an der Tür klopfte, fuhr sie zusammen. Ein harter Schlag, Faust auf Holz, nicht freundlich. Sue erstarrte, ihre Hände umklammerten die Schüssel.

»Wer da?« Mrs Bone sprang zur Tür.

Sie ging auf. Es war der Junge, die kleine Ratte mit dem Frettchengesicht.

»Was willst du?«, fragte Mrs Bone. »Verschwinde! Du hast hier oben nichts zu suchen. Das ist das Frauenquartier.«

»Dein Typ wird verlangt, Sue«, sagte er, ohne Mrs Bone anzusehen.

Und in dieser Sekunde fiel es Mrs Bone wie Schuppen von den Augen. Sie war angewidert. Sie hatte genug vom Leben gesehen, um diesen Blick zu verstehen. Ob von einem jungen oder von einem alten Mann, einem reichen oder einem armen: Eine solche Aufforderung, an ein junges Mädchen gerichtet, verstieß gegen Sitte und Moral.

Sie war fassungslos. Hier? In Dannys Haus?

Aber plötzlich fügte sich alles logisch ineinander.

Natürlich hier. Sie verstand. Hier genau wie überall.

Mrs Bone war schon immer eine praktische Frau gewesen, die das Für und Wider eines Geschäfts ruhig und unaufgeregt abwog. Sie legte alles auf die Waagschale und entschied sich zielsicher jedes Mal für den lukrativsten Handel. Aber ein Gewerbe gab es, mit dem sie nichts zu tun haben wollte.

Sie dachte an Danny, seine schimmernden Locken. Es überlief sie kalt.

»Sue ist krank«, sagte sie.

Das Bürschchen verzog das Gesicht. »Aber ich soll sie holen.«

»Richte ihnen aus, dass sie krank ist. Bestell ihnen, dass du das von mir hast. Sag ihnen, es wäre besser so.«

Sie starrte ihm in die Pupille. »Glaub mir.«

Er starrte berechnend zurück.

»Na schön«, knurrte er schließlich.

Ohne noch eine Sekunde zu verschwenden, drehte er sich um und lief mit klappernden Absätzen davon, zurück zu dem, der ihn geschickt hatte, so schnell, dass er vergaß, wieder abzuschließen.

Mrs Bone schlug die Tür zu. Sie lehnte sich dagegen, die Hände fest auf dem Rücken verschränkt.

»Hat dich schon mal einer holen lassen?« Wozu lange um den heißen Bei herumreden?

Sue schüttelte nur stumm den Kopf. Irgendwann antwortete sie doch, mit einer harten, scharfkantigen Stimme. »Aber er hat mir gesagt, ich soll mich bereithalten.« Sie deutete mit dem Kopf zur Tür. Sie meinte das Frettchen. »Dass mich heute Nacht vielleicht einer sehen will.«

Mrs Bone ließ sich ihre Erschütterung nicht anmerken. »So ein Blödsinn: Was würde der mit einem Gänschen wie dir schon anfangen wollen?« Sie ging zum Bett, deckte es mit zitternder Hand auf. »Wenn er noch mal ankommt, sagst du mir Bescheid.« Sie schnippte mit den Fingern. »Ins Bett, Sue. Ab marsch.«

Ihr Blick fiel auf die Dielenbretter mit ihren Schrammen und Striemen. Wie viele Mädchen mochten wohl ihr Bett quer durchs Zimmer geschleift haben, um die Tür zu verrammeln?

23 Uhr

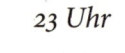

Alice tat das Kreuz weh. Die Schmerzen strahlten von der Mitte des Rückens nach außen, alle Muskeln ein einziger Krampf. Unter den hellen Deckenlampen über den Nähtisch gebeugt, musste sie sich zum Weitermachen regelrecht zwingen. Sie saß am schwierigsten, kompliziertesten und anstrengendsten Teil der ganzen Arbeit: an den Stickereien am Mieder, an den Ärmeln und auf dem Rücken. Sie hätte ruck, zuck fertig sein können, wenn ihr das Ergebnis egal gewesen wäre und sie sich bei dem Gedanken aufgehalten hätte, dass es ja sowieso kaum ein Mensch sehen würde. Aber dafür war es ihr zu wichtig, viel zu wichtig. Madam hatte ein sehr scharfes Auge. Sie würde sofort jeden Fehler entdecken. Aber auch die geglücktesten Stellen. Wie hatte sie gesagt? *Natürlich sollst du für deine Mühen fürstlich belohnt werden.*

Das war Ansporn genug, ihr Bestes zu geben.

Sie hörte Schritte und das leise Rauschen, mit dem die schwere Tür aufging.

»Alice?«

Sie zuckte zusammen und ließ den Faden fallen, fuhr sich hastig mit der Hand durchs Haar. Sie konnte sich gut vorstellen, was für ein Bild sie abgab: talgiger Teint, eingefallene Wangen.

»Madam.« Sie rückte ihren Stuhl zurück.

»Nein, bleib sitzen.«

Für das kirchliche Nachtgebet hatte Miss de Vries ein Kleid aus schlichtem, schwarzem Satin angelegt, bis zum Kinn durchgeknöpft, und das Haar unter einer Haube verborgen. Sie war so dicht verschleiert, dass ihr die Stickereien aus schwarzer Spitze über das Gesicht zu kriechen schienen. Ihr Gebetbuch hielt sie fest umklammert. Sie beäugte das Kostüm fast misstrauisch aus einiger Entfernung.

»Wird es rechtzeitig fertig?«

Das war die Frage, vor der es Alice am meisten graute. Sie überlegte kurz, ob sie die Wahrheit sagen sollte, verwarf den Gedanken aber sofort wieder. »Natürlich«, antwortete sie, um einen möglichst optimistischen Ton bemüht. Viel mehr als ein Krächzen kam allerdings nicht dabei heraus.

Madam legte sich eine Hand ans Kinn, schob und drückte an ihrem Gesicht herum, als wollte sie unter dem Schleier ihre Wangen ertasten. »Komm mit in die Kapelle«, sagte sie. »Wenn du möchtest.« Sie musterte Alice spöttisch. »Falls es eine gibt, kannst du ja zur Schutzheiligen der Näherinnen beten.«

Alice zögerte verlegen. Doch dann reckte sie das Kinn. »Gern, Madam.« Dabei überlief sie ein Kribbeln. Winnie und Mrs King hätten sicher nichts dagegen einzuwenden. Schließlich konnte sie die Gnädige so ganz besonders gut im Auge behalten. Auch wenn sie sich manchmal fragte, warum Mrs King so erpicht darauf war, Miss de Vries auf Schritt und Tritt beobachten zu lassen. Es hatte etwas Blutrünstiges, wie eine Fuchs- oder Hirschjagd. Das war auch der Grund, warum sie das Kleid nicht angenommen hatte, das Madam ihr schenken wollte. Die Gnädige auszuspähen, für sie zu nähen und sie anzukleiden, war eine Sache. Aber es war etwas völlig anderes, sich von ihr beschenken zu lassen, ihre Kleider anzuziehen, in ihre Haut zu schlüpfen. Alice hätte Madams gesamte Garderobe mit Handkuss angenommen. Die Sachen waren luxuriös, meisterlich gefertigt. Doch aus irgendeinem Grund hatte sie sich nicht dazu überwinden können.

Jetzt saßen Alice und Miss de Vries zusammen in der Kapelle, die Kerzen flackerten, die Messinglampen an der Decke schwangen langsam hin und her. Der Kaplan hatte sich schon vor geraumer Zeit verabschiedet und sie ihren persönlichen Gebeten überlassen. Das milchig goldene Licht war von Rauchschwaden durchzogen. Alice kam sich vor wie in einem dunklen Schmuckkästchen: Säulen aus Onyx, cremefarbener Marmor, am Rand vergoldet, spitz zulaufende Bögen, wie Klingen. Von den Wänden glotzten goldene Engel herunter.

Alice faltete die Hände und schloss die Augen. *Lieber Gott, beschütze mich*, betete sie. Sie war mit der Rückzahlung ihrer Schulden eine ganze Woche im Rückstand. Was bedeutete es, wenn man einen Kredithai ignorierte und einfach den Kopf in den Sand steckte? Wuchsen die Zinsen von Stunde zu Stunde oder von Minute zu Minute an? Sie stellte sich vor, wie sich die Schuldeneintreiber auf ihre Fährte setzten, wie sie eine Klaviersaite aus dem Ärmel zogen, um ihr die Kehle durchzuschneiden …

Sie musste sich zusammenreißen. Wenn sie den morgigen Tag und den Rest der Woche überlebte, hätte sie ihren Anteil an der Beute verdient, genug, um ihre Schulden zurückzuzahlen, samt Zins und Zinseszins. Damit hätte sich dann hoffentlich eine Bestrafung erübrigt.

Die Bootsfahrt war ihr an die Nieren gegangen. Sie hatte versucht, sich hinter Hephzibahs Sonnenschirm zu verstecken, obwohl die Eintreiber sie ja nicht einfach vor aller Augen in einen Sack stecken und mitnehmen konnten. Aber ihr ganzer Körper war in Alarmbereitschaft gewesen. Sie wollte den Coup endlich ein für alle Mal hinter sich haben. Mit der ständigen, schleichenden Angst musste es ein Ende haben.

Miss de Vries rutschte in der kleinen Kirchenbank hin und her. »Wie ist denn die Stimmung in der Gesindestube?«, fragte sie.

»Die werden das Kind schon schaukeln, Madam.« Alice merkte selbst, was für eine maulfaule Antwort das war. Aber wie hätte sie etwas Nützlicheres beisteuern können? Sie hockte ja den ganzen Tag wie eine Gefangene im Ankleidezimmer und kämpfte mit den Bahnen aus schwarzem Crêpe.

»Wahrscheinlich sind sie wegen der Vorbereitungen in heller Aufregung.« Miss de Vries' Lippen schimmerten dunkel durch den Spitzenschleier, als hätte sie etwas Farbe hineingerieben. Sie wirkten voller, wunder als vorher.

Alice schluckte. »Wer, Madam?«

»Die Dienstboten.«

Miss de Vries wollte ihr Gebetbuch auf die Bank werfen, doch es schlug dumpf auf dem Fliesenboden auf. Sie erhob sich, mit dem Gesicht zum Altar. »Und du bist der Arbeit hier gewiss längst überdrüssig«, sagte sie unvermittelt. »Du wirst sicher bald weiterziehen.«

Das Licht trübte sich. Alice stand langsam auf, nicht so elegant wie Madam: Die Röcke bauschten sich um ihre Schnürstiefel. »Auf keinen Fall, Madam.«

Miss de Vries drehte sich um. Sie rieb sich die Stirn mit der Faust. »Aber welche Ziele hast du im Leben?«, fragte sie. »Oder hast du etwa keine?«

Alice entging die leise Spitze nicht. Sie fühlte sich getroffen.

»Ich bin zufrieden«, sagte sie steif.

»Zufrieden?«

»Ich bin sehr glücklich in meiner Stellung, Madam.«

Miss de Vries' Blick verdunkelte sich. Etwas wühlte sie auf, eine Emotion, die ihre Konturen schärfte, ihr neue Ecken und Kanten verlieh.

»Du begreifst schon, dass ich nicht mehr lange hier sein werde?«, fragte sie kalt. »Ich rechne damit, noch vor dem Wochenende verlobt zu sein.«

Alice musste diese Eröffnung erst einmal verarbeiten. Ihr fiel das Atmen schwer. Es war, als hinge Verrat in der Luft. »Dann darf ich Madam gratulieren«, sagte sie bedächtig.

Miss de Vries' Augen fuhren zu ihr herum. »Ja, das darfst du.« Mit einem feinen Stirnrunzeln fügte sie hinzu: »Du bist doch ein kluges Kind, nicht wahr, Alice?«

Alice schluckte. »Wenn Madam meinen.«

»Dir entgeht nichts. Ich würde sagen, du hast Adleraugen.« Miss de Vries lächelte hart. »Du beobachtest mich auf Schritt und Tritt.«

Alice überlief es kalt, wie ein unhörbares Alarmschrillen. Sie schwieg.

Miss de Vries lüpfte die Augenbraue. Sie nahm den Arm hoch, deutete auf den Stoff. »Du hast alles genau im Blick: meine Gesten, das Zusammenspiel meiner Gliedmaßen. Nur, um mein Kostüm anzufertigen.«

»Ach so.« Alice atmete auf. »Ja.«

Miss de Vries lächelte ausdruckslos. »Normalerweise habe ich keine Kammerjungfer. Es langweilt mich, den ganzen Tag dieselbe Person um mich zu haben. Zurzeit aber erwäge ich ernstlich, über meinen Schatten zu springen. Als Herrin über einen neuen Haushalt brauche ich die richtigen Mitstreiterinnen. Wachsame Mädchen, die mir über alles Bericht erstatten. Quasi, als hätte ich Augen im Hinterkopf.« Sie suchte Alice' Blick. »Da wärst du genau die Richtige.«

Trotz der dicken Mauern der Kapelle konnte Alice hören, dass in einiger Entfernung ein Automobil in die Park Lane einbog.

»Ich weiß nicht so recht, Madam«, sagte sie. »Ich hab das ja gar nicht gelernt.«

»Kannst du frisieren? Kennst du dich mit Puder und Schminke aus?«

»Nein, Madam.« Alice lief eine kleine Schweißperle den Hals hinunter.

»Wie steht es mit fremden Zungen?«

»Mit fremden Zungen?«

»Ja. Beherrschst du Fremdsprachen? Französisch? Deutsch?«

Alice schüttelte stumm den Kopf.

»Dann sprichst du bestimmt auch kein Italienisch. Bedauerlich. Ich würde dich natürlich auf meine Hochzeitsreise mitnehmen.« Sie schloss sekundenlang die Augen. »Auf jeden Fall nach Florenz. Das *muss* sein. Hast du schon einmal ein Bild vom Grand Hotel gesehen?«

Miss de Vries klappte ihr Gebetsbuch auf und entnahm ihm eine Ansichtskarte von einem betont modernen Gebäude, mit der Aufschrift *Grand Hotel Baglioni*. »Sieht es nicht hinreißend aus? Die nobelsten Suiten sollen sehr prachtvoll sein. Und natürlich hätte ich eine Verbindungstür zu deinem Zimmer.« Sie hielt kurz inne, als müsste sie ihre Worte abwägen. »Du hättest denselben Lebensstil wie ich, in all meinen Residenzen.«

Alice kam es so vor, als täte sich der Boden unter ihr auf, als versänke sie in Treibsand. Es war kein gänzlich unangenehmes Gefühl. Sie zwang sich, an etwas anderes zu denken. »Aber würde es Madam nicht leidtun, Ihr Zuhause aufzugeben?«

Miss de Vries musterte sie prüfend. Dann blickte sie mit toten Augen zu dem Deckengemälde mit den Engeln auf. »Doch, natürlich«, antwortete sie. »Ich werde mich regelrecht losreißen müssen.«

Der abgründig dunkle Unterton in ihrer Stimme machte Alice frösteln.

»Ich besitze keinerlei Fähigkeiten, die Madam nützen könnten«, sagte sie matt.

»Wenn du möchtest, bringe ich dir alles bei, verwandle ein Sandkorn in eine Perle.« Der schwankende Lampenschein ließ Miss de Vries' blassen Teint leuchten und betonte den Schleier. »Als Schneiderin bist du sehr begabt. Du darfst dein Licht nicht unter den Scheffel stellen. Ich rate dir, wuchere mit deinen Pfunden.«

Vor Alice' innerem Auge erschien das Gesicht von Mrs King, die dunklen, sorgenvollen Augen. Sie kannte die richtige Antwort: *Sehr liebenswürdig, Madam. Dürfte ich es mir noch überlegen, Madam? Lassen Sie mich über Ihre freundliche Einladung nachdenken, Madam.* Sie musste nur noch bis morgen Nacht durchhalten, dann konnte sie für immer aus der Park Lane verschwinden. Das war der Plan, und der Plan würde aufgehen!

»Sehr liebenswürdig, Madam«, sagte sie. Und in Mrs Kings imaginärem Gesicht glätteten sich die Sorgenfalten.

Miss de Vries kniff die Lippen zusammen, ihr Züge verhärteten sich. Alice bedauerte sie ein wenig, und leise Schuldgefühle regten sich in ihr, die auf jeden Fall ignoriert werden mussten. Doch es gab sie, gar keine Frage.

21

———◄o►———

Kaum war Sue eingeschlafen, schlüpfte Mrs Bone zur Tür hinaus. Es war ihr egal, ob sie irgendwer im Korridor erwischte. Sie musste Mrs King zur Rede stellen, auf Teufel komm raus.

Sie hetzte nach unten und weiter bis ans Ende des Gartens. Hier herrschte lautlose Betriebsamkeit. Männer ergossen sich über die Mauern, liefen tief gebückt am Haus entlang, hinter Säulen und Pflanzschalen Deckung suchend. Mit Hilfe von Strickleitern kletterten sie an der bleichen, nackten Fassade nach oben. Normalerweise hätte Mrs Bone ihnen mit grimmiger Genugtuung dabei zugesehen und gebetet, dass der Mond nicht hinter den Wolken hervorkam. Aber jetzt trieben sie wichtigere Probleme an. Die schwüle Nachtluft klebte an ihrer Haut.

Mrs King stand mit Winnie neben einem Teich, von einem üppig berankten Spalier verborgen. Bei Mrs Bones Anblick schraken die beiden zusammen.

»Du da«, sagte Mrs Bone. »Ich muss mit dir reden.« Ihr war, als würde ihr gleich die Lunge platzen. Sie klopfte sich ein paarmal mit der Faust auf die Brust, um wieder Luft zu bekommen. »Die Mädchen!«, sagte sie. »Was machen die hier mit den Mädchen?«

Winnie erbleichte. Sie riss die Augen auf.

Mrs Bone rammte Mrs King den Zeigefinger in den Arm. »Es ist was faul im Staate Dänemark. Das sehe ich doch, das rieche ich eine Meile gegen den Wind. Ich bin ja nicht von gestern. Irgendwer vergreift sich an den Mädchen. Sie werden mitten in

der Nacht aus dem Bett geholt. Ich weiß, was das bedeutet.«
Mrs Bone stach erneut zu, noch um einiges fester. »Du hast mich
unter einem falschen Vorwand hergelockt.«

Winnie schnappte nach Luft. »Nein, Mrs Bone.«

»Ich mache mich hier zum Affen, rutsche auf allen vieren auf
dem Boden rum, wische den hohen Herrschaften den Hintern?
Du hättest mir sagen müssen, was hier gespielt wird. Es ist widerwärtig. Zum Kotzen! Nie im Leben hätte ich bei dem Coup
mitgemacht, wenn ich das geahnt hätte.«

Mrs Kings anfängliche Verblüffung wurde von einem Ausdruck schleichender Angst abgelöst.

Mrs Bone ballte die Fäuste. »Was für ein Etablissement hast du
hier eigentlich geführt?«

Winnie hob abwehrend die Hand. »Nein«, sagte sie gepresst.
»Nicht! Mrs King kann nichts dafür, sie hat keine Ahnung.«

»Keine Ahnung, wovon?«, fragte Mrs King angespannt.

Mrs Bone stieß ein bellendes Lachen aus. »Wie blind muss ein
Mensch denn sein, um nicht zu sehen, was unter seinem eigenen
Dach abläuft?«

»Winnie?«, sagte Mrs King.

Die ehemalige Wirtschafterin sackte gegen die Wand, schloss
die Augen. »Ich habe es auch erst vor drei Jahren rausgefunden.«

»Was rausgefunden?«

»Das mit den Mädchen«, sagte Mrs Bone. »Die vergehen sich
an den Mädchen.«

Mrs Kings Miene verriet nichts. Sie musste das Unfassbare erst
verarbeiten. Aber natürlich wusste sie genau, worauf Mrs Bone
hinauswollte. Das hätte jeder verstanden.

»Nein«, sagte sie schließlich mit eisiger Stimme. »Das ist nicht
wahr.«

Mit einem Fingerschnippen wandte Mrs Bone sich an Winnie.
»Los, du. Spuck's aus. Was weißt du darüber?«

Winnie rieb sich das Gesicht. Ihre Stimme war heiser. »Irgendwann war ich mal hier – also, hier im Garten. Das Remisengebäude hat einen Dachboden, von dem eine kleine Stiege runter in den Stall führt. Früher war da die Kutsche untergebracht, aber jetzt steht er leer. Jedenfalls habe ich einen Mann bemerkt, den ich nicht kannte. Er hatte einen wunderschönen Mantel an. Robbengrau. Ja, er war aus Robbenfell.«

Sie atmete rasselnd ein. »Der Pelz war sehr glatt, wie Seide. Ich dachte noch: Was für ein schöner Mantel.« Sie hielt inne, runzelte die Stirn. »Er brachte ein Mädchen nach unten. Das heißt, er hatte eine Hand auf ihrer Schulter und schob sie nach unten, schob sie vor sich her. Als ob er sie rausschmeißen wollte. Ich wusste sofort, dass da was nicht stimmte. Das hab ich mit jeder Faser meines Körpers gespürt.«

Während sie sprach, ließ Mrs King sie nicht aus den Augen. Ihr Gesicht war aschfahl.

»Es war Ida« sagte Winnie. »Eine von den Küchenmägden. Den Mann hatte ich noch nie gesehen.«

Mrs Bone kannte das Remisengebäude, das zu den Stallungen gehörte. Sie sah es immer, wenn sie durch den Hof ging. Hellgrauer Putz, Efeuranken an der Wand. Ein kleines Fenster.

»Wie alt?«, fragte sie.

»Ich weiß nicht.«

»Wie alt, Winnie?«, fuhr Mrs King sie mit harter Stimme an.

»Nicht alt, nicht alt genug. Sie sah …« Winnie verzog das Gesicht. »Sie sah schlecht aus. Als ob er sie krank gemacht hätte. Als ob sie jeden Augenblick brechen müsste.«

Stille. Mrs Bone zermarterte sich den Kopf über das Gehörte. Mrs King fragte: »Haben sie dich gesehen?«

»Nein.«

»Was ist aus dem Mädchen geworden?«

Winnie rang die Hände. Antwortete nicht.

Mrs King trat auf sie zu. »Winnie.«

Winnie kniff die Augen zusammen, als wollte sie nichts davon wissen. »Shepherd hat mir erzählt, dass eine Küchenmagd gekündigt hatte. Dass ich der Agentur Bescheid geben sollte. Ich muss ihn nach dem Namen des Mädchens gefragt haben. Um ihn … um ihn auf die Probe zu stellen. Und er muss es mir gesagt haben. Dass es Ida war.« Winnie drehte die Augen zum Himmel. »Er hat es mir einfach so erzählt, als ob nichts dabei wäre.«

»Shepherd«, wiederholte Mrs Bone. Ihre Gedanken rasten. »Mr Shepherd also. Dann … hat Danny vielleicht auch nichts davon gewusst. Vielleicht hatte er nichts damit zu tun.«

Winnie senkte die Stimme. »Doch, er wusste Bescheid.«

Mrs Bone dachte an ihr Haus in Deal. An die Schätze, die sie zusammengetragen hatte. An die Bankanweisung von ihrem Bruder, das Fundament ihres Vermögens. Sie lachte leise, einen stechenden Schmerz in der Brust. »Was für dumme Weiber!«, sagte sie und zeigte auf Mrs King. »Numero eins.« Sie zeigte auf Winnie. »Numero zwei.« Und sie zeigte auf sich selbst, grub sich die Fingernägel in die Hand. »Und Numero drei.«

Mrs King starrte erst ihre Tante, dann Winnie an. »Du hast mir kein Wort davon gesagt.«

Man sah Winnie an, dass sie sich quälte. Aber Mrs Bone konnte darauf keine Rücksicht nehmen. »Wer noch?«, fragte sie. »Wer wusste noch Bescheid? Mr Doggett? Die Köchin?«

Wieder schüttelte Winnie den Kopf. »Sie verstehen das nicht, Mrs Bone. Sie können nicht wissen, wie es in diesem Haus zugegangen ist. Es lag nicht offen zutage.« Sie suchte nach den richtigen Worten. »Alles lief im Verborgenen ab, unter der Oberfläche.«

»Und wie steht's mit unserem ach, so vornehmen gnädigen Frollein? Hat sie den ständigen Wechsel der Mädchen bemerkt? Oder war sie genauso blind wie du?«

Mrs Kings Gesicht verfinsterte sich. »Winnie?«, sagte sie.

Winnie fuhr sich durch die Haare. »Ich weiß es nicht – ich kann es wirklich nicht sagen. Sie … Sie …«

»Ja?«

»Sie hat sich auf jeden Fall immer mit ihnen angefreundet. Mit den jungen Dingern.«

»Angefreundet?«

»Ja, angefreundet.« Winnie legte Mrs King die Hand auf den Arm. »Weißt du nicht mehr, wie es damals war, im Schulzimmer, bevor die Gnädige als Debütantin in die Gesellschaft eingeführt wurde? Sie kannte nur Hauslehrer, Gouvernanten und die Tanzlehrerin. Mr de Vries hat ihr erlaubt, sich mit dem Personal anzufreunden.« Sie schloss abermals die Augen. »Ich fand das so unglaublich nett«, flüsterte sie.

»Mit dem Personal?«, fragte Mrs Bone.

Winnie nickte. »Es kam mir ganz normal vor«, sagte sie gepresst. »Dass ein Mädchen mit anderen Mädchen Freundschaft schließen wollte. Um sie näher kennenzulernen. Wie sie lebten, wo sie herkamen. Und um sie ein bisschen am Unterricht teilnehmen zu lassen.«

»Womit sie sich einen freien Nachmittag verdienen konnten«, bemerkte Mrs King leise.

»Die Mädchen haben sich ganz schön was rausgenommen. Sie wurden frech. Hielten sich für was Besseres. Ich hab es immer als Disziplinlosigkeit verurteilt. Dass der Master ihnen – Miss de Vries zuliebe – alles Mögliche hat durchgehen lassen.«

Mrs Bone riss sich vom Anblick des Hauses los. »Ganz schön clever. Sie auf die nette Art einzuwickeln, damit sie bloß keinen Verdacht schöpfen und sich wohlfühlen.« Es durchlief sie kalt. »Weiß Miss de Vries Bescheid?«

Winnie schüttelte den Kopf. »Es ist wirklich schwer zu sagen. Man redet ja nicht darüber.«

»Und wer war der Mann? Der Mann im grauen Mantel?«

»Das habe ich nie erfahren.«

»Nie gefragt, meinst du wohl.«

»Er muss ein vermögender Gentleman gewesen sein«, sagte

Mrs King. »Der sich die Visite bestimmt einiges hat kosten lassen.«

»Danny hatte das Geld nicht nötig.«

»Geld ist nicht alles«, entgegnete Mrs King. »Einfluss zählt mehr als Geld.«

Das war Mrs Bone natürlich auch klar. Sie verstand das Prinzip »Eine Hand wäscht die andere« wie kaum jemand sonst. Ein Gefallen zog einen anderen nach sich. Gelüste, Genüsse, Vorlieben, Leidenschaften. Pülverchen, Wässerchen, Mohnpfeifchen. Und in der Nacht, hinter schweren Vorhängen, im Schein der Öllampen: Mädchen. Tänzerinnen, Sängerinnen, Straßengören, Streunerinnen. Man musste wissen, wo man sie finden konnte, wie man sie gefügig machte und sie sich wieder vom Hals schaffte. Mrs Bone verabscheute dieses Gewerbe nicht nur, sie hatte im Laufe der Jahre auch viele betroffene Mädchen aufgenommen. Ihre Janes.

Plötzlich drehte sie sich zu Mrs King um. »Dich hat nachts nie einer abgeholt, hm?«

Winnie drückte die Schultern durch, ihr Blick war grimmig. »Niemals. Wir haben uns die ganze Zeit das Zimmer geteilt. Ich hätte es nicht zugelassen. Ich hab auf dich aufgepasst.«

Sie brachte die Sätze nur unter verzweifelter Anstrengung hervor.

Mit ernster Stimme fragte Mrs King: »Und du, Winnie? Dir ist auch nichts passiert?«

Winnies Blick huschte von einer zur anderen. »Nein«, sagte sie schnell. »Nein, mir nicht.«

»Wie sieht es mit unserer hochwohlgeborenen Herzogin aus?«, fragte Mrs Bone leise.

»Hephzibah?« Mrs King stand das Entsetzen ins Gesicht geschrieben. So geschockt sah man sie selten.

Winnie wollte etwas sagen, schüttelte dann aber doch nur stumm den Kopf.

Mrs Bone verschränkte die Arme. »Das sagt alles. Verstehe.«

Mrs King gab ihr recht. »Ja, das sagt alles.«

Sie tauschten einen Blick. »Das muss ein Ende haben«, sagte Mrs Bone.

»Ach ja?« Winnies Stimme schlug um. »Meint ihr, ich habe nicht alles getan, damit es aufhört? Ich hab mich an Shepherd gewandt. An den gnädigen Herrn.«

»Wie ist das abgelaufen?«

»Ich hab Mr de Vries gesagt, dass ich eine fürchterliche Entdeckung gemacht hätte.«

»Und seine Antwort?«, fragte Mrs Bone bang. Ihr graute davor.

Winnie lachte bitter. »Er meinte, ich soll keine Spielverderberin sein. Am nächsten Tag hab ich meine Papiere gekriegt. Und keine Stunde später saß ich auf der Straße. Ohne Zeugnis, ohne Lohn.«

Mrs Kings Miene war im nächtlichen Dunkel nur schwer zu lesen. Mrs Bone hatte auf jeden Fall genug gehört. »Und?«, sagte sie. »Ich will Vorschläge. Ich will Lösungen.«

»Wir haben unsere Lösung«, antwortete Mrs King. Sie löste den Blick von Winnie, rupfte ein Efeublatt von der Wand und riss es in kleine Stücke. »An die Arbeit!«

Als sie wieder allein war, ging Mrs King gründlich in sich. Ihr Herzschlag hatte sich beschleunigt. Bis jetzt war ihr Plan kaleidoskopisch zersplittert gewesen, aus einer Million winziger bunter Teile bestehend. Doch nun hatte sich das Bild gefestigt, war zu einem glitzernden Etwas erstarrt. Er besaß präzise Dimensionen, wie ein Diamant. Besaß eine eigene Kraft, eine Anziehung. Es war ein Gefühl der Schwerelosigkeit, ohne Fesseln oder Grenzen.

Ihr Mund schmeckte nach Metall. Gebieterisch rauschte ihr das Blut in den Ohren: *Es hängt an dir, es hängt an dir. Du musst es richten.*

22

Der Tag des Balls

———◄○►———

Der sechsundzwanzigste Juni. Warm und schwül brach der Tag an. Das Haus in der Park Lane quälte sich aus dem Schlaf, fügte sich zur üblichen Ansammlung aus Kurven, Kaminen und gestreiften Markisen zusammen, die in der Hitze flirrten. Schon bald wirbelten die Pferdefuhrwerke und motorisierten Fahrzeuge, die die ersten Lieferungen brachten, dichte Staubwolken auf. Hinter der de Vries'schen Fassade ging es so geschäftig zu wie in einem Bienenstock.

Im weit geöffneten Lieferanteneingang stand ein Hausknecht und strich die Dienstmänner, die in langer Reihe die Bestellungen hereinbrachten, von seiner Liste. Weinkisten, Unmengen an Lilien, Gartenschläuche, Truhen mit Tischwäsche. Ein Zeitungsmann, der das Treiben vom Trottoir aus beobachtete, machte sich eifrig Notizen.

Mrs Bone drängte sich mit ausgefahrenen Ellenbogen an ihm vorbei. »Zieh Leine«, knurrte sie.

Im Vestibül duckte sie sich hinter eine riesige Bodenvase. Miss de Vries streifte bereits durchs Haus, gefolgt von Mr Shepherd, dem Kammerdiener William und einem Hausmädchengeschwader. Alles blitzte und glänzte wie nie zuvor. Das Mobiliar der Eingangshalle war weitgehend entfernt worden, auf eigens aufgestellten Wandschirmen prangten Blumen – blutrote Rosen, Orchideen, Rittersporn, sich wie ein Lavastrom ergießende Pfingstrosen. Die Marmorböden, über Tage von den Mädchen auf Hochglanz poliert, leuchteten in einem blendenden Weiß.

Mrs Bone schwitzte. Dagegen wirkte ihre Nichte, die die

Festvorbereitungen begutachtete, sehr kühl in ihrer Wolke aus schwarzem Musselin – trotz der gefährlich stramm geschnürten Taille.

»Mr Shepherd, es gäbe da noch eine etwas delikatere Angelegenheit, die Sie bitte im Auge behalten möchten …«

Während der Butler die Dienstboten weiterscheuchte, schob sich Mrs Bone um den aufwändig geschnitzten Treppenpfosten herum, versteckt hinter Blumen und gläsernen Schmetterlingen. Doch sosehr sie auch die Ohren spitzte, sie schnappte nur ein paar Gesprächsfetzen auf.

»… im Garten mit William gesprochen.«

»Ich werde ihn zur Rede stellen. Und wenn sich die Person noch einmal bei uns blicken lässt, hole ich die Polizei, Madam.«

»Nein. Ich möchte selbst mit William sprechen.«

Mrs Bone warf einen Blick auf den Kammerdiener, der mit steinerner Miene am anderen Ende des Vestibüls stand, ohne zu ahnen, dass über ihn geredet wurde.

»Eine Frage noch.«

Die Stimme der Gnädigen war so honigsüß, dass Mrs Bone misstrauisch wurde.

»Hat Ihre Suche schon irgendetwas ergeben?«

Er musterte sie. »Ich tue mein Möglichstes, Madam«, antwortete er mit verschlossener Miene.

Aus ihrem Versteck heraus konnte Mrs Bone das Gesicht der Gnädigen nicht sehen. Aber die Heftigkeit, mit der sie ihr Kinn emporreckte, verhieß nichts Gutes.

»Das möchte ich auch gehofft haben«, sagte sie und ging weiter, einen kalten Lufthauch hinter sich herziehend.

Als sie sich später auf eine Zigarette aus dem Stallungshof in die Gasse hinausgeschlichen hatte, wäre Mrs Bone fast vor Schreck in Ohnmacht gefallen.

»Archie?«, flüsterte sie. Sie traute ihren Augen nicht.

Ihr Vetter stand unter der Regenrinne und zwirbelte an seinem Schnurrbart. Die Panik stand ihm ins Gesicht geschrieben. »Dann stimmt es also«, sagte er. »Sie sind übergeschnappt. Man braucht Sie bloß anzugucken.«

»Was zum Henker machst du hier? Komm mir bloß nicht in die Quere. Und wer passt auf den Laden auf?« Er roch nach einem neuen Cologne – Orangenblüten und Gewürze. Woher hatte er die Kröten dafür?

»Wir haben Probleme.«

»Was für Probleme?«

»Der Laden ist futsch.«

Der Puls in Mrs Bones Hals pochte. »Was soll das heißen?«, fragte sie sehr langsam. »*Der Laden ist futsch?*«

»Das waren Mr Murphys Jungs. Heute Morgen, in aller Herrgottsfrühe, noch bevor die Marktstände aufgebaut waren. Da sind sie aufgekreuzt und haben uns mit einem Stein das Fenster eingeschmissen.«

Mrs Bone schloss die Augen. »Das war bloß ein Dummerjungenstreich.«

Archie runzelte die Stirn. »Ein Streich? Mrs Bone, das war bloß der Anfang, ein Schuss vor den Bug. Das ist so klar wie Kloßbrühe.«

»Wo ist das Hauptbuch?«

Er klopfte auf seinen Mantel. »Das hab ich einstecken. Aber alles andere mussten wir liegenlassen.«

»Liegenlassen?«

»Die hinteren Fenster hatten wir schon mit Brettern vernagelt. Wir dachten uns, dass was im Anzug ist. Man konnte es riechen, dass irgendwas faul war. Die ganze Woche schon. Am Hintereingang haben wir Schlösser angebracht, aber die halten ihnen bestimmt nicht stand. Und für die oberen Zimmer gilt das Gleiche.«

Ihr Versteck. Der Gedanke versetzte Mrs Bone einen Stich ins

Herz. Sie packte Archie mit beiden Händen am Schlafittchen und schüttelte ihn kräftig durch. »Und was willst du jetzt hier bei mir? Wieso bist du nicht hinter ihnen her und jagst sie zum Teufel?«

Er riss sich los. »Jagen Sie sie doch selber zum Teufel«, entgegnete er wütend. »Wenn Sie zu Hause gewesen wären, hätten sie sich gar nicht erst blicken lassen. Aber das hat sich inzwischen schon überall rumgesprochen, dass Mrs Bone blaumacht.«

»Sieh zu, dass du in die Fabrik kommst, aber dalli. Leg sämtliche Riegel vor, und lass ein Dutzend Männer Streife gehen.«

»Ein Dutzend Männer? Verflucht noch eins, Ihre Männer sind doch alle hier, Mrs Bone.« Er schnaufte tief durch. »Aber was meinen Sie, wie lange noch, wenn sie erst hören, dass wir knietief in der Scheiße stecken?«

Mrs Bone baute sich vor ihm auf. »Dann hältst du wohl besser das Maul!«

Archie seufzte rasselnd. »Die Jungs wollen ihren Lohn, Mrs Bone.«

»Wir zahlen diese Woche noch. Wir zahlen morgen.«

»Uns steht das Wasser bis zum Hals. Bei den Schulden, die wir haben, können wir nicht löhnen, solange dieser schwachsinnige Coup nicht über die Bühne gebracht ist.« Er fixierte sie grimmig. »Falls man so ein Ding überhaupt drehen kann. Vielleicht müssen wir bei Mr Murphy zu Kreuze kriechen, eine Waffenruhe aushandeln, um einen Kredit betteln. Wie hoch ist Ihr Anteil bei dieser Sache?«

Sie drückte die Schultern durch. »Zwei Siebtel«, sagte sie fest. »Und ich habe mit Sicherheit nicht vor, Mr Murphy anzupumpen.«

Archie überschlug die Summen im Kopf. »Netto oder brutto?«

Sie schwieg.

»Mrs Bone?«

»Netto.«

Archie schüttelte den Kopf. »Das reicht nicht.« Er sah sie von der Seite an. »Haben Sie einen Vertrag unterschrieben?«

Am liebsten hätte sie ihm rechts und links eine Ohrfeige verpasst. »Ich arbeite nie ohne Vertrag«, sagte sie steif.

»Da kann man doch bestimmt noch was dran drehen.«

Mrs Bone besann sich auf ihren Bruder, ließ sich von Dannys Vorbild leiten. Sie stellte sich auf die Zehenspitzen, drückte Archie den Fingernagel ins Gesicht und umfuhr mit leichtem Druck seine Augenhöhle. »Du sagst mir nicht, wie ich meine Geschäfte zu führen habe, Archibald. Und wenn Mr Murphy noch mal aufkreuzt, holt ihr die Kanonen raus.« Ihre Stimme war gefährlich leise.

Während sie noch etwas stärker zudrückte, stellte sie sich vor, wie seine Nerven und Muskeln unter ihrem Nagel prickelten.

»Mrs Bone, wenn wir die Kohle nicht haben und unsere Männer misstrauisch werden …«

»Kein Wort mehr, Archie! Du schweigst stille! Gegenüber jedem. Kapiert?«

Er nickte stumm.

»Dann verzieh dich!«

Sie eilte ins Haus zurück. In ihrem Kopf schwirrte es. Der Gang der Dinge gefiel ihr gar nicht. Und zwei Siebtelanteile von den Nettoeinnahmen kamen ihr mit einem Mal auch nicht mehr viel vor.

Im Laufe des Tages bildete sich vor dem Haus ein Menschenauflauf. Zur Teatime herrschte auf beiden Seiten der Straße dichtes Gedränge. Zum Schutz des Eingangs postierte Shepherd Männer auf dem Trottoir.

Miss de Vries machte ihre Runde. Sie konnte nicht stillsitzen, musste die Verwandlung mit eigenen Augen erleben. Es war, als könne man dabei zusehen, wie das Haus eine neue Haut bekam. Im Garten wurden großen Holzbretter zu einer riesigen, rutschigen Terrasse zusammengelegt, die Tische für das Souper unter den Zypressen aufgestellt, die Zweige mit Lämpchen dekoriert. Wie leicht sie Feuer fangen könnten! Sie blickte am Haus empor. Der ganze Laden könnte in Flammen aufgehen.

Nach der Messe zog sie sich um. »Das kann Alice machen«, sagte sie zu Iris, die ins Boudoir heraufgekommen war, um ihr in das Kleid zu helfen. Obwohl Alice verängstigt wirkte, nickte sie brav und kleidete Miss de Vries behutsam an, beinahe, ohne sie zu berühren. Miss de Vries legte tiefste Trauer an, Schicht um Schicht schwarzen Serge und schwarzen Taft, das Mieder aus schwarzem Veloursamt. Der reich bestickte Schleier fiel ihr bis auf die Hüfte. Als sie mit einigen Lilienstängeln in der Hand in den Garten hinunterging, wurde sie von der aufsteigenden Wärme durchdrungen.

»Liebster Papa«, sagte sie, laut genug, dass die Zeitungsreporter sie hören konnten. »Du fehlst uns so sehr.«

Sie kniete vor dem Mausoleum nieder und legte die weißen Lilien neben das Grab. Grell flammende Blitzlichter scheuchten die Tauben aus den Bäumen. Die Fotografie würde in die Zeitung kommen, davon ging sie fest aus.

Nachdem sie ihre Sittsamkeit zur Schau gestellt hatte, begab sie sich wieder nach oben und zog sich zum Tee um.

Sie inspizierte jeden Knopf, jede Schnalle. »Gut gemacht, Alice«, sagte sie. Die Näherin hatte nicht das Geringste übersehen. »Das wäre dann alles.«

Noch ein langer Blick aus Alice' kalkweißem Gesicht, dann ging das Mädchen hinaus.

Bis zur Zustellung der Nachmittagspost konnte es nicht mehr lange dauern. Miss de Vries gierte danach, sie empfand die Warterei als unerträglich. Langsam, ganz langsam nur waren die Antworten eingetrudelt. Zuerst von den Rutlands, dann von Lady Tweedmouth. Schon ließ auch Lady Londonderrys Zirkel nicht mehr auf sich warten. Mr Menzies bedankte sich. Genau wie Lady Fitzmaurice und Lord Athlumney. Es wurde tatsächlich wahr! Die Herzogin von Montagu hatte ganze Arbeit geleistet. Die Gäste würden kommen.

In ihrem Schlafgemach wisperte das Parkett unter den bohnernden Händen der Hausmädchen; Essigschwaden von den Scheiben im Ballsaal wehten herein. Sie ließ die Tür zum Korridor offen stehen. Am liebsten hätte sie sich aus dem Souterrain eine Zigarette kommen lassen, aber sie wollte keinesfalls aus dem Mund riechen.

Es klopfte an der Tür. William – wie aufs Stichwort. »Die Post, Madam.«

»Komm herein.«

Der Mann war angespannt. In den letzten Tagen war seine Stimmung spürbar umgeschlagen. Er war auf Distanz gegangen. Für so etwas hatte Miss de Vries ein Näschen.

Er stellte das Tablett auf dem Tisch ab.

Ein Kuvert trug ein dunkelrotes Wappen. Ihr Herz schlug schneller.

Vater hatte sie stets die Kunst der Geduld gelehrt. Dass man seine Launen unterdrücken, seine geheimsten Sehnsüchte zügeln müsse.

Sie hätte eine wunderbare Asketin abgegeben. Eine ausgezeichnete Nonne.

»William«, sagte sie. »Ich muss es wissen. War da etwas zwischen Mrs King und dir?«

Die Stimmung kippte. Sein Gesicht verschloss sich.

William galt als ausgesprochen gutaussehend. Miss de Vries hatte deswegen schon manches Lob bekommen, als wäre es ihr Verdienst oder als hätte sie ihn bei einer Auktion ersteigert. Und vielleicht stimmte das sogar. Aber auf sie wirkte sein Blick nicht.

»Ich frage nur, weil ich für den guten Ruf des Hauses verantwortlich bin«, sagte sie.

Wie aus dem Ei gepellt, stand er vor ihr, in cremefarbener Seide und seiner Nachmittagslivree. Er wurde rot. »Ich wäre Madam sehr verbunden, wenn ich das für mich behalten dürfte.«

»Nein«, sagte sie wie nebenher. »Ich kann das nicht auf sich beruhen lassen.« Sie streckte die Hand nach dem Silbertablett aus. »Du wurdest zusammen mit Mrs King im Garten gesehen. Nicht sehr klug, wenn man sich deine jüngsten Verfehlungen vor Augen führt.«

»Gesehen? Von wem?«, fragte er mit belegter Stimme.

Sie drehte die Kuverts um, nahm als Erstes das kleinste, unscheinbarste vom Tablett. »Du streitest es nicht ab?«

Er antwortete nicht.

Miss de Vries blickte zu ihm auf. »Von mir, wenn du es unbedingt wissen musst.« Sie zog die Karte aus dem Umschlag. … *freuen wir uns sehr, Ihre Einladung annehmen zu können, Captain und Mrs C. Fox-Willoughby.* »Ich stehe immer am Fenster und sehe, was ich nicht sehen soll.«

Sein Blick wurde ausdruckslos, unlesbar. Sie hatte ihn aus dem Konzept gebracht, und das gefiel ihr.

»Wäre das alles, Madam?«

»Nein, ich denke nicht.«

Der nächste Umschlag.

Sie lächelte.

»Ich möchte dir einen Vorschlag machen.«

Er schwieg, und auch das gefiel ihr. Im Angesicht unangenehmer Entwicklungen war es immer besser, sich nichts anmerken zu lassen. »Wahrscheinlich werde ich in nächster Zukunft meinen eigenen Haushalt führen. Du verstehst, was ich meine?«

William blinzelte. »Ich hörte, dass Lord Ashley heute Abend erwartet wird, Madam.«

»Wie klug von dir. Ja, er kommt. Und mir ist zu Ohren gekommen, dass Lord Ashley in der Brook Street keinen Butler beschäftigt. Ein bedauerlicher Missstand, wie ich finde. Ein Missstand, den ich gern beseitigen würde.«

Die Frage, die auf der Hand lag, stellte er nicht. Nämlich: Und warum nicht Shepherd? Er konnte sich die Antwort wohl denken. Shepherd hatte zu ihrem Vater gehört, und die Welt drehte sich weiter. Sie brauchte neue Menschen um sich, neue Energie.

»Ich werde es mir überlegen, Madam«, sagte er.

Sie schüttelte den Kopf. »Du sagst es mir jetzt, auf der Stelle.«

Seine Miene verdüsterte sich. Natürlich. Sein Stolz war verletzt. Das freute sie ungemein. Typisch Mann – so leicht zu reizen.

»Was ist?«, fragte sie leise. »Hast du andere Pläne?«

Schritte. Die Tür ging auf. Ein Hausknecht spähte herein. »Madam«, meldete er. »Lady Montagu ist soeben eingetroffen.«

Miss de Vries zuckte zusammen. »So früh schon?«

»Jawohl, Madam.«

»Gut.« Sie erhob sich. »Das wäre dann alles, William.«

Er sah sie noch einmal an, die Lippen zusammengepresst, als ränge er mit einer Entscheidung. »Sehr wohl, Madam.« Rückwärts gehend verließ er den Raum.

Sie lachte in sich hinein. Morgen früh würde er wieder angekrochen kommen. Bevor sie sich nach unten begab, zog sie noch schnell den schwersten Umschlag aus dem Stapel. Sie wollte allein und unbeobachtet sein, wenn sie ihn öffnete. Mit zitternden Händen berührte sie das Wachssiegel, riss sie das Papier auf.

… Ihnen mitzuteilen, dass Ihre Königliche Hoheit huldvoll geneigt ist, Ihre Einladung ANZUNEHMEN. Im Vorfeld werden Ihnen der Equerry und die Palastdame ihre Aufwartung machen …

Sanft fiel das Licht durchs Fenster. Miss de Vries sprang das Herz in der Brust. Das Glück war ihr hold. Den Sieg konnte ihr so leicht niemand mehr streitig machen.

Im Vestibül stürzte Shepherd auf sie zu. »Plötzlich stand Mylady vor der Tür, Madam. Wir hatten ja keine Ahnung …«

Miss de Vries winkte ihn zurück. »Das spielt jetzt keine Rolle mehr. Können wir ihr einen frühen Abendimbiss anbieten?«

»Ich lasse ihr die Consommé auftragen.«

Miss de Vries war wie beseelt, das Haus erfüllt vom süßen Duft der Orchideen. »Erwarten wir in Bälde auch Lord Ashley?«

»Wir haben noch keine Nachricht von ihm.«

Sie rümpfte die Nase, angeekelt von Mr Shepherds trockenem Mundgeruch. »Gut, gut. Bringen Sie mich zu Mylady.«

23

———◄○►———

Hephzibah betrachtete ihr Kostüm im Spiegel: riesige Reifröcke und eine turmhohe Lockenperücke, mit Strass behängt und mit Federn geschmückt. Sie sah aus, als hätte man ihr den rosafarbenen Satin auf den Leib gepinselt. Sie rief sich in Erinnerung, dass sie ein Paradiesvogel war. Ihre Hände zitterten. Sie war *die* Sensation des neuen Jahrhunderts.

Da, die Stimme, hart und kalt: »Mylady. Es ist doch hoffentlich nichts passiert?«

Hephzibah holte Luft, tief aus dem Bauch heraus, und wirbelte herum. »Ich finde mich immer möglichst früh auf einem Ball ein«, tönte sie, dass es durchs Speisezimmer hallte. »Damit mir keine Minute der Festivität entgeht.«

Das Kostümfest sollte erst um 21 Uhr beginnen, der eigentliche Raubzug plangemäß um Mitternacht. Wie man es auch drehte und wendete, Hephzibah hatte sich unentschuldbar früh eingefunden. Aber sie wollte unbedingt an Ort und Stelle sein, um die jeweils neu Ankommenden ins Haus zu dirigieren. Es bedeutete, dass sie ihre Rolle stundenlang aufrechterhalten musste. Hephzibahs Hände zitterten immer heftiger, und sie musste sich Luft zufächeln, um ihre Nervosität zu verbergen.

Miss de Vries warf einen Blick auf die Uhr, hob eine Augenbraue. Aber Mrs King kannte sie genau. Das Mädchen hatte eine erstklassige Erziehung genossen. Sie war ein Profi durch und durch. »Ich freue mich, Mylady bereits jetzt begrüßen zu dürfen«, sagte sie. »Ich stehe tief in Ihrer Schuld.«

Hephzibah stutzte kurz. Doch sie fing sich gleich wieder.

»Dann dürfen Sie mir die Hand küssen, wenn es Ihnen beliebt.«

Miss de Vries lächelte ein ausdrucksloses Reptilienlächeln.

»Myladys Kostüm ist einfach hinreißend.«

»Ich stelle die Königin von Frankreich dar«, sagte Hephzibah. »Eine unberechenbare, schamlose Teufelin, die Revolution und Feuer bringt. Ich bin der Tod! Ich bin die Zerstörung! Hoffentlich verliere ich nicht den Kopf!« Ihre Perücke wackelte. »Ich werde hier Posten beziehen, damit wir ihre Königliche Hoheit standesgemäß empfangen können. Die Männer der Palastwache müssten jeden Augenblick eintreffen.«

Eine leise Hoffnung spiegelte sich auf Miss de Vries' Gesicht.

»Ja«, sagte sie. »Ich habe die Nachricht bereits erhalten.«

Hephzibah wusste nicht so recht, wie sie das verstehen sollte. Bestimmt hatte Alice Parker ihrer Gnädigen gesteckt, dass die Prinzessin im Anmarsch war.

»Wunderbar«, antwortete sie. »Dann folgen Sie mir, werte Gastgeberin. Begrüßen wir die Polizei!«

Die Männer, frisch rasiert und flinken Blickes, warteten am Rand des Vestibüls. Es handelte sich um Mrs Bones zweite Abteilung Fußsoldaten. Und da erspähte Hephzibah die alte Gaunerin auch schon, hinter einer Säule versteckt.

»Mylady«, sprach einer der Männer sie an. »Wir sind hier, um uns im Vorfeld einen Überblick zu verschaffen.«

»Ausgezeichnet«, sagte Hephzibah.

Mit unergründlicher Miene ließ Miss de Vries den Blick über die Gruppe wandern. »Sie gehören zur Palastwache?«

»Aber freilich«, antwortete einer der Männer mit irischem Unterton.

Fragend musterte Miss de Vries die falsche Herzogin.

Hephzibah strahlte. Ihr Lächeln war so starr, dass ihr die Wangen wehtaten. Schweißtropfen liefen ihr den Nacken hinunter.

»Dann tun Sie Ihre Pflicht, meine Herren«, sagte Miss de Vries.

Ohne zu zögern, strömten die Männer an ihr vorbei die Treppe hinauf und verteilten sich über die einzelnen Etagen. In Minutenschnelle hatte Mrs Bones Truppe das Haus eingenommen.

Mrs Bones stieß einen Seufzer der Erleichterung aus. Sie hatte sich von der Arbeit weggestohlen, um sich zu überzeugen, dass beim Eintreffen der Männer alles glattging. Bei den entscheidenden Manövern war sie immer gern persönlich dabei. Ihre Jungs waren die Ruhe selbst und verhielten sich genau nach Plan. Alles war in schönster Ordnung. *Endlich!* Endlich ging es los. Den ganzen Tag über war sie sich wie ein nervöses Rennpferd an der Startlinie vorgekommen. Sie musste sich irgendwie beschäftigen. Mit zitternden Fingern griff sie sich zwei Vasen.

»Was machst du da?«

Sie zuckte zusammen. Wie aus dem Boden gewachsen, stand plötzlich die Köchin hinter ihr.

Mrs Bone wunderte sich kein bisschen. Das sah der Frauensperson ähnlich, dass sie im Vestibül rumschlich und sich einen lauen Lenz machte, statt die jungen Dinger zu beschützen und aufzupassen, dass ihnen nichts zustieß.

»Müssten Sie nicht unten sein, Frau Köchin?«, murmelte Mrs Bone. »Gibt's da nicht genug zu tun?«

»Wenn du dir hier oben heimlich einen Blick erlauben darfst, darf ich das schon lange«, raunte die Köchin gleichmütig zurück und lehnte sich an die Säule, ohne sich zu verstecken. »Ach Gott – was ist denn das für eine? Aufgetakelt wie eine alte Fregatte.«

In einiger Entfernung sagte Miss de Vries: »Würden Sie mich für ein Weilchen entschuldigen, Mylady? Ich muss noch mein Kostüm anziehen.«

Als Hephzibah sich zur Seite drehte, hatte die Köchin sie genau im Blick. »D'accord, Miss de Vries«, antwortete die Schauspielerin. »Und ich nehme inzwischen eine kleine Stärkung zu mir, damit mir heute Abend beim Tanzen die Kräfte nicht ausgehen.«

»Oh«, hauchte die Köchin. »Die Frau kenne ich!«

Mrs Bone bekam Beklemmungen. Sie hielt der Köchin eine Vase hin. »Können Sie mal mit anpacken? Die Sachen müssen runter in den Hof.«

Im Grunde kam es nicht überraschend. Man hatte damit rechnen müssen, dass der eine oder andere Dienstbote von der alten Garde die ehemalige Küchenmagd wiedererkennen würde. Fast hätte Mrs Bone bitter aufgelacht. Wer hätte es sonst sein sollen, wenn nicht die Köchin? Sie kam hinter der Säule hervor. Verzweifelt auf Hephzibahs Kopf starrend, versuchte sie, ihr telegrafisch durch die Luft eine Nachricht zukommen zu lassen: *Schnell! Schnell weg, schnell weiter.*

Miss de Vries, die Mrs Bones Aufforderung gehört hatte, sah die Köchin fragend an.

Mrs Bone erstarrte. Sie wusste genau, was jetzt geschehen musste. Was geschehen würde. Unter normalen Umständen hätte Miss de Vries die Köchin unwirsch von einem Hausdiener oder Mr Shepherd entfernen lassen. Aber das tat sie nicht. Sie begnügte sich mit einem verwunderten Blick und drehte sich unendlich langsam wieder zu Hephzibah um.

Die falsche Herzogin riss die Augen auf, ihr schwante nichts Gutes. Später war Mrs Bone des Lobes voll über sie: Ohne Hephzibahs Mut und ihre Brillanz, ohne ihre gepuderte und gefiederte Dreistigkeit hätten sie die Nacht nicht überstanden.

Hephzibah neigte Miss de Vries den Kopf zu und raunte verschwörerisch: »Gottchen, was haben Sie denn da für eine übereifrige Person in Ihren Diensten?«

Mrs Bone hatte das Gefühl, als erstarrte die Luft. Ohne lange zu überlegen, drückte sie der Köchin die Vase in die Hand. »Vorwärts!«, flüsterte sie ihr zu. »Dalli.« Hephzibah schlenderte unbeirrt davon. Die Köchin wurde steif wie ein Brett, das Blut schoss ihr in die Wangen.

»Verzeihung, Madam, Verzeihung, Mylady«, stammelte sie und machte einen tiefen Knicks, die Vase fest an sich gedrückt.

»Und Abmarsch«, knurrte Mrs Bone. Sie fasste sie beim Ellenbogen. »Abmarsch!«

»Ich ...«

»Sofort, Frau Köchin.«

Los, los, los! Die alte Hexe sollte sich sputen. Mrs Bone bugsierte sie zur Tür, bohrende Blicke im Rücken, verfolgt von einem eisigen Hauch.

Die Köchin sagte: »Ich dachte gerade ... bloß eine Sekunde lang ... dachte ich doch tatsächlich, sie sieht aus wie ...«

Mrs Bone stieß krachend die Tür auf und schleppte die Köchin aus dem Vestibül hinaus. »Da.« Sie gab ihr auch noch die andere Vase. »Die nehmen Sie am besten gleich mit.« Finten und Ablenkungen waren das Einzige, was bei dieser Frau jemals Wirkung zeigte.

Die Köchin funkelte sie an und sagte mit einem gefährlichen Unterton: »Hüte deine Zunge, Weib. Wer hat dich denn überhaupt zur Burgherrin gemacht?«

»Der liebe Gott persönlich«, keuchte Mrs Bone. Das Herz hämmerte ihr in der Brust. »Und Sie werden mir dafür noch dankbar sein. Aber jetzt müssen Sie mir mal eben zuhören. Ich hab Ihnen nämlich was Furchtbares zu erzählen ...«

24

Noch fünf Stunden

———◄○►———

Alice hatte sich während ihrer Pause nach draußen gestohlen. Alle paar Sekunden warf sie furchtsam einen Blick über ihre Schulter. Winnie erwartete sie an der Ecke zur Mount Street, einen lila Schleier vor dem Gesicht. Die hängenden Schultern verrieten ihre Erschöpfung.

»Ich hab nicht viel Zeit«, murmelte Alice. »Können wir schnell machen?«

Winnie lüftete den Schleier und vergewisserte sich, dass sie nicht beobachtet wurden. Ihr Gesicht war grau, ihr Blick sorgenvoll. »Gern. Geh noch mal den Plan mit mir durch. Ich muss mich überzeugen, dass du ihn aus dem Effeff beherrschst.«

Alice vergrub die Hände in den Taschen und sah nervös die Straße auf und ab. »Wie wir gesagt haben: Ich veranstalte einen Aufstand, ein großes Tohuwabohu, und dann schaffe ich Madam nach unten, damit Mrs Bones Männer im dritten Stock loslegen können.«

Winnie schüttelte den Kopf. »So ein Theater aufzuführen, sieht dir nicht ähnlich. Und Miss de Vries hat dich mittlerweile längst durchschaut. Sie weiß, was für ein Mensch du bist.«

Flirrend stieg Miss de Vries vor Alice' innerem Auge auf. Das Mädchen sehnte sich zu dem Kostüm zurück, um letzte Änderungen daran vorzunehmen. Sie konnte es kaum erwarten, Madam das Kleid auf den Leib zu nähen. Alles Emotionen, die sie mit einem zittrigen Lächeln zu kaschieren suchte.

»Ich hab doch eben erst als Näherin hier angefangen«, wandte sie ein.

»Meinst du, das spielt eine Rolle? Miss de Vries besitzt eine hervorragende Menschenkenntnis. Es würde ihr sofort auffallen, wenn du dich merkwürdig benimmst.«

Alice sah Miss de Vries' grau changierende Augen vor sich, den durchdringenden Blick. Benahm sie sich merkwürdig? Sie kannte sich selbst nicht mehr. »Gut. Dann sagen Sie mir, was ich machen soll.«

»Sag du's mir.«

Alice fing an zu schwitzen. Dass sie die leichteste Aufgabe von allen bekommen hatte, machte sie nur noch nervöser. *Madam im Auge behalten.* Mehr brauchte sie nicht zu machen. Bloß die Gnädige beobachten. Wenn sie nicht einmal das schaffte, würde sie alle enttäuschen und den ganzen Raubzug vermurksen. Ihr war schlecht.

»Alice?«

»Wahrscheinlich … hätte ich ein schlechtes Gewissen. Weil ich eine Petze bin. Ich würde rumdrucksen und nicht mit der Sprache rausrücken wollen.«

»Ja, das klingt schon besser.«

»Ich würde sagen: ›Ich möchte niemanden anschwärzen …‹«

»Hm.«

»Schon klar. Also, ich würde sagen: ›Ich will ja keinen in die Pfanne hauen.‹«

»Besser.« Winnie drückte ihren Arm. »Dabei guckst du ganz zerknirscht. Und vielleicht könntest du sogar noch einen roten Kopf bekommen.«

»Ich kann doch nicht auf Befehl rot werden!«

»Stell dir einfach vor, dass Miss de Vries dir bei lebendigem Leib die Haut abzieht.«

Alice wurde blass. Der Gedanke versetzte ihr einen Stich, auf den sie nicht gefasst gewesen war. Sie atmete aus. »Ich weiß wirklich nicht, ob ich das hinkriege, Winnie. Keine Ahnung, wie ich die Frau dazu bringen soll, nach unten zu gehen.«

Winnie lächelte angespannt. »Das schaffst du. Du schlägst dich doch auch sonst ganz tapfer. Nachdem sie dann im Souterrain mit den Dienstboten fertig ist, heftest du dich an ihre Fersen. Du bleibst den ganzen Abend an ihr dran – drinnen, draußen, überall. Sicherheitshalber nehmen sich Mrs Bones Männer ihre Gemächer erst ganz zum Schluss vor. Sobald wir dir Bescheid geben, bringst du sie zu uns, ganz egal, wo ihr gerade seid oder was gerade passiert. Du musst sie zwingen mitzukommen.«

Alice hatte sich darüber schon ausgiebig den Kopf zerbrochen. »Ich versuch's.«

»Was hast du, Kind? Du bist ja käseweiß um die Nase.«

Alice schüttelte den Kopf. »Alles gut.«

»Ich hab's dir schon gesagt: Mrs King ist sehr angetan von dir. Sie vertraut dir blind.«

»Wer? Mrs King oder die Gnädige?«

Winnie runzelte die Stirn. »Mrs King natürlich.« Sie hielt kurz inne: »Wie kommst du überhaupt mit Miss de Vries zurecht?«

Alice trat verlegen von einem Bein aufs andere. »Gut. Doch, ganz prächtig.« Stimmte das? »Schwer zu sagen. Sie steht um fünf Uhr auf. Morgens beantwortet sie ihre Post, liest die Zeitung. Von zwei Uhr bis zur Teestunde liest sie ein Buch. Dann Abendessen, dann ab ins Bett. Eigentlich nicht der Rede wert.« Sie lachte hohl.

Winnie musterte sie schweigend. »Sie ist eine sehr einnehmende Person«, sagte sie schließlich.

Alice wandte den Blick ab. »Wenn Sie meinen.«

»Ja, das meine ich. Sie kann schrecklich charmant sein. Ihr entgeht nicht viel. Hat Sinn für Humor. Du kennst sie noch nicht lange, deshalb bist du empfänglicher dafür.«

»Aber klar doch. Weil ich ja so ein kleines Dummchen bin!«, entfuhr es ihr überraschend heftig. Sie schluckte ihren Zorn hinunter. »Ich wollte nicht unhöflich sein«, schob sie hinterher. »Das macht bestimmt die Anspannung.«

»Dann schlage ich vor, du holst erst mal ganz tief Luft.« Winnie sah auf ihre Armbanduhr. »Weil du bald anfangen musst zu zwitschern. Du bist doch unser Kanarienvogel.«

Alice konnte kaum an sich halten. Zu gern hätte sie sich alles von der Seele geredet und Winnie um Hilfe gebeten. Miss de Vries war nicht *charmant*. Sie war nicht *einnehmend*. Sie ging nicht wie eine Freundin mit Alice um. Weder lachten sie zusammen, noch tauschten sie harmlosen Tratsch aus. Was sie verband, war etwas anderes, ein knisterndes Gefühl der Zusammengehörigkeit.

Ein Gefühl, das ihr Herz höherschlagen ließ.

Die Janes hatten es eilig mit dem großen Tablett, auf dem unter einem weißen Tuch ein großer Berg Schachteln thronte. Der Chauffeur rang mit dem Gartenschlauch, mit dem er den Hof, begleitet von lautem Gluckern, unter Wasser setzte. »Was bringt ihr denn da Schönes?«, fragte er.

»Kuchen!«, riefen sie und waren auch schon im Haus verschwunden.

Es waren keine Kuchen, sondern Parenty's Rauchmaschinen, die laut in den Schachteln rappelten.

»Ich hätte so Lust auf Kuchen«, murmelte Jane Zwei, während sie sich unauffällig in den elektrischen Fahrstuhl schoben.

»Jetzt fang bloß nicht damit an, Moira«, sagte Jane Eins.

Von keines weiteren Menschen Auge erblickt, entschwebten sie nach oben.

Es war erstaunlich leicht, einen Aufruhr vom Zaun zu brechen. Ein kleines Wörtchen von Mrs Bone ins richtige Ohr geträufelt, und in der Küche brach das helle Chaos aus. Und im Auge des Orkans schwenkte die Köchin den Holzlöffel.

»Sie haben sie gehört!«, sagte sie und zeigte auf Mr Shepherd. Der Butler war blass geworden. Er hob beschwichtigend die Hände und versuchte, den Aufstand im Keim zu ersticken. »Meine Damen«, rief er laut, um das Stimmengewirr zu übertönen. »Jetzt ist nicht die Zeit für Streitereien in unseren Reihen.«

Die Köchin fuchtelte mit dem Löffel. »Unter solchen Umständen können wir nicht arbeiten, Mr Shepherd. Unsere Tugend ist in Gefahr. Sie müssen durchgreifen.«

Mrs Bone betrachtete sich das Schauspiel mit belustigt hochgezogener Augenbraue. Ein Kinderspiel. Man brauchte bloß an den richtigen Rädchen zu drehen, und schon lief die Maschine wie von selbst.

Die Köchin hatte sie erspäht. »Da ist sie. Fragen Sie sie doch selber, Mr Shepherd.«

Mit Schweißperlen auf der Stirn drehte sich der Butler zu Mrs Bone um. »Also? Was ist hier los?«

»*Sag es ihm!*« Kochend vor Wut, stach die Köchin mit dem Löffel Löcher in die Luft. »Sag ihm, was du mir gesagt hast.«

Mrs Bone wrang die Hände, ein Gesicht wie sieben Tage Regenwetter. »Es ist wegen den Palastpolizisten von der Prinzessin, Mr Shepherd. Die glotzen uns an, uns Frauen, und sie geben uns Schulnoten!« Sie warf der Köchin einen Blick von der Seite zu. »Ekelhaft!«

»Sehen Sie, Mr Shepherd?«, sagte die Köchin triumphierend. Ihre Augen leuchteten. »Sogar unsere alte Scheuerfrau haben sie angeglotzt!«

»Ja, Mr Shepherd.« Mrs Bone schob die Hüfte vor. »Und begrapscht haben sie mich auch. Hier. Und da.«

Mr Shepherd wandte den Blick ab. »Bitte, meine Damen ...«

Die Köchin hob drohend den Zeigefinger. »Es hilft alles nicht. Man kann sie Bobbys nennen, man kann sie im Buckingham Palast arbeiten lassen, man kann sie in eine Uniform stecken, bis sie sich Gott weiß was einbilden. Aber es hilft alles nichts. Sie sind und bleiben *Iren*!«

»Frau Köchin ...«

»*Iren*, Mr Shepherd! Lüstlinge, wie sie im Buche stehen!«

William schob sich dicht hinter Mrs Bone. Er duftete köstlich. »Was ist denn hier los?«, raunte er.

Mrs Bone verknotete die Finger. »Das sag ich lieber nicht.«

Die Köchin schlug sich mit der Hand aufs Herz und krächzte mit kehliger Stimme: »Wie kommen die Majestäten überhaupt auf die Idee, sich für den Schutz ihrer Töchter irische Lüstlinge in den Palast zu holen? Da können wir die Prinzessinnen ja gleich an den Meistbietenden verkaufen. Und der armen Victoria den Spitznamen *Ficktoria* verpassen!«

»Frau Köchin! Ich muss doch sehr bitten«, sagte Mr Shepherd gequält.

»*Keine Iren!*«, rief sie, den Kochlöffel schwenkend. »*Keine Iren!*«

»Genug jetzt!« Shepherds Blick wanderte über die Bediensteten und blieb an William hängen. »Bringen Sie die Männer der Prinzessin ins Remisenhaus. Und lassen Sie ihnen Erfrischungen bringen, mit den besten Empfehlungen des Hauses.«

»Mit den besten Empfehlungen des Hauses, Mr Shepherd?«, geiferte die Köchin.

»Und sagen Sie ihnen, dass sie sich in der Küche nicht blicken lassen und einen großen Bogen um unsere Damen machen sollen.«

»Aua, ich glaube, ich kriege schon einen blauen Fleck an der Hüfte. So feste haben die mich gekniffen.«

»Worauf warten Sie noch?«, brüllte Mr Shepherd.

Mrs Bone lachte sich ins Fäustchen. Sie brauchte eine Kompanie Männer am Gartentor, die später die Straße freihalten sollten.

Die Köchin fuhr herum. »Aber was soll Doggett dazu sagen, Mr Shepherd? Meinen Sie etwa, der will eine Meute Iren im Haus haben?«

Mr Shepherd machte eine abwehrende Handbewegung. »Mr Doggett hilft uns hier aus. William, ich verlasse mich auf Sie.«

»Sehr wohl, Mr Shepherd.«

»Und jetzt alle wieder an die Arbeit.«

Die Köchin versammelte ihre Mägdeschar um sich, verschränkte die Arme und kniff die Augenbrauen zusammen. »Das hätte er nicht machen dürfen«, sagte sie, nachdem Shepherd hinausgegangen war. »Madam wird es gar nicht gefallen, dass fremde Männer bei ihr im Garten hocken. Womöglich sperren sie noch das Tor auf.«

Dieser Gedankengang behagte Mrs Bone ganz und gar nicht. »Ach, sind Sie jetzt unter die Detektive gegangen? Haben Sie eine Lupe in der Schürze? Und eine Trillerpfeife?«

Die Küchenmägde starrten sie mit offenem Mund an. Mrs Bone war es schnuppe. Nicht mehr lange, und sie würde diesem Haus den Rücken kehren. Ihre Rolle als bescheidener Wurm hatte sie schon fast ausgespielt. »Ach, jetzt gafft nicht so. Und eine von euch kann mir mit den Kübeln helfen.«

Die Köchin ließ ihr einen eisigen Blick zuteilwerden. »Mach doch, was du willst«, sagte sie und rauschte davon.

Die Janes waren bereits dabei, die Suiten im zweiten Stock auszuräumen, ohne unliebsame Störung, wie sie hofften. In ihren Wäschekörben türmten sich die Nippsachen. Sie gingen überlegt und routiniert vor: Ornament nehmen, in Seidenpapier einwickeln, in den Korb legen. So gleichmäßig und konzentriert arbeiteten sie vor sich hin, dass sie noch nicht einmal hörten, wie die Tür aufging.

»He! Was macht ihr denn da?«

Die Mädchen fuhren herum. An der Wand klebte ein Schatten.

Jane Zwei wurde es flau im Magen. Eines der Stubenmädchen stand in der Tür und machte große Augen.

»Wir bringen den Kram weg, damit nichts kaputtgeht«, erklärte Jane Eins, ohne mit der Wimper zu zucken. »Pack mal mit an, ja?«

»Mr Shepherd hat Gästesuiten gesagt. Aber doch nicht *alle* Suiten!«

»Wenn du willst, erzähle ich ihm, dass du uns aufgehalten hast.«

Das Stubenmädchen rümpfte die Nase. »Ich hab nur fünf Minuten Zeit.«

»Mehr brauchen wir auch gar nicht.«

Jane Zwei wünschte sich, sie hätte ihr Logbuch dabei. Jedes Risiko löste bei ihr einen Niesreiz aus.

»Das gefällt mir nicht«, murmelte sie.

»Klappe«, sagte Jane Eins.

25

Noch vier Stunden

————◄o►————

Die Wartenden vor dem Haus, von dem bevorstehenden Spektakel angezogen wie die Motten vom Licht, wurden allmählich unruhig, weil die hohen Herrschaften auf sich warten ließen. Hemdsärmelige Männer nach dem Ende ihres Arbeitstages, Frauen, die mit Papierfächern wedelten. Hatten sie kein Zuhause? Kein eigenes Leben?

Die Fragen trafen auf Winnie ebenfalls zu. Sie hatte seit zwei Tagen nicht mehr geschlafen.

Ihr zitterten die Hände, obwohl sie diesen Augenblick bis ins Detail geplant hatte und alles genauso ablief, wie sie es sich vorgestellt hatte. In der Fantasie war sie alle erdenklichen Eventualitäten durchgegangen. Und das war auch nötig, denn Winnie musste sich beweisen. Hephzibah ging ihr aus dem Weg, Mrs King anscheinend ebenso. Seit die Sache mit den Mädchen ans Licht gekommen war, hatte sich zwischen ihnen etwas verändert. Selbst der Plan hatte dadurch eine Unwucht bekommen und neue, dunkle Dimensionen.

Winnie war als Isis verkleidet, die Schwester des Osiris. Auf einer goldenen Pyramide mit Rädern stehend, rollte sie an der Spitze der Prozession die Park Lane herunter, eskortiert von Mrs Bones gedungenen Helfershelfern, braun angemalt und am Leib die Tuniken, die Winnie ihnen genäht hatte. Vor ihnen schritten Kamele, Miettiere aus Mr Sangers Zirkus, zwei Reihen goldbrauner, unruhiger Tiere, geführt von zwei Dutzend Männern in Kitteln, die Seile um die Hüften geschlungen hatten. Die anderen Männer trugen Trommeln, die jeden Schritt dröhnend untermalten. Und über allem Winnie: eine leuchtende Erscheinung in weißen Pailletten, die Arme ausgebreitet.

Den Schaulustigen stockte vor Begeisterung der Atem. Der Verkehr war vollständig zum Erliegen gekommen.

Winnie schloss die Augen. Ihr stand der Schweiß auf der Stirn, aber wegen ihrer dicken Schminke wagte sie nicht, ihn abzuwischen. Die applaudierende Menge johlte ihr zu. Winnie konzentrierte sich voll und ganz auf ihre Rolle als Königin. Es war nicht gerade einfach, sich aufrecht zu halten, zu sehr rumpelte und ratterte die Pyramide unter ihr dahin. Sie durfte auf keinen Fall abstürzen. Das Gebilde war innen hohl, mit Fächern und Regalen versehen. Und es waren weitere Männer darin versteckt: die heimlichen Hilfstruppen. Sie sah es regelrecht vor sich, wie sie sich an den Haltegriffen festklammerten und bei jeder Unebenheit im Pflaster durchgerüttelt wurden.

Tanzend und springend bildeten die übrigen Attraktionen ihr Gefolge: Jongleure und Feuerschlucker, Tänzerinnen mit Reifen, Männer mit Akkordeons, Engel mit Glöckchen. Ein kreischend buntes, krachend lautes Spektakel, so überdreht und lärmend wie nur irgend möglich.

Als sie endlich von der Pyramide steigen konnte, war ihre Kehle wie zugeschnürt.

Sie hielt einen Mann an der weißen Tunika fest. »Augenblick«, flüsterte sie. »Kannst du Mrs King eine Nachricht von mir überbringen?«

»Was denn?«

»Sag ihr einfach: ›Mit unserem Vögelchen stimmt was nicht.‹«

»Und das versteht sie?«

»Hauptsache, du sagst es ihr.« Alice' Gesichtsausdruck hatte ihr gar nicht gefallen. Im Kopf des Mädchens ging etwas vor, das Winnie nicht recht deuten konnte. Und das ließ bei ihr die Alarmglocken schrillen. Sie brauchte unbedingt eine zweite Meinung dazu.

Mrs Bones Mann sah sie missbilligend an. »Ihnen ist aber schon klar, dass Sie keine richtige Königin sind?«

Sie antwortete nicht. Ihre Eskorte führte sie über das Trottoir, unter dem Portikus hindurch, durch die große Eingangstür. Sie hatte gewusst, dass sie schwankend werden würde, sobald ihr die Gerüche des Hauses in die Nase stiegen. Wachs auf Holz. Essig auf Glas. Doch darunter lag unendlicher Fäulnisgestank.

Attacke!, befahl sie sich. Und hielt an der Spitze ihrer Krieger Einzug.

Das waldgrün lackierte Klingelbrett war mit glänzenden Messingglocken bestückt, auf deren vergoldeten Schildern die Namen der Räume zu lesen waren: *Mr de Vries' Herrenzimmer. Mr de Vries' Badezimmer. Rosenholzzimmer. Speisezimmer. Ovaler Salon. Ballsaal.*

Plötzlich fing eine der Glocken heftig zu bimmeln an.

»Alice?«, rief eine Stimme. »Madam will dich sehen.«

Alice warf einen letzten Blick auf das Klingelbrett. Das Messing glänzte, der Klöppel vibrierte noch.

Miss de Vries' Ankleidezimmer.

»Komme schon«, sagte sie und strich sich die Schürze glatt.

Miss de Vries empfing Mr Lockwood in Vaters Badezimmer. Sie wollte Ergebnisse sehen und war fest entschlossen, sich nicht abspeisen zu lassen. Frisch dem Wasser entstiegen, hatte sie sich in einen Bademantel gehüllt, vollkommen präsentabel und gesellschaftsfähig. Aber ihre feuchte Haut schimmerte rötlich, und der Anwalt zog bei ihrem Anblick erstaunt die Augenbrauen nach oben.

»Hier wollen Sie mich empfangen, Miss de Vries?«, fragte er. »Wirklich?«

Die Wände aus dunkelster Eiche waren auf Hochglanz poliert und mit Einlegearbeiten aus Hunderten von Spiegeln und grotesken Holzschnitzereien verziert. Mr Lockwood nahm sie missbilligend in Augenschein, rümpfte die Nase über die Darstellungen von Nacktheit, über die Elfenbeinstatuetten, die phallischen Wasserkrüge.

Sie warf sich ein Tuch um die Schultern. »Ich möchte vertraulich mit Ihnen sprechen. Haben Sie die Verhandlungen zu einem guten Ende gebracht?«

Er seufzte. »Lady Ashleys Anwälte prüfen noch die kritischeren Punkte des Mitgifterbes.«

»Das haben sie doch vor drei Tagen auch schon gemacht.«

»Und vielleicht sitzen sie in drei Tagen ebenfalls noch daran, Madam. Oder länger.«

Miss de Vries leerte den Wasserkrug ins Waschbecken, dass es platschte. »Ich wünsche, dass die Angelegenheit heute Abend abgeschlossen wird.«

Der Anwalt kniff die Lippen zusammen. »Da sind Madam nicht die einzige. Aber solche Dinge brauchen eben ihre Zeit.«

Miss de Vries wandte sich zu ihm um, sah ihm fest in die Augen. »Ich brauche Gewissheit, Mr Lockwood«, sagte sie. »Ich brauche Fortschritte. Ich kann nicht ewig warten.«

»Aber doch gewiss noch drei Tage.«

»Vielleicht kann ich es, aber ich will es nicht. Geben Sie ihnen bis Mitternacht, sonst breche ich die Verhandlungen ab.«

Lockwood schloss die Augen. »Das ist nicht Ihr Ernst.«

Sie lächelte. »Nein, das ist nicht mein Ernst. Aber die andere Partei soll es glauben.« Sie zupfte an ihrem Kragen.

»Wenn ich die Schrauben fester anziehen soll, brauche ich ein Zuckerl, um ihnen die Drohung zu versüßen.«

»Kein Zuckerl. Sie sind ihnen schon viel zu weit entgegengekommen.«

Er legte den Kopf auf die Seite. »Seiner Mutter, Lady Ashley, vielleicht. Aber Sie haben ja eine andere Beute im Visier. Lord Ashley hat seine ureigenen Schwächen.«

Miss de Vries rieb mit der Faust über den beschlagenen Spiegel, um sich prüfend zu betrachten. »Dann nutzen Sie sie weidlich aus. Gewähren Sie ihm kein Pardon.«

»Wir müssen irgendwie an ihn herankommen«, sagte Lockwood mit leiser Stimme. »Und das geht am besten mit dem richtigen … Geschenk.« Er lächelte, der Blick tot und unlesbar. Sie überlief ein Frösteln.

»Wir sollen ihm etwas schenken?«

»Ja.«

Es zeichnete sich schon seit Tagen ab. Ashley hatte immer wieder Andeutungen fallenlassen, wenn er zum Tee kam, und Lockwood wusste gleich, woher der Wind wehte. Züngelnd wie eine Echse hatte er Witterung aufgenommen, Salz und Blut leckend.

»Verstehe«, sagte sie.

»Normalerweise hätte ich das mit Ihrem verehrten Herrn Vater besprochen, aber …«

Sie starrte ihn schweigend an.

Er lüpfte eine Augenbraue. »Miss de Vries?«

»Ja?« Ihr wurde erst warm, dann heiß. So nah hatte sie diesem Gewerbe noch nie kommen müssen. Bis an den Rand des Abgrunds.

Er hielt ihrem Blick stand. »Schwebt Ihnen ein bestimmter Name vor?«

Alice nahm die Treppe, nicht den Fahrstuhl. Das Vestibül füllte sich bereits mit den ersten Gästen, den weniger wichtigen Leuten. Sie hatte das Gefühl, als ob das Haus zu ihren Füßen wallte und wogte. Der Marmor schimmerte, und im Vorbeihuschen entdeckte sie ihr Spiegelbild darin, das eines nervösen kleinen Geists auf dem Weg nach oben.

Flucht wäre eine Lösung, sich auf einem Dampfer einzuschiffen. Aber da konnte sie sich auch gleich von einer Brücke stürzen.

Sie musste sich zusammenreißen.

Miss de Vries hatte bereits angefangen, sich zu entkleiden, und ihr Haar gelöst. Wie rosig und verletzlich sie im Lampenschein wirkte. Ihr Anblick versetzte Alice einen Stich.

»Ja?«, sagte Miss de Vries mit belegter Stimme.

»Madam haben nach mir geläutet.« Alice ließ sich ihre Aufregung nicht anmerken. »Damit ich Madam in ihr Kostüm nähe.«

Die Gnädige war leichtfüßig wie eine Raubkatze. Mit hurtigen Schritten, die Arme ausgestreckt, kam sie durchs Zimmer. »Knöpf mich auf«, sagte sie. »Wie schnell schaffst du das?« Ihr Gesicht wirkte frisch, die Müdigkeit des gestrigen Tages wie weggecremt.

Alice nestelte mit steifen Fingern an Miss de Vries' Kleid herum.

»Schneller.«

»Ich muss mich vorsehen«, sagte Alice und fügte etwas verspätet hinzu: »Madam.«

Miss de Vries entwand sich ihr und verschwand so flink hinter der Spanischen Wand, dass das Fischbein ihres Schnürleibs weiß aufblitzte.

»Komm, hilf mir.« Mit gekrümmtem Zeigefinger winkte sie Alice heran.

In der hintersten Ecke des Parks verstreuten die Taubenmütterchen trockenes Brot. Ganz in der Nähe saß Mrs King, den Hut in die Stirn gezogen, auf einer Bank und fütterte ebenfalls die Vögel. Während es immer schwüler wurde, lauschte sie dem mädchenhaften Getuschel der alten Frauen. Die de Vries'sche Residenz aus den Augenwinkeln im Blick behaltend, sammelte sie ihre Kräfte für das, was der Abend bringen würde.

Große Automobile bogen in die Park Lane ein. Sie zählte im Kopf die Minuten, dann klatschte sie in die Hände. Die Vögel flogen hoch, beschrieben einen Kreis. Genau das hatte sie gebraucht. Sie wollte ihre Macht spüren, eine Zauberin sein.

Die Vögel kehrten zurück, ließen sich wieder vor ihr nieder. Mrs King stand auf und marschierte los, das Blut in Wallung durchquerte sie den Park.

Vor dem Haus in der Park Lane blieb sie stehen und taxierte es von oben bis unten. Miss de Vries' Boudoir lag genau über dem Wintergarten. Hinter dem großen, mit Musselin verhängten Fenster bewegten sich schemenhafte Gestalten. Wenn Alice sich an ihre Anweisungen gehalten hatte, müsste sie sich gerade dort aufhalten. Alles lief wie am Schnürchen. Es konnte nicht schiefgehen.

Auf der Straße stauten sich die Automobile und Pferdekutschen in der einen Richtung bis Hyde Park Corner und in der anderen bis zur Oxford Street. Die Trillerpfeife eines Konstablers gellte. Wimmelnde Menschenmassen schwärmten auf das Haus zu. Winnies goldene Pyramide stand noch mitten auf der Straße, ein glänzendes, gewaltiges Hindernis für alle, die kamen und gingen.

Die Tür zum Lieferanteneingang öffnete sich alle dreißig Sekunden. Mrs King schloss sich einer Gruppe laut lachender Lohnkellner in makellos weißen Jacken an und gelangte in deren Kielwasser unbemerkt ins Haus.

Alice brachte das sorgsam zusammengelegte Kleid herein.

Miss de Vries erhob sich von der Couch und streckte die Hände danach aus. »Ein Traum«, sagte sie leise, während sie über das mit schwarzen Schmucksteinen übersäte Mieder strich. Sie sah Alice an, runzelte die Stirn. »Du hast meine Erwartungen übertroffen.«

Dem Mädchen ging das Herz auf. Sie sah bescheiden zu Boden. »Wenn man ein Muster hat, ist es nicht so schwierig«, sagte sie bemüht beiläufig.

»Aber du hattest kein Muster«, wandte Miss de Vries ein.

Alice errötete. »Nein.«

Nachdenklich ließ Madam den Blick auf ihr ruhen. Dabei sprang zwischen ihnen etwas über, etwas Unausgesprochenes, weniger als ein Hauch. Dann sagte Miss de Vries: »Gut. Dann hilf mir hinein.«

Raschelnder, wallender Stoff. Blasse Haut. Das stickige Zimmer, die schummrige Beleuchtung. Miss de Vries hielt sich an Alice' Schulter fest, um das Gleichgewicht nicht zu verlieren. Der Rhythmus der Trommeln vor dem Haus entsprach dem Takt von Alice' Pulsschlag.

»Vergiss die Schnalle da nicht.«

»Nein, Madam.«

Alice machte sie zu. Miss de Vries' Atem ging schneller. Sicher waren es die Vorfreude, die Aufregung, die Verheißungen der bevorstehenden Nacht.

»Alice«, sagte sie mit gepresster Stimme, als wollte sie ihr eine Frage stellen oder einen Befehl erteilen.

Das war der Augenblick, auf den Alice gewartet hatte. Schnell kam sie Miss de Vries zuvor.

»Ich muss Madam etwas erzählen«, sagte sie mit ausgetrocknetem Mund.

26

Miss de Vries lief so schnell, dass sie ihren leise klirrenden Kopfputz mit der Hand festhalten musste. Alice, die hinter ihr her-
hetzte, bewunderte die Eleganz des Kleides. Obwohl es um die
Taille eine Stützkonstruktion hatte, besaß es einen schon fast zu
extremen Schwung. »Ich wusste nicht, ob ich etwas sagen sollte,
Madam. Aber weil die gnädige Frau ja heute so viele Gäste erwarten, dachte ich mir, es wäre vielleicht besser ...« Winnie wäre
stolz auf sie gewesen. Sie hielt sich gewissenhaft an den Plan.
Aber genau deshalb war ihr flau im Magen, und sie hatte das
Gefühl, als drücke ihr jemand den Brustkorb zusammen. Die
Nerven tanzten ihr in der Haut.

Miss de Vries schlug einen harten Ton an. »Das lässt du gefälligst mich beurteilen.« Unerwartet schnell stürzte sie aus dem
Zimmer und den Korridor entlang.

Nachdem Miss de Vries gehört hatte, was Alice ihr sagen
wollte, hatte sie die Hände so fest zu Fäusten geballt, dass sich
die Fingernägel in ihre Handflächen gruben, als ob sie sich selbst
bestrafen müsste. Als ob sie in ihrem eigenen Haus mit Verrat
gerechnet und ihn von Anfang an erwartet hätte. Mit einem Satz
war sie bei der Frisierkommode gewesen, hatte die Schubladen
aufgerissen, sie durchwühlt und gesehen, was fehlte.

Bleich wandte sie sich wieder zu Alice um. »Du hast recht. Es
ist nicht mehr da.«

Alice hatte noch nie einen Menschen so wütend erlebt. Miss
de Vries' Zorn brannte bis auf die Knochen, und er machte ihre
Stimme rau. »Ich finde das unerträglich«, sagte sie schneidend.
»So ausgeplündert zu werden!«

Alice überlief ein kalter Schauer. »Am besten hole ich Mr

Shepherd, Madam. Eigentlich hätte ich gleich zu ihm laufen sollen ...«

Das war genau der richtige Satz.

»Shepherd ist ein Dummkopf, zu nichts zu gebrauchen. Es geht hier um *mein* Hab und Gut.« Sie winkte Alice weiter. »Ich werde mich selbst in die Gesindestube bemühen.«

Der Plan ging auf. Sobald Miss de Vries nach unten manövriert worden war, würde sie das gesamte Personal um sich scharen und im Souterrain festhalten, während oben im Dach die Speichertüren leise geöffnet wurden und sich Mrs Bones Männer unauffällig im Haus verteilten. Auf dem Weg zum Fahrstuhl fiel Alice' Blick zufällig über Miss de Vries' Schulter. Sie musste ein Stöhnen hinunterschlucken. In einem der Nachbarzimmer hatte sie die Janes entdeckt. Wahrscheinlich war die Tür von selbst aufgesprungen. Die Mädchen standen auf Trittleitern, reckten sich auf Zehenspitzen in die Höhe und hievten die schweren Brokatvorhänge von den Vorhangstangen.

»Ich komme lieber mit, Madam«, sagte Alice mit leicht kieksender Stimme. »Zur Unterstützung.« Sie quetschte sich so in den Fahrstuhl, dass sie die Janes verdeckte. »Und – abwärts!« Sie drückte den Knopf.

Mrs Bone erinnerte sich noch lange an den bangen, spannenden Augenblick, als ihre Nichte nach unten kam.

Sie ließ sich gerade ein stibitztes Brötchen schmecken, um sich zu stärken, bevor sie wieder Wischmopp und Eimer in die Hand gedrückt bekam. Plötzlich spürte sie eine kaum wahrnehmbare Erschütterung oben im Erdgeschoss. Schnelle, eilige Schritte.

Es ging los. Es wurde tatsächlich wahr.

Sie wischte sich mit der Faust die Krümel vom Mund. Schluckte. Die Köchin stand am Herd, eng umringt von den Küchenmägden. Die anderen Dienstboten kamen kaum aneinander vorbei, so dicht war das Gedränge. Es herrschte ein schreck liches Getöse, ein Potpourri aus klappernden Blechen, Geschrei und wilden Lachanfällen, wozu Mrs Bones verkleidete Männer ein Gutteil beitrugen.

Die alte Ganovin atmete tief durch, dehnte die Finger, blickte starr vor sich hin.

Durch das Tohuwabohu hindurch verschaffte sich eine Stimme Gehör. »Mr *Shepherd*.«

Der Butler am anderen Ende der Küche drehte sich sofort zur Tür um – genau wie alle anderen Dienstboten. Miss de Vries rauschte herein. Die Zeit schien stillzustehen:.

Mit furchtbarer Endgültigkeit erstarben die Geräusche. Madam blieb stehen. Der Gagatschmuck glänzte. Sie war von Kopf bis Fuß in Schwarz gekleidet und trug einen gigantischen, perlenbestickten Kopfputz – ein Trauergewand, wie es die Welt noch an keiner Dame gesehen hatte.

Mr Shepherd fand als Erster die Sprache wieder. Er musste etwas sagen. »Madam?«, sagte er mit überschnappender Stimme.

Miss de Vries schnippte mit den Fingern. »Alice! Wer war es?«

Das Mädchen Alice, das junge, dumme Ding, schob sich, ganz grau im Gesicht, aus Miss de Vries' Schatten hervor. Mrs Bone war beeindruckt. Alles fügte sich aufs Schönste.

»Mrs Bone«, sagte Alice halblaut.

»Mrs Bone«, wiederholte Miss de Vries. »Wo steckt die Person?«

Kaum zu glauben, dass Dannys Töchterlein ein solches Organ hatte. Woher nahm sie mit ihrem zusammengeschnürten Mädchenkörper das Volumen?

»Hier, Madam.« Mrs Bone hob die Hand.

Als sich die Menge vor ihr teilte, kam sie sich vor wie Gottvater persönlich. Ohne vom Zittern in ihrer Hand Notiz zu nehmen, sah sie Miss de Vries fest in die Augen. Sie glichen sumpfigen Pfuhlen, man konnte nicht in ihnen lesen.

»Kann ich Madam helfen?«, fragte sie aufgekratzt.

Jetzt war es fast so weit. Mrs King beobachtete die Ankunft der Gäste.

Sie ließen Operncapes, Umhänge und Schultertücher in ihren Automobilen zurück und traten paarweise ins Haus. Hochrot im Gesicht bewunderten sie einander und das Ambiente. Sie trugen Rüschen, Kopfputze, heißluftballongroße Puffärmel, Reifröcke, gepuderte Perücken, Schnabelschuhe – London wusste, wie man ein Kostümfest feierte. Dass ein nicht unbeträchtlicher Teil der Ballgesellschaft bereits beim Eintreffen etwas angeheitert war, kam Mrs King durchaus gelegen.

Sie hatte sich im Garten umgezogen, in einem Zelt neben den anderen Attraktionen, und trug eine römische Tunika aus weißer Baumwolle mit einem Wams aus goldglänzenden Panzergliedern, um die Schultern einen scharlachroten Umhang. Weiße Lacklederstiefel mit goldenen Schnallen, die Kappen mit Stahl verstärkt. Sie schepperte, wenn sie sich bewegte. Mr Whitman höchstselbst hatte sie angekleidet.

»Kriegen Sie noch Luft?«, hatte er gemurmelt, während er ihre Maske festband. Sie war leicht und bestand aus Kupfer. Mit den abgeschrägten Kanten schmiegte sie sich warm an die Haut.

»Mehr als genug«, antwortete sie. Auf einen Blick in den Spiegel verzichtete sie. Sie knöpfte ihre Handschuhe zu, deren neues Leder leise knarrte.

Mit den Worten »Unsere schöne Kaiserin!« ließ Mr Whitman sie ziehen.

Das Orchester, das im Ballsaal seinen Platz eingenommen hatte, spielte voll Inbrunst einen Walzer. Alle Gäste, die in kleinen Gruppen in die Beletage hinaufstiegen, wurden am oberen Ende der Treppe von Hornisten und Trompetern mit einem Tusch willkommen geheißen. Die Straßenmusiker vor dem Haus rührten die Trommeln, bimmelten mit Kuhglocken und ließen zu allem Überfluss auch noch Gongs ertönen. Mrs King dröhnte der Kopf von dem Getöse. Umso besser.

Die Luft war so stark mit Orchideenduft geschwängert, dass es sie in der Kehle kratzte. Eine gigantische Wand aus roten Pfingstrosen säumte die Treppe bis ganz nach oben.

»Mrs King?« Ein Kellner hatte sich unauffällig an sie herangepirscht.

»Ja?«

»Eine Nachricht für Sie, von einer Kollegin.«

»Ich höre.«

»Sie sagt: ›Unser Vögelchen stimmt nicht.‹«

»Wie bitte?«

»So lautet die Nachricht, Mrs King.«

Sie hielt sich nicht weiter damit auf, denn sie hatte William neben der Tür zum Ballsaal erspäht, kerzengerade wie ein Beefeater im Tower, geschniegelt und gebügelt in Frack und mit weißer Krawatte. Sein Blick war ausdruckslos. Mrs King begriff es nicht. Wie hielt ein Mensch diese dienende Arbeit aus? Die Verbeugungen und Kratzfüße, die unwürdigen, erniedrigenden Aufgaben: Tabletts schleppen, auf das Klingeln der Rufglocke springen. Man verlor sich, während man Buttermesser polierte und darauf wartete, dass im Leben irgendetwas passierte. Ihren fünfunddreißigsten Geburtstag hatte sie wie einen Schlag in die Magengrube empfunden. Für sie gab es kein Zurück, niemals. Sie wollte wie ein Haifisch sein: Vorwärtsbewegung oder Tod, sonst nichts.

»Schöne Strümpfe«, sagte sie, unauffällig an William herantretend.

Er riss die Augen auf. Sie hatte geglaubt, dass es ihm schwerfallen würde, ihre von der Maske gedämpfte Stimme zu erkennen, aber er ließ sich keine Sekunde täuschen. Zwar verzog er keine Miene, aber sein Ton verriet sein Erstaunen. »Dinah?«

»Vorsicht«, murmelte sie, dicht vor ihm stehen bleibend. Sie fühlte die Wärme, die er ausstrahlte.

»Was machst du hier?«

»Vielleicht muss ich dich heute Nacht um einen winzig kleinen Gefallen bitten.«

»Du musst …? Dinah, um Himmels willen …«

Das Gesicht den Gästen zugewandt, hielt sie sich so reglos wie ein römischer Soldat. »Frag mich lieber gar nicht erst.«

Will sah sie wie versteinert an. Zuletzt raunte er: »Möglicherweise bin ich bald weg. Madam hat mir eine neue Stelle angeboten.«

Mrs King fühlte sich brüskiert. Kühl sagte sie: »Das klingt aber nicht so, als ob du deinen Abschied nimmst.«

»Weg aus der Park Lane, meine ich. Sie will mich mitnehmen.«

»Mitnehmen? Wohin?«

»In ihre Residenz, wenn sie als verheiratete Frau einem neuen Hausstand vorsteht.«

Mrs King schnappte nach Luft. »Verstehe.« Sie war nicht imstande, ihre Verbitterung zu verbergen.

»Und was meinst du mit ›Gefallen‹?«, fragte William mit einem leisen Stirnrunzeln.

»Wie bitte?«

»Du hast doch gesagt, dass ich dir einen Gefallen tun soll.« Er wandte sich ihr halb zu. Wie gut er roch, nach Teerseife und Wachs. »Was soll ich machen?«

Mrs King hatte sich danach gesehnt, frei zu sein. Nach der Freiheit, Dinge geradezurücken, zu ordnen und zu bewegen, die Welt zu formen. Korrekturen vorzunehmen, wo welche nötig waren. Dieser Freiheitsdrang verlieh ihr ein Gefühl von riesenhafter innerer Größe, als wäre ihre Seele wie eine Kathedrale gebaut: ein grandioses, gewaltiges Projekt, das zum Göttlichen strebte. Unmöglich, das alles jetzt noch aufs Spiel zu setzen.

»Vergiss es«, sagte sie. »Du hast andere Sorgen.«

Sie drehte sich um und ging. Ohne ihn zu berühren, obwohl sie sich nach der Berührung sehnte. Er sagte noch etwas, aber sie wartete es nicht ab. Sie wollte es nicht hören.

Mrs King begab sich über die große Treppe wieder nach unten, eine weiß-goldene Gestalt, wie eine Messerklinge, die durch die Gäste hindurchglitt. Die anderen Frauen waren ebenfalls verkleidet, als Eleanor von Aquitanien, Marguerite de Valois oder Mary Stuart – mit Rüschen, Schleifchen, Spitzenborten. Eine höchstbetagte Dame trug das Kostüm der legendären palmyrischen Königin Zenobia, von Kopf bis Fuß in grünen Samt eingenäht, mit einem riesigen Kopfputz, der so aussah, als würde er ihr jeden Augenblick das Genick brechen. Rechts und links wurde sie von Männern in robbengrauen Umhängen gestützt. *Robbengrau.* Mrs King dachte an die Männer, die im Remisenhaus verkehrten und sich die Hausmädchen zuführen ließen. Sie ballte die Fäuste.

Ein Mensch allerdings war nicht verkleidet, ein Mensch mit silbergrauem Haar, ein Gentleman im dunklen Frack, der durch die Menge pflügte.

Genau, wie sie es vorhergesehen hatte.

Sie war schneller als er. Er hatte die Treppe eben erst erreicht, da versperrte sie ihm mit der ausgestreckten behandschuhten Hand den Weg nach oben. Anwälte vertragen es nicht, aufgehalten zu werden. Ihnen pressiert es immer. Für sie zählt jede Minute, schlägt sich doch jede Stunde im Honorar nieder. »Mr Lockwood«, sagte Mrs King.

Aus seinen inneren Gedanken gerissen, setzte er blitzschnell seine öffentliche Miene auf. Wie viel einfacher es doch war, Menschen zu beobachten und ihnen in die Seele zu blicken, wenn man selbst hinter einer Maske steckte.

»Mit wem habe ich das Vergnügen?«, fragte er mit einem perfekten Wolfslächeln.

Sie hatte nicht die Absicht, mit ihm zu spielen. »Mrs King.«

Seine gute Kinderstube war vergessen, seine Manieren lösten sich in Luft auf. Ein harter, brutaler Zug trat in sein Gesicht. »Mrs *King*.« Er musterte ihre Handschuhe und die Tunika, kräuselte verächtlich die Lippen. Vielleicht erinnerte er sich daran, wie sie selbst sich den Namen damals ausgesucht hatte. Auf seine Anweisung hin. »Grundgütiger Himmel.«

Sie rührte sich nicht von der Stelle. Er blickte die Treppe hinauf und überlegte, ob er sich das dichte Gedränge antun sollte. Hier unten im Vestibül steigerte sich der Lärm der Hunderte, die zur Tür hereindrängten, immer mehr zum ohrenbetäubenden Radau. Mrs King wusste genau, was er dachte: Was können die Leute sehen, was können sie hören, welchen Grund für diese Diskussion werden sie sich zusammenreimen, wann wird die Sache gefährlich? Sie selbst hakte sekündlich eine ähnliche Liste ab.

Er lächelte, ließ den Blick über die Maske wandern. »Miss de Vries hat mir von einem unangekündigten Besuch berichtet und mich beauftragt, nach Ihnen Ausschau zu halten. Ich gestehe, dass ich ihre Reaktion für übertrieben hielt.«

»Wie töricht von Ihnen«, sagte Mrs King. »Denn jetzt bin ich tatsächlich da. Sie haben mich erwischt.«

Mit einem Fingerschnippen zitierte er zwei als Dominos verkleidete junge Männer herbei, vermutlich Anwaltsgehilfen. Sein kleines Privatgefolge. Offensichtlich umgab auch Lockwood sich in diesem Haus gern mit seinen eigenen Leuten. »Ihr begleitet uns in die Bibliothek«, befahl er. »Und bewacht die Tür.«

Sie starrten Mrs King ungläubig an. Erst als sie sahen, dass Mr Lockwood sie am Ellenbogen berührte, fingen sie sich wieder.

»Ich finde, wir sollten unser Gespräch unter vier Augen führen«, sagte Mr Lockwood.

»Ganz meine Meinung.« Sie nahm die Maske ab.

»Darf ich?« Er bot ihr seinen Arm an. Natürlich war sie ihm in keinerlei Hinsicht ebenbürtig, aber er konnte sich wenigstens den Anschein von Höflichkeit geben.

»Nein«, antwortete sie. Sie schritten die Treppe hinauf, die Männer folgten. Ein Tier in der Falle – genau wie es dem Plan entsprach.

27

Noch drei Stunden

———◄○►———

Der Ball hatte begonnen. Aber die Dame des Hauses befand sich noch immer im Souterrain, genau da, wo die Verschwörerinnen sie haben wollten. Mrs Bone wurde in der Speisekammer des Butlers festgehalten, der Chauffeur als Wachtposten vor der Tür. Mrs Kings Anweisungen für diesen Akt waren unmissverständlich gewesen: *Die sollen Sie ruhig so lange verhören, wie Sie Lust haben. Wir müssen sie unten festhalten, damit die Männer in Ruhe die ehemaligen Kinderstuben ausräumen können.* Mrs Bone stellte sich vor, wie die Schaukelpferde knarrten, als sie auf Schienen gesetzt wurden, wie riesige Puppen mit den Augen plinkerten, als man sie auf den Kopf stellte. Die Räume waren ein trister Anblick, wie in Aspik gegossen: viel zu groß und ausgeblichen. Die bleifarbene Tapete hatte ein unerbittlich trostloses Muster. Eine verlorene Welt, die Mrs Bone kalte Schauer über den Rücken gejagt hatte. Sie war froh, dass sie nun endgültig in Kisten und Kästen verschwand.

»Alice, erzähle Mr Shepherd, was du mir berichtet hast«, sagte Miss de Vries, deren Gesicht im Lampenschein glänzte.

Das Mädchen fasste sich kurz. »Ich hab sie gesehen. Die da.« Sie zeigte auf Mrs Bone. »Wie sie auf der Straße einem Mann silberne Löffel verkauft hat. Die hatte sie in ihrer Schürze.«

Mrs Bone schnaubte laut. »Weil ich sie poliert habe.«

»Nein, das stimmt nicht«, beteuerte Alice.

Die alte Ganovin schüttelte die Faust, wie es ihre Bühnenanweisung verlangte. »Blödsinn!«

»Madam, ich hatte ja keine Ahnung …«, begann Mr Shepherd.

»Und genau das bereitet mir Kopfzerbrechen, Shepherd.«

Der Butler lief puterrot an. Er packte Mrs Bone mit überraschend kräftigem Griff an der Schulter. »Raus mit der Sprache und zwar sofort.« Er hatte eine säuerliche Weinfahne. »Hast du uns bestohlen?«

Sie riss sich los. »Ich hab bloß ein, zwei Gabeln mitgehen lassen«, antwortete sie. »Was ist denn schon groß dabei?«

Bis auf Mr Shepherds erschrockenes Japsen war kein Laut zu hören.

»In diesem Saftladen gibt's viel zu viel Besteck. Dabei sitzt die Gnädige da beim Abendessen mutterseelenallein am Tisch.« Mrs Bone zeigte fuchtelnd auf Miss de Vries, deren Augen stählern glänzten. »Und dafür braucht sie bloß ein kleines Käsemesser und ein Buttermesserchen; die Löffel rührt sie gar nicht erst an. Und wir hier unten? Wir müssen die Dinger trotzdem zählen und polieren, wie wenn unser Leben davon abhängen täte. Ich hab ein paar Teile abgegriffen und was Nützliches damit angefangen. Wen juckt's?«

»Wir müssen die Polizei holen«, rief Mr Shepherd. »Damit sie diese boshafte Person verhaftet.«

Boshaft? Mrs Bone starrte ihn an. Wenn hier einer boshaft war, dann mit Sicherheit nicht sie.

Shepherd wusste über die Schurkerei mit den Mädchen Bescheid. Es konnte gar nicht anders sein. Er war der Mann mit den Schlüsseln. Mrs Bone sah regelrecht vor sich, wie er in der Nacht auf leisen Sohlen in den Eingeweiden des Hauses verschwand. Wie er sich vor einem Gentleman verbeugte, der durch das Gartentor aufs Grundstück schlich. Wie er sein Trinkgeld einsteckte.

Das nannte Mrs Bone boshaft. Dem Kerl würde sie's zeigen.

Eigentlich sollte sie jetzt laut Plan vor Angst außer sich geraten und alle mit einem hysterischen Anfall in Verwirrung stürzen. Aber sie ließ sich etwas sehr viel Befriedigenderes einfallen: Sie ballte die Faust und verpasste Mr Shepherd einen Hieb auf den Mund. Fingerknöchel trafen auf Kieferknochen. Rache schmeckte tatsächlich am besten, wenn sie heiß serviert wurde.

»Ah!« Er schrie auf und taumelte nach hinten.

Ein Ächzen ging durch die Dienstboten, die vor der offenen Tür standen.

»Holt – ruft – die Polizei«, nuschelte Mr Shepherd. Er hielt sich den Mund; er hatte Blut an den Fingern.

Wie abgesprochen meldete sich nun Alice zu Wort: »Die Polizei? Wo die Prinzessin schon auf dem Weg zu uns ist und ihre Schutzleute bei uns im Hof sitzen? Sind Sie verrückt geworden? Aber sehen Sie mal her …« Alice fischte etwas aus ihrer Tasche. »Das hier hab ich in ihrer Kammer gefunden.«

Sie hielt eine matt glänzende silberne Uhr hoch. Mrs Bone erkannte sie an den schlanken Buchstaben, die hinten in den Deckel graviert waren: *WdV*.

Miss de Vries legte eine ungeheure Selbstbeherrschung an den Tag. Sie griff nicht nach der Uhr. Aber auf ihr Gesicht trat ein Ausdruck harter, kalter Wut.

»Alice hat recht«, sagte sie ruhig.

Die anderen verstummten.

»Die Polizei wird erst morgen früh geholt. Heute Abend können wir uns keinen Skandal leisten. Bringen Sie das Weibsbild nach oben, und sperren Sie es in ihrer Kammer ein. Aber vorher waschen Sie sich das Gesicht, Shepherd. Sie sehen zum Fürchten aus.« Mit starrer Miene wandte sie sich Mrs Bone zu. »Wenn du dir eingebildet hast, du könntest hier tun und lassen, was du willst, hast du dich geirrt«, sagte sie schneidend.

Obwohl Miss de Vries vor Wut bebte, hatte sie sich perfekt unter Kontrolle. Mrs Bone stand da wie gebannt. Es war doch bloß eine Uhr. Eine alte silberne Uhr und ein paar Teelöffel. Der Zorn der Gnädigen stand in keinem Verhältnis dazu.

Aber sie konnte sich gut in ihre Lage versetzen. Sie brauchte sich bloß vorzustellen, wie Mr Murphys Männer in ihr Geheimversteck eindrangen, die Schubladen durchwühlten und an ihrem pfirsichfarbenen Morgenrock schnüffelten, und ihr wurde übel. Das war das Schicksal, das auch diesem Haus bevorstand: Sie würden es auseinandernehmen, in seine Einzelteile zerlegen, ausweiden – und sich den Gewinn teilen. Es würde seiner derzeitigen Eigentümerin entrissen werden. Aus der Familie getilgt.

Etwas nagte an ihr: ein kleiner, gemeiner Gedanke. Dieses Haus gehörte den O'Flynns. Ihrem eigen Fleisch und Blut. Den ganzen Tag über spukten ihr diese Sätze schon im Kopf herum. Seit Wochen, wenn sie ganz ehrlich war. Sie hatte Danny das Geld geliehen, mit dem er die Passage in die Kap-Kolonie kaufen konnte, die Fahrkarte in sein neues Leben. Ohne *ihr* Geld, das sie mit *ihren* Geschäften verdient hatte, hätte er es zu gar nichts gebracht. Ohne *ihr* Geld wäre auch aus den Plänen für den Raubzug nichts geworden. Ihre Fuhrwerke. Ihre Wagen, ihre Männer. Ihre Darlehen. Ihr Daimler. Ihre Janes.

Die Sieben eine Glückszahl. Zwei gleiche Anteile. Nur zwei! Ihr taten alle Zähne weh. Als hätte ihr jemand ins Gesicht geboxt. Als ob Mrs King sie auslachte, mit ihren schimmernden Locken und den tanzenden Augen.

Mrs Bone wusste, wie sich Neid anfühlte. Sie kannte den heißen, brennenden Zorn in den Eingeweiden nur zu gut. Es war viel zu leicht, sich darin zu verlieren. Sie zwang sich ins Hier und Jetzt zurück. Miss de Vries raffte die Röcke ihres dunkel schimmernden Kostüms um sich. Sie starrte Alice und Mr Shepherd an und donnerte so laut, dass ihre Stimme zu den Dienstboten in den Küchengang hinaushallte: »Wehe, es rührt noch einmal jemand meine Sachen an!«

Hephzibah ging nicht gern auf Feste. Das war schon immer so gewesen. Feste erfüllten sie mit Unbehagen. Aber ihr war klar, dass sie einen Ball wie diesen nie wieder erleben würde. Mit der einen Hand hielt sie die Perücke fest, während sie mit den wallenden, wehenden Röcken den Boden fegte. Alle Blicke ruhten auf ihr.

»Ich weiß«, sagte sie und hob ihr Glas. »Ich sehe fantastisch aus.«

Natürlich musste sie sich auch ums Geschäftliche kümmern. Kaum war der Ball richtig in Schwung gekommen, sammelte sie unauffällig ihre Schauspielerinnen um sich und sandte sie aus, durch den Saal zu kreisen, um Gläser umzustoßen und Teller schwappen zu lassen. Kurz gesagt, um Verwirrung zu stiften.

»Bewegung«, hatte Winnie gesagt, als sie das Programm für den Abend durchgegangen waren. »Es muss ständig etwas passieren. Wir dürfen die Leute nicht ans Fenster lassen, sie sollen nur Augen für die Attraktionen haben. An der Ostfassade haben wir unsere Seile gespannt. Die darf keiner entdecken.«

»Schon kapiert«, lautete Hephzibahs Antwort. Obwohl Winnie sich schon ein halbes Dutzend Mal bei ihr entschuldigt hatte, konnte sie ihr noch immer nicht in die Augen sehen. »Mach nicht so ein Gewese.«

Beim Tanzen gab es keine Flauten, keine Mauerblümchen versauerten neben dem Parkett. Auch dafür sorgten Hephzibahs Miminnen.

Wie beseelt spielte sie sogar mit dem Gedanken, selbst ein Tänzchen zu wagen. Unter den schwellenden Klängen der Musik führten ihre Männer die Frauen auf die Tanzfläche. Sie sahen aus wie Seeanemonen, die sich einander rhythmisch zuneigten. Gespielt wurde ein Walzer, ein schneller Walzer, der einem das Blut in Wallung brachte.

Sie brauchte mehr Champagner. Und mehr Götterspeise.

Hephzibah bemerkte, dass von der anderen Seite des Ballsaals ein Junge mit großen Augen zu ihr herübergaffte. Wahrscheinlich ein Lampenputzer oder Laufbursche. Er hatte ein spitzes Frettchengesicht und achtete darauf, von den anderen Dienstboten nicht gesehen zu werden. Normalerweise hätte Hephzibah ihm vielleicht eine halbe Krone zugeworfen und seinen Mut, sich nach oben zu trauen, belohnt. Aber heute Abend ging es wirklich nicht an, dass struppige Straßenköter durchs Haus tapsten. Sie kamen in den Planungen nicht vor. Außerdem gefiel es ihr nicht, wie unverschämt er sie anglotzte.

Eine Schauspielerin kam vorbeigewirbelt, ein Traum aus Taft und Seide. Mit einem lauten »Hoppla!« ließ sie ihr Champagnerglas auf den Boden fallen, wo es in tausend Stücke zersprang. »Genug Chaos für dich, Schätzchen?«, murmelte sie Hephzibah zu, während die Kellner herbeieilten, um die Scherben aufzufegen.

Das Bürschchen kniff die Augen zusammen. Ob er sie durchschaut hatte? Sie überlief ein Kribbeln.

»Du da, Junge!« Sie ließ ihre Kollegin einfach stehen. »Hol mir etwas zu trinken!«

Vielleicht fiel der Befehl etwas lauter aus, als von ihr beabsichtigt, jedenfalls stand ihr plötzlich ein Hausknecht oder Kellner mit einem Getränketablett im Weg. »Madam?«

Sie umkurvte ihn. »Das Jüngelchen soll mir ein Glas holen«, sagte sie. »Ich möchte ihm eine Lektion erteilen. Er hat mir eine Fratze geschnitten. Was für eine Impertinenz von diesem … diesem Nagetier.«

»Hab ich doch gar nicht«, widersprach der Junge.

»Sag ihm … sag ihm, er soll hinunter in die Küche gehen und mir einen … kalten Waschlappen holen!«

Ihr schwindelte. Ob es an der Wärme lag? Oder am Champagner? Sicher durfte sie ihre Schauspielerinnen kurz sich selbst überlassen. »Komm, hilf mir.« Sie schwankte auf ihn zu und packte ihn bei den Schultern. Zappelnd kämpfte er gegen sie an. »Bring mich zu einem Stuhl.«

Die Hausdiener sahen erst einander, dann die Gäste an. »Begleite Mylady ins Rosenholzzimmer«, forderte einer von ihnen den Jungen auf. »Ich bring ihr ein Glas Wasser.«

Es war sehr schwer, den Überblick zu behalten, so flink und leichtfüßig schlängelten sich die Bedienungen an den Wänden entlang. Sie hielt nach ihren wunderschönen, Walzer tanzenden Unruhestifterinnen Ausschau, doch sie waren fort, von der Hitze und vom Lärm des Ballsaals verschluckt.

»Rühr dich nicht vom Fleck!«, sagte sie zu dem Jungen. »Komm bloß nicht auf die Idee, dich davonzustehlen.« Sie hatte sich noch nicht entschieden, was sie mit ihm machen sollte.

Er wand sich wie ein Wurm. »Mr Shepherd«, rief er.

Hephzibah erstarrte.

Sie hatte den Butler seit ihrer Ankunft nicht gesehen. Die Hausdiener hatten sie hereingebeten, ihr einen Platz angeboten, sie ins Speisezimmer gebracht, ihr Wein eingeschenkt. Nicht Shepherd. Sie hatte sich innerlich auf ihn eingestellt. Es musste zu einer Begegnung kommen, das war unvermeidlich. Wie beim Zähneziehen. Ein unvermeidlicher, kaum auszuhaltender Schmerz, der genauso schnell wieder verging, wie er kam. Genau das hatte sie sich gewünscht: ein scharfes, sauberes Ende mit Schrecken.

Aber er hatte sich nicht blicken lassen. Erst hoffte sie es nur, dann glaubte sie allmählich daran, dass sie ihn nicht mehr zu sehen bekommen würde. Schließlich war es ein riesiges Haus, in dem sich Hunderte von Menschen tummelten. Durchaus möglich, dass sich ihre Wege nicht kreuzen würden.

Bei ihrem letzten Zusammentreffen mit Mr Shepherd wäre sie beinahe auf dem Parkett ausgerutscht. Kein Wunder, dass sie diesen Boden hasste. Das war jetzt achtzehn Jahre her. Über das Holz schlitternd, war sie zur Treppe gelaufen und um ein Haar der Länge nach hingeschlagen. Bis heute konnte sie den Geruch von Bienenwachs nicht ertragen.

Shepherd hatte getan, was er immer tat. Er ließ sich Bericht erstatten. Wobei er die Fragen stellte, ohne die nötigen Wörter zu benutzen. Doch das machte es nicht weniger widerwärtig. Nein, das machte es schlimmer, als würde das Gesagte mit Chlor gebleicht. Sie erinnerte sich an das Kratzen seines Bleistifts, an ihre Übelkeit, als ob ihr jemand die Finger in den Hals steckte.

Noch am selben Abend war sie aus der Park Lane weggelaufen. Die Küchenmagd Dolly Brown hatte sich vor Kummer verzehrt. Sie löste sich auf und verschwand auf Nimmerwiedersehen.

In der größten Not war es manchmal besser, einen Rückzieher zu machen. Darauf besann Hephzibah sich jetzt. Sie ließ den Lampenputzer nicht los, aber sie wandte sich von der Tür ab. Shepherd befand sich auf der anderen Seite.

Offensichtlich hatte der Ruf des Jungen ihn auf dem falschen Fuß erwischt, denn er wirkte alles andere als erfreut, aufgehalten zu werden. Suchend um sich blickend, wurde er ihrer gewahr. Irritiert wechselte er halblaut ein paar Worte mit dem Hausdiener. »Wer ist …«

Sie erhob sich und sah ihm fest in die Augen. »Hephzibah Grandcourt ist mein Name.«

Die ersten Stunden eines Balls sind immer eine fiebrige, nervöse Angelegenheit. Das Stimmungspendel kann in beide Richtungen ausschlagen: öde Gesellschaft oder rauschendes Fest. Dazwischen gibt es nichts. Nachdem Winnie von der goldglänzenden Pyramide herabgestiegen war und sie auf der Straße hatte stehen lassen, lief sie schnurstracks in den Garten, wo die spektakulärsten Darbietungen stattfinden sollten. Begleitet vom Gluckern der Gartenschläuche, die den Hof in den Nil verwandelt hatten, und nur mit Mühe das Gleichgewicht haltend, wagte sie sich auf das für sie bestimmte Floß. Ihr stark geschminktes Antlitz spiegelte sich in den Säbelscheiden und Speeren der Gaukler. An den Mauern des Hofs leuchteten Lämpchen.

»Miss de Vries!«, rief es auf der Terrasse. »Sie müssen den Nil als Erste überqueren!«

Applaus brandete auf, und eine begeisterte Menge erschien

am oberen Ende der Treppe. Die Fähren – miteinander verbundene Flöße, auf denen exotisch lackierte und vergoldete Stühle standen – dümpelten gemütlich auf dem künstlichen Fluss. Es roch dumpfig, nach zu viel lauwarmem Wasser auf einer viel zu kleinen Fläche.

»Wenn Sie darauf bestehen«, sagte Miss de Vries und löste sich aus der Menge. Sie wirkte blass, aber gefasst, vom Scheitel bis zur Sohle Königin Kleopatra, in eine Korsage geschnürt und in schwarzen Crêpe gehüllt, mit Gagatschmuck behängt, der bei jeder Bewegung hin und her schwang.

»Ich bin Isis«, krächzte Winnie mit trockener Kehle, während sie das Floß zur Treppe paddelte.

Sie war nicht gern in Miss de Vries' Nähe. Auch früher schon nicht. Diese Lektion hatte sie an ihrem letzten Tag in diesem Haus gelernt. Damals war ihre Herrin erst zwanzig Jahre alt gewesen, mit fast kindlich gerundeten Wangen. Sie hatte noch nicht angefangen, sich zu kasteien, zu fasten und sich Blut abzuzapfen. Doch ihre Augen waren schon damals so alt wie die Berge, genau wie die ihres Vaters. Voller Abscheu beobachtete Winnie das Kommen und Gehen immer neuer Hausmädchen. Ausgeschlossen, dass sie allesamt gekündigt hatten, um irgendwo als Ladenmädchen anzufangen, wie Mr Shepherd behauptete.

Einmal hatte sie es sogar der Gnädigen gegenüber zur Sprache gebracht. »Kommt Ihnen das nicht auch seltsam vor, Madam?«

Miss de Vries starrte sie ausdruckslos an. Sie sagte kein Wort, nicht einmal: »Ich habe keine Ahnung, wovon Sie reden.« Wusste sie Bescheid oder nicht? In dem Haus regierte etwas Stummes, Unsagbares, Unsichtbares – eine Schlechtigkeit, die so abgrundtief war, dass es Winnie schauderte.

Die Fähre erbebte. Miss de Vries drehte sich um, aber sie erkannte Winnie nicht. Sie sah nur das geschminkte Gesicht, die Saphire, die weißen Pailletten.

»Steiget ein«, sprach Winnie als Isis und hielt ihr die Hand hin. »Ich bin gekommen, um Euch in die Unterwelt überzusetzen.«

Doch Miss de Vries ließ sich von einer anderen Hand auf eine eigene Fähre helfen. »Wie reizend«, sagte sie vage und glitt davon.

Während an Land lauter Jubel ausbrach, leckten die Wellen traurig an Winnies Floß.

Ja, sie würde dieses Haus leermachen. Bis auf die Knochen würde sie es ausschlachten.

28

Noch zwei Stunden

————◄○►————

Alice sah ungeduldig auf die Uhr. Der Minutenzeiger schien nur millimeterweise vorzurücken. Es wurde Zeit, Mrs Bones Männern im Stallungshof Bescheid zu geben, dass sie bald die hinteren Tore öffnen mussten.

Sie schlängelte sich zwischen den Kisten im Ankleidezimmer hindurch. Erst am Morgen war eine neue Lieferung hereingekommen. Ballen weißen Satins, Bahnen Honitoner Spitze. Wäsche und Samtroben, Sonnenschirme mit Gagatbesatz. In Erwartung ihrer baldigen Verlobung war Madam bereits dabei, ihre Aussteuer zusammenzustellen. Alice malte sich aus, wie sie selbst einen der Schirme in der Hand hielt, die Haut von der Sonne gebräunt, in weißen Batist gekleidet. In der anderen Hand eine prall gefüllte Geldbörse. Als Gesellschafterin einer Dame, weit weg von England, in jeder Hinsicht von ihrer Herrin beschützt. Wie sie in einer noblen Suite mit allem erdenklichen Komfort wohnte und Madam gleich nebenan. Madam, deren Konturen von Tag zu Tag weicher und deren Faltenwurf fließender wurde.

Alice rief sich zur Ordnung. Sie durfte nicht zulassen, dass ihre Gedanken sich noch weiter in eine gefährliche Richtung bewegten.

Mit gleichmäßigen Schritten ging sie nach unten. Von Winnie ausgiebig gedrillt, wusste sie genau, was sie zu tun hatte. Auf der Hintertreppe herrschte ein aberwitziges Getriebe, Männer hetzten mit Serviertabletts die Stufen hinauf und hinunter. Alice durfte sich nicht aus dem Konzept bringen lassen: Sie musste zu den Stallungen.

Nachdem sie sich vergewissert hatte, dass sie nicht beobachtet wurde, schlüpfte sie durch das Gartentor nach draußen. Hier, auf der anderen Seite der Mauer, fühlte es sich kühler an. Aus der Ferne war das Brummen der Stadt zu vernehmen. Sie sah die Gasse hinunter. Hinter der nächsten Ecke warteten hundert Lieferwagen- und Pferdefuhrwerkfahrer auf ihren Einsatz, bereit, ins Haus einzudringen und die komplette Räumung in Angriff zu nehmen.

Am Ende der Gasse bewegte sich eine Gestalt. Jemand beobachtete sie, in eine Wandnische geschmiegt. Dann löste sich aus dem Schatten ein dunkler Schemen.

Ein Mann.

Eine Varietèkünstlerin im silbernen Kleid, die auf bunten Stelzen balancierte, starrte auf Winnie hinab. Sie standen auf der Terrasse, hinter sich das Haus. Winnie hatte die Menge genau im Auge, achtete auf jede Störung, jedes Problem. Alles lief wie geschmiert. Vor Aufregung hämmerte ihr das Herz in der Brust.

»Gute Schminke«, sagte die Artistin, bückte sich tief und tippte Winnie auf die Stirn.

Winnie duckte sich weg. »Danke.«

Sie stand mit dem Rücken zur Wand. Miss de Vries machte unter den Gästen die Runde, die perfekte Gastgeberin. Sie schüttelte Hände, tauschte leise Bemerkungen aus, drückte hier und da einen Arm, bewunderte das eine oder andere Ballkleid. Dabei wich ihr ein Mann nicht von den Fersen.

»Starren Sie nicht so«, sagte die Stelzengeherin. »Sonst kriegen die noch ne rote Birne?«

»Wie bitte?«

»Na, die zwei beiden da. Die Turteltäubchen.« Sie zeigte auf Miss de Vries. »Wir haben ne Wette am Laufen: Heiratsantrag unterm Feuerwerk bevor die Nacht rum ist.«

Winnie kniff die Augen zusammen und besah sich Miss de

Vries' Begleiter genauer. Der junge Mann, der als Charles I. kostümiert war, trug einen breitkrempigen Federhut. Er hatte eine raubtierhaft wirkende Kinnpartie und trug eine gelangweilte, ausdruckslose Miene zur Schau.

»Natürlich Lord Ashley«, erklärte die Stelzenfrau verschwörerisch. »Kann die Hände nicht bei sich behalten, der kleine Grapscher. Aber mir soll's egal sein. Ich bin hier oben vor ihm sicher.« Sie setzte sich mit ihren langen Beinen in Bewegung, trotz des Kleides unglaublich schnell. »Das Glück haben Sie leider nicht!«

Winnie war wie benebelt. Lord Ashley hatte überhaupt keine Augen für Miss de Vries. Er plauderte freundlich mit den adrett herausgeputzten Hausmädchen, die auf der Terrasse standen. Kichernd ließen sie es sich gefallen und taten so, als wären sie von den Attraktionen ganz überwältigt. Aber ihre Begeisterung war nur gespielt. Die Mädchen waren am Ende ihrer Kräfte. Man sah es ihnen an den Schultern an. Seelische Erschöpfung, ein chronischer Zustand. Einen Hungerlohn und an Weihnachten zur Belohnung ein Stück Hammelfleisch, mehr hatten sie vom Leben nicht zu erwarten.

Es schnürte ihr die Brust zusammen.

Als Miss de Vries einen Blick auf die kleine Ansteckuhr an ihrem Kostüm warf, brach sich in einem funkelnden Blitz das Licht darin. Sie richtete kurz das Wort an Lord Ashley. Der fuhr so ungestüm zu ihr herum, dass er ihr auf die Schleppe trat. Winnie war die Einzige, die es bemerkte. Indigniert sah Miss de Vries nach unten. Das Kleid war eingerissen.

Ohne auf sie zu achten, ging Lord Ashley weiter. Auf Winnie wirkten die beiden nicht gerade wie Turteltäubchen.

Miss de Vries blieb noch kurz stehen und inspizierte ihre Schleppe. Dann sammelte sie sich, drapierte den Kleiderstoff neu und hielt auf das Haus zu.

So unmerklich glitt sie hinüber, dass die Menge sich kaum vor

ihr teilte: Sie war wie ein Schatten – eben noch da, im nächsten
Augenblick verschwunden.

Winnie dachte: *Jemand muss ihr folgen.*

Warum war Alice nicht hier?

Es war eine schweißtreibende Arbeit, die zerbrechlichen Möbelstücke in Abdecktücker zu wickeln und alles fest mit Bindfaden
zu verschnüren. Poliertes Holz, jede Menge Nussbaum, Queen-
Anne-Schränkchen mit unzähligen glänzenden Messingbeschlä-
gen.

»Als was würdest du gehen?«, fragte Jane Zwei.

»Hä?«, sagte Jane Eins.

»Auf einem Kostümfest.«

»So wie dem hier?«

Jane Zwei nickte.

Jane Eins überlegte. »Ich würde gar nicht gehen.«

»Ich schon.«

»Verkleidet? Als was?«

Jane Zwei überlegte. »Die schöne Helena.«

Jane Eins schnaubte. »Fabelhaft. Hier kommt dein hölzernes
Pferd.«

Sie rollte die nächste bis zum Rand mit Schätzen angefüllte
Kiste auf den Schienen, die sie verlegt hatten, durch den Korridor
und fuhr sich mit der Hand schnell durch die Haare. Sie durften nicht nachlassen. Nicht mal für eine Minute. Ohne auf die
Uhr zu sehen, wusste sie, wie spät es war. Mitternacht rückte mit
Riesenschritten näher. »Wir müssen schneller machen«, sagte
sie.

Alice erkannte den Mann in der Gasse sofort. Dass er seinen
üblichen Begleiter nicht dabeihatte, flößte ihr aus irgendeinem
Grund nur noch mehr Angst ein. Ein Mann, der komplett freie
Hand hatte. Mit gelockertem Hemdkragen. Anscheinend spür-

ten sogar Schuldeneintreiber die Hitze. Sie schluckte ein in ihr aufsteigendes Lachen der Verzweiflung hinunter.

Normalerweise war er von ausgesuchter Höflichkeit und begrüßte sie mit einem Tippen an den Hut. Aber heute Abend trug er keine Kopfbedeckung. Die Laterne schien ihm auf den kahlen Schädel, und er wirkte größer als sonst.

Sie konnte seine Hände nicht sehen; er hatte sie in den Taschen vergraben.

Als er sie erblickte, atmete er langsam aus. Jetzt bekam sie erst richtig weiche Knie. Dabei war es bloß ein leises Schnauben, das ... was ausdrücken sollte? Wut? Ungeduld, weil er es kaum erwarten konnte, seinen Auftrag auszuführen?

Alice konnte erkennen, dass er tatsächlich etwas in der Tasche versteckt hatte. Ein Bleirohr, einen Strick oder ein Messer: Ihre Fantasie spulte alle Möglichkeiten vor ihr ab, während ihr die Angst rasselnd durch den Brustkorb raste.

»Du bist mit der Zahlung im Verzug«, sagte er.

Alice sah die Gasse hinauf und hinunter, warf einen Blick über ihre Schulter, zurück in den Hof. Niemand da. Kein Mensch in Sicht, der ihr helfen konnte.

Sie zögerte nicht. Sie überlegte nicht. Sie drehte sich um und rannte, schnurstracks zurück in den Stallungshof. Lauf, befahl ihr Körper. Lauf und versteck dich.

Sie hetzte durch die Wirtschaftsräume im Souterrain, zwischen Kellnern und Hausdienern hindurch. Sie musste nachdenken. Nachdenken, nachdenken, *nachdenken*.

»Alice?«

Ein Gesicht lugte um die Ecke des Küchengangs. Es durchfuhr sie wie ein elektrischer Schock, und sie schnappte nach Luft.

Es war einer der Hausknechte. Er sah Alice fragend an. »Keine Bange! Aber Madam hat gerade nach dir gefragt. Sie hat einen Riss im Kleid. Du sollst schnell nach oben laufen und es reparieren.«

Madam. Alice' Gedanken rasten. Ja: Madam. Eine Frau, mit der nicht zu spaßen war, die etwas zu sagen hatte, in deren Schutz sie flüchten konnte …

Alice hatte Atembeklemmungen, schlimmer als in ein Korsett geschnürt zu werden. Der Hausbursche musterte sie fragend. »Worauf wartest du? Ab mit dir!«

29

Mr Lockwood hielt Mrs King fast eine geschlagene Stunde lang hin. Die ließ sich davon nicht irritieren. Ruhig und aufrecht saß sie in einem der wuchtigen Ohrensessel in der Bibliothek und fasste sich in Geduld. Es gab keinen besseren Ort für ein vertrauliches Gespräch. Die Bücherwände mit dem vielen Pergament und dem goldgeprägten Leder schluckten den Schall. Mrs King hörte die Ballgeräusche nur als fernes Tosen, wie durch Wasser gedämpft.

Mr Lockwood saß ihr gegenüber und schrieb einen Brief, ohne sie zu beachten. Seine Geduld konnte sich mit ihrer messen.

Mrs Kings Mitverschwörerinnen wussten nicht, dass sie hier oben war. Dieses Gespräch kam im Schlachtplan der Frauen nicht vor, nur in Mrs Kings eigenen Plänen. Sie hatte ein ganz klares Ziel vor Augen. Bevor das Haus ausgeräumt wurde, wollte sie sich davon überzeugen, dass sie auch ja keine entscheidende Information übersehen hatte. Sie musste jeden Stein umdrehen, jeden Wurm inspizieren, der darunter zum Vorschein kam.

Zuletzt ergriff sie doch das Wort: »Was schreiben Sie da, Mr Lockwood?«

»Ich dachte schon, Sie fragen nie«, murmelte er. Er löschte die Tinte, schürzte die Lippen und schwenkte das Papier so, dass sie es sehen konnte. »Es handelt sich um Ihre eidesstattliche Erklärung.« Sein Lächeln war vollkommen starr.

Mit brennendem Gesicht las Mrs King, was er ihr in den Mund gelegt hatte. Das unterwürfige Versprechen, das Haus de Vries nicht mit irgendwelchen Lügen und Skandalgeschichten oder auf andere Art bloßzustellen.

Sie hob den Blick und sah ihn an.

»Ich vermute, Sie sind um Ihres eigenen Vorteils willen hier«, sagte er. »Um Ihre ehemalige Herrin in Verlegenheit zu stürzen. Um ihr Geld abzupressen.« Er legte den Kopf auf die Seite. »Oder verfolgen Sie insgeheim noch ganz andere, finstere Absichten, von denen ich nichts weiß?«

Mrs King schmunzelte in sich hinein, ließ sich aber nichts anmerken. »Das unterschreibe ich nicht.«

»Wir könnten uns natürlich auch anders verständigen. Ich bin bereit, über eine … Abfindung zu diskutieren. Wenn Sie mir im Gegenzug gewährleisten …« Er hielt kurz inne. »… dass Sie sich zum Teufel scheren.«

Mrs King schob ihm das Papier wieder hin »Ein paar Informationen wären mir lieber.«

»Informationen? Von mir? Ganz gewiss nicht!«

»Ach, Gottchen«, seufzte Mrs King. »Dabei habe ich Ihnen doch noch gar nicht gesagt, was ich wissen will.«

Er schnalzte gereizt mit der Zunge. »Sie machen sich ja keinen Begriff, wie sehr mich diese Geschichte anödet. Es ist eine Sache, die Indiskretionen eines Gentlemans unter den Teppich zu kehren. Aber dass sie immer wieder darunter hervorkriechen und Ärger machen, ist etwas völlig anderes. Doch natürlich erlebe ich so etwas nicht zum ersten Mal. Männer auf dem Totenbett sehen sich immer wieder von ihren Bastarden heimgesucht.«

Mrs King musterte Mr Lockwood von oben bis unten, seine verwundbaren Stellen, die geisterbleiche Haut an seiner Kehle. »Ich bin kein Bastard«, entgegnete sie gelassen.

»Ach, du gute Güte. Das hätte ich nun gern schwarz auf weiß. Oder noch besser, schreiben Sie es einfach in die eidesstattliche Erklärung.«

Mrs King betrachtete ihn. »Mr de Vries hat vor seinem Tod ein sehr langes Gespräch mit mir geführt.«

Mr Lockwoods Augen funkelten. »Was Sie nicht sagen! Auf den Satz hatte ich schon gewartet. Hat er Ihnen alle möglichen großen Versprechungen gemacht? Bargeld und ein paar Familienerbstücke? Lassen Sie hören. Die Stelle muss ich in seinem Testament wohl überlesen haben.« Er wich ihrem Blick nicht aus. »Abgesehen davon, kommen Sie in seinem letzten Willen überhaupt nicht vor.«

»Sie glauben nicht, dass meine Aussage zählt?«

»Nein, das glaube ich nicht. Vor Gericht hätte sie keinerlei Bestand.«

»Wir sind aber nicht vor Gericht, Mr Lockwood. Wir brauchen nicht haarspalterisch zu entscheiden, welche Beweise wir für zulässig halten und welche nicht.«

»Da kann ich Ihnen nur recht geben. Stünden wir allerdings doch vor Gericht, bräuchten Sie einen Zeugen. Könnten Sie einen beibringen? War während jenes ach so aufschlussreichen Gesprächs sonst noch jemand zugegen?«

In Mrs King regte sich leise Verärgerung. »Nein«, antwortete sie kurz und bündig, ohne äußerlich eine Gefühlregung zu zeigen.

Mr Lockwood schloss kurz die Augen. »Nun denn«, sagte er müde. »Wir haben nichts weiter zu besprechen.«

Mrs King tippte mit dem Fingernagel auf das Papier. »Ich hätte gar nichts dagegen, ein Dokument zu unterzeichnen, Mr Lockwood. Im Gegenteil. Allerdings ist der Ton, den Sie in Ihrem Entwurf anschlagen, eine Zumutung. Verleumdung, üble Nachrede, Skandal – wie sich das anhört! Das schmeckt mir nicht. Warum so kompliziert, wenn es auch einfach geht? Legen Sie mir ein paar klare, nüchterne Sätze vor, und ich unterschreibe im Handumdrehen.«

Die Luft flimmerte. Mr Lockwood witterte Gefahr. »Ach ja?«

»Wenn Sie möchten, können Sie den Text jetzt gleich aufs Papier werfen«, sagte Mrs King. »Etwas in der Richtung von: *Ich bin nicht das uneheliche Kind von Wilhelm de Vries. Das habe ich auch nie vermutet. Niemand hat mir je Anlass gegeben, das zu glauben.*«

In seinem Mundwinkel zuckte ein Muskel.

»Sie haben Feder und Tinte?«, fragte sie freundlich.

»Ich weiß nicht, ob ich Ihnen vertrauen kann, Mrs King.«

»Himmel, ich bin eine grundehrliche Frau. Darüber brauchen Sie sich keine Sorgen zu machen. Aber apropos Ehrlichkeit ... ich hätte da noch eine winzig kleine Frage. Sie steht damit in Zusammenhang.« Sie formulierte den nächsten Satz mit viel Bedacht. Alles kam jetzt auf Lockwoods Antwort an. »Haben Sie die Heiratsurkunde meines Vaters?«

Lockwood drückte die Schultern durch. Verwirrt legte er die Stirn in Falten.

»Mr Lockwood?«

Schweigen. Sie hatte ihn aus dem Gleichgewicht gebracht. »Ja oder nein?«, fragte sie. »Sie müssten doch eigentlich alle Papiere meines Vaters in Verwahrung haben.«

Lockwood atmete kurz ein. Dann fragte er: »Was meinen Sie damit?«

»Ach, nun sagen Sie nicht, ich muss noch mal dem Standesamt einen Besuch abstatten.«

»Wie kämen Sie denn auf diese Idee?«

Mrs King hatte zwei Möglichkeiten. Ihn – mit unabsehbaren Folgen – zum Spaß auf die Palme bringen. Oder auf Zeit spielen. Aber damit stellt sie auch ihre eigene Geduld auf die Probe. Sie entschied sich dafür, ihn zu ärgern.

»Das würde ich lieber mit Miss de Vries besprechen.«

»Warum?« Er ließ sie nicht aus den Augen.

»Weil es eine Privatangelegenheit ist.«

Der Anwalt lehnte sich nachdenklich zurück. Hinter seinem feinen, gepflegten Äußeren schimmerte etwas Grobes durch. Seine Hände verrieten ihn. Sie waren schwielig, die Fingernägel schwarz.

»Ich möchte Ihnen raten, mit mir zu reden«, sagte er.

Mrs King lächelte. »Nein.«

Mr Lockwood stand auf. »Sie sagen es mir jetzt, auf der Stelle«, befahl er mit einem drohenden Unterton in der Stimme. An seinem Mund hing ein glänzender Speicheltropfen.

»Nicht aufregen, Mr Lockwood«, sagte sie.

Er baute sich vor ihr auf. »Vergessen Sie Ihre Manieren nicht. Ich frage Sie ein letztes Mal.« Er fuhr sich mit der Zunge über die Lippen, ein schnelles Zucken wie bei einem Reptil.

Mrs Kings atmete ruhig ein und aus. Mr Lockwood beugte sich über sie und stützte sich mit beiden Armen auf ihren Sessel.

»Lassen Sie das, Mr Lockwood«, sagte sie. Sein Atem roch klebrig süß, nach Vanille und Honig. So süß, dass sich ihr der Magen umdrehte.

»Dann beantworten Sie meine Frage.«

»Nein. Keinesfalls.«

Er hatte sehr gerade, gleichmäßige Schneidezähne, aber die Backenzähne weiter hinten bildeten einen Wust von Schwarz und Silber. »Muss ich Ihnen die Antwort aus der Nase ziehen?«, fragte er.

Mrs King starrte ihn an. »Das möchte ich Ihnen nicht geraten haben.«

»Stehen Sie auf.« Er packte ihren Arm.

Mrs King verpasste ihm einen heftigen Stoß gegen die Brust. Er stolperte nach hinten, die Augen vor Schreck weit aufgerissen.

Sie erhob sich geschmeidig aus dem Sessel und verpasste ihm eine schallende Ohrfeige. Es knackte.

Der Butler stolperte und schlug der Länge nach hin. Mrs King war jedes Mal wieder aufs Neue überrascht, wie leicht Männer umfielen. Sogar solche von drahtigem, kompaktem Körperbau wie Mr Lockwood. Sie sahen es nicht kommen, nie.

Er drosch mit den schmutzigen Pfoten um sich.

»Aufstehen«, sagte Mrs King. »Bevor noch einer reinkommt und sieht, dass Sie am Boden sind.«

Es dauerte ein paar Sekunden, bis er sich berappelt hatte, dann drückte er sich hoch, bis er in der Hocke auf den Fußballen balancierte. Da kauerte er nun, die Augen brennend vor Wut.

Das Türschloss klickte, und es wurde plötzlich laut und hell. Ein Hauch von Farn, von Orchideen. Eine leise, schneidende Stimme.

»*Mrs King.*«

Eingerahmt vom Korridorlicht stand Miss de Vries in der Tür. Hinter ihr toste rauschend das Fest, ein Freudenfeuer aus Hitze, Farbe und Lärm. Puterrot im Gesicht stand Mr Lockwood auf.

Mrs King rührte sich nicht vom Fleck, auf alles gefasst.

Jetzt wurde es endlich ernst.

»Setzen Sie sich, Mr Lockwood«, sagte Miss de Vries. Der schwarze Crêpe raschelte. Sie richtete ihre Röcke, um den Riss in der schwarzen, bauschigen Schleppe zu verdecken. »Sie wirken angeschlagen.«

Miss de Vries sah gut aus. Der Teint leuchtend, das Haar rötlichbraun. Ihr Blick strahlte Selbstbewusstsein aus, etwas Herrschaftliches. Sie brachte ein Gefühl von Schwere mit herein. Das Parkett schien unter ihr zu ächzen.

Mrs King lächelte. »Mr Lockwood hat leider die Beherrschung verloren.«

»Sie reden, wenn Sie gefragt werden, Mrs King«, sagte Miss de Vries.

»Ich rede, wann ich will«, antwortete Mrs King gelassen. »Und was führt Sie in die Bibliothek? Hat vielleicht jemand erwähnt, dass Sie mich hier antreffen?«

»Ich habe meine Augen überall.« Miss de Vries verschränkte die Arme.

Sicher hatte einer der Schreiberlinge geplaudert. Mrs King war es ganz recht. Wenn niemand die Dame des Hauses verständigt hätte, wie im Plan vorgesehen, wäre sie selbst zu ihr gegangen. Auf dieses Gespräch wartete sie schon seit Wochen.

»Schön, Sie wiederzusehen«, sagte Mrs King. »Ich konnte mich gar nicht verabschieden.«

»Miss de Vries«, begann Mr Lockwood, der kreidebleich geworden war. Aber sie brachte ihn mit erhobenem Zeigefinger zum Schweigen.

Lange sagte niemand ein Wort, Spannung lag in der Luft. Miss de Vries trat nah an Mrs King heran und drückte die Finger auf ihre Kupfermaske. »Erstaunlich«, sagte sie.

Erst jetzt nahm Mrs King das Kleid der Gastgeberin zum ersten Mal in seiner ganzen Pracht wahr. Sie staunte, wie verschwenderisch es war, wie handwerklich perfekt gefertigt. Der Crêpestoff nicht mehr als ein Hauch. Sie hatte nicht geahnt, dass Alice über solch schneiderisches Geschick verfügte.

Beziehungsweise, über so eine große Einsatzfreude.

»Gehen wir ein paar Schritte, Mrs King«, schlug Miss de Vries vor.

Mrs King überlegte, ob sie ablehnen sollte. Natürlich könnte sie versuchen, Miss de Vries auf einen Stuhl zu zwingen und sie in die Mangel zu nehmen. Aber die Hausherrin war viel stärker als Lockwood, ihr selbst mindestens ebenbürtig. Es war besser, sie mit sanfter Hand zu führen und erst nach und nach die Zügel anzuziehen.

»Warum nicht?«, sagte Mrs King.

Als Miss de Vries die Tür öffnete, schlug ihnen lautes Geschmetter entgegen – ein Bläsertusch des Orchesters.

Das enthusiasmierte Ballgeschehen zog sie magisch hinein.

Jeder Raum der Beletage besaß große Schiebetüren, die allesamt offen standen. Der Ballsaal erstreckte sich über die ganze Länge des Hauses. Mrs King kam es so vor, als könnte sie ihre gesamte Truppe in Aktion sehen. Bis unters Dach wimmelte es von ihnen. Sie spürte, wie die Janes die Kisten durch die Gästesuiten rollten und Mrs Bones »Schutzmänner« so taten, als bewachten sie das hintere Gartentor. Sie sah die Kellner, die gewaltige Mengen Champagner ausschenkten, bemerkte Hephzibahs Schauspielerinnen, die mit Bischöfen und Rechtsanwälten schäkerten. Die *echten* Gäste waren schon angeheitert. Rotgesichtig verbeugten sie sich, als Miss de Vries vorbeiging.

»Was für ein entzückendes Kostüm!«

»Cleopatra, wie originell!«

»Danke«, murmelte Miss de Vries, rechts und links Hände schüttelnd. Außerhalb des Ballsaals hingen Bilder an der Wand, blaue Seestücke, Männer mit gepuderten Perücken, Bäume, die der Sturm niederbeugte. Mrs King beobachtete, dass manche Gäste heimlich die vergoldeten Rahmen befühlten. Sie hätte ihnen sagen können, was sie wert waren. Winnie hatte alle Stücke ausgepreist; die Ankäufer standen parat. Obwohl die Gemälde von beinahe unschätzbarem Wert waren, sahen sie neben den Blumenbögen und den mit Seide bespannten Wänden langweilig und düster aus. Leise flatterten die Wedel einer Palme von der Höhe eines Omnibusses in der Hitze. Die Feuchtigkeit, die sich als Wasserperlen an dem Baum abgesetzt hatte, rann wie Tränen am Stamm hinunter.

Mrs King war kein Mensch, der gern Zeit verlor, und sie sah, dass auch Miss de Vries ständig die Uhr im Auge hatte. »Kommen wir gleich zur Sache?«, fragte sie.

Miss de Vries nickte kühl. »Ja.«

»Kurz bevor Ihr Vater starb, hat er mich zu einem Gespräch zu sich zitiert. Ich vermute, mit Ihnen hat er ebenfalls gesprochen.«

Miss de Vries ging einen halben Schritt schneller. »Das ist richtig.«

Ihre Miene war vollkommen ausdruckslos. Das war gefährlich. Die Frauen blieben auf der Schwelle des Ballsaals stehen, ließen den Blick über die Gesellschaft gleiten und sonnten sich ein wenig in ihrem gemeinsamen Triumph.

Über der unfassbar großen Menschenmenge hing eine Wolke

aus Moschus, Parfüm und Schweiß. Das frische Lachsrosa der Wände glänzte und schimmerte im Licht der elektrischen Lüster. Die schäumenden, strudelnden Walzerklänge rissen die Tanzpaare mit sich, die in perfekter Formation über das Parkett wirbelten. Miss de Vries' Augen leuchteten. Eines musste Mrs King ihr lassen: Dieser Ball war mit Sicherheit der großartigste der Saison.

Mr Lockwood trat näher. Räusperte sich. »Mrs King ist bereit zu beeiden, dass sie nicht Mr de Vries' Tochter ist«, murmelte er.

»Nicht seine *uneheliche* Tochter«, sagte Mrs King lächelnd. Interessiert sah sie Madams Reaktion entgegen.

Miss de Vries gab keinen Laut von sich, aber unter einem Anflug von Irritation verhärtete sich ihre Miene. Das machte sie älter. Ihr Blick fiel auf eine Gruppe von Männern neben der Tür, die als Edelleute aus dem 17. Jahrhundert kostümiert waren. Als sie schwungvoll die Hüte lüfteten, grüßte sie mit einem huldvollen Kopfnicken zurück.

Mr Lockwood lachte nervös. »Das ist eine gute Nachricht, Miss de Vries.«

»Ich muss etwas trinken«, sagte Miss de Vries. »Sie auch, Mrs King?«

Mrs King ging kurz in sich. War es grausam, dieses Gespräch hier und heute zu führen? Vor aller Augen? Vielleicht. Doch schon bemerkte sie ein provozierendes Funkeln in Madams Augen.

»Da sag ich nicht nein«, antwortete sie.

Umwallt von ihrem Kostüm, ging Miss de Vries gemessenen Schrittes weiter. Die Erfrischungen standen im Vorzimmer bereit, Limonade im Überfluss, geeister Fruchtsirup, Waffeln, Bonbons. Sie nahm zwei Champagnergläser von einem Tablett und reichte eines an Mrs King weiter.

»Also gut. Ich höre.« Miss de Vries nippte an ihrem Glas,

schloss die Augen, schluckte. »Ich sehe Ihnen an, dass Sie mir unbedingt etwas sagen wollen. Bühne frei! Sprechen Sie.«

Mrs King blickte in ihr Champagnerglas, in dem die kleinen Bläschen aufstiegen und zerplatzten. »Es war genau andersherum«, sagte sie. »Wir wurden getäuscht. Ihr Vater hat Sie hinters Licht geführt.« Die Musik schwoll an, die Tanzenden drehten sich schneller. »Wir haben unser Leben von hinten nach vorn gelebt, Sie und ich. Sie müssen mich für eine furchtbare Person gehalten haben. Eine Frau, die bei Ihnen in Lohn und Brot steht, in Ihrem eigenen Haus, ein Geschöpf der Schande.«

Miss de Vries ließ sich Zeit mit ihrer Antwort. Dann sagte sie: »Genau das habe ich gedacht.«

»Ich kann es Ihnen nicht verübeln. Das Gleiche habe ich ja auch gedacht. Mir war selbst nicht klar, was ich eigentlich hier sollte. Aber die Neugierde hat mich all die Jahre nicht losgelassen. Ich habe immer gespürt, dass mehr dahintersteckte.« Den Blick geradeaus gerichtet, fügte sie hinzu: »Sie sind ein kluges Kind. Sie müssen es doch auch gemerkt haben.«

Miss de Vries stand da wie hinter einer Wand, umgeben von einer erstickenden Luftlosigkeit. »Ich habe keine Ahnung, wovon Sie reden.«

»Aber nicht doch, natürlich wissen Sie es. Sie kennen die Geheimnisse Ihres Vaters besser als jeder andere Mensch. Sie wissen, dass er ein Betrüger war. Und schon einmal verheiratet.«

30

Zwei Monate zuvor

———◄o►———

Im Haus war es stiller als sonst. Alles war mit Tüchern verhängt, um den Schall zu schlucken, damit der gnädige Herr nicht gestört wurde. Mr Shepherd nahm Mrs King an der Schlafzimmertür in Empfang.

»Guten Abend, Mrs King.« Kummervoller Ton.

»Guten Abend, Mr Shepherd.« Als der Butler die Tür nicht freigab, fügte sie hinzu: »Er hat nach mir geschickt.«

»Ich wüsste nicht, warum. Er braucht seine Ruhe. Worum geht es denn, Mrs King?«

Sie war mit ihrer Geduld fast am Ende. Sie hatte nicht mehr die Energie, Mr Shepherd an der langen Leine zu führen. »Ich habe heute Geburtstag«, antwortete sie. Mit der Hand um ihn herumgreifend, öffnete sie die Tür. »Wahrscheinlich will er mir mein Geschenk geben.«

Seit dem Tag seiner Rückkehr vom Kontinent war das Zimmer nicht mehr dasselbe. Der Niedergang ließ sich nicht aufhalten. Die Fensterläden blieben geschlossen, auf den Tischen sammelten sich die Utensilien einer Krankenstube: Tablettendöschen und Waschlappen, Handtücher und Schüsseln, die darauf warteten, von der Pflegerin weggeräumt zu werden. Schwefelgeruch hing in der Luft. Als wäre er dem Hausherrn aus den Kasinos und Wandelhallen der Kurorte bis in die Park Lane gefolgt.

Sie zwang sich, zum Bett hinüberzusehen.

Mr de Vries lag da, auf seidene Kissen gebettet. Die Vorhänge waren zurückgezogen. Sogar aus der Entfernung hörte sie ihn atmen, hörte das Rasseln in seiner Lunge.

»Guten Abend, Sir«, sagte sie.

Er hatte die Augen geschlossen, aber er schnappte nach Luft, sog sie gequält in sich hinein. »Komm her.«

Offensichtlich hatte er nicht vor, viele Worte zu machen. Mrs King ging zum Bett. Die Teppiche schluckten ihre Schritte.

»Dein Geschenk«, sagte er, die Hand auf einem Gebetbuch, das neben ihm im Bett lag.

Seine Finger waren dünn, fast elegant. Aber mit den vielen Ringen, den vorspringenden Knöcheln und den sprießenden Härchen hatten sie auch etwas Unappetitliches. Hände fürs Grapschen, Tatschen, Entblättern. Finger, unter deren Nägeln Krankheiten lauerten.

Sie rührte das Buch nicht an. Irgendjemand würde es ihr später nach unten bringen und neben ihrer Tür auf die anderen stapeln.

»Danke«, sagte sie, weil es sich so gehörte und keinem wehtat.

»Ich habe einen Brief geschrieben«, krächzte er. »Wenn du die Wahrheit wissen willst.«

Sie erstarrte. »Wie bitte?«

»Er ist hier im Haus«, sagte er. »Der Brief.«

Später fiel es ihr schwer, in Worte zu fassen, was sie in diesem Augenblick empfunden hatte. Überraschung? Neugier? Auf jeden Fall war es ein inneres Rumoren, ein Unbehagen. Wenn er wortkarg war, war sie es auch. Nicht zu viel zu sagen, bedurfte einiger Sorgfalt und Präzision. Als sie ihn da so platt in den Kissen vor sich liegen sah, machte sich in ihrem Herzen Kälte breit. Er hatte nicht mehr lange zu leben. Er wollte seine letzten Dinge regeln.

»Was für ein Brief?«, fragte sie schließlich.

Seine Augenlider flatterten. Er hatte seine Lust, mit anderen zu spielen, sie zappeln zu lassen, noch nicht verloren.

»Finde ihn«, sagte er. »Dann weißt du's.«

Sie war von wiederstrebenden Gefühlen erfüllt. Einerseits hätte sie gern seine Nähe gesucht, andererseits hätte sie sich am liebsten weggestohlen. Die Stimme des Blutes, anziehend und abstoßend zugleich.

»Haben Sie es bequem?«, fragte sie.

Ihr Interesse war echt. Was für ein Gefühl mochte es sein, an der Schwelle des Todes zu stehen? Sein Ende war nah. Man sah es daran, wie dürr sein Hals geworden war, wie hohl seine Wangen. Seine Bewegungen wurden immer langsamer, der Verfall schritt unaufhaltsam voran.

Er atmete hauchend aus. Sein Blick wanderte zu dem Medizinschränkchen, den Schüsseln, den Tablettendöschen.

»Mir ist langweilig«, wisperte er.

Obwohl sie ihn in diesem Augenblick verabscheute, hätte sie beinahe laut gelacht. Ich würde mich auch langweilen, dachte sie. Das Sterben war ja so unendlich langweilig.

Sie drückte den Rücken durch. »Was hat es mit diesem Brief auf sich?«

»Es geht darin um deine arme Mutter«, antwortete er, kaum lauter als ein Flüstern.

Mrs King stand da wie gelähmt.

Erstaunlich, wie leicht man zu erschrecken war! Auch wenn sie alle Jahre zusammenzählte, die sie schon hier lebte, die Stunden, Minuten, Sekunden – und das hätte sie vermocht, denn ihr war manchmal so, als hätte sie jede einzelne noch im Kopf, wie mit kleinen Gepäckanhängern versehen –, konnte sie sich nicht erinnern, dass er Mutter nur ein einziges Mal erwähnt hatte. In seinem Haus, in seiner Welt existierte Mutter nicht. Das hatte Lockwood ihr am Tag ihrer Ankunft eingebläut.

Ein Frösteln lief durch ihren Körper. »Was soll das heißen?«, fragte sie leise.

In ihrer Brust ballte sich etwas zusammen, das gefährlich viel Ähnlichkeit mit Angst hatte. Weil sie wusste, wie das Spiel ablief.

Es musste eine Prise Ironie enthalten, ein Ideechen Schmerz. Ein Spieler musste verlieren, damit der andere gewinnen konnte.

Mrs King wusste, dass sie ein Bankert war, ein Fehltritt, ein Makel. Dieses Wissen barg sie schon lange in sich. Hier musste es um etwas anderes gehen.

»Alles deins.« Er hob den Zeigefinger, nicht einmal einen halben Zoll hoch. »Alles hier.«

Bei Mr de Vries konnte ein Zoll ganze Weltmeere abdecken, Prärien, weite Landstriche. Silber. Gold. Mit Diamanten gespickte Berge. So viele Besitztümer, unter seinem Namen vereint, in seinem Imperium. Sie hätte verwirrt sein müssen. Angesichts dieses unbegreiflichen Ausmaßes hätte ihr schwindeln müssen, weil es über ihren Verstand hinausging. Doch sie empfand nichts als Übelkeit, tief in der Magengrube. Sie begriff sofort. Ha-ha, dachte sie benommen. Eine letzte Pointe, ein letzter böser Streich, bevor es mit ihm zu Ende ging.

»Dann waren Sie also doch mit Mutter verheiratet.«

Er nickte nicht, schüttelte auch nicht den Kopf. Er starrte sie bloß an.

Dass ihre Mutter Witwe war, hatte Mrs King ihr nie abgenommen. Das Bild, das sie sich von ihr machte, zeigte ein unsicheres, verwirrtes Mädchen, das in anderen Umständen war. Sie hatte einen Verehrer gehabt: Danny O'Flynn mit den pomadigen Locken, der ihr Honig ums Maul schmierte, ein Schaumschläger, in ganzem Viertel als Unruhestifter bekannt. »Er hat allen Mädchen einen Ring geschenkt«, hatte Mrs Bone einmal verdrießlich erzählt. »Um die Nachbarn zu besänftigen.«

Das verstand Mrs King. Der äußere Anschein spielte eine große Rolle. Erst nachdem sie in die Park Lane gezogen war, hatte sich für sie nach und nach alles zusammengefügt: ihre merkwürdige Stellung im Haus und wo das Geld für Mutters Unterbringung in der Klinik herkam.

Wie Tausende von Männern vor und sicherlich auch Tausende von Männern nach ihm hatte Mr de Vries einen Bastard gezeugt. Dieser Makel würde für immer an ihr haften.

Oder vielleicht doch nicht?

Der Gedanke, dass ihre Mutter die Wahrheit gesagt hatte und nicht nur vom Gefühl her verwitwet war, sondern auch vor dem Gesetz als sogenannte »Strohwitwe« galt, traf sie wie ein Schlag in die Magengrube. Es verschlug ihr vor Scham den Atem, dass sie diese Möglichkeit nie nur im Entferntesten in Betracht gezogen und ihrer Mutter kein Wort geglaubt hatte.

»Warum erzählen Sie mir das jetzt?«, fragte sie.

Er antwortete nicht. Schwer atmend lag er da und beobachtete sie mit einem seltsamen Leuchten in den Augen.

»Finde den Brief«, sagte er. »Dann kannst du es überall herumposaunen.«

Das war der Abend, an dem Mrs Kings Suche nach dem Brief begann. Sie beschloss, das Haus vom Speicher bis zum Keller auf den Kopf zu stellen.

Aber das Haus wehrte sich nach Kräften mit seinen unzähligen Fächern, Geheimschubladen, Deckeldosen, Schraubgläsern, Hutschachteln, Packkisten, Vasen, Bücherschränken, Schreibtischen, Bilderrahmen, Spiegeln, Schränken mit doppelter Rückwand, Schlafzimmern, Bettpfosten, Bettgestellen …

Sie musste es gründlicher filzen.

Der Plan kam einfach über sie. So wie immer, nicht in Wörtern, sondern in Farben und Formen. Aber diesmal sprengte er sogar ihre eigene Fantasie. Er war diffus, nebulös; sie sah Gold und Glas. Von Hitze gerötete Gesichter und Männer, die wild durcheinanderschrien.

Wie üblich hatte sie sich mit den Speiseplänen zu Madam hinaufbegeben, eine Routine, die während Mr de Vries' Aufenthalt auf dem Kontinent zu kurz gekommen war. Seit seiner Rückkehr ging alles wieder den altgewohnten Gang.

»Soufflé«, sagte Madam gereizt. »Fragen Sie die Pflegerin, was Vater möchte.«

Mrs King steckte ihren Stift weg.

»Gibt es sonst noch etwas?«, fragte Miss de Vries.

Sie wusste es nicht! Mrs King konnte in Madam lesen wie in einem offenen Buch. Sie sah der jungen Frau an, wie angestrengt sie ununterbrochen daran arbeitete, ihre Gedanken und Gefühle im Zaum zu halten. Sie machte einen abgekämpften Eindruck: Dass ihr Vater wieder im Haus war, hing wie eine dunkle Gewitterwolke über ihr. Aber die Wahrheit kannte sie nicht.

»Nein, das wäre alles«, sagte Mrs King. Das »Madam« ließ sie weg.

Mrs King hütete ihr Wissen. Es war ein Gefühl, als liefe sie mit einer Mörsergranate unter den Röcken herum. Sie war entschlossen, sich nicht hetzen zu lassen. Als Erstes brauchte sie einen Plan. Sie spürte, wie der Herr des Hauses immer ungeduldiger wurde und darauf hoffte, dass sie den Fehdehandschuh aufhob. Den Gefallen würde sie ihm nicht tun.

Natürlich konnte sie nicht ausschließen, dass er sie angelogen hatte. Dass er sein Spiel mit ihr trieb, indem er ihr ein Märchen auftischte, welches er, sobald sie darauf hereingefallen war, in der Luft zerpflücken würde. Falls er ihre Mutter geheiratet hatte, musste es Beweise dafür geben. Sie schrieb eine Liste mit allen Kirchen im East End und brütete an ihren freien Sonntagnachmittagen über den Heiratsregistern, ausgerüstet mit ihrer schwarzledernen Gladstone-Tasche, darin Notizbuch, Lupe, Löschpapier. Und gute Federn, um sich Notizen zu machen. Sie griff auf ihr Erspartes zurück, um den Pfarrern ein erkleckliches Sümmchen für den Klingelbeutel zukommen zu lassen, damit sie keine Fragen stellten.

Sie fand keine Hinweise auf eine Eheschließung. Aber natürlich hätten die beiden auch unter falschen Namen heiraten können. Das war sogar sehr wahrscheinlich. Ihre Mutter wäre bestimmt von den O'Flynns abgelehnt worden, einer Familie, die strategische Allianzen mit Gemüsehändler-, Pfandleiher- und Eisenwarenhändlerdynastien einging. Bei ihnen heiratete man keine einfältigen dummen Gänschen – und als ein solches hätten sie Mutter eingestuft. Nicht einmal Mrs Bone hatte jemals angedeutet oder auch nur die Vermutung geäußert, dass Danny tatsächlich verheiratet gewesen war. Hätte sie es geahnt, hätte sie ihn im Handumdrehen von seinem hohen Ross heruntergeholt.

Da hatte Danny O'Flynn noch einmal Glück gehabt. Es war so leicht für ihn gewesen, einfach zu verschwinden und sich nach seinen eigenen Wünschen neu zu erfinden. Mrs King stellte sich vor, wie er seine Möglichkeiten durchspielte, wie er sie mischte, gleich einem Kartenspiel. Sie hätte es lieber gesehen, wenn ihr dieser Charakterzug nicht so vertraut gewesen wäre.

Zwei Tage später hörte sie seine Glocke bimmeln. Madams Anwesenheit wurde gewünscht. Der Herr des Hauses wollte seine Tochter sehen.

Mrs King erfuhr nicht, was sie miteinander besprachen. Miss de Vries zog sich in ihre Gemächer zurück, ohne mit irgendwem ein Wort zu wechseln. Sie ließ sich kein Abendessen kommen; sie erteilte keinerlei Anweisungen. Mrs King saß in ihrem Zimmerchen und wartete. Sie spürte, dass sich im Haus etwas zusammenbraute, als läge ein Unwetter in der Luft.

In der Nacht starb der Vater, ihr Vater und Miss de Vries' Vater. Eine plötzliche Verschlechterung seines Zustands, aber, wie der Arzt später befand, bei Schwindsucht alles andere als unerwartet. Die Nachricht verbreitete sich wie Wassermassen bei einem Dammbruch, von Etage zu Etage spülte es sie immer weiter nach unten, bis zu den Dienstboten, die blass wurden, als sie vom Tod des gnädigen Herrn erfuhren. Das Abendessen wurde verschoben, die Hausknechte hielten Maulaffen feil. Die Köchin legte sich ins Bett. Auf dem Hof konnte man hören, dass sogar die Pferde im Stall unruhig geworden waren. Mr Lockwood und die anderen Anwälte fanden sich ein. Mit spitzer Feder warfen sie ein Memorandum nach dem anderen aufs mitgebrachte Papier. Die Pflegerin sammelte Tablettendöschen, Schüsseln und Tücher ein und schob alles auf einem klappernden Wägelchen durch den Korridor davon. Aus dem Butlerzimmer drang, weithin vernehmbar, Shepherds lautes Wehklagen.

Miss de Vries blieb in ihren Gemächern.

Mrs King verteilte die schwarzen Trauerflore. Jetzt ist es passiert, dachte sie, während ihr das Blut in den Ohren dröhnte. Was sie mit »es« meinte, wusste sie selbst nicht genau. Der Gedanke war ungeheuerlich – in seiner ganzen Bedeutung kaum fassbar. Das Haus und das gesamte Inventar, schoss es ihr durch den Kopf. Alles ihres.

Die Formulierung im Testament war eindeutig. Niemand sah sich zu einem Kommentar veranlasst. *Ich hinterlasse meinen gesamten Besitz meiner einzigen ehelichen Tochter.*

Mrs King war beeindruckt, als sie davon hörte. Die Wut rauschte ihr durch die Adern. Clever, clever! Ein raffinierter Trick, ein brillantes Spiel. Natürlich stießen sich die Anwälte an dieser präzisen Wortwahl nicht. Madam hinterfragte sie ebensowenig; niemand verlor auch nur ein Wort darüber. Alle bildeten sich ein, die natürliche Ordnung der Dinge zu verstehen. Es war an Mrs King selbst, sie eines Besseren zu belehren.

Sie gab sich einen Befehl.

Das Haus auszuräumen. *Jede* Kiste, *jede* Schublade mitzunehmen – und sie gründlich auf den Kopf zu stellen. Nichts unversucht zu lassen, bis sie den Brief gefunden hatte.

Nachdem sie Alice bei Miss de Vries untergebracht und Winnie als Komplizin hatte gewinnen können, war sie in das Quartier der männlichen Dienstboten geschlichen. Sie hatte nur diese eine Chance, die Kammern zu durchsuchen. Keine Frau, die auf ihren guten Ruf hielt, würde sich jemals dort blicken lassen. Mr de Vries hatte immer besonders viel Wert auf die Sittsamkeit seiner

Dienstboten gelegt. Gebetsbücher als Geburtstagsgeschenke, jeden Sonntag in die Kirche, jeden Morgen vor dem Frühstück ein Tischgebet. Die Frauen schliefen auf der einen Seite des Hauses, die Männer auf der anderen. Auch Mrs King und William hatten diese Grenze nie überschritten. Trotzdem hatte er ihr, als sie ihn darum bat, versprochen, die Tür zum Männertrakt nicht abzuschließen. »Aber wozu?«, fragte er zutiefst verwirrt. »Was um Himmels willen willst du da?«

Sie antwortete nicht. Sobald andere Leute ins Spiel kamen, vervielfältigten sich die Schwierigkeiten. Aber natürlich zog sie ihn doch mit hinein und war schuld daran, dass er Ärger bekam. Auf einem Stuhl neben Williams Tür lümmelte sich ein Junge mit Frettchengesicht, der nach unbefugten Eindringlingen Ausschau hielt. Mrs King kannte die Regeln. Obwohl sie wusste, dass sie erwischt werden konnte, hatte sie es riskiert. Es war ein Warnsignal, ein Weckruf.

»Was wollen Sie denn hier oben, Mrs King?«, hatte der Junge gefragt. »Ihren Kavalier besuchen?«

Sie hatte den Jungen in Grund und Boden gestarrt, aber er ließ sich davon nicht beeindrucken, sondern verriet sie. Die kleine Ratte schwärzte sie bei Mr Shepherd an. Mrs King konnte die Durchsuchung des Männertrakts nicht beenden. In jener Nacht fand sie keine Ruhe. Sie hatte das Gefühl, als zögen sich unsichtbare Risse durch das Haus, als klafften die Wände von oben bis unten auf, während ihr das Blut in der Brust hämmerte.

Man hatte sie betrogen. Betrogen um das, was ihr zustand.

Sie war die rechtmäßige Erbin. Schon immer gewesen. Aber man hatte ihr ein Rüschenhäubchen aufgesetzt und einen gestärkten Kragen verpasst, sie dazu abgerichtet, zu gehorchen und Befehle auszuführen. Zu sitzen, zu bleiben, zu schweigen. Und sie hatte sich nicht dagegen gewehrt. Sie hatte es zugelassen. Ein Gedanke, der sie nicht nur auf die Welt wütend machte, sondern vor allem auch auf sich selbst.

Am folgenden Morgen war sie Mr Shepherd gegenübergetreten. Gekündigt zu werden, machte ihr keine Angst. Sie war darauf vorbereitet. Sie musste gehen, um ihren Plan zu perfektionieren, um daran zu feilen und zu hobeln, bis sie das Haus zuletzt zum Einsturz bringen konnte. Außerdem verstand sie ihre Entlassung als das, was sie war: ein Warnschuss in ihre Richtung. Eine Botschaft von Madam. *Verschwinde.*

Mrs King begrüßte die Warnung, gab sie ihr doch genau das, was sie brauchte: die Erlaubnis, ohne Rücksicht auf Verluste in die Vollen zu gehen.

31

Jetzt

———◄○►———

»Sie wussten, dass er schon einmal verheiratet war«, sagte Mrs King.

Miss de Vries schwieg. Sie nippte an ihrem Champagner.

»Vermutlich hatte er dieselben Alternativen wie alle Männer, die sich heimlich eine Zweitfrau zulegen.« Mrs King zählte sie an den Fingern ab. »Die Karten auf den Tisch legen. Fersengeld geben. Oder schweigen. Er hat sich für die letzte Möglichkeit entschieden, nicht wahr? Nicht einmal Lockwood wusste Bescheid.« Ein Lächeln, ein mitleidiger Blick. »Männer wie er kämen immer ungestraft davon, wenn sie nicht irgendwann selbst die Katze aus dem Sack ließen. Als ob sie es darauf ankommen lassen wollten. Als ob sie nicht anders könnten.«

Miss de Vries reckte das Kinn zur Decke. Sie presste die Lippen zusammen.

»Und er hat ja auch gebeichtet, nicht wahr?«, fuhr Mrs King fort. »Seinen nächsten Angehörigen, seinem eigenen Fleisch und Blut, Kind und Kegel. Ihnen und mir.«

Ungeachtet des Risikos, hatte sie diesem Augenblick entgegengefiebert. Dabei wäre es gescheiter gewesen, wenn sie sich an ihren eigenen Rat gehalten hätte: in Deckung zu bleiben. Aber der Drang, Miss de Vries zur Rede zu stellen und alles ans Tageslicht zu zerren, war zu groß. Außerdem trieb sie eine Angst um, eine große Sorge. Was hatte Mr de Vries seiner anderen Tochter über den Brief erzählt? Hatte sie ihn gefunden? Mrs King musste wissen, ob sie ihn zerstört hatte.

Zu gern hätte sie in Miss de Vries' Miene, in ihren Augen gelesen. Doch die ließ sich keinerlei Gemütsregung anmerken. Auch ihre Stimme hatte sie völlig unter Kontrolle. »Ich verhungere. Lassen Sie uns essen.«

Sich bei Mrs King unterhakend, schlug sie ein flottes Tempo an. Lockwood sprang wie aufgescheucht hinter ihnen her.

Der Soupersalon, der hinter dem Ballsaal lag, führte auf den Balkon hinaus. Von dort ging es über eine Treppe hinunter in den Garten. In den Bäumen funkelten Lichter, die Mauern waren üppig mit weißer Seide verhängt. Die Speisen wurden im Pariser Stil auf langen Büfetttafeln präsentiert. Tranchiertes Geflügel auf Silberplatten. Obst auf Eis. Als Mrs King einen Pfirsich berührte, glaubte sie, sich zu verbrennen, so kalt war er.

Miss de Vries nahm sich ein Messer.

»Haben Sie mir sonst noch etwas zu sagen, Mrs King?«

»Nein.«

Miss de Vries hielt das Messer schräg. »Sie haben fraglos den Verstand verloren.« Ihre Augen sprühten vor Zorn.

Mrs King atmete einmal kurz durch. »Ganz und gar nicht«, sagte sie. »Und das wissen Sie genau.«

»Beweisen Sie es.«

»Was soll ich beweisen?«

»Was Sie behaupten. Was er Ihnen gesagt hat.«

Mrs King durchzuckte es leise. »Dann gestehen Sie also ein, *dass* er mir etwas gesagt hat.«

Schweigen.

»Leider bin ich dazu nicht in der Lage«, fuhr Mrs King fort. »Ich habe nichts aufgeschrieben, und Zeugen habe ich auch keine. Allerdings hätte ich gern gewusst, was er Ihnen erzählt hat.«

Miss de Vries wandte den Blick ab. »Mir?«

Sie musste in die Enge gedrängt, provoziert werden. »Nun kommen Sie schon, Madam«, forderte Mrs King sie auf. »Erzählen Sie es mir. Sagen Sie mir, was für ein Gefühl das ist. Zu wissen, dass Ihr Vater so gehässig sein konnte.«

Der aus dem Ballsaal herüberbrandende Lärm schlug wie eine Welle über ihnen zusammen. Miss de Vries entglitten die Gesichtszüge. Die Kränkung hatte gesessen.

Doch sie entgegnete achselzuckend: »Er war nicht gehässig. Gehässigkeiten sagt man aus Versehen. Sie rutschen einem unbeabsichtigt heraus.« Sie musterte das Messer, betrachtete nachdenklich ihr Spiegelbild in der Klinge. »Aber er hat es aus böser Absicht getan. Vater hat mich zu sich bestellt. Unmittelbar nach Ihnen, würde ich vermuten. Er sagte, er habe eine Neuigkeit für mich.« Sie verzog den Mund. »Eine klitzekleine Neuigkeit.«

Mrs King dröhnte es hohl in der Brust. In Gedanken trieb sie Miss de Vries zum Weiterreden an. Lockwood kam einen Schritt näher. Er sah Miss de Vries an, als ob er ihren Kurswert neu berechnete.

»Er hat mir erzählt, er habe einen Fehler gemacht«, sagte Miss de Vries.

Lockwood wurde sehr still.

»Einen Fehler?«, fragte Mrs King.

»Ja, er habe ein Kind gezeugt. Ich habe gesagt, dass mich das nichts angeht.«

Mrs King ließ die Information erst einmal zwischen ihnen in der Luft stehen.

Es war seltsam, unendlich seltsam, dass Miss de Vries überhaupt über die Angelegenheit sprach. Mrs King versuchte sich das Gespräch zwischen Miss de Vries und ihrem Vater vorzustellen: die Tochter, der allmählich ein Licht aufging, in der nach und nach der Verdacht aufkeimte, betrogen worden zu sein. »Das war gewiss ein Schock«, sagte Mrs King etwas sanfter. Leicht verächtlich huschte Miss de Vries' Blick zu ihr hin.

»Kaum. Wir zahlen Ihre Mutter schon seit Jahren aus. Die Kosten läppern sich. Die Klinik schickt uns die Rechnungen.« Sie rang angestrengt nach Luft.

Mrs King hatte noch nie erlebt, dass Miss de Vries sich Schmerzen anmerken ließ. Auch als kleines Kind hatte sie nie geweint; dafür war sie viel zu gut abgerichtet. Aber nun kämpfte sie fast vergeblich gegen einen Schmerz an. Das erkannte Mrs King sofort. Sie verstand, was es bedeutete, mit einer solchen Ungeheuerlichkeit konfrontiert zu sein, einem Wissen, das die Welt von innen nach außen kehrte. In diesem Augenblick empfand sie ein Gefühl verwandtschaftlicher Verbundenheit mit Miss de Vries.

Darum richtete sie die nächste Frage ganz ohne Umschweife an sie, ohne langes Herumreden. »Hat er etwas von einem Brief gesagt?«

Miss de Vries wandte sich um, und ein leises Schaudern überlief sie. »Vater hat viel Unsinn geredet«, sagte sie.

Ein Nein war das nicht.

Mrs King machte einen Schritt auf sie zu. »Dann will ich mal spekulieren. Er ist laut geworden und hat gesagt, er habe ein Geheimnis, das er nicht länger für sich behalten könne. Er dürfe seinem Schöpfer nicht gegenübertreten, ohne seine Angelegenheiten geordnet zu haben.«

Miss de Vries spielte die so angedachte Szene im Kopf durch. »Nein«, sagte sie schließlich, nahm sich eine Birne und polierte sie langsam an ihrem dunklen Ärmel.

»Nein?«

»Er dachte nicht an sein Seelenheil, Mrs King. Er dachte an …« Sie schüttelte den Kopf, den Anflug eines seltsamerweise fast angewidert wirkenden Lächelns auf den Lippen. »Er dachte an seine Zukunft.«

Sie fing an, die Birne zu schälen. Ihre Bewegungen waren tadellos und von schlichter Eleganz. Sie handhabte das Messer mit großer Geschicklichkeit, mit absoluter Präzision. Auch darin erkannte Mrs King sich unfreiwillig wieder.

»Seine Zukunft?«, wiederholte Mrs King.

»Es ging ihm um seinen Namen, seinen kostbaren *Namen*, das Renommee, das er sich selbst verschafft hatte.«

Mrs King runzelte die Stirn. »Aber wieso sollte er vergessen werden? Die Gefahr bestand doch wirklich nicht.«

Miss de Vries riss die Augen auf. Sie wich zurück, lachte spöttisch. »Nein?« Sie hob die Hände. »Köstlich! Sie sind tatsächlich genau wie er, genauso begriffsstutzig und selbstverliebt.« Ihre Miene verdüsterte sich. »Meinen Sie, das alles hier wird ewig Bestand haben? Sein Erbe, dieses Haus? Der Name ›de Vries‹?« Sie musterte Mrs King prüfend. »Wenn es nach mir geht, ist es schon an Pfingsten damit vorbei.«

Mrs King starrte sie an. Plötzlich fiel ihr das kleine Mädchen ein, das Miss de Vries einst gewesen war. Als sie noch im Schultrakt wohnte, die Haare offen und wild zerzaust, die Knie schmutzig und zerschrammt. Als sie noch nicht abgerichtet war. Bevor die Gouvernanten ihr für einen geraden Rücken ein Gestell umschnallten und der korrekten Aussprache wegen Murmeln in den Mund steckten. Die Augen hart, hell und zornig, ein spilleriges Kind mit einem kleinen Stimmchen.

»Schon gut«, sagte Mrs King. Sie wollte Miss de Vries die Hand auf den Arm legen, die Kluft zwischen ihnen überwinden. Von Anfang an war es so gewesen, als stünde eine Glasscheibe zwischen ihnen. Bis heute unversehrt, ohne einen Kratzer. »Ich verstehe.«

Miss de Vries zuckte blitzschnell zurück. Das Messer zwischen den Fingern balancierend, sagte sie mit einem halben Lachen in der Stimme: »Wollen Sie wissen, was er gesagt hat? ›Du warst die ganze Zeit auf dem Holzweg. Mrs King hat Vorrang vor *dir*, nicht umgekehrt.‹«

Lockwood klappte vor Schreck die Kinnlade hinunter. Gäste kamen in den Soupersalon getänzelt und steuerten unter schrillem Gelächter die Büfetttafeln an. Miss de Vries stand kerzengerade da, die Haltung untadelig, und strafte sie mit Missachtung. Vor Wut kochend, durchbohrte sie die Rivalin mit Blicken.

Mrs King erinnerte sich daran, was Mr de Vries zu ihr gesagt hatte. »Du kannst es überall herumposaunen.« Er hatte sie regelrecht dazu gedrängt. Weil er darauf aus war, dass sie seine andere Tochter vernichtete. »Er wollte Sie bestrafen.«

»Ja.«

»Weil Sie heiraten wollen.«

»Weil ich frei sein will.«

»Und?«, sagte Mrs King sanft. »Was haben Sie ihm geantwortet?«

Miss de Vries legte das Messer weg. »Dass ich nicht darüber reden möchte. Das hat ihm gar nicht gefallen. In dem Ton hatte ich noch nie mit ihm gesprochen. Und dann fing er an zu husten.«

In ihren Augen blitzte es dunkel.

»Ach ja?«

»Ja. Er hat kein Wort mehr rausgebracht. So heftig hat er gehustet, dass ich dachte, die Pflegerin würde jeden Augenblick hereingestürzt kommen. Aber Sie wissen ja, wie es in den oberen Etagen ist. Wenn die Türen geschlossen sind, dringt kein Laut hinaus.«

Die Gäste nahmen sich vom kalten Braten, vom Schinken, von der Pökelzunge. Sie musterten Miss de Vries von der Seite und rätselten, wer wohl Mrs King sein mochte. Lockwood lächelte in die Runde. Das Gesicht wächsern und bleich, schob er sich vor die neugierigen Blicke. Er dachte fieberhaft nach; Mrs King kannte die Symptome. Mit einem leichten Schweißfilm auf der Haut sah er sich suchend nach seinen Schreibern um, weil er nicht wusste, ob er Zeugen brauchen würde.

Mrs King wandte sich ihrer Schwester zu. Das war Miss de Vries nun mal, ihre Schwester. Aus demselben Lehm geformt wie sie und ihr ebenbürtig, wenn man ehrlich war. »Sonst hat er nichts zu Ihnen gesagt?«, fragte sie.

Miss de Vries lächelte. »Kein Wort.«

Sie faltete die Hände. So ordentlich, so sittsam. Die schäbigen Reste der Angelegenheit unter den Teppich gekehrt. Für Mrs Kings Geschmack ein bisschen zu glatt.

Leise fügte Miss de Vries hinzu: »Ich hätte Sie mir schon vor Jahren von Hals schaffen müssen. Wie nachlässig von mir.«

Mrs King zuckte mit den Achseln, um sich ihre Verärgerung nicht anmerken zu lassen. »Vielleicht hätte ich *Sie* beseitigen sollen.«

Die andere ließ sich tatsächlich zu einer Reaktion hinreißen: Genugtuung, gepaart mit Bissigkeit. Erwachter Kampfgeist.

»Mich?«

»Wir hätten es gekonnt. Die Mädchen und ich.«

Miss de Vries verharrte. Ein Stirnrunzeln huschte über ihr Gesicht. Sie begriff nicht. »Die Mädchen?«, wiederholte sie.

»Zahllose Mädchen, nach allem, was man so hört«, antwortete Mrs King leise.

Mr Lockwood erstarrte zur Salzsäule, Miss de Vries ebenso, das Gesicht eine Maske.

»Wussten Sie davon, Madam?«

Etwas Seltsames spiegelte sich in Miss de Vries' wachen, wachsamen Augen.

»Bitte nicht«, sagte sie angespannt.

Ihr Blick glitt zur Seite ab, zu Mr Lockwood und wieder zurück. Mrs King verstand sofort, was er ausdrückte. Angst. Miss de Vries hatte ihren Vater beerdigt, und sie wollte, dass alles, was mit ihm zu tun hatte, tief, tief unter der Oberfläche begraben blieb.

Mr Lockwood fasste sich an seine verletzte Lippe. »An Ihrer Stelle würde ich mich vorsehen, Mrs King«, sagte er.

Mrs King lachte zornig. »Wovor?« Sie sah ihn an.

Seine Lippen bewegten sich, während er eine Beleidigung nach der anderen verwarf. »Vor allem«, antwortete er schließlich mit belegter Stimme.

Miss de Vries trat einen kleinen Schritt zurück, weg von dieser unschönen Konfrontation. Die Menge, die die Tische mit dem

Essen auf einer immer enger werdenden spiralförmigen Bahn umkreiste, war angewachsen. Lockwood wirkte alles andere als ruhig. Er berechnete seine nächsten Schritte. Mit flatternden Fingern und zum Ballsaal wandernden Augen gab er seinen Schreibern Zeichen. Mrs King durchfuhr es plötzlich. Vielleicht war gar nicht Madam der Feind, sondern ihr Vermögen. Mächtig wie ein Tornado konnte es die Halbschwestern einfach verschlingen. Einmal entfesselt vermochten die gewaltigen Handelsinteressen alles mit sich zu reißen wie ein wirbelnder Mahlstrom. Doch im Auge des Orkans herrschte eine stets wachsame Stille. Die Lockwoods und Shepherds dieser Welt. Wenn sie sich bewegten, bewegte der Sturm sich mit ihnen.

»Sehen *Sie* sich lieber vor«, warnte Mrs King den Anwalt.

Miss de Vries hörte mit unbewegter Miene zu. Sie sagte kein Wort. Lockwood behandelte Mrs King wie Luft.

Von einer Sekunde auf die andere wurde die Spannung von einem der Hausknechte unterbrochen. »Madam?«

Der Mann kam durch den Soupersalon auf sie zu, ohne etwas von der aufgeheizten Atmosphäre zu bemerken. »Madams Kleid«, sagte er. »Ich habe die Näherin geholt.«

Miss de Vries senkte den Blick: Sie erinnerte sich. Sie griff in ihre Schleppe, schlug die Falten auseinander. Dabei kam der Riss im Stoff zum Vorschein. »Ja«, sagte sie sehr leise. »Ja, bessere mir das aus.«

Mrs King hatte das Gefühl, als erstarrte der ganze Raum zum lebenden Bild. Eine bleiche, abgespannt aussehende Gestalt löste sich aus der Menge.

Alice.

Ohne mit der Wimper zu zucken, wandte Mrs King sich ab. Sie spürte Alice' Blick im Nacken. Nicht, dachte sie. Das Mädchen durfte sie nicht ansehen. Es hätte keinen ungünstigeren Augenblick für ein Zusammentreffen geben können. Viel zu viel stand auf dem Spiel.

Miss de Vries, die ein wenig vor den Gästen abgeschirmt war, schnippte mit den Fingern. »Da«, murmelte sie und zeigte Alice die eingerissene Stelle an ihrem Kleid. »Da unten.«

Mr Lockwood fasste Alice näher ins Auge. »Ah, ja«, sagte er. »Das kleine Nähmädchen.«

Streng erwiderte Miss de Vries seinen Blick.

Mrs King blieb dieser stumme Gedankenaustausch nicht verborgen, und es überlief sie brennend heiß.

»Du hast ein seltenes Talent, junge Dame«, sagte Mr Lockwood, als Alice sich mit der Nadel in der Hand hinunterbeugte, um sich Miss de Vries' Kleid anzusehen. »Irgendwann musst du mir erzählen, woher du es hast.«

Sie riss den Blick nach oben. Es wollte ihr nicht gelingen zu lächeln. Sie wirkte verwirrt, überfordert. Von Panik erfasst. Genau wie ihre Mutter.

Nein, das durfte nicht sein. Es krampfte Mrs King die Brust zusammen.

Miss de Vries starrte die Wand an.

»Sir?«

Die Anwaltsgehilfen, als Dominos verkleidet, nahmen die kleine Gruppe in die Mitte. Die Kostüme waren nicht originell, sondern gruselig. Für Mrs King gab es kein Entkommen.

»Eskortiert die Dame nach draußen«, befahl Mr Lockwood, mit dem Kopf auf Mrs King deutend. »Jetzt gleich.«

Miss de Vries' Stimme klang gepresst. »Aber es ist so weit alles geklärt?«

Lockwood antwortete nicht gleich. Er drückte die Schultern durch. »Dieses Gespräch hat nichts weiter zutage gefördert als Indizien und Klatschgeschichten.«

Die Schreiber rückten Mrs King noch dichter auf den Leib.

»Warte«, sagte sie und streckte die Hand nach Alice aus. Aber da hatte die wogende Menge sie schon verschluckt.

In der Sekunde, als sie das Mädchen aus den Augen verlor,

wurde ihr das Herz schwer wie ein Wackerstein. Hatte sie nicht den Frauen gesagt, dass bei diesem Coup alle gleich waren? Eine jede so wichtig wie die andere?

Und nun hatte sie eine von ihnen den Wölfen zum Fraß vorgeworfen.

Miss de Vries blieb hinter ihrer Schutzwand, dem Wall aus Männern. »Ich muss mich um mein Kleid und um meine Gäste kümmern, Mrs King«, zischelte sie böse. »Treten Sie mir nie wieder unter die Augen.«

32

Noch eine Stunde

———◄○►———

Mrs Bone saß in ihrer Kammer und wartete darauf, dass eine der Frauen kam und sie befreite. Wie lange konnte es dauern, die alten Kinderzimmer auszuräumen? Sie spitzte die Ohren, starrte an die Decke. Nach und nach würden ihre Männer jetzt die Speicherräume verlassen, wie sie es ihnen befohlen hatte. Die Hitze wurde stärker, sie waberte durch das Haus nach oben, durch Mrs Bones Fußsohlen bis hinauf in die Kopfhaut.

Es wäre ihr lieber gewesen, man hätte sie nicht allein gelassen. Bei aller Müdigkeit rasten ihre Gedanken. Die Aufregung ließ sie nicht zur Ruhe kommen. Eine Frage nagte ganz besonders an ihr: Was hatte man von zwei Sietelteln, wenn man auch das Ganze haben konnte? Sie erinnerte sich an einen Satz von Archie: *Da kann man doch bestimmt noch was dran drehen.*

Könnte sie tatsächlich noch aus dem Vertrag aussteigen?

Das Haus leerzuräumen war eine Sache. Aber kein Vergleich dazu, sich Dannys gesamtes Imperium unter den Nagel zu reißen. Die Minen in Südafrika, die Ländereien in Nordamerika, die Beteiligungen an Speditionen und Brauereien, an Stahl und Gold. Dagegen war das Haus in der Park Lane ein Furz im Wind. Doch es wäre denkbar. Dazu müsste sie die ganze Unternehmung an sich reißen. Ihrer Nichte Miss de Vries die Pistole auf die Brust setzen. Den Besitz aufteilen, wie es sich gehörte. Damit er im richtigen Teil der Familie blieb.

Und zwar komplett.

Ihr war schlecht.

Das Haus stand auf einem morschen Fundament. Genau wie

Dannys Imperium. Kredite in dieser Größenordnung bekam man nicht ohne Druckmittel. Man schaffte es nicht bis ganz hinauf in einen Baumwipfel, ohne auf dem Weg nach oben unzählige mindere Lebewesen zu zerquetschen. Mrs Bone dachte an Sue und die Mädchen, die vor ihr gekommen waren. Als Dannys Schwester fühlte sie sich mitverantwortlich.

Die Schuld lag ihr im Blut.

Schluss mit dem Neid! Ein kalter Schauer lief ihr über den Rücken. Die Zeit für Neid war vorbei. Jetzt war es Zeit, sich die Absolution zu verdienen.

Ein Geräusch, ein Schniefen.

Mrs Bone sprang auf. »Wer ist da?«

Sie spähte durchs Schlüsselloch. Helle Augen starrten zurück.

»Sue.« Mrs Bone schnappte nach Luft.

Das Mädchen flüsterte: »Ich kann helfen!«

Obwohl Mr Lockwood vor Wut kochte, zeigte er nach außen hin ein Lächeln. »Es ist unerhört«, knurrte er, während er Miss de Vries aus dem Gästegedränge in eines der Vorzimmer zog. »Dass Sie mich über diese Angelegenheit im Dunkeln gelassen haben.«

»Warum?« Miss de Vries blieb stehen. Ihr war, als hätte sich der Ballsaal jenseits der Wand zu einer kompakten Masse verdichtet. Alice und der Hausknecht, die zögernd vor der Tür warteten, sperrten Augen und Ohren auf. »Was hätte es ausgemacht, wenn ich es Ihnen gesagt hätte?«

Der Anwalt starrte sie ungläubig an. Er senkte die Stimme. »Sie verstehen unsere Abmachung? Sie überlassen mir die Regelung Ihrer Angelegenheiten. Ihre Interessen sind auch meine Interessen. Ihr Aufstieg ist unser aller Aufstieg. Das ist die Vereinbarung, die zwischen uns gilt.« Er war rot angelaufen. »Es gab im Leben Ihres Vaters nichts, wovon ich nichts gewusst hätte. Er hat mir *alles* anvertraut, selbst die unbedeutendste Nebensächlichkeit.«

Miss de Vries antwortete in ihrer normalen Lautstärke. »Haben Sie nicht zugehört, Lockwood? Mein Vater hat Ihnen überhaupt nichts anvertraut.« Sie lächelte ihn an. »Wer weiß? Vielleicht wollte er auf Ihren juristischen Beistand verzichten.«

Lockwoods Gesicht verzerrte sich zur Fratze. Er stand wohl tiefer in der Schuld des Hauses de Vries als jeder andere.

»Schicken Sie mir Lord Ashley her«, sagte sie.

»Wie bitte?«

»Ich kann nicht erkennen, dass Sie bei ihm irgendwelche Fortschritte gemacht hätten. Also muss ich die Sache selbst in die Hand nehmen.«

»Selbst in die …?« Lockwood war entsetzt. »Das kann nicht Ihr Ernst sein.«

Sie baute sich Nasenspitze an Nasenspitze vor ihm auf, ohne sich darum zu scheren, ob die Dienstboten es sahen. »Warum nicht?«, sagte sie hasserfüllt. Sie konnte den Mann nicht mehr ertragen. »Warum nicht?«

Die Schwellung an seiner Lippe hatte sich unschön verfärbt. Es tat ihr leid, dass nicht sie selbst dafür verantwortlich war.

Sie schnippte mit den Fingern nach Alice. »Komm.« Sie spürte mehr, als dass sie sah, wie ihre Zofe folgsam näher kam, um an ihrem Kleid die letzten Stiche zu nähen. Der leise Schweißgeruch, der ihr vom Nacken des Mädchens in die Nase stieg, löste in Miss de Vries große Erleichterung aus. Wenigstens ein Mensch, auf den sie sich verlassen konnte. Sie wollte Alice bei sich haben.

Sie war selbst überrascht, dass sie so empfand, und versuchte, das Gefühl wegzuwischen. »Bist du fertig?«, fragte sie mit Blick nach unten.

Alice sah blass aus, von der Hitze und den Aufregungen des Abends angegriffen. Sie schien etwas sagen zu wollen, doch dann nickte sie nur stumm. Der Riss war repariert; das Kleid war perfekt.

Miss de Vries war bereit.

Lord Ashley befand sich noch im Garten. Er alberte mit Ministern, Geistlichen und verdrießlichen alten Richtern herum, stupste ihnen mit dem Zeigefinger gegen die Brust, zupfte an ihren Wämsern und Gewändern. Seine adelige Freundesschar, die auf Schritt und Tritt kichernd um ihn herumscharwenzelte, beklatschte jede Spöttelei. Allem Anschein nach war er bester Laune. Miss de Vries' Vorhaben ließ sich also schon einmal vielversprechend an. Im Garten war es schwül heiß wie in einem Sumpf. Vorfreude lag in der Luft.

»Mylord«, sagte Miss de Vries, einen etwas mädchenhafteren Ton anschlagend. »Ich habe Sie schändlich vernachlässigt. Bitte verzeihen Sie mir.«

Er drehte sich um, taxierte sie von oben bis unten und verbeugte sich flüchtig. Miss de Vries überkam eine Woge der Genugtuung.

»Ihnen sei verziehen«, antwortete er mit verlegen glühenden Wangen.

Offenbar konnte er nicht mit Frauen reden. Das gefiel Miss de Vries ungemein. Die Beobachtung bestätigte, was ihr alle Sinne verrieten: dass sie hier das Sagen hatte.

»Meine Herren?«, sagte sie zu seinem Gefolge. »Würden Sie uns bitte entschuldigen?«

Die Männer zögerten. Lord Ashleys Blick glitt suchend zur Seite ab. Er hielt nach seinen Anwälten Ausschau – oder vielleicht auch nach ihren. »Die Lady benötigt eine Anstandsdame«, säuselte er anzüglich.

Sie lachte in sich hinein. Als ob *er sie* verführen könnte! Aber sie ließ sich ihre Belustigung nicht anmerken. »Wie artig von Ihnen, daran zu denken.« Sie wandte sich dem ältesten, verhutzeltsten männlichen Wesen zu, das sie finden konnte. »Euer Ehren, Sie wären doch sicher gern so freundlich, uns bei einem kleinen Gang durch den Garten zu begleiten?«

Die richterliche Unterlippe zuckte, aber er nickte – *gewiss,*

gewiss. Der kleine Kreis löste sich auf, die Männer wurden von der Menge aufgesogen. Der Richter grinste pferdegebissig mit gelblichen Zähnen.

»Lord Ashley.« Miss de Vries hakte sich bei ihm unter und zog ihn mit sich. »Es wäre mir eine Ehre, Ihre Frau zu werden.«

Er reagierte, als hätte er einen Kinnhaken verpasst bekommen, und Miss de Vries kam sich vor wie ein Straßengör aus dem Hafenviertel, das sich die Fäuste kampfbereit mit Kalk eingerieben hatte. Vater hätte es genauso gemacht und ihm blitzschnell einen harten Treffer versetzt. Sie spürte, wie er sich innerlich vor ihr wegduckte.

»Armut kennt keine Würde«, fügte sie in einer etwas tieferen Stimmlage hinzu. »Und ich habe nicht vor, die ganze Ballsaison abzuwarten, bevor wir die Angelegenheit regeln. Sie müssen mir auf der Stelle eine Antwort geben.«

Er erstarrte. »Das ist doch nichts, was *wir* diskutieren.«

Sie setzte eine sanfte Miene auf. Ein Beobachter hätte glauben müssen, dass er ihr ein reizendes Kompliment gemacht hatte. Sie lenkte seinen massigen Körper über die Terrasse. Es war, als würde man einen Felsklotz mit sich schleifen. »Ich werde mir von Ihrer Frau Mutter nicht hineinreden lassen. Die Entscheidung liegt bei Ihnen, bei Ihnen ganz allein.«

Sie musterte ihn von der Seite. Er wirkte überrascht. »Meine Mutter?«, sagte er. »Sie hat nicht das Geringste damit zu tun.«

Plötzlich durchschaute Miss de Vries die Regeln dieses Spiels. Er dachte tatsächlich, dass seine Wünsche zählten, und bildete sich ein, Herr über seine Gedanken zu sein. Man hatte ihn so dressiert, dass er es glauben musste. Er legte den Kopf auf die Seite und sah sie an.

»Aber Ihnen ist klar, dass Sie sich mir unterordnen müssen, falls wir die Sache weiterverfolgen?«, fragte er. »Dass Sie mir unbedingten Gehorsam schulden?«

Wäre sie ein abergläubischer Mensch gewesen, hätte sie heimlich die Finger auf dem Rücken gekreuzt. »Natürlich«, sagte sie. »Dazu wird mich mein Ehegelübde verpflichten.«

Er lachte erleichtert. Miss de Vries erkannte in ihm einen wandelbaren Charakter. Anscheinend sah er sich gern als Eroberer. Vielleicht war er doch kein völlig ungenießbarer Zeitgenosse.

»Dann kommen Sie«, sagte er. »Tanzen wir. Die lästigen Details überlassen wir meinen Leuten.«

Er war kaum größer als sie. Sie konnte ihm auf die Stirn sehen. Auf die Stirn und durch die Stirn, in den Schädel hinein. Sie konnte seine Gedanken lesen. Ein Triumphgefühl erfasste sie. »Euer Ehren, ich danke Ihnen.« Sie entließ den Richter mit einem Kopfnicken.

»Meine lieben Kinder«, sagte der verzückt und streckte ihnen die Hände entgegen. »Meine allerherzlichsten Glückwünsche!«

Hephzibah war die ganze Zeit im Rosenholzzimmer gewesen, um sich zu sammeln. Mr Shepherd hatte sie nicht verstanden, als sie ihm ihren Namen nannte. Er sagte ihm nichts. Auch war ihr Mund so trocken und klebrig gewesen, dass nur ein Genuschel herausgekommen war. Ich habe Schaum vorm Maul, dachte sie. Man muss mir die Zunge herausschneiden.

Aber das kleine Frettchen, das wahrscheinlich noch nie im Leben im Theater gewesen war, das wahrscheinlich niemals genug verdienen würde, um an den Kauf einer Eintrittskarte auch nur zu denken, hatte misstrauisch zu ihr emporgestarrt: »Was war denn das für'n Name?«

Sie blickte auf ihn hinunter, der Blick verschwommen. Der Junge hatte dunkle, gierige Augen. Solche wie ihn kannte sie vom Vorplatz des Paragon-Theaters, wo sie im Staub miteinander rangelten und sich gegenseitig Fußtritte verpassten. Man konnte sich darauf verlassen, dass einer von ihnen ein Programm hatte mitgehen lassen und nun die darauf abgebildete Schauspielerin, gepudert und stramm geschnürt, nachäffte.

Sie drückte ihm den zitternden Zeigefinger auf die Lippen. Gut möglich, dass ihr langsam, aber sicher die Kontrolle entglitt.

»Die Dame ist unpässlich«, hatte Mr Shepherd noch gesagt, bevor er weiterging. »Jemand muss den Arzt holen.«

»Nein.« Sie war um einen möglichst ruhigen Ton bemüht. Obwohl es ihr wehtat, ihm zu begegnen, war es doch besser als beim Zähneziehen. Es fühlte sich wie eine offene Wunde an, frisch und tief. »Ich brauche lediglich etwas Ruhe.«

Und er ging tatsächlich. Sich verwirrt die geschwollene Lippe reibend, ließ er sie im Rosenholzzimmer zurück.

»Setzen Sie sich lieber«, murmelte der Junge. »*Mylady.*«

»Was willst du haben?« Sie krallte sich in seinen Ärmel. »Damit du die Klappe hältst?«

Er zögerte.

»Zu langsam!«, sagte sie. »Ein Wort von dir und ich lasse dich an der nächsten Laterne aufknüpfen.«

Das Frettchen glotzte stumm.

Hephzibah atmete aus, warf einen Blick aus dem Fenster. Nicht mehr lange jetzt. Bald war es zu Ende, bald war alles erledigt. Sie hatte es fast bis ins Ziel geschafft. Am besten blieb sie, wo sie war, um sich nicht noch einmal verdächtig zu machen. Ihre Schauspielerinnen würden auch eine Weile ohne sie auskommen. Sie gönnte sich ja nur eine kleine Pause. Sie musste die Nerven behalten. Sie durfte nicht weglaufen!

Das Rosenholzzimmer lag über dem Portikus, seine Erkerfenster gingen auf den Park hinaus. Im Schritttempo fuhr ein riesiges Automobil, noch größer sogar als der Daimler, vor dem Haus vor.

Wer mochte das sein?

Eine Gestalt im dunklen Anzug sprang vom Beifahrersitz, eilte auf die andere Wagenseite und winkte die Menschenmenge zurück. Griff nach dem Wagenschlag. Öffnete ihn.

Eine hagere Frau mit einem zerdrückten orangefarbenen Turban stieg aus.

Eine hochrangige Person. Altes Geld witterte Hephzibah eine Meile gegen den Wind. Exquisite Seide. Kein einziges Mottenloch zu sehen. Vielleicht eine Viscountess. Ein schönes Wort, Viscountess. Es rollte ihr so schön von der plötzlich pelzig gewordenen Zunge.

»Hä?«, machte der Junge.

»Klappe«, befahl Hephzibah.

Aber dann bewegte sich der Turban. Die Frau bückte sich, um dem anderen Fahrgast im Motorfahrzeug ein paar Worte zu sagen, und plötzlich hielt die Welt den Atem an. Sie drehte sich nicht mehr auf ihrer Achse, kam von einer Sekunde auf die andere knirschend zum Stehen.

Genau wie den Gaffern auf dem Trottoir wurde auch Hephzibah schlagartig klar, dass dieses Automobil einfach viel zu grandios und anonym war, um einen gewöhnlichen Sterblichen zu befördern. Es hatte Vorhänge an den Fenstern. Goldglänzend baumelten die Quasten. Ein erregter Schauer durchlief die Menge. Der Verkehr kam zum Erliegen.

Unmöglich, dachte Hephzibah. Das konnte nicht sein. Doch nicht die …

Die Viscountess mit dem orangefarbenen Turban trat zurück und sank mit kerzengeradem Rücken zum Hofknicks nieder. Die Menge seufzte vor Vorfreude.

Hephzibah sah wie gebannt zu. Dem Motorfahrzeug entstieg eine weitere Person. Das glänzende Haar elegant hochgesteckt, dunkel von Wachs. Am Hals ein Kropfband, das so stramm saß, dass man hätte meinen können, die Perlen wären an die Haut genäht, daran Edelsteine vom Kinn bis zum Schlüsselbein. Kein Kostüm, nicht einmal die Andeutung einer Verkleidung. Aber eine Schärpe in Königsblau, straff von der Schulter nach unten gespannt. Das Blau stach Hephzibah schmerzhaft in die Augen.

Genau wie das Gesicht. Das bekannte Gesicht. Das Gesicht, das auf Ansichtskarten verbreitet wurde. Lang und spitz. Dichte Augenbrauen. Schwere Lider, ausgeprägte Kinnpartie.

Hephzibah zitterten die Finger. »Ach«, sagte sie leichthin zu dem Jungen, als wäre sie die Ruhe in Person. »Dann ist Prinzessin Victoria also doch gekommen.«

Ihre Gedanken rasten. Wie, wie, wie um alles in der Welt ...

Hephzibah taumelte aus dem Rosenholzzimmer. Sah hinüber in den Empfangssalon, auf die offene Flügeltür des Ballsaals. Wie eine Wand schlugen ihr der Lärm und der warme Champagnerdunst entgegen.

Sie war die größte Schauspielerin, die sie kannte. Die beste von allen. *Also spiel gefälligst deine Rolle,* befahl sie sich.

33

Vor zehn Minuten

———◄o►———

Miss de Vries ließ den Kopf nach hinten fallen, bog die Wirbelsäule durch. Lord Ashley krallte sich in ihre Schulterblätter, seine Nägel kratzten über den schwarzen Musselin. Sie griff mit einer Faust in die Schleppe, um nicht ins Stolpern zu geraten. Über ihnen fauchten und knisterten die elektrischen Kronleuchter, und die Gäste jubelten ihnen begeistert zu, als sie vorbeirauschten. Wie ein Lauffeuer hatte sich die Nachricht von der Verlobung verbreitet, nachdem Lord Ashley sie zum Tanzen ins Haus geführt hatte.

»Sie beglückwünschen uns«, raunte sie ihm zu, als er sie rückwärts in Richtung Saalmitte schwang. Die Locken klebten ihm pomadig am Kopf, nicht weizenblond wie sonst, sondern dunkel vom Fett. Das Orchester gab alles – der Walzer war der schnellste des ganzen Abends.

»Passen Sie mit Ihren Röcken auf«, keuchte er und riss sie an der Hüfte herum.

Er will vor den anderen angeben, dachte Miss de Vries. Der ganze Saal drehte sich um die Verlobten, ein Wirbel aus lachsfarbenen Säulen, ein Hauch von Schweiß. Zwei Gestalten bewegten sich gravitätisch durch das Ballgetümmel auf die Herrin des Hauses zu: Shepherd und Lockwood.

Sie lächelte strahlend, lachte für die Gäste. »Könnten wir kurz stehen bleiben?«, fragte sie, nach Atem ringend. »Mylord?«

Er ließ sie so schnell los, dass sie um ein Haar gestürzt wäre, und drehte sich um, die Arme in die Höhe gereckt, das Haar wirr. Und die besten Familien Londons jubelten ihm zu.

Da stand auch schon Shepherd vor ihr, Lockwood dahinter.

»Ihre Königliche Hoheit ist eingetroffen, Madam.«

»Wie bitte? Wo?«

»Sie ist soeben mit dem Automobil vorgefahren.«

Lockwood war immer noch blass um die Nase. »Was für eine großartige Nachricht, Miss de Vries!«

»Wo ist Lady Montagu?«, fragte sie.

Shepherd machte ein nachdenkliches Gesicht. »Unpässlich. Sie erholt sich im Rosenholzzimmer ...«

»Ach was, da ist sie doch!«, sagte Miss de Vries. Das leuchtend rosa Satinkleid mit den schaukelnden Reifröcken schob sich eilig durch die Menge, darüber – heftig wippend – die gepuderte Perücke. »Kommen Sie!«

Alle folgten der Herzogin, die mit großen Schritten die Prunktreppe hinuntereilte.

Hephzibah dankte Gott für ihre ausladenden Röcke, mit denen sie die anderen Leute wunderbar auf Abstand halten konnte. Am Fuß der Treppe entstand ein regelrechter Verkehrsstau. Auch Miss de Vries kam die Stufen herunter, flankiert von Butler und Anwalt. In der entgegengesetzten Richtung erspähte sie Prinzessin Victorias Begleitung, die sich noch unter dem Portikus befand und darauf wartete, empfangen zu werden. Sie schickte ein Stoßgebet gen Himmel.

»Lady Montagu?«

Miss de Vries näherte sich mit Riesenschritten.

Hephzibah drehte sich um. Sie würde sich nicht hetzen lassen. Blinzelnd kämpfte sie gegen ihren Schwindel an. Bei den Männern unter dem Portikus handelte es sich um echte Polizisten, wie sie mit einem flauen Gefühl feststellte.

»Miss de Vries!«, sagte sie. »Famos, da sind Sie ja.«

Gäste zu ihrer Rechten, Gäste zu ihrer Linken. Eine Flucht war nicht möglich. Ob man wegen Hochstapelei verhaftet werden konnte? Selbstverständlich. Aber doch nicht einfach so aus heiterem Himmel, ohne dass Anklage erhoben worden wäre? Hephzibahs Gedanken drehten sich rasend schnell. In diesem Moment wünschte sie sich nichts sehnlicher als einen robusten Menschen an ihrer Seite, einen Felsen in der Brandung.

Winnie hätte ihr geholfen, aber Winnie war nicht da.

Kopf hoch, Hephzibah! Kopf hoch, und nicht verzagen!

Miss de Vries runzelte die Stirn. »Möchten Sie die Prinzessin nicht begrüßen, Mylady?«

Hephzibah warf sich zuchtmeisterlich in die Brust. »*Sie* sind die Dame des Hauses, Miss de Vries«, sagte sie. »Ihre Königliche Hoheit wartet auf *Sie*!« Sie machte eine weit ausholende Geste, als ob sie sagen wollte: Nun los doch!

Sie war nicht zur feinen Dame erzogen worden, hatte weder das Tanzen noch Haltung und Aussprache gelernt. Für die Bühne hatte sie sich das alles selbst beigebracht – indem sie Augen und Ohren offenhielt, andere Leute beobachtete und sich merkte, wie es ging: wie man *lebte*, wie man *war*. Miss de Vries dagegen war im wahrsten Sinne des Wortes zur höheren Tochter abgerichtet worden. Mit Gurten, Kinnbändern und Leibriemen. Sie war hellwach und ständig auf der Hut.

Sie starrte Hephzibah durchdringend an.

Die drückte die Fingernägel in die Handflächen, glättete die Gesichtszüge und lüpfte eine Augenbraue.

Noch eine Sekunde länger, und sie hätte versagt. Miss de Vries hätte gesehen, wie ihr der Schweiß unter der Perücke hervorrann, hätte ihre beißende Angst gerochen. Hephzibah stieg der Geruch selbst in die Nase.

Doch da beugte sich besorgt Mr Shepherd vor, die Augen auf der Uhr. Speichel hing an seinen Lippen. »Madam …«

»Ja«, sagte Miss de Vries knapp und setzte sich in Bewegung.

Hephzibah folgte. Ihr blieb nichts anderes übrig.

Ach Gott, dachte sie. *Ach Gott.*

Winnie hätte sich denken können, dass etwas schiefgehen würde. Bis jetzt war alles viel zu glatt gelaufen. Von der Terrasse, wo sie den besten Überblick hatte, sah sie zu, wie Hephzibahs Schauspieler die Menge dahin manövrierten, wo sie sie haben wollten – erst nach Osten, dann nach Westen, um sie abzulenken, damit der Weg frei war, als an der Ostfassade des Hauses die Seile hinuntergelassen wurden. Der Plan war ohne Fehl und Tadel, es gab nicht die kleinste Störung. Ihr Herz schlug immer regelmäßiger, von unerschütterlicher Siegesgewissheit erfüllt.

Alles war gut, bis plötzlich einer der Kellner mit den Fingern schnippte. »Manege frei!«

Langsam öffnete sich die Terrassentür. Unruhe entstand, Menschen quollen aus dem Haus. Die Stimmung schlug um, und ein Beben lief durch die Gäste, die sich im Garten versammelt hatten.

Miss de Vries führte den Zug an, der die Terrassentreppe herunterkam. Sie hatte ihren Kopfschmuck abgenommen und wirkte dadurch sehr klein, wie eine gagatschwarze Ikone. Neben ihr ging eine ebenfalls nicht besonders groß gewachsene Frau von vielleicht Ende dreißig, Anfang vierzig mit einer blauen Schärpe über der Schulter. In ihrem Kielwasser sammelte sich das Treibgut: Neugierige, Hofschranzen, Menschen, die knicksend zu Boden sanken, als sie vorbeiglitt. Sie sah fast aus wie …

… wie Prinzessin Victoria, meldete sich Winnies innere Stimme zu Wort.

Fast hätte sie laut gelacht, so unwirklich erschien ihr der Gedanke.

Es war von einem Brief die Rede gewesen, von einer Einladung, die an den Königshof gegangen war. Aber die Geschichte war nur ein Märchen, das Hephzibah sich zusammengesponnen hatte. Sie hatten Miss de Vries' Post gesiebt, sie jede Stunde überprüft. Aus der Park Lane war keine Karte an den Palast geschickt worden. Noch bis kurz vor ihrem Aufbruch zum Ball hatte Hephzibah den Text geprobt, den sie sich für Miss de Vries überlegt hatte: Die Prinzessin habe rasende Kopfschmerzen, sei völlig indisponiert, wie traurig, wie schade …

Sie mussten etwas übersehen haben. Eine Einladung *war* hinausgegangen – augenscheinlich, offenkundig und ganz eindeutig. Denn jetzt stand sie hier, in ihrer ganzen Pracht und Herrlichkeit, eine Prinzessin des Vereinigten Königreichs, fast gleichgültig mit Diamantschmuck behängt, umringt von Höflingen, Palastbeamten, Vertrauten und Männern in dunklen Jacken, bei denen es sich mit Sicherheit um Angehörige der Palastwache handelte, um echte Polizisten also. Vermutlich hatte die Nachricht von dem spektakulären, einzigartigen Ball in der feinen Gesellschaft die Runde gemacht und war außer Kontrolle geraten.

Wo war Hephzibah? Es war ihre Aufgabe, die Menge zu kontrollieren. Winnie fröstelte.

»Achtung! Hinter Ihnen!«

Sie wurde beiseitegezogen. Winnie stieg ein heißer, stechender Geruch in die Nase, der Gestank von verfilztem Fell. Schweres Hufgeklapper. Der Bretterboden erbebte. In jeder anderen Situation hätte sie wohl gelacht. Doch jetzt empfand sie nur Panik. Mr Sangers Zirkuskamele schritten heran, um Cleopatra und die Prinzessin zu begrüßen. Die Menge klatschte Beifall.

Miss de Vries beugte sich zur Prinzessin hinüber und machte eine Bemerkung, sagte etwas Ehrerbietiges, Untertäniges. Neben ihr stand, wie ein Honigkuchenpferd strahlend, Lord Ashley.

Was für eine Szene! Sie war im Plan nicht vorgesehen. Wenn Hephzibah aufflog, wenn die Schauspielerinnen nicht angeleitet wurden, wenn Mrs Bones »Polizisten« enttarnt wurden … Wie ein Kometenschauer prasselten die Risiken auf Winnie ein. Für diese Eventualitäten waren sie nicht gewappnet.

Sie brauchte Mrs King. Sie brauchte sie jetzt und hier.

Hephzibah mischte sich wohl oder übel unter das Gefolge der Prinzessin. Sie hätte sonst nirgendwo hingekonnt. Die Kammerzofe, die der Prinzessin aus dem Automobil geholfen hatte – die Viscountess mit dem Turban –, hatte ihre Augen überall. Sie rümpfte ein wenig die Nase, als die Menge näher drängte.

»Ihre Königliche Hoheit wird diese … Leute wohl kaum alle kennenlernen können«, hörte Hephzibah sie zu Miss de Vries sagen.

Bei den »Leuten« handelte es sich um die de Vries'schen Nachbarn – Tuchhändler, Seifenfabrikanten und Bankiers. Männer im Kostüm eines Zenturios, deren Frauen als keltische Königinnen verkleidet waren. Die gesellschaftlich höher Gestellten, Minister, Mitglieder des diplomatischen Corps und Bischöfe, hielten sich am anderen Ende der Terrasse auf. Darauf bauend, dass die Prinzessin früher oder später ohnehin zu ihnen geleitet werden würde, taten sie sich zufrieden am Traubenturm gütlich.

Hochrot im Gesicht brach Miss de Vries die Vorstellungsrunde ab. »Wir müssen Ihnen die Attraktionen zeigen, Ihre Königliche Hoheit.«

Von den Blicken der gaffenden Menschen auf der Treppe verfolgt, ließ sich die Prinzessin von ihrer forschen Gastgeberin in den Garten lenken. Die Kammerzofe mit dem Turban hüstelte ununterbrochen in ihren Handschuh.

Bevor alles zu spät war, musste Hephzibah die Kontrolle über die Ereignisse wieder an sich reißen. »*Darling*«, sprach sie die Turbanzofe säuselnd an. »Endlich sind Sie da!«

Die Frau zuckte erschrocken zusammen und wollte ihr ausweichen, doch wegen Hephzibahs Röcken gab es für sie kein Entkommen. Sie legte den Kopf in den Nacken und linste mit trüben Augen nach oben. Hephzibah, die mit Juwelen geschmückte, mit Puder eingestäubte und Perücke tragende Erscheinung, überragte sie um Haupteslänge.

Die Viscountess runzelte die Stirn. »Wer sind Sie?«, fragte sie.

Der schmucke Diener mit den goldenen Augen, der nur ein paar Schritte entfernt stand, musterte Hephzibah scharf. »Lady Montagu«, sagte er laut und deutlich. »Darf ich Ihnen einen Weg durch die Menge bahnen?«

Die Turbandame seufzte. »Lady …? Ach, *Bea*!«, sagte sie. »Mein Gott, was haben Sie mich erschreckt.« Unter nervösem Gehüstel nestelte sie nach ihrem Taschentuch.

Ein eisernes Band legte sich um Hephzibahs Brustkorb.

»Dabei hätte ich es mir denken können. Jemand sagte nämlich: Das erraten Sie nie! Es ist aber auch zu komisch: Beatrice *Montagu* geht auf dieses Kostümfest! Unmöglich, habe ich geantwortet. Beatrice Montagu, die in diesem Jahrhundert noch keinen einzigen Ball besucht hat, soll ausgerechnet dieses Tanzvergnügen mit ihrer Anwesenheit beehren? Niemals!« Sie hakte sich bei Hephzibah unter. »Und nun sind Sie tatsächlich hier! Was hat Sie denn nur dazu bewogen? Haben Sie es mit Charles nicht mehr ausgehalten? Himmel, und Ihr Kostüm! Ich hätte Sie nicht wiedererkannt. Aber ich sehe es ein, man muss mit den Wölfen heulen. Was für ein buntes Völkchen hier. So viele Geier!«

Hephzibah drückte zustimmend den Arm der Viscountess. »Warten Sie nur ab, was uns erwartet«, raunte sie. »Wir werden noch jahrelang davon sprechen.«

»Ach, nein. Tatsächlich?« Die Viscountess seufzte und stopfte sich das Taschentuch in den Ärmel. »Wie ennuyant.«

Sie gingen zusammen weiter in den Garten.

Ich bringe es über die Bühne, dachte Hephzibah. Sie fasste neuen Mut. Der Sieg gehörte ihr!

Sie überlegte, ob sie sich noch ein Glas Champagner bringen lassen sollte.

Während Winnie den Garten nach Mrs King absuchte, drang ihr das Getuschel der Gäste ins Ohr, die das Spektakel mit großen Augen bestaunten:

»War der Zirkus im alten Ägypten tatsächlich schon erfunden?«

»Aber sicher. Genau wie das Kasperletheater.«

»Und Clowns.«

»Und Seiltänzer!«

»Nun seien Sie mal nicht so garstig. Unsere holde Gastgeberin muss dafür ein Vermögen auf den Tisch geblättert haben.«

»Ab jetzt muss Ashley für alles aufkommen.«

»Ganz recht.«

»Ganz schlecht! Können Sie sich vorstellen, dass dieses Kind in Fairhurst das Regiment führt? Die arme Lady Ashley.«

»Papperlapapp. Denken Sie nur an die rauschenden Feste jedes Wochenende. Die Trapezkünstler! Die Tänzerinnen!«

»Die *Kamele*, beste Freundin!«

Sie konnten vor Lachen nicht weiterreden und ließen sich noch ein Glas Wein einschenken.

»He da«, drang eine Stimme an Winnies Ohr.

Sie drehte sich verwundert um. Hinter ihr stand einer von Mrs Bones Männern und starrte sie aus zusammengekniffenen Augen an. Er malmte mit den Kiefern. Winnie wich hinter das Festzelt zurück. »Was ist los?«, murmelte sie.

»Wir verduften.«

»Wie bitte?«

»Wir machen uns dünne. Hier wimmelt es nur so von Polypen.«

Winnie blickte sich suchend nach Mrs King um. »Unsinn«, sagte sie. »Es ist alles in schönster Ordnung. Schnell, zurück ins Haus.«

»Geht nicht.« Er deutete mit dem Kopf auf die Prinzessin, die sich in einiger Entfernung langsam durch die Menge bewegte. »Wegen *der* da.«

»Dann lass dir was einfallen.« Winnie hielt seinem Blick stand. »Ihr verlasst dieses Haus erst, wenn Mrs King den Befehl dazu gibt.«

Eine Sekunde lang befürchtete sie, er würde sich widersetzen und sie auffordern, Mrs King herzuholen. Was zu ihrer Verzweiflung schlichtweg unmöglich war.

Aber er nickte bloß, ein kurzes, zackiges Rucken mit dem Kopf. »Ja, Madam.«

Winnie schoss das Wort »gleichrangig« in den Sinn. Sie konnte es kaum fassen. Genau wie Dinah es gesagt hatte. Alle waren gleichranging: gleiche Anteile, gleiche Autorität.

Mrs King wurde von Mr Lockwoods Schreibern mit Gewalt nach unten eskortiert. »Ich finde schon allein zur Tür«, sagte sie wütend und schüttelte sie ab.

»Mr Lockwood hat gesagt …«

»Zum Henker mit ihm!« Aber sie schoben sie ungerührt durch das Vestibül, durch eine riesige Gästeschar, die in ihrer Gesamtheit auf dem Weg in den Garten zu sein schien. Welcher Neuankömmling so viel Aufsehen erregte, konnte Mrs King nicht erkennen. Aber sie spürte, dass die Hilfstruppen sich irgendwie allein durchlavieren mussten. Dass sie nicht gelenkt wurden und sich selbst überlassen waren. Offensichtlich war Hephzibah anderweitig beschäftigt. Eine jähe Angst ergriff von ihr Besitz. Sie wurde hier gebraucht, um die Spielleitung zu übernehmen. Aber vorher musste sie Alice finden.

Ihre ganze Wut richtete sich gegen sie selbst. Sie war ein Holzkopf, eine Idiotin. Sogar die Janes hatten begriffen, dass Alice ein Risiko darstellte, nur sie nicht. Sie war unfähig, die Gefühle anderer zu verstehen. Das war schon immer so gewesen.

Dabei lag es auf der Hand, was geschehen war. Sie hatte selbst gesehen, wie Alice sich zu Miss de Vries hingeneigt hatte und ihr entgegengestrebt war, während sie das fürchterliche Protzkleid reparierte. Sie war ihrer Herrin auf den Leim gegangen. Alice war kein Kanarienvogel, sondern eine Maus, die in der Falle saß. Lockwood war schon dabei, sie sich herauszugreifen. Mrs Kings

Instinkte verrieten ihr alles, was sie wissen musste. Vor Angst wurde ihr ganz anders.

»Und jetzt machen Sie, dass sie wegkommen«, sagten die Schreiber. Sie hatten sie auf der Schwelle deponiert und stießen sie beinahe auf die Straße hinaus. Sie widersprach nicht. Sie stürmte zum Lieferanteneingang, bevor die Männer Lunte rochen. Diesmal war es schwieriger, wieder ins Haus zu gelangen. Weinkisten und qualmende Kellner standen im Weg. Sie musste sich erst durch die Dienstboten kämpfen, bevor sie die Hintertreppe hinaufkeuchen konnte.

Im zweiten Stock waren die Orchesterklänge nur noch gedämpft zu hören. Eine Tür stand halb offen, ein sanfter Luftzug wehte heraus. Mrs King drückte sie mit dem Fuß vorsichtig weiter auf.

Leer.

Bei der Planung hatte sie eine solche Entwicklung nicht kommen sehen. Trotzdem hätte sie Vorkehrungen treffen müssen, um Alice im Notfall aus den Klauen dieses Haushalts befreien zu können.

Nichts war mehr wichtig, wenn sie Alice verlor. Als Mrs King hier einzog, hatte sie ihre Mutter abgeschrieben. Sie hatte sie vergessen – weil es einfacher und für alle Beteiligten praktischer war.

Mit Alice durfte ihr das nicht noch einmal passieren. Bei ihrer Ehre als Schwester – sie würde es nicht zulassen!

»Winnie?«

Jane Zwei trat aus dem Gebüsch. Die Prinzessin war auf der Terrasse. Die Feuerspucker schickten unter lautem Beifall ihre Flammen gen Himmel. Winnie hatte inmitten der Gäste ihre Bahnen gezogen, um Hephzibah oder Mrs King zu finden – irgendwen, mit dem sie sich über das weitere Vorgehen absprechen konnte.

»Grundgütiger Himmel. Wo kommst du denn her?« Sie wartete die Antwort nicht ab. »Egal. Hast du Mrs King irgendwo gesehen?«

Jane Zwei runzelte die Stirn. »Ich hab die Gasse inspiziert. Die Polizisten – die echten Polypen. Die haben die Hoheit im Auge.« Sie deutete mit einem Kopfnicken auf die Prinzessin. »Keiner achtet auf das hintere Gartentor. Der Weg bis zur Straße ist frei. Wir sollten losschlagen, solange wir noch im Vorteil sind.« Sie starrte Winnie an, die wie angewurzelt vor ihr stand. »Irgendjemand muss den Befehl dazu geben.«

Winnie ließ den Blick über das Getümmel im Garten wandern und über die Gestalten, die gefährlich nah am Ufer des Nils entlangwankten. Aus dem Ballsaal fiel Licht nach draußen, Schatten wirbelten an den Fenstern vorbei. Feuerschalen wurden entzündet, und der Feuerspucker verschluckte mit einem Haps die letzte Flamme. Die Menge johlte vor Begeisterung. In den Dachbodenfenstern flackerten Kerzenflammen.

Im Haus erklangen Glockenschläge. Aus jedem Stockwerk. Mitternacht.

Hatte sie eine Stimme, oder hatte sie keine Stimme?

»Dann los!«, sagte sie.

34

Mitternacht
Stunde null

―――――◄o►―――――

Winnie stürmte durch die Tür. So hatte sie die Küche noch nie gesehen. Voller Leben und Trubel, Qualm und Krach, ein ständiges Kommen und Gehen. Kellner mit glänzenden Tabletts umkurvten sie auf über die Steinfliesen klappernden Sohlen. Es roch nach Wein, Gänseschmalz und Bratfett.

Es wurde höchste Zeit, Shepherd die Schlüssel abzunehmen und Mrs Bone zu befreien.

Der Butler lehnte in der Gesindestube an der langen Tafel, fürsorglich umringt von den Stiefelputzerburschen. Sich den Schweiß von der Stirn wischend, gluckerte er ein Glas Sherry. Er rückte sich die Weste zurecht und spielte nervös an seinem Schlüsselbund. Aber letzten Endes war die Sache ein Kinderspiel. Dankbar um ihre Verkleidung ging Winnie auf ihn zu, einen Akrobaten und drei Lohnkellner im Schlepptau. Die Köchin beschimpfte den französischen Mietkoch, die Bedienungen steckten sich unter dem Tisch Weinflaschen zu. Mit anderen Worten: Es herrschte genau das Chaos, das sie sich erhofft hatte. Inmitten dieses Tohuwabohus streckte sie einfach die Hand aus und pflückte Mr Shepherd mit flinken Fingern die Schlüssel vom Gürtel.

Er spürte es. Während Winnie zurückwich, sah sie, wie er schwankte. Der Butler fasste sich an die Hüfte, gab einen erschrockenen Laut von sich. Bückte sich in dem dichten Menschenknäuel. »Weg da, Platz da! Meine Schlüssel ...«

Sobald Winnie zur Tür hinaus war, nahm sie die Beine in die Hand. Atemlos erreichte sie das Dienstbotenquartier und zählte die Türen ab, bis sie vor Mrs Bones Kammer stand. Sofort fing sie an, die Schlüssel auszuprobieren.

»Wer ist da?«, hörte sie Mrs Bones Stimme.

»Ich bin's, Winnie. Bin gleich so weit, muss nur noch den richtigen Schüssel ...«

»Wir freuen uns sehr, dass du uns holen kommst«, sagte Mrs Bone laut und gekünstelt. Sie klopfte an die Tür, um Winnie das Wort abzuschneiden.

»Uns?«, fragte Winnie.

»Hinter dir.«

Sie drehte sich um. Am Ende des Korridors drückte sich eine verhuschte Gestalt herum.

Mrs Bones Flüstern drang durch die Tür. »Unsere Sue hat mir ein paar *sehr* spannende Sachen erzählt.«

Es raschelte, ein Blatt Papier kam unter der Tür durch. Sie bückte sich danach. Es war eine lange, in Schönschrift gemalte Liste.

Namen über Namen.

Winnie, die inzwischen den richtigen Schlüssel gefunden hatte, schloss auf. In der nächsten Sekunde baute sich auch schon Mrs Bone vor ihr auf. »Das wurde aber langsam Zeit. Im dritten Stock läuft alles nach Plan?«

Der dritte Stock war Winnie augenblicklich mehr als egal. »Mrs Bone. *Was wollte dieses Mädchen hier?*«

Die alte Ganovin schüttelte den Kopf. »Mach doch mal die Augen auf!« Sie stach mit dem Finger auf den Zettel. »Siehst du nicht, was das ist?«

»Wir müssen die Kleine loswerden, Mrs Bone.«

»Die *Kleine* ist unser Glücksbringer. Sie ist unser Schatz.« Sie riss Winnie das Papier aus der Hand und fuchtelte ihr damit vor der Nase herum. »Guck doch mal hin!«

Als Winnie sich die Liste genauer ansah, ging ihr allmählich ein Licht auf. Ganz gewöhnliche, alltägliche Mädchennamen:

Agnes, Sylvie, Molly, Eunice … und am Rand neben jedem einzelnen der Name eines Gentlemans, mit Daten, mit Uhrzeiten …

»Kapiert? Damit können wir zur Polizei gehen. Oder zu einer Zeitung. Wir packen Dannys Spießgesellen da, wo es richtig wehtut. An ihrem guten Ruf. Ist der erst ruiniert, können sie einpacken. Wir legen den ganzen verfluchten Sündenpfuhl trocken!«

»Aber Mrs King sagt …«

»Zum Henker mit Mrs King.«

»*Ich bitte Sie!*« Winnie packte sie beim Arm. »Denken Sie an unsere Abmachung: keine oberschlauen Ideen. Keine Um- oder Abwege. Stets das Ziel im Auge behalten.«

Mrs Bone blähte die Nüstern. »Du hattest deine Chance, den Saustall hier auszumisten, und was ist dabei rausgekommen? Nichts! Den Mädchen *muss* geholfen werden.«

Winnie dachte an die jungen Dinger auf der Terrasse. Häubchen und Schürzchen, bestickt, gefältelt und gerüscht. Sie schüttelte den Kopf, Punkte tanzten vor ihren Augen. Wieder sah sie auf den Zettel.

»Na gut«, sagte sie unter Mrs Bones bohrendem Blick. »Na schön. Das regeln wir unter uns.«

Mrs Bone presste entschlossen die Lippen zusammen. »So ist's recht«, sagte sie, nicht nur zu Winnie, sondern auch zu sich selbst. Dann nahm sie sich Sue vor, die näher getreten war: »Und du? Binde dir die Schürze um. Wir haben zu arbeiten.«

Alice versteckte sich in Miss de Vries' Ankleidezimmer, eine vertraute Umgebung, in der sie sich sicher fühlte: in einer der oberen Etagen, unerreichbar für den Mann im Stallungshof und weit genug entfernt von allen anderen. Ihr war klar, was von ihr erwartet wurde – dass sie sich wie ein Jagdhund an Madams Fersen heftete. Aber als die Tür des Ankleidezimmers dumpf hinter ihr ins Schloss fiel, wusste sie, dass sie sich so schnell nicht wieder hinauswagen würde. Draußen war es viel zu gefährlich.

Keine Minute später drangen aus dem benachbarten Boudoir Geräusche zu ihr. Schritte, die genauso verstohlen waren wie ihre eigenen. Also nicht von Madam. Sie schritt immer energisch aus. Schnell duckte Alice sich in den Wandschrank, kauerte sich auf den Boden, hielt den Atem an.

»Alice?«

Sie erkannte die Stimme sofort. Mrs King. Und die Scham schlug wie eine große Welle über ihr zusammen, die furchtbare Erkenntnis, dass sie wie ein Tier in der Falle saß. Ein schwaches Geschöpf, zu nichts zu gebrauchen.

Die Schritte verharrten. Stille. Dann ein leises Klicken, der Türknauf drehte sich, Licht fiel ins Zimmer, ein heller Streifen, der sich auf dem Teppich ausbreitete.

Sie konnte ihre Halbschwester nicht sehen, aber sie spürte, wie diese den Blick durch den Raum schweifen ließ. Alice traute sich nicht zu atmen.

Die Sekunden vergingen. Sie sehnte sich danach, dass Mrs King ins Ankleidezimmer kam. Dass sie sie aus dem Schrank holte und rettete.

Die Tür quietschte nicht. Dafür war sie zu gut geölt. Aber die Luft seufzte, der Lichtstreifen schrumpfte. Und mit einem schweren Aufprall fiel die Tür wieder ins Schloss.

Miss de Vries hatte die Ehre, die Prinzessin in den Soupersalon begleiten zu dürfen. Die Kellner deckten die Büfetttafeln mit Fondants und Gelees ein. Bringt mir blutiges Fleisch, dachte Miss de Vries. Bringt mir Blut. Sie hatte das Gefühl, vor den Altar zu treten, als stünde sie kurz vor einer Wandlung. Schwer hing der betäubende Duft von Kölnisch Wasser und Parfüm in der Luft. Der Sekretär rückte ihr einen Stuhl heran, der mit den goldglänzenden Armlehnen fast wie ein Thron aussah.

Wie viele Menschen mochten sie wohl gerade beobachten? Sie spürte die Blicke, es lag etwas Gieriges in der Luft. Sie warteten darauf, dass sie sich blamierte, dass sie versagte. Lächelnd umklammerte sie ihre Gabel und biss sich in die malträtierte Lippe, bis sie Blut schmeckte.

Aus der Nähe sah sie die Äderchen in der Haut der Prinzessin. Sie verliehen ihrem Teint einen bläulichen Schimmer. Die Augen wirkten weniger strahlend als auf den Lichtbildern – kleiner, trüber. Ihre Mundwinkel hingen leicht herunter. Sie sah aus wie ihr Vater. Miss de Vries wurde flau im Magen.

»Ma'am.« Eine selbstsichere Stimme, genau hinter ihr. Eine Hand auf ihrer Rückenlehne, ein Ruckeln.

Die Zofe mit dem Turban lächelte. »Ashley. Sie böser Junge, Sie. Spät wie immer.«

Miss de Vries drehte sich um. Sie hatte Lord Ashley im Garten zurückgelassen, in der Hoffnung, dass man ihn ausreichend mit Wein abfüllen würde, um ihn auf andere Gedanken zu bringen. Schließlich ging es um *ihren* Platz an der Sonne. Heute Abend stand sie allein im Zentrum, und sie wollte diesen Augenblick bis zur Neige auskosten, bevor sie sich auf ewig an ihn fesselte. Doch er war in Gedanken ganz da. Er senkte das Kinn, und eine Schrecksekunde lang glaubte sie, er wollte sie auf den Kopf küssen. Aber er verneigte sich nur vor Prinzessin Victoria.

»Vergeben Sie mir«, sagte Lord Ashley lächelnd und nahm Platz. Er sah sie nicht an. Er sagte kein Wort. Er bat sie nicht um Erlaubnis, sich zu ihnen setzen zu dürfen, dankte nicht für das Essen. Er handhabe seine Gabel, als säße er bei sich zu Hause am Tisch.

Die Prinzessin schlug die Augen nieder und flüchtete sich in ihre Gedankenwelt. Die Damen beschrieben eine elegante Drehung nach links, um mit ihren Tischherren Konversation zu betreiben. Natürlich kannten sich alle untereinander, das Geplauder plätscherte mühelos vor sich hin. Miss de Vries saß neben einem spindeldürren, altersschwachen Oberst, der stumm sein Taschentuch zerknautschte und die Gabeln inspizierte. Man hatte ohne ihre Erlaubnis die Tischordnung geändert. Jemand aus dem Palast vielleicht? Oder Lord Ashley? Zum Schweigen verdammt, starrte Miss de Vries an die Wand. Ihr stieg die Röte in die Wangen, so fehl am Platz fühlte sie sich plötzlich. In der Tür zum Soupersalon standen die Gäste und gafften.

Sie riss sich am Riemen. Dieser Abend war ihr Triumph! Sie war halb verhungert, aber sie brachte keinen Bissen hinunter.

Derweil studierten die Janes ihre in die Unterröcke eingebügelten Anweisungen. Die heikelste Phase der Unternehmung stand bevor: die öffentlich zugänglichen Zimmer auszuräumen. Abgeschirmt von Hephzibahs Pseudogästen, die vor der Tür Posten bezogen hatten, fingen sie mit der Bibliothek an. Mrs Bones Männer, die noch immer ihre Tuniken trugen, reichten, auf Ausziehleitern stehend, die Bücher nach unten und von Hand zu Hand weiter, bis sie am Ende der Kette zu Türmen gestapelt wurden. Es dauerte länger als von Winnie ausgerechnet.

»Los, los, los«, murmelte Jane Eins, die Uhr fest im Auge.

»Wie spät ist es?«, wollte Jane Zwei wissen.

»Frag nicht.«

Die Männer hatten den Dialog mitbekommen, und schon flirrten die ersten Anzeichen von Angst durch den Raum.

Jemand ließ ein Buch fallen. Jane Eins sah es. Es fiel einem Mann einfach aus der Hand und prallte gegen einen Stapel ledergebundener Bände, die sich auf dem Boden türmten.

Sie wusste, was passieren würde. Sekunden bevor es eintraf, spulte es sich vor ihrem inneren Auge ab. Der erste Turm kippte gegen den zweiten. Domino, dachte sie nur, die Ruhe selbst.

Mit vor Angst geweiteten Augen verfolgten die Männer das Schauspiel. Turm um Turm geriet ins Wanken. Aberhunderte umstürzende Bücher ließen den Fußboden beben, untermalt von einem Rumpeln, das sich durch die Wände hindurch in alle Himmelsrichtungen fortsetzte.

»Abschließen«, sagte Jane Eins. »Schnell.«

Eine Faust hämmerte an die Tür. »Aufmachen!«

Sicher einer der Hausdiener. Der Krach in der Bibliothek hatte ihn aufgescheucht, an Hephzibahs Schauspielerinnen vorbei. Sie legte den Finger auf die Lippen. Kreidebleich und in Schweiß gebadet, starrten die Männer sie an. Sie saßen in der Falle. Der ganze Fußboden war mit Büchern übersät.

Stille vor der Tür. »Hallo?«, sagte der Hausdiener zögerlich. »Alles in Ordnung?«

Jane Eins hielt das Schlüsselloch zu. Mit der anderen Hand zeigte sie zum Fenster. Ohne einen Laut von sich zu geben, formte sie mit den Lippen den Zirkusbegriff »Perche-Akt«.

Jane Zwei runzelte die Stirn. *Das ist nicht dein Ernst.*

Hast du eine bessere Idee?

Jane Zwei überlegte hin und her. Dann seufzte sie resigniert, marschierte zum Fenster und riss es auf. Sie beugte sich hinaus und tastete nach dem Regenrohr.

Sie warf einen Blick über ihre Schulter. Unhörbar: *Zwei Minuten.*

Jane Eins winkte einen der Männer zu sich und ließ ihn das Schlüsselloch zuhalten. Auf Zehenspitzen huschte sie in die Zimmermitte. Beschrieb mit dem Zeigefinger einen großen Kreis.

Die Männer verstanden sie nicht sofort. Doch dann strampelte sie sich die Schuhe von den Füßen, zog sich die Schürze über den Kopf und knöpfte das schwarze Twillkleid auf, und ihnen klappten die Kinnladen herunter.

In Hemdchen und Schlüpfer stand sie vor ihnen.

Blitzschnell drehten die Männer sich um.

Jane Eins kribbelte es in den Muskeln, und sie fing an, sich zu recken und zu strecken.

35

———◄○►———

Hephzibah stand schon wieder vor einem neuen Problem: Ein Mann wollte die Treppe hinauf.

Die aschgrau schimmernden Haare kannte sie von früher. Es war der Anwalt der Familie, Mr Lockwood.

Kaum hatte die Prinzessin sich zum Souper begeben, hatte er sich unauffällig von der königlichen Gruppe entfernt und schnurstracks die Treppe angepeilt. Hephzibah hatte mehrere ihrer besten Kräfte am Geländer postiert, um jeden echten Gast abzufangen, der womöglich auf die Idee kam, die Beletage zu verlassen, aber das Gedränge war zu groß. Sie konnten den Anwalt nicht aufhalten.

Sie hastete hinter ihm her.

Wie in größter Eile nahm er zwei Stufen auf einmal. Hephzibah stolperte, konnte sich nur mit Mühe auf den Beinen halten. »Sir!«, rief sie mit fast überschnappender Stimme.

Er hörte sie nicht. Am Kopf der Treppe angekommen, verschwand er schon um die Ecke.

Ihr erster Gedanke war: Er holt etwas für Miss de Vries. Doch deren Boudoir lag im vorderen Teil des Hauses, zum Park hinaus. Und Lockwood war in die entgegengesetzte Richtung gegangen, zu der großen Suite über dem Ballsaal.

Er war in Mr de Vries' Schlafzimmer verschwunden.

Zu ihrem Entsetzen kamen genau in diesem Augenblick Mrs Bones Männer aus dem anderen Teil des Hauses marschiert, um Mr de Vries' Gemächer auszuräumen. Sie raffte ihre Röcke und sprintete los.

Die zweiflügelige Schiebetür stand halb offen. Aus der höhlenartigen Suite fiel nur ein schummeriges Licht in den Korridor. Von Lockwood war nichts mehr zu sehen.

Mit finsteren Mienen blieben die Männer stehen.

»Passt genau auf, was ich mache«, flüsterte sie ihnen atemlos zu.

Sie schob sich in den Raum, mit dem Rücken an den einen Türflügel gedrückt. Dass sich die Einrichtungsgegenstände zur Hälfte unter Staubschutztüchern oder auf Packkisten befanden, schien dem Anwalt nicht aufzufallen. Er stand gebückt vor dem Schreibsekretär, riss die Schubladen heraus, durchwühlte sie, stieß sie wieder hinein.

Er suchte offenbar nach etwas Bestimmten.

Einer der Männer beugte sich über Hephzibahs Schulter. Sein Atem roch nach Bier. Aus seinem Tunikaärmel ragte ein beängstigend muskelbepackter Unterarm. »Der Knabe muss hier raus!«, raunte er.

Hephzibah ging im Geiste den Versicherungsvertrag durch: keine Knebel, keine Augenbinden. Aber auch kein Wort davon, dass man jemand anderen nicht *erschrecken* durfte.

»Mordio!«, schrie sie und stieß die Tür ganz auf. »Tod und Verderben!«

Lockwood wäre fast aus der Haut gefahren, er taumelte nach hinten. Hephzibah stürmte mit solcher Entschlossenheit über den kahlen Parkettboden, dass ein Paillettenschauer niederging.

»Herrgott noch mal!«, schimpfte Lockwood mit wutrotem Kopf. Er hatte einen hässlichen Bluterguss an der Lippe.

»Der Leibhaftige kommt dich holen!«, brüllte sie.

Die Männer waren nicht auf den Kopf gefallen. Sie schalteten sofort. Einen engen Kreis um ihn bildend, stierten sie den Anwalt an und stampften mit den Füßen, so heftig, dass ihnen die Tuniken um die haarigen Beine schwangen. »Fahr zur Hölle!«, grunzten sie.

»Also wirklich, Mylady«, sagte Lockwood. »Die Attraktionen sollten doch unten bleiben!«

»Komm mit!«, dröhnte Hephzibah. »Komm mit in meine …« Kurze Denkpause. »… Schreckenshöhle!«

»Schreckenshöhle!«, erschallte das donnernde Echo von den Männern.

Immer dichter umringten sie den Anwalt. Sie packten ihn und schleiften ihn im Gleichschritt zur Tür.

»Herrschaftszeiten!«, rief Lockwood. »Mylady, ich …« Doch da wurde er bereits aus dem Zimmer entfernt. »Würden Sie … würden Sie …! Aus dem Weg! Aus dem Weg!«

»Er verlässt den Raum aus freien Stücken!«, sagte Hephzibah laut, als ob die Versicherungsinspektoren schon durchs Gebälk kröchen.

Die Schubladen des Sekretärs waren weit herausgezogen. Offensichtlich war Lockwood nicht fündig geworden.

Nachdem Jane Zwei am Regenrohr nach unten gerutscht war, stolperte sie über zwei Gentlemen, die zwischen den Büschen in ein vertrauliches Gespräch vertieft waren. Es waren echte, kostümierte Gäste mit riesigen Halskrausen, die sich seltsam ineinander verhakt hatten.

»'tschuldigung« sagte Jane Zwei, bückte sich und tastete im Unterholz nach ihrer Extenderstange.

»Unerhört, sich heimlich an andere Leute heranzuschleichen!«, sagte einer der Männer, während er sich Wams und Kniehose richtete.

»Lieber heimlich als unheimlich«, gab Jane Zwei streng zurück. »Übrigens: Man kann Ihren Hosenbeutel sehen.«

Auf dem Weg zurück ins Haus schnappte sie sich den Feuerschlucker, der natürlich auch einer von Mrs Bones Männern war. Für die Aufgabe, die er erledigen sollte, hatte sie ihn selbst ausgebildet. »Du sorgst schön dafür, dass die Zuschauer auf der anderen Seite vom Garten bleiben. Wenn einer in meine Nähe kommt, spuckst du eine Flamme nach ihm.«

Der Mann hatte wunderschöne kristallblaue Augen und eine zuckersüße Art zu reden. Er beäugte ihren Schlüpfer. »Schöne Moira, mein Engel. Ein Wort von dir, und ich sterbe!«

»Nicht sterben!«, sagte Jane Zwei. »Nur spucken.«

Im Garten erhob sich aufgeregtes Gekreische. Jane Eins spähte nach unten. Ein lautes Brüllen, ein riesiger Feuerball, und die Menge lief in alle Himmelsrichtungen auseinander. Nun mach schon, dachte sie, als erneut an die Tür geklopft wurde.

Wie aufs Stichwort ragte im Dunkeln vor dem Fenster auch schon die Perche-Stange empor.

»Los, Männer, am Regenrohr runter!«, sagte sie.

»Am Regenrohr? Runter!?«

»Und ihr zwei …« Sie suchte sich die beiden schnellsten, flinksten aus. »Ihr reicht mir die Bücher.«

In Sekundenschnelle war sie auf die Fensterbank gesprungen. Unter ihr stand Jane Zwei, fest wie eine Eins, und hielt die Stange senkrecht. Jane Eins schwang sich hinüber und klammerte sich mit den Oberschenkeln fest.

»Runter mit euch«, befahl sie den Männern. »Wir haben nicht die ganze Nacht Zeit.«

Eines musste man Mrs Bones Männern lassen: Sie hatten Mumm. Ruck, zuck rutschten sie am Regenrohr hinunter und spannten Zirkusnetze aus, um die Bücher aufzufangen.

Drei Minuten später kletterte Jane Eins durchs Fenster wieder hinein und öffnete die Bibliothekstür.

Die Hausdiener, der davorstanden, sahen schockiert aus. Als sie versuchten, an ihr vorbeizulugen, versperrte sie ihnen die Sicht.

»Keine gute Idee.« Sie schüttelte den Kopf. »Gäste. In flagranti.«

»Und was hast du dann hier getrieben?«

Jane Eins fixierte die Diener mit starrem Blick. »Meine Tugend verteidigt.«

Ohne ein weiteres Wort machte sie sich davon. Die Domestiken blieben verdattert zurück. Es interessierte die Artistin auch nicht mehr, ob sie mit dem Ohr an der Tür lauschten: Ihr wurde die Zeit knapp.

Die Prinzessin war müde, was anscheinend die Viscountess oder ihr Privatsekretär so für sie entschieden hatte. Während Bedienstete Capes, Handschuhe und Pelze holten, erhob sie sich von ihrem Platz. Die Königliche Hoheit fast zwei Stunden unterhalten zu haben, grenzte an ein Wunder. Gemächlich wanderte der ganze Tross zur Treppe, wie Sommerfrischler auf einem Tagesausflug am Strand, Miss de Vries an der Seite der Prinzessin. An ein Gespräch war nicht zu denken. Die Prinzessin hatte eine Mauer um sich errichtet, eine Eigenart, die sie mit der jungen Gastgeberin teilte.

Die Musik verstummte, die Menge teilte sich, tosender Applaus brandete auf. Das Orchester spielte die Nationalhymne, einen halben Takt zu schnell, und die Prinzessin blickte leicht perplex um sich.

Sie suchte Miss de Vries' Blick. »Wir gratulieren Ihnen zu Ihrer Verlobung«, sagte sie. Wegen der Musik konnte sie sich nur mit Mühe verständlich machen.

»Danke, Ihre Königliche Hoheit«, murmelte Miss de Vries und neigte den Kopf.

Die Hymne erstarb auf dem Höhepunkt. Die Schutzleute fingen an, die Schaulustigen abzudrängen und der Prinzessin den Weg zur Tür zu bahnen. Sie warf einen Blick über Miss de Vries' Schulter. Lord Ashley kämpfte sich hinter ihnen die Treppe hinunter, den Hut schief auf dem Kopf, die Feder wippend.

»Allein wären Sie besser dran«, sagte die Prinzessin.

Der Satz kam aus tiefster Kehle, vollkommen emotionslos

ausgesprochen, als ob es ihr gleichgültig wäre, wie ihre Worte aufgenommen wurden. Es war eine derart atemberaubende Kränkung, dass sie Miss de Vries die Sprache verschlug.

»Ma'am«, sagte die Viscountess mit wippendem Turban. »Hier entlang …«

Die Prinzessin ging, ohne sich zu bedanken oder zu verabschieden. Offensichtlich hatte sie nur noch ihr Nachtlager im Sinn, hinter den ächzenden, staubigen, glorreichen Mauern des Buckingham Palasts. Unter dem Aufblitzen von Diamanten und dem Krachen eines Feuerwerkskörpers im Garten, unter aufgeregten Verbeugungen und Hofknicksen endete der königliche Besuch in der Park Lane. Durch das Gedränge hindurch sah Miss de Vries, wie sich das schwere Automobil in Bewegung setzte. Im Vestibül wurde es laut, Männer und Frauen befreiten sich von ihren Handschuhen und stießen tiefe Seufzer der Erleichterung aus. Alles rief nach Champagner. Im Orchester wurden die Trommeln malträtiert. Als in einem der elektrischen Lüster eine Glühbirne mit einem Knall den Geist aufgab, quietschten die Leute vor Vergnügen. Miss de Vries wurde von ihren Nachbarn umringt. Jeder wollte sie berühren, von oben bis unten betatschen.

Sie rührte sich nicht von der Stelle.

Lord Ashley kam die Treppe heraufgesprungen und sagte mit tonloser Stimme: »Was für ein trostloser Abend! Ihre Königliche Hoheit muss sich zu Tode gelangweilt haben. Aber zum Glück war ich ja auch da. Sonst hätte sie kein Wort von sich gegeben.«

Die Welt wurde dunkel. Miss de Vries spürte die Augen ihres Vaters im Rücken, sein Porträt, das aus luftiger Höhe auf sie herabsah. In dieser Sekunde hasste sie Lord Ashley. Sie zwang sich, den Gedanken im Keim zu ersticken. Jedes andere Gefühl als Freude zählte heute als Niederlage.

Rosa schimmernder Satin, der Duft von Mandeln und Rosenwasser. Lady Montagu, die an ihr vorbeieilte. »Fürchterliche

Kopfschmerzen, muss schleunigst nach Hause, verzeihen Sie, verzeihen Sie … Wunderbarer Abend, gute Nacht, meine Damen, meine Herren!«

Eine Hand legte sich auf Miss de Vries' Ellenbogen. Lockwood mit der dicken Lippe und dem wütenden Blick. »Danken Sie seiner Lordschaft für den Tanz«, sagte er. »Man erwartet es von Ihnen.«

Lord Ashley warf den Kopf in den Nacken und stieß ein grölendes Lachen aus, rieb sich die Oberschenkel und riss einen obszönen Witz.

Sie hatte keine Lust, ihm zu danken. Im Gegenteil, er hätte sich bei ihr bedanken müssen, weil sie ihn gerettet hatte. »Nein«, antwortete sie. Ashley raubte ihr den Triumph, er besudelte ihn, er riss ihn an sich. »Ich gehe zu Bett.«

Lockwood kniff die Augen zusammen. »Aber es sind noch so viele Gäste anwesend, mit denen Sie Konversation betreiben sollten.«

»Ich habe alles Geschäftliche erledigt. Und ich bin müde.«

Sie sah Lord Ashley an und wandte den Blick ab. Sie versuchte, den süßen Geschmack des Sieges auf der Zunge zu kosten. Doch es schmeckte bitter. Ohne sich noch einmal umzudrehen, steuerte sie die Treppe mit ihrer Pracht aus scharlachroten Pfingstrosen an.

36

2 Uhr morgens

———◄o►———

Da Mrs King nicht aufzufinden war, lag die Verantwortung für den nächsten Akt allein bei Winnie. Die Bühne dafür war im anderen Teil des Hauses bereitet, in einer Gästesuite im zweiten Stock. Sie steckte die Zündholzschachtel wieder ein, warf einen Blick auf die Rauchmaschinen und wischte sich den Schweiß von der Stirn. Damit der Qualm nicht aus dem Zimmer drang, verstopften die Janes die Ritzen rings um den Türrahmen mit Betttüchern. Allerdings ließ die Rauchmenge sehr zu wünschen übrig.

»Wie lange soll das denn dauern?«, fragte Winnie. Die Maschinen liefen, die Kolben pumpten, die Luft blubberte in den Wassertürmen. Aber die Zigaretten produzierten nur dünne Rauchfähnchen.

»Wir kommen alle paar Minuten wieder, um die Zigaretten auszutauschen«, antwortete Jane Zwei. »Und wir haben die Manometer überprüft. Sie sind auf doppelte Leistung eingestellt.«

»Das sind für mich alles böhmische Dörfer.«

»Es bedeutet, dass es bald losgehen kann.«

Alice war in Miss de Vries' Schlafzimmer geschlüpft. Sicher wurde Mrs King immer wütender, je länger sie erfolglos nach ihr suchte. Sie stellte sich ihr Gesicht vor, ihre Enttäuschung, ihre Verwirrung. Alice' Nerven prickelten unter der Haut, ihre Finger zitterten. Wie ein aufgescheuchtes Mäuschen huschte sie im Raum hin und her. Sie musste sich irgendwo festhalten. Miss de Vries' Schreibsekretär fühlte sich kühl an, kühl und wuchtig.

Das Kruzifix klebte ihr heiß und verschwitzt auf der Brust, die Kette kratzte ihr im Nacken. Beinahe hätte sie das Ding aus dem Fenster geworfen. Was nützte es ihr jetzt noch?

Aus dem Korridor drangen leise Schritte. Sie zuckte zusammen, fuhr erschrocken herum. Langsam glitt die große Schiebetür auf.

Im Lampenschein zeichnete sich Miss de Vries' Silhouette ab. Alice blinzelte und nahm zum Schutz gegen das Licht die Hand hoch. Anscheinend war Madam durch die Bewegung auf sie aufmerksam geworden. Sie hauchte: »Ach!«

Auf der anderen Seite des Bettes blieb sie stehen. Bei ihrem vertrauten Anblick fing Alice' Herz an zu rasen. Sie beobachtete Madam nun schon so lange, dass sie jeden Zoll ihres Körpers kannte, jede Linie: jede Kerbe, jede Kuhle. Ihre Gedanken stoben wild durcheinander. Es war gut, dass die Gnädige hier war. Sie durfte sie nicht wieder weglassen, musste zusehen, dass sie bei ihr blieb und nicht in die Nähe anderer Menschen kam. Genau, wie Mrs King es gewollt hätte.

Doch es war nicht der Befehl ihrer Halbschwester, der sie dazu brachte, langsam um das Bett herumzugehen. Genauso wenig wie der Plan. Es war etwas anderes, das sie tief im Inneren aufwühlte.

Ausnahmsweise ließ sich Miss de Vries' Miene leicht deuten: Wut. Alice konnte es ihr gut nachfühlen. Es machte sie wütend, dass sie so eingeschüchtert war und sich so einschüchtern ließ.

»Was hast du hier verloren?«, fuhr die Gnädige sie an.

»Ich … es geht mir nicht gut«, sagte Alice. »Und ich wollte kein Aufheben darum machen.«

Miss de Vries wich einen halben Schritt zurück. »Aber warum bist du dann nicht in deiner Kammer? Was willst du in meinem Boudoir?« Ihr Kopfschmuck glitzerte; ihre Schultern schimmerten blass im Licht. »Ist dir schwindelig?«

Alice stand stocksteif vor ihr. »Ja«, sagte sie.

»Dann setz dich in Gottes Namen hin. Ich rufe jemanden, der dir helfen kann.«

»Nein!«, rief Alice schrill. »Nein, nicht. Bitte nicht.«

Miss de Vries starrte sie an. In ihr arbeitete es, und sie fasste sich an die Stirn. Sie wirkte unruhig, gereizt – wie von einer elektrisch aufgeladenen Aura umgeben. »Du willst mir hoffentlich nicht lästig fallen. Ich hatte einen sehr langen Abend.«

Sie standen so nah voreinander, dass Alice sie riechen konnte. Ein stechender Geruch, bitter und verbrannt, der in ihrem weiß-blond silbrigen Haar hing.

Sie holte tief Luft. »Madam«, sagte sie. »Das Kostüm.«

Stille. Miss de Vries' Blick suchte Alice'. »Was ist damit?«

Alice konzentrierte sich ganz auf ihre Stimme. Sie durfte nicht schwach klingen. »Gefällt es Madam?«

Miss de Vries schien verblüfft. Sie betrachtete sich in dem langen Spiegel – eine Säule aus schwarzem Crêpe und Gagat, die Schleppe wie schwarzes Öl hinter ihr ausgebreitet.

»Ob es mir gefällt?«, fragte sie. Sie schlenkerte mit den Händen, fast nervös.

Alice nahm all ihren Mut zusammen. »Madam haben gesagt, dass ich fürstlich belohnt werden soll. Für meine Mühen. Dass ich bezahlt werde.«

Die Gnädige machte ein nachdenkliches Gesicht.

»Bezahlt?«, sagte sie.

Vor dem geistigen Auge des Mädchens erschien der Mann aus der Gasse. Sie musste es hinter sich bringen. Kassieren und verschwinden. Auch wenn das nicht zum Plan gehörte. Ganz und gar nicht. »Ja, Madam.«

Miss de Vries zeigte eine seltsame Reaktion. Sie schloss die Augen. »Du willst *bezahlt* werden.« Sie fing an zu lachen, ein tiefes, beängstigendes Glucksen. »Verstehe. Natürlich. Ich hätte es kommen sehen müssen.«

Alice wurde es heiß. Am liebsten wäre sie zurückgewichen,

aber sie blieb standhaft. »Ich bin Madam sehr dankbar für diese Chance.«

»Tatsächlich? Das sieht man dir gar nicht an.« Miss de Vries' Augen schimmerten im Halblicht. Ihre Stimme wurde hart. »Und was sagst du zu meinem anderen Angebot? Wie entscheidest du dich?«

Alice zögerte. Die Versuchung war sehr groß, fast wäre sie ihr erlegen. »Ich bin nicht zur Zofe geschaffen, Madam.«

Miss de Vries' Augen brannten hell. »Ich biete dir etwas weitaus Besseres. Du wärst meine Gesellschafterin, meine *Gefährtin*. Ich würde dir die Welt zeigen. Florenz, New York. Und du würdest einen Lohn bekommen, worauf du ja anscheinend so viel Wert legst.«

Das Wort *Gefährtin* ließ Alice' Herz höher schlagen. »Ich wäre Madam keine Hilfe«, sagte sie. »Ich habe Ihnen nichts zu bieten, was Sie brauchen könnten.«

»Es geht nicht darum, was ich brauche«, entgegnete Miss de Vries mit rauer Stimme. »Ich *brauche* gar nichts. Aber ich *wünsche* mir, dich auch weiterhin um mich zu haben. Verstehst du?«

Der Ball hätte genauso gut Hunderte von Meilen entfernt stattfinden können. Das Tosen kam wie aus weiter Ferne, wie unter einer Schicht aus Sediment und Felsgestein hervor.

»Madam wollen mich um sich haben?« Alice versuchte, sich ein Lachen abzuringen. »Und mir einen Lohn zahlen? Sie können mich doch nicht aushalten.«

Miss de Vries' Gesichtsausdruck veränderte sich. »Warum nicht?«, sagte sie. »Würde dir das nicht gefallen?« Ihre Stimme klang gepresst.

Die Gnädige kam noch etwas näher auf Alice zu. Die sah den Puls an ihrem Hals schlagen, rasend schnell, fast hektisch. Im Einklang mit ihrem eigenen Herzschlag.

Miss de Vries streckte die Hand nach ihr aus. Sie war nicht

kühl, sondern strahlte Hitze aus. Und Madams Lippen: so weich und leicht gerötet vom Wein.

Ob es ihr gefallen würde? Das Zimmer hielt den Atem an.

Madams Augen weiteten sich, als ob sie sich mäßigen müsste, ein Ausdruck, den Alice noch nie bei ihr gesehen hatte. Eine zarte, in der Hitze flirrende Unsicherheit spiegelte sich darin.

Alice hob die Hand und berührte die zerbrechlichste Stelle von Madams Kleid: die Schulterpartie. Sie allein wusste, wo die Verbindungsnähte saßen, wo die Häkchen zu finden waren. Und sie könnte sie lösen.

Miss de Vries schloss die Augen. Aber sie rührte sich nicht von der Stelle, sondern beugte sich ihr nur eine Idee weit entgegen.

Alice hörte nicht auf. Sie überbrückte die Kluft, die zwischen ihnen lag, und küsste die Gnädige im flackernden Schein der Deckenlampe, die Luft geschwängert von Orchideenduft.

Winnie trat von der Rauchmaschine zurück. Der Qualm brannte ihr in der Nase, ihre Haare waren schweißnass. An den Händen glänzte die Theaterschminke.

Jetzt, dachte sie. *Jetzt.*

Die Janes nickten.

Winnie holte tief Luft, öffnete die Tür einen Spaltbreit und stieß einen Schrei aus. »Feuer!«

Ihre Stimme klang rau und kratzig. »Feuer! Es brennt!« Als am Fuß der Treppe Gestalten auftauchten, riss sie die Tür vollständig auf.

Um sie herum quoll der Rauch in den Korridor. Bläulich, stinkend, süßlich – und viel mehr davon als in ihren kühnsten Träumen. Sie band sich ein Tuch vors Gesicht und rannte mit hoch erhobenen Armen die Treppe hinunter.

»Feuer!«

Die Janes folgten Winnie auf dem Fuße. Sie freuten sich an dem majestätischen Bild, das sich ihnen bot. Davonstürzende Diener. Schnuppernd emporgereckte Nasen. Fassungslosigkeit. Das verstummende Orchester, der mitten in einer Drehung abgebrochene Walzer.

»Feuer, Feuer!«, rief jemand.

Und dann war sie da, die Angst, und sie war echt. Sie entfaltete sich wie ein seidenes Band. Die Gäste glichen aufgescheuchten Vögeln, ein trunkenes, panisches Gewimmel aus gepuderten Frisuren, zerdrückten Kleidern und zerzausten Hermelinschleppen.

Jane Zwei ließ ihre Stimme erschallen. »Feuer!«, brüllte sie. »Alle verlassen das Gebäude!«

»Ist ja gut«, murmelte Jane Eins und hielt sich ein Ohr zu.

Zusammen gaben sie der Menge die Sporen: Sie schoben und drückten und verbreiteten so viel Angst und Schrecken, dass die Menschen die Treppe regelrecht hinunterstolperten. Mrs Bones Männer, die als Gäste verkleidet waren, unterstützten sie nach Kräften. »Raus, raus, raus!«, riefen sie im Chor. Es war wundersam mit anzusehen, wie folgsam die Schäfchen gehorchten, während die Panik um sich griff. »Ich kriege keine Luft!«, rief jemand. »Der Qualm! Ich ersticke.«

Als sie den Portikus erreichten, drang die Stimme von Lord Ashley durch den Radau. Er erwies sich als der denkbar ungeeignetste Mensch, den man bei einem Notfall um sich haben wollte. Er brüllte nach Pferden, nach Eimern, nach Schläuchen und machte das Chaos nur noch schlimmer. Jane Eins betrachtete das Durcheinander auf dem Trottoir, Gräfinnen, die nach ihren Gatten, und Minister, die nach Ministern riefen, unzählige Automobile, die sämtliche Kreuzungen verstopften.

»Man muss die Feuerwehr verständigen«, rief Lord Ashley. »Schnell!«

»Das ist gewiss schon geschehen«, sagte Mr Lockwood. »Davon bin ich überzeugt.«

»Die verfluchte Pyramide«, schimpfte Lord Ashley. »Das verdammte Ding blockiert die ganze Straße.«

Jane Eins entdeckte den Lampenputzer, der sich am Zaun herumdrückte. Er sah wie ein bissiges Frettchen aus.

»Du da, Junge.« Lockwood packte ihn beim Schlafittchen. »Lauf zur Feuerwache.«

»Sir, da sind Leute drin. Oben. Ich kann sie sehen, wie sie hin und her gehen ...«

Lockwood schüttelte ihn. »Sperr die Ohren auf! Sag ihnen, sie müssen mit den Spritzen kommen!«

Einer von Mrs Bones Männern riss ein Fenster auf, beugte sich nach draußen und trieb die Menge mit wild fuchtelnden Gesten zurück.

»Wer ist das?«, fragte Ashley. »Wer ist da noch im Haus?«

»Weg! Weg vom Haus!«, brüllte der Mann. Unter lautem Geschrei wichen die Menschen zurück, vom Trottoir über die Straße und in den Park. »Wir reißen jetzt die Vorhänge runter!«

Lord Ashley schrie zu ihm hinauf. »So ist es richtig, Männer! Schnell, runter damit!«

Jane Eins hörte, wie Mr Lockwood langsam fragte: »Wo ist Miss de Vries?«

Winnie kam ins Vestibül. »Kann's losgehen?«, murmelte einer der Helfer und legte den Kopf in den Nacken.

An einem der Flaschenzüge, die an den Eisenträgern unterhalb der Glaskuppel aufgehängt waren, ratterte rasend schnell eine lange Kette nach oben. Die Flaschenzüge hielten eine Plattform, die wie eine übergroße Version des elektrischen Fahrstuhls funktionierte, breit genug, um gleichzeitig ein halbes Dutzend Kisten aus den oberen Etagen ins Erdgeschoß zu transportieren. Man sah den Männern an, wie viel Kraft es sie kostete, die Seile zu halten.

Bitte, lieber Gott. Mach, dass es hält, dachte Winnie. Sie glaubte fast zu spüren, wie das Glas bebte.

»Irgendwer muss das Kommando geben«, sagte der erste Helfer.

In Winnies Kopf wirbelte es wild durcheinander: Pläne, Papiere, schematische Zeichnungen, Diagramme, Berechnungen, Gerätschaften, Flaschenzüge, Inventarlisten, Verzeichnisse. Angeheuerte Hilfskräfte und Hehler. Preislisten im Hauptbuch. Tricks und Märchen, Lügen und grandiose Täuschungsmanöver. Die von Mrs King ausgelegten einzelnen Puzzleteilchen, die erst zu einem Ganzen hatten zusammengefügt werden müssen. Spiele für Frauen.

Doch für Winnie Smith war es alles andere als ein Spiel.

In ihren Träumen war ihr Mr de Vries erschienen. Sie hatte ihn durch strahlendweiße, unendlich lange Gänge verfolgt, um ihn einzuholen und zu Fall zu bringen. Erst in der vergangenen Nacht war sie, heillos in ihre Betttücher verheddert, wieder einmal keuchend und schweißgebadet aufgeschreckt.

Eigentlich sollte diese Aktion den Abschluss des Raubzugs bilden. Denn genau darum ging es ja: mit einem noch nie gesehenen, atemberaubenden Coup die Villa leerzuräumen. Das Haus de Vries niederzureißen.

Und was dann?

Sie hatte ein Ziel gehabt, einen Plan. So lachhaft, dass sie es selbst kaum noch glauben konnte. Ein Hutgeschäft. Ich hatte ein *Hutgeschäft* eröffnen wollen.

Wie armselig, wie erbärmlich. Das durfte nicht alles gewesen sein. Mrs Bones Liste hatte sich ihr ins Gehirn gebrannt.

Hätten sich die Mädchen miteinander angefreundet, wäre ihnen nichts passiert. Shepherd hätte kein leichtes Spiel mit ihnen gehabt. Aber wer auf sich allein gestellt war, wurde schnell zum Opfer.

»Also dann: Los!« Sie hob die Hand und gab das Zeichen.

Die Männer nickten, verständigten sich kurz mit einem Blick und spannten die Muskeln an. Lautlos kamen die Kisten heruntergeschwebt, um aus dem Vestibül in den Garten und von dort weiter in die hinter den Stallungen liegende Gasse gebracht zu werden.

Winnie faltete den Zettel mit Mrs Bones Liste auseinander. Sie musste Hephzibah finden und anfangen, das Unrecht wiedergutzumachen.

Hephzibah hatte sich in der Tilney Street umgezogen und die Perücke abgenommen. Üppig verschleiert war sie in einem einfachen Baumwollkleid in die Park Lane zurückgekehrt. Mit großem Geschick dirigierte sie ihre Leute. »Keiner darf stehen bleiben«, raunte sie ihnen unauffällig zu. »Haltet sie alle auf Trab.« Ein Diener entzündete eine Feuerschale. Die Nachbarn halfen aus: Brook House schickte ein Dutzend Klapptische, Stanhope House mehrere Kisten Wein. Der Ball hatte sich komplett in den Park verlagert. Die Gäste machten keine Anstalten, sich zu verabschieden.

»Hat man so was schon gesehen?«, staunte Lord Ashley, keinen Meter von Hephzibah entfernt. Zirkusmädchen in Strumpfhosen und Rüschen tanzten schlangengleich zwischen den Bäumen oder rollten auf riesigen Reifen vorbei. »Splendid.«

Die Gäste – sowohl die von Miss de Vries als auch die von Mrs King – tanzten barfuß im Gras und warfen im Taumel der Vergnügungssucht die Hände in die Luft. Und das alles vor dem vulgärsten Haus in London.

Mr Lockwood starrte verwirrt hinüber. »Es brennt doch gar nicht!«, sagte er.

»Es brennt nicht?« Hephzibah erschrak. »Aber ich habe das Feuer mit eigenen Augen gesehen!«

Ganz in der Nähe stand der Kammerdiener. Er hatte die Hände nachdenklich auf dem Rücken verschränkt. Als Lord

Ashley plötzlich seinen Arm schüttelte, verzog er unwillig das Gesicht. »Geh, und such deine Herrin«, befahl der Lord. »Sorg dafür, dass ihr nichts passiert.«

Hephzibah hätte sich gewünscht, er wäre geblieben. Aber da verneigte er sich auch schon und machte sich auf den Weg zum Haus.

37

————◄o►————

»Hat da jemand *Feuer* gerufen?«, fragte Miss de Vries. Sie hielt sich am Bettpfosten fest.

»Ist bestimmt blinder Alarm«, murmelte Alice. Von der Straße oder aus dem Park drangen gedämpfte Geräusche.

Miss de Vries setzte sich halb auf. »Ich gehe nachschauen. Hol mir meinen Morgenrock.«

Alice fasste nach ihrer Hand. »Nicht«, sagte sie. »Womöglich ist es gefährlich.« Die Haut war trocken, um die Fingerknöchel herum spröde und rissig, wie von Seife wundgescheuert, wie verbrannt, was sie noch zerbrechlicher, noch zarter erscheinen ließ.

Madam starrte sie aus dunklen Augen an. Sie stieß einen langen, bebenden Atemzug aus, doch sie antwortete nicht.

»Ich gehe«, sagte Alice. »Schön liegenbleiben.«

Sie schob sich zwischen den Vorhängen des Himmelbetts hindurch und zog sie fest wieder hinter sich zu. Sie hörte noch, dass Miss de Vries sich auf die andere Seite drehte und die schweren Betttücher um sich raffte. Sie folgte ihr nicht. Der Teppich schluckte Alice' Schritte, die seidige Luft legte sich wie ein Tuch um ihren Hals. Ihr zitterten die Hände. Sie blickte sich um und nahm all die wundersam vertrauten Möbel in sich auf: den polierten Nussbaumtisch, den riesigen Spiegel, den Schreibsekretär, der sie mit seinen glänzenden Schlössern anblinzelte. Das ganze Zimmer sagte ihr, was sie zu tun hatte.

Mrs King näherte sich den Schlafsuiten im selben Moment, als Alice aus Miss de Vries' Zimmer schlüpfte. Sie befand sich am anderen Ende des Korridors, als sie das Rollen und Klicken der Schiebetür hörte, drehte sich um und nahm gerade noch wahr, wie vor ihr eine Gestalt zur Treppe hastete.

»Alice«, flüsterte sie heiser. Aus Angst, entdeckt zu werden, wagte sie nicht, nach ihr zu rufen.

Auf leisen Sohlen hetzte sie hinter Alice her. Sie durfte sie in diesem Haus keine Sekunde mehr alleinlassen. Lockwood, Shepherd – keiner sollte sich an ihr vergreifen. Verderbnis zeigte sich immer zuerst außen, auf der Haut. Dreck unter den Fingernägeln, Kratzer und Schrammen, blasiges Fleisch, schorfige Krusten. Man musste mit Karbol und Gaze darangehen, bevor die Fäulnis einsetzte. Bei dem Gedanken, dass man Alice entführte, mit einem Preisschild versah und verkaufte, bekam sie fast keine Luft mehr.

Mrs King musste sich beeilen, denn Alice war bereits auf der Dienstbotentreppe verschwunden. Sie spürte den Sog der Ereignisse, die sie selbst in Gang gesetzt hatte. Die Erschütterungen waren rechts und links in den Wänden zu fühlen. Das Fauchen der Flaschenzüge, das Rauschen der Kisten, das Knarren und Summen der Drähte. Sie ließ einen Trupp von Mrs Bones Männern mit Handwagen passieren, betrat den schwülen Garten und erspähte ein ganzes Stück voraus Alice, die auf die Remise zuhielt. Ihre Schürze schimmerte im Dunkeln. Mrs King sah die Männer auf dem Dach, auf den Strickleitern, am Regenrohr nach oben kletternd. Wie Insekten wimmelten sie über das Haus. Es war ein reines Wunder. Aber vollkommen bedeutungslos, wenn Alice in Gefahr war.

»Dinah.«

Jemand hielt sie am Arm fest.

Goldene Augen leuchteten.

»Nein!«, rief sie, dass es weithin hallte. Taumelnd kam sie zum

Stehen. Alice bog um die Ecke und verschwand in der Nacht. Die Männer, die die Wagen mit den Kisten durch den Garten zogen, standen da, wie vom Blitz getroffen.

Auf allen Gesichtern zeichneten sich Schock und Erstaunen ab.

Auch William machte große Augen, aber er ließ Mrs King nicht los.

Wie eine Priesterin, die einen heiligen Text hütete, ging Winnie mit dem Inventarbuch durch die Gesellschaftsräume und beaufsichtigte die Räumung. In dem aufgeheizten Gebäude ging es so fieberhaft geschäftig zu wie in einem Ameisenhaufen. Der Coup lief nicht so glatt wie geplant.

Sie hatte sich vorgestellt, dass sich das Haus gern von seinen Schätzen trennen würde, dass es froh wäre, die Sachen loszuwerden, aber das war nicht der Fall.

Die Männer auf der Treppe stolperten über Rampen und Drahtseile. Mehr als eine Kiste wäre um ein Haar abgestürzt. Winnie schlug das Herz bis zum Hals, während sie die Wände nach Schrammen, Macken und Kratzern absuchte. Sie hatte es allen Beteiligten eingebläut: Es war von entscheidender Bedeutung, dass das Haus nicht im Geringsten beschädigt wurde.

»Vorsicht«, bat sie geradezu flehentlich, und wenn die anderen sie ignorierten, erhob sie die Stimme: »*Passt doch auf!*«

»Ja, ja, Madam«, grummelten sie.

Es war schon unendlich lange her, dass irgendjemand einen ihrer Befehle ohne Widerworte befolgt hatte. Die Freude darüber wuchs mit jedem erneuten Versuch, ihre Macht auszuprobieren. »Weitermachen!«, sagte sie.

Sie zählte die Gegenstände. Abgehängte Wandteppiche. Kissen, Decken, Plumeaus, Posamenten, Baldachine, die mittels Rutschen nach unten befördert wurden. Gemälde, die durch die Fenster nach draußen schwangen. Plötzlich gellte ein Angstschrei, ein Rauschen und Tosen zerriss die Luft, eine träge Masse im freien Fall. Ein Konzertflügel kam genau auf sie zugerast.

»Achtung!«, ächzte sie, eiskalte Angst in der Kehle.

Blitzschnell waren die Männer zur Stelle. Sie packten mit aller Kraft zu und ließen nicht los. Mit einem fürchterlichen Knall strafften sich die Drahtseile, die Plattform geriet ins Kippen, der Deckel des Musikinstruments flog krachend auf.

Fassungslose Stille, Schock auf drei Dutzend Gesichtern. Der auf der knarrenden Plattform festgezurrte Flügel schwang noch ein paar Mal hin und her. Die Gefahr war vorbei.

Auch die skurrileren Gegenstände wie der Kopf eines Zwölfenders und die ausgestopften Bären schwebten nach unten. Nach und nach folgten Stühle, Schemel, kleine Couchen, Beistelltischchen, mannshohe Bodenvasen. Irgendwann kam Mrs Bone aus dem Empfangssalon gestürzt, um die Schultern einen Kaminvorleger in Gestalt eines Tigerfells.

»Los, ihr Janes!«, rief sie. »Jetzt seid ihr dran!«

Winnie musste sich zwingen, die Augen nicht zuzukneifen. Die Janes hatten zwei Schaukeln unter der Kuppel befestigt. Da oben hingen die größten Kunstwerke: die Ölgemälde auf Holz, die Triptychen und Engel. Man hätte natürlich auch auf eine Leiter steigen und sie nacheinander abnehmen können, aber nur, wenn man einen halben Tag zu viel Zeit übrig gehabt hätte. Die Männer unterbrachen ihre Arbeit, um sich das Schauspiel nicht entgehen zu lassen. Winnie hinderte sie nicht daran. Sie verschränkte die Finger ineinander und presste die Hände aufs Herz.

»Keine Bange«, sagte Mrs Bone trocken. »Meine Janes können alles.«

Als die Mädchen sich auf die Schaukeln schwangen, wurde es Winnie ganz anders. Langsam setzten sie sich in Bewegung. Wie gebannt starrten die Männer zu ihnen hinauf. Es war ein unsagbar schöner Anblick, als Jane Eins losließ und in einem perfekten Bogen durch die Luft schnellte.

Auf dem Höhepunkt des Rückschwungs landete sie elegant auf dem höchstens zwei Zoll breiten Sims unter der Kuppel. Mehr Platz zum Stehen brauchte sie nicht. Im Handumdrehen hatte sie einen Rahmen von der Wand genommen und sprang, ohne sich umzudrehen, rückwärts wieder zurück, goldumglänzt im Hinabstürzen. Von der gegenüberliegenden Seite kam Jane Zwei herangeflogen und fasste sie bei den Fußgelenken. Zusammen schwangen sie auf die offene Flügeltür zu. Und hinaus flog das Gemälde, schnurgerade in die dahinter aufgespannten Netze, wo es sogleich von wartenden Helfern in Empfang genommen wurde.

Zurück auf die Schaukeln. Und diesmal war Jane Zwei die Fliegerin.

Winnie überkam ein außerordentliches Gefühl der Erfüllung. Alles hatte seine innere Ordnung, einen Sinn und Zweck. Aber vielleicht war es auch nur Selbstüberschätzung.

»Geht das auch noch schneller?«, fragte sie Mrs Bone.

Ob die Mädchen sie gehört hatten? Jane Zwei nahm ein Diptychon von der Wand, die Scharniere quietschten. Waren die in kraftvollen Farben leuchtenden Tafeln auseinandergeklappt und hatten ihr Gleichgewicht beeinträchtigt, ihre Sprungbahn gestört? Winnie hielt den Atem an.

Ein Schrei, der die Stille durchschnitt. Jane Eins, die bereits losgeflogen war. Ein Schrei von Jane Zwei mit dem schweren Diptychon in den Händen, auf die der Marmorboden unaufhaltsam zugerast kam.

Winnie konnte nicht mehr hinsehen.

»Ah«, ächzte Mrs Bone, die wie erstarrt neben ihr stand.

Winnie machte die Augen wieder auf.

Jane Eins hatte ihre Füße um die Seile der zweiten Schaukel gehakt. Sie war weit ausgeschwungen, um Jane Zwei zu fangen. Die Mädchen pendelten vor und zurück. Das Diptychon schwebte – unversehrt – über dem Boden.

»Schneller? Du hast sie wohl nicht alle!«, sagte Mrs Bone und klammerte sich an Winnies Arm.

Draußen im Garten schlug Mrs King Williams Hand weg. Mrs Bones grimmig dreinblickende Männer umringten das Paar.

»Du solltest nicht hier sein«, sagte Mrs King tonlos.

Er wich einen Schritt zurück. »Meinst du, das wüsste ich nicht?« Seine Augen sprühten. »Ich habe dich den ganzen Abend beobachtet. Meinst du, ich kann mir nicht denken, was es bedeutet, wenn ein halbes Dutzend Packkisten ohne Grund mit dem Fahrstuhl nach oben gebracht werden? Wenn die Hälfte der Gäste, die mich mehr Wein holen lässt, das Zeug anschließend aus dem Fenster kippt? Wenn eine Frau die Treppe runtergerannt kommt und *Feuer* schreit, nur weil sie eine Zigarette geraucht hat?«

Die Männer zogen den Kreis enger.

»Mein Gott, Dinah«, sagte William. »Wie kann ich dir helfen?«

Ihr Herz überschlug sich. Vor Dankbarkeit. Das Gefühl wärmte sie durch und durch.

»Sag schon!«

»Ich kann jede Hilfe brauchen.« Sie atmete auf. »Ich muss meine Schwester finden.«

Sie drehte sich um und hetzte los.

Alice war in den Park gelaufen.

Sie hatte den Reitweg überquert und sich gar nicht erst lange damit aufgehalten, ihre Fußspuren im Sand zu verwischen. Wen sollte das jetzt noch interessieren? Sie konnte das aufgeregte Lärmen der Ballgäste vor dem Haus hören. Um die musste sie auf jeden Fall einen großen Bogen machen.

Sie erinnerte sich an Winnies Instruktionen: Das Anwesen hatte nur vier Eingänge. Den Haupteingang. Den Lieferanteneingang. Das Hoftor. Das Gartentor. Um hinauszugelangen hatte sie sich für das Hoftor entschieden.

Natürlich wurde sie verfolgt. Damit hatte sie von Anfang an gerechnet. Anfangs spürte sie es nur, ein Kribbeln auf der Haut. Am Boden knackte ein Zweig.

Dann die heisere Stimme.

»Hast du die Kohle?« Der Schuldeneintreiber klang, als hätte er eine trockene Kehle, als wäre seine Geduld bis zum letzten Fitzel aufgebraucht.

Er war geschätzte drei Meter hinter ihr.

»Oder muss ich es noch einmal sagen? *Hast du die Kohle?*«

Sie drehte sich um. Über ihm reckte eine hohe Platane die Äste zum Nachthimmel. Er musste eine große Schleife durch den Park gelaufen sein, um sie abzufangen.

Alice ging langsam auf ihn zu. »Wie viel bin ich schuldig?«, fragte sie.

Sie knöpfte sich die Schürze ab. In der Hausmädchentracht sah sie so klein und minderwertig aus. Sie fühlte sich nicht mehr als etwas Besonderes, nicht wie eine Kämpferin. Sie griff in die Schürzentasche.

Er nannte ihr die Summe. Fast hätte sie vor Verzweiflung laut gelacht. Der Preis für ihre Rettung. Die Kosten ihres Verrats. Wäre es dann damit zu Ende? Würde ihre Angst einfach verfliegen, wenn sie ihre Schulden zurückgezahlt hatte? Ihre Hand schloss sich um das Geld in der Tasche.

Nachdem sie Madams Bett verlassen hatte, war sie zum Schreibsekretär geschlichen. So leise wie möglich hatte sie zwischen Seidenstrümpfen und Kuverts mit Banknoten und Münzen gewühlt. Dutzende Male hatte sie beobachtet, welche Schublade sie öffnen musste: Sie wusste genau, wo Miss de Vries ihr Geld aufbewahrte.

Hinter ihr raschelte es unter den Bäumen. »Die Hände weg von ihr!«

Der Mann stutzte. Alice fuhr herum. Brennende Scham stieg in ihr auf, als stünde sie vor den Augen der Nacht nackt da.

»Dinah«, hauchte sie gequält.

Denn es war ihre Halbschwester, die da atemlos vor ihnen stand, ohne Handschuhe, den verrutschten Hut schief auf dem Kopf.

»Das ist mein voller Ernst«, sagte Mrs King. »Hände weg von ihr!« Sie hielt ein Messer in der Hand.

Der Mann besah sich die Waffe, warf Alice einen Blick zu. »Wer ist das?«, fragte er mit hochgezogener Augenbraue.

Alice schüttelte den Kopf, machte eine abwehrende Geste. »Nicht, Dinah. Lass es gut sein. Es ist alles in Ordnung.«

Mrs Kings Augen blitzten im Dunkeln. »Nichts ist in Ordnung«, sagte sie mit gepresster, ängstlicher Stimme. Sie klang nicht wie sie selbst. Sie wandte sich dem Geldeintreiber zu. »Wer sind Sie?«

»Aus reiner Freundlichkeit rate ich Ihnen, zu verschwinden«, sagte der Mann. »Aber nur einmal, ich werde mich nicht wiederholen.«

Alice hatte es noch nie mit eigenen Augen gesehen. Sie wusste bloß vom Hörensagen, wozu ihre Schwester fähig war. Man erzählte sich in der Nachbarschaft, dass Dinah gewalttätig werden konnte. Dass sie imstande war, erwachsene Männer zum Weinen zu bringen. Alice hatte es nie für möglich gehalten. Doch als Mrs King jetzt blitzschnell auf den Geldeintreiber zusprang, begriff sie. Es war, als hätte man eine Dämonin vor sich, eine leichtfüßige Teufelin. Mrs King steckte das Messer weg und ging vollkommen furchtlos auf den Mann los. Sie ballte die Hand zur Faust und versetzte ihm einen wohlgezielten Boxhieb zwischen die Rippen.

»Ah …«, japste der Mann. Er ruderte mit den Armen, bis er das Gleichgewicht wiedergefunden hatte, und fasste in seine Jackentasche. Alice blickte in ein schwarzes Mündungsauge.

Eine Pistole.

Der Park drehte sich um sie, eine Bö fuhr rauschend durch die Bäume. Mrs King taumelte zurück.

Schnell atmend brachte der Mann die Waffe mit ruhiger Hand in Anschlag.

»Das war ein Fehler«, sagte er.

Er zielte.

»Ich hab das Geld!«, rief Alice gepresst. Ohne die Pistole aus den Augen zu lassen, holte sie eine Handvoll Geldscheine aus ihrer Schürze. »Hier, hier. Sehen Sie? Sie können es nachzählen. Nehmen Sie, was ich Ihnen schulde.«

Langsam kam er auf sie zu. Er roch, als ob er dringend ein Bad nötig hätte, nur seine Jacke duftete noch immer leicht nach Gardenien. »Zeig her.«

Während Alice mit zitternden Fingern die Geldscheine auseinanderfaltete, hielt er die Pistole weiterhin auf Mrs King gerichtet. Schniefend streckte er die andere Hand nach dem Geld aus. Stopfte sich alles ins Jackenfutter.

»Das Geschäft hätte in die Hose gehen können«, sagte er und starrte sie an. »Da hast du noch mal Schwein gehabt.«

Er steckte die Pistole weg und tippte sich grüßend an die Schläfe. »Man sieht sich«, sagte er zu Mrs King und verschwand mit schweren Schritten zwischen den Bäumen.

Alice drehte sich nicht mehr nach ihm um. Sie verspürte keinerlei Erleichterung. Sie schloss die Augen. Über ihr wisperten die Platanen.

Wie aus weiter Ferne drang Mrs Kings Stimme an ihr Ohr. »Alice. Alles gut?«

»Dinah«, sagte sie. »Ich hatte mich da in eine ganz böse Sache reingeritten.«

Miss de Vries stand auf, durch ein Geräusch aus dem Bett getrieben. Ein Echo, kristallklar und rein, am äußersten Rand der Wahrnehmung.

Ein Schrei.

Sie strich mit der Hand über das zerwühlte Laken, und ihre Instinkte erwachten.

Als sie die Schiebetür des Schlafzimmers aufdrückte, kam sie sich vor wie in einer unermesslich großen, weiten Höhle. Im Korridor brannten die Lampen wie immer. Doch sie sah sofort, dass etwas nicht stimmte. Der Fußboden glänzte lackschwarz, glatt wie Obsidian. Ihr schwindelte. Jemand hatte ihre herrlichen Teppiche weggeschafft. Nur die nackten, gebeizten Dielenbretter waren noch übrig.

Sie tippte mit dem Zeh auf den Boden. Kalt.

Unruhe in den unteren Stockwerken. Schritte, Hunderte von Schritten, unüberhörbar.

Aber keine Stimmen.

Sie trat in den Korridor hinaus.

38

3 Uhr

————◆◇▶————

Winnie ließ den Blick durch den Hof wandern. Noch immer stand das Wasser darin, die verlassenen Flöße dümpelten traurig auf dem Nil. Im Garten herrschte höchste Betriebsamkeit, und in der Gasse hinter den Stallungen schwoll der Lärm stetig an: Kutschen und Schubkarren, Pferdefuhrwerke und Burschen mit Kiepen auf dem Rücken. Wagen um Wagen ratterte, vom Hyde Park aus nicht zu sehen, durch die Nebenstraßen, Gassen und Gässchen in Mayfair davon. Riesige Automobile warteten darauf, die Engel, Triptychen und Diptychen abzutransportieren. Verkaufsagenten verfolgten das Geschehen vom Tor aus. In dieser Nacht war die gesamte Unterwelt auf den Beinen.

Winnie ging zurück ins Vestibül. Humpelnd kamen ihr die Janes entgegen.

»Wie lange braucht ihr noch?«

»Fünf Minuten.«

»Noch fünf Minuten?« Winnie hatte gehofft, drei würden reichen. Obwohl Pyramide und Lastwagen die Kreuzungen blockierten, grenzte es an ein Wunder, wenn es gelänge, die Menge auch nur neunzig Minuten im Park festzuhalten. »Sagt Alice Bescheid. Es wird Zeit, dass sie Madam nach unten schafft.«

»Von Alice haben wir seit Stunden nichts mehr gesehen.«

»Dann sucht sie. Es hängt allein an ihr, dass Madam …«

Von oben erklang ein gehauchtes »Ach!«

Winnie drehte sich um. Über ihnen stand Miss de Vries und blickte reglos zu ihnen herunter.

Vorbei an Ballsaal und Empfangssalon war Miss de Vries durchs Haus gegangen und zuletzt die Prachttreppe hinuntergerauscht.

Unter ihr lag das Vestibül. Hinterher war sie froh darum, dass sie keinen Schreckensschrei ausgestoßen hatte. Dabei blieb ihr dieses Anzeichen von Schwäche eigentlich nur deshalb erspart, weil ihr die Stille, die Weite, die Leere komplett den Atem verschlugen.

Das Licht war zu grell, der Marmor zu weiß. Mit ihrer Höhe wirkte die Eingangshalle fast wie eine leuchtende Kathedrale – obszön. Von der Decke baumelten Seile. Der Geruch von Schweiß stand in der Luft.

Sie begriff sofort. Man hatte sie ausgeraubt.

Es ist erstaunlich, was der menschliche Verstand zu erfassen, welche neuen Realitäten er zu bewältigen vermag. Miss de Vries hatte nie recht glauben können, dass sie eines Tages Herrin über dieses Haus sein würde, ganz gleich, wie sie zu ihm stand. Das Leben hier war immer flüchtig, vergänglich gewesen. Nur halb real, von Anfang an. Als sie daran dachte, wie sehr sie sich erst vor ein paar Stunden darüber echauffiert hatte, dass diese furchtbare Frauensperson Vaters alte Uhr gestohlen hatte – eine lächerliche Kleinigkeit, ein Nichts –, stieg fast unaufhaltsam ein Lachen in ihr auf: ein hohles, furchtbares Gefühl.

Dann war es auch schon wieder verglüht, und sie stieg weiter die Treppe hinunter.

Schritte. Eine blitzende, schillernde Gestalt unter vielen.

Isis, stark geschminkt, mit Pailletten geschmückt, kletterte auf eine Kiste. Auf eine riesige Kiste am Fuß der Treppe. »Ich hab es Euch ja gesagt«, sagte sie zu Miss de Vries. »Dass ich gekommen bin, um Euch in die Unterwelt überzusetzen.«

Miss de Vries hatte geläutet, als sie aufgewacht war. Aber nicht mit der üblichen Klingel, die im Souterrain in der Gesindestube schellte, sondern mit der Alarmklingel im Schlafzimmer ihres Vaters, die in Mr Shepherds Zimmer läutete.

Doch niemand war gekommen. Das Haus war leer.

»Ich rufe den Konstabler«, sagte sie, weil sie irgendetwas von sich geben musste, um auszuprobieren, ob die Stimme ihr noch gehorchte. Sie klang kieksig, fast wie umgekippt. »Auf der Stelle!«

Aber den Konstabler hatte Mrs Bone in ihrer Gewalt. Drei ihrer kräftigsten Männer drückten ihn zu Boden, ohne sich von seinem Ächzen und Stöhnen beeindrucken zu lassen. Die alte Ganovin strich ihm übers Haar und raunte: »*Und* ein silbernes Salzfässchen, schwarz auf weiß, mit Brief und Siegel. *Wenn* man dich also losschickt, um Hilfe zu holen, wärst du gut beraten, dir *ganz* viel Zeit zu lassen. Haben wir uns verstanden?«

Miss de Vries schritt auf Winnie zu, langsam wie eine Löwin. Sie fuhr sich mit der Zunge über die Zähne.

Winnie musste sie aufhalten. Bevor Madam sie umbrachte.

»Wir möchten Ihnen ein Angebot machen«, sagte sie.

Schweigen.

Dann, leise die Stimme. Argwöhnisch. »Wir?«

Winnie antwortete nicht.

Diesmal fiel der Ton kraftvoller aus. »Was für ein Angebot?«

Winnie richtete sich zu voller Größe auf. »Ihr bewegliches Eigentum ist verschwunden. Unwiederbringlich verloren – auf jeden Fall für Sie.«

Miss de Vries starrte zu ihr auf, das Gesicht eine Maske, die Augen gläsern und undurchsichtig wie die einer Katze.

»In Ihren Gemächern haben wir nichts angerührt. Obgleich wir über das Inventar genauestens Buch geführt haben. Wenn Sie unseren Wünschen nachkommen, erlauben wir Ihnen, Ihre Aussteuer zu behalten. Und wir verpflichten uns, über die Umstände Ihres … Sturzes Stillschweigen zu bewahren.«

»Was für Wünsche wären das?«

Winnie trat von einem Bein aufs andere. Sie hatte sich von Miss de Vries mehr Gegenwehr erwartet.

»Erstens: Sie reißen das Haus ab.«

Schweigen.

Gefolgt von: »Warum?«

»Weil es wie eine schwärende Wunde ist. Auch für Sie. Es ist eine Wiege des Bösen.« Winnie hielt kurz inne, um sodann bestimmter fortzufahren: »Reißen Sie es nieder. Die Unsäglichkeiten müssen ein Ende haben.«

»Was noch?« Dieselbe kalte Stimme, derselbe maskenhafte Gesichtsausdruck.

»Wir erwarten, dass Sie sich vollständig aus der Gesellschaft zurückziehen. Sie verstehen, warum. Wir können kein Risiko eingehen.«

»Welche Risiken fürchten Sie?«

Winnie starrte sie an. »Dass sich die Verbrechen, die hier begangen wurden, wiederholen.«

Miss de Vries' messerscharfer Verstand setzte sich in Bewegung. Winnie beobachtete ein Aufblitzen von Angst, ein Zurückschrecken, das sekundenschnell wieder vorbei war.

»Sonst noch etwas?«, fragte Miss de Vries.

Winnie schüttelte den Kopf. »Nein.«

»Was soll ich tun?«

»Dafür sorgen, dass uns Ihre Gäste nicht in die Quere kommen. Wir erledigen den Rest.« Sie faltete die Hände.

Nur wer wagt, gewinnt. So lautete Mrs Kings Devise. Aber hier ging es um viel mehr als beim Würfeln oder Münzenwerfen. Das Risiko war wesentlich größer, die Gewinnchancen wesentlich schlechter. Es konnte so oder so oder auch ganz anders ausgehen. Winnie war mit diesem Teil des Plans nicht einverstanden gewesen. Sie hatte darüber mit Mrs King diskutiert, ja, gestritten. *Sie ruft den Konstabler. Sie ruft die Diener. Sie lässt uns verhaften. Sie wird doch niemals ...*

Mrs King hatte den Kopf geschüttelt. »Doch, doch. Sie wird. Wenn sie sich angesehen hat, was für Alternativen ihr bleiben.

Und sie wird alle in Betracht ziehen.« Grimmig lächelnd fügte sie hinzu:»Ich kann genau vorhersagen, wie sie sich entscheiden wird.«

Winnie war der Verzweiflung nahe gewesen. Aber als sie das Blitzen in Mrs Kings Augen sah, widersprach sie nicht mehr.

Miss de Vries' Schweigen verriet, dass sie hin und her überlegte. Falls sie Winnie an der Stimme erkannt hatte und dadurch eine Erinnerung, eine Ahnung ausgelöst worden war, ließ sie es sich nicht anmerken. Sie zeigte keinerlei Reaktion.

»Ich habe eigenes Geld«, sagte sie. »Einen Notgroschen, der nicht in den Büchern aufscheint.« Sie hielt inne. »Das Geld müsste ich behalten.«

Darauf war Winnie nicht gefasst gewesen. Es war nicht mit Mrs King abgesprochen. Um wie viel Geld mochte es sich handeln? Genug für eine Mitgift, für die Gründung eines neuen Hausstandes? Genug, um einen Pakt mit dem Teufel einzugehen?

»Behalten Sie meine Sachen«, sagte Miss de Vries. »Aber lassen Sie mir meine Unabhängigkeit.«

Ihr Appell rührte Winnie, sie konnte nichts dagegen tun. »Einverstanden«, antwortete sie. »Also sind wir uns einig?«

Miss de Vries schwieg. Dann fragte sie. »Was haben Sie mit dem Porträt meines Vaters gemacht?«

Beklommen blickte Winnie sich um. Mrs Bone, die hinter ihrer Helfertruppe stand, rief: »Wir haben es auf den Müll geschmissen!«

Miss de Vries ließ die Augen über die stumm dastehenden Männer wandern. Auch über Mrs Bone glitt ihr Blick ungerührt hinweg.

»Ich bin einverstanden«, sagte sie. Wie ein Gespenst in Schwarz hielt sie in ihrer Trauerseide auf den Portikus zu.

»Los!«, befahl Winnie leise. Und noch ein zweites Mal, resoluter: »Los, weiter!«

39

4 Uhr

———◄○►———

Hephzibah sah sich das Spektakel vom Trottoir aus an. Miss de Vries trat aus dem Haus, die Schultern nackt, die Augen fest auf den Menschenpulk geheftet. Ein Schrei: *Sie sind entkommen! Geht es Ihnen gut? Das Feuer!*

»Es gibt kein Feuer«, sagte sie zu denen, die in ihrer Nähe standen. »Und auch keinen Grund zur Besorgnis. Am besten gehen Sie alle nach Hause.«

Ungläubiges Staunen und Verwirrung erfassten die Menge. Hephzibah war beeindruckt, wie Miss de Vries, das kleine Persönchen, ganz allein den Eingang verteidigte. Die Männer waren die ersten, die versuchten, an ihr vorbeizukommen. Shepherd. Danach Lord Ashley. Aber sie breitete lächelnd die Arme aus, die Hände rechts und links am Türrahmen, und ließ sie nicht durch. Was Lord Ashley zu ihr sagte, konnte Hephzibah nicht verstehen. Sie sah nur, was alle sahen: Seine Verlobte fügte sich nicht. Sie blieb hart und schickte ihn fort.

Mr Lockwood probierte als Nächster sein Glück. Als er quer übers Trottoir auf die Hausherrin zustürmen wollte, trat ihm Hephzibah in den Weg. »Nicht doch«, murmelte sie und hielt ihn am Arm fest. Er fuhr herum. »Kommen Sie mit.«

Mit einer schroffen Bewegung schüttelte der Anwalt sie ab. »Was zum Donnerwetter …?«

»Ich kann Ihnen versichern, es wird Ihrer Mandantin nicht zum Schaden gereichen«, sagte sie leise.

Einige Minuten vorher war sie von Winnie abgefangen worden, die ihr mit vor Entschlossenheit brennenden Augen den

Zettel in die Hand drückte. »Wir bringen das wieder ins Lot«, sagte sie atemlos. Sie klammerte sich an ihr Inventarbuch, das sie unter dem Arm trug. »Das verspreche ich dir. Bei meiner Ehre.«

Hephzibah hatte das Blatt auseinandergefaltet. *Eunice, Eileen, Ada* … Sie bekam keine Luft mehr. »Wann?«, fragte sie mit trockener Kehle.

»Sofort«, sagte Winnie. »Wir bringen es jetzt in Ordnung. Jetzt gleich.«

Und so kam es, dass Hephzibah Mr Lockwood in die Tilney Street in die von Mrs Bone angemietete Wohnung brachte. Die Nachspeisen auf dem voll beladenen Dessertwagen rochen säuerlich, als wären sie in der Hitze umgeschlagen. Mit einem entschiedenen, harten Klick fiel die Tür hinter ihnen ins Schloss. »Zum Donnerwetter noch mal«, raunzte der Anwalt. »Was soll das werden?«

Hephzibah hielt ihren Schleier fest. Sie zog den Zettel aus ihrem Ärmel. »Kommen Sie mal hier rübergekrochen«, sagte sie verächtlich und hielt ihm das Papier hin. »Ich will Ihnen was zeigen.«

Nachdem er ihr die Liste aus der Hand genommen hatte, las er sie sich gründlich durch. Wahrscheinlich hätte es jeder Anwalt so gemacht. »Das ist bloß eine Abschrift«, sagte sie warnend. »Sie brauchen also gar nicht erst auf dumme Gedanken zu kommen …«

Es dauerte eine geschlagene Minute, bis er begriff. Zeile um Zeile ging er die Liste durch, Namen um Namen. »Was verlangen Sie?«, fragte er schließlich mit aschfahlem Gesicht und ließ das Blatt sinken.

Hephzibah beugte sich vor. Ihr war, als wäre etwas in ihr zersprungen. Was sie empfand, war weder Genugtuung noch Euphorie. Es war Müdigkeit, eine Erschöpfung bis ins Mark. Und Trauer – um sich selbst und all die anderen.

»Unterschätzen Sie nie die Küchenmägde, Mr Lockwood«,

sagte sie. »Sie haben auch Verstand im Kopf, genau wie jede andere. Ihnen entgeht nichts; sie sehen *jeden* kommen und gehen.«

Miss de Vries blieb sehr lange vor dem Eingang stehen. Alle paar Minuten kam jemand auf sie zu und fragte: *Miss de Vries, sind Sie unversehrt? Miss de Vries, ist Ihnen auch wirklich nichts passiert?* Sie ignorierte alle und jeden. Sie versuchte, ihre Ohren vor den Geräuschen hinter sich zu verschließen. Ob man ihr wohl Bescheid geben würde, wenn die Aktion beendet war? Natürlich nicht. Nach und nach verklangen die Schritte, und dann war sie allein mit dem riesigen, trostlosen Haus.

Unverzüglich begab sie sich nach oben. Aus dem Ballsaal strömte überraschend kühle Luft, wie aus einem Eishaus. Durch die weit aufgerissenen Fenster, die zum Park hinausgingen, wehte eine frische Morgenbrise. Miss de Vries blickte sich nach Beschädigungen um, doch es gab keine. Alles, was sie besaß, hatte sich spurlos in Luft aufgelöst. Sie verspürte den seltsamen Drang zu lachen – oder laut zu brüllen.

Ihr Boudoir fand sie genauso vor, wie man es ihr versprochen hatte: unversehrt. Bis auf den Schreibsekretär. Rasch lief sie hinüber. Nichts war jetzt wichtiger als ihre Ersparnisse.

Die oberste Schublade war leer.

Die Hand tief in die Fächer schiebend, tastete sie darin herum, als wären die Banknoten magisch geschrumpft oder von einem freundlichen Menschen für sie zusammengerollt worden.

Obwohl das, was sie empfand, kein Schmerz war, musste sie sich erst einmal auf das große zerwühlte Bett setzen.

Miss de Vries wusste, was es hieß, betrogen zu werden. Sie hatte es bei ihrem Vater erlebt. Aber das war ein anderes Gefühl gewesen. Ein Brennen im Herzen, auf der Haut, als hätte man sie in Waschbenzin getaucht. Jetzt dagegen fühlte sie nichts als Atemnot, wie ein Mensch, den man in eine luftdichte Kiste gequetscht hatte.

Ich betrachte die Vereinbarung als hinfällig, dachte sie und ging wieder nach unten.

Sie hockte auf der Prunktreppe und wartete auf Lockwoods Rückkehr. Kaum betrat er das Haus, fiel schon die Köchin über ihn her und bombardierte ihn mit Fragen. »Ist Madam bankrott, Sir? Kriegen wir unseren Lohn noch?«

Seine Antwort bekam Miss de Vries nicht mit. Der Anwalt knallte die Tür mit solcher Wucht zu, dass das Echo durch das ganze Gebäude hallte. Er sah furchtbar aus. Das Gesicht fahl und eingefallen, in den Augen ein irres Glühen. Du Geier, dachte sie. Der Mann war ganz in seinem Element. Je größer das Chaos, desto mehr Arbeit für ihn und Leute seines Schlages.

»Ich muss Lord Ashley sprechen«, sagte sie, ohne sich mit einer Begrüßung aufzuhalten.

Er zuckte zusammen. Wahrscheinlich hatte er damit gerechnet, sie in ihren Gemächern vorzufinden, ohnmächtig auf einer Chaiselongue.

»Warum?«, fragte er ebenso brüsk.

»Um mich zu vergewissern, dass alles planmäßig verläuft.«

»Was, alles?«

Sie sah ihn durchbohrend an. »Die Hochzeitsvorbereitungen.«

»Ich weiß nicht, ob der Zeitpunkt für ein solches Gespräch günstig ist.«

»Was du heute kannst besorgen …«

»Sie sind sehr ruppig mit Lord Ashley umgesprungen«, sagte er schließlich. »Sie haben ihn nicht ins Haus gelassen.«

»Das war mein gutes Recht. Das Haus gehört mir.«

»Sie haben ihm den Weg versperrt. Vor aller Augen.«

»Kann man mir das verübeln? Ich habe einen entsetzlichen Schock erlitten.«

»Einen Schock? Den Eindruck machen Sie gar nicht.«

»Sie müssen Lord Ashley aufsuchen«, befahl sie. »Augenblicklich.«

Mit einem ungläubigen, verächtlichen Blick musterte er sie langsam von Kopf bis Fuß. »Eine Dame, die ganz in der Nähe residiert, hat gewisse Papiere in ihrem Besitz. Papiere, in denen Besucher dieses Hauses verzeichnet sind.«

»Besucher?«

Er schwieg.

Im ersten Moment begriff sie nicht. Dann sah sie, wie er die Lippen zusammenkniff, um sich bloß nicht zu einer Antwort hinreißen zu lassen.

»Ach«, sagte sie. Es war, als wäre die Welt plötzlich in eine gefährliche Schieflage geraten, als müsse sie sich darauf gefasst machen, in den Abgrund gerissen zu werden.

Lockwood sagte: »Sie werden natürlich einen Rechtsbeistand benötigen.«

Nach einer schlaflosen Nacht dämmerte, bewölkt und unwirklich, der Morgen herauf. Um neun Uhr drängte sich eine ganz Schar von Anwälten im leeren, laut hallenden Wintergarten. Wie Ratten waren sie aus ihren Löchern gekrochen, gierig auf Aas. Miss de Vries hielt sich dicht neben Lockwood.

»Ich bin unschuldig«, sagte sie.

Lockwood schwieg. Niemand hatte ihr etwas zur Last gelegt. Aber sie wusste, dass der Entwurf für die Geschichte, die man verbreiten wollte, schon im Entstehen war und nur noch die Einzelheiten festgehalten werden mussten. Die Geschichte von den Mädchen und den Gentlemen, die sich mit ihnen verlustierten, und von denen, die dazu Beihilfe geleistet hatten …

»Ich bin *unschuldig*«, wiederholte sie und musterte die Männer mit den grauen Gesichtern und den grauen Anzügen, die sie vor sich hatte. »Ich habe niemandem etwas getan. Ich weiß von nichts.«

Lockwood setzte eine maskenhafte Miene auf.

Miss de Vries wünschte sich nichts sehnlicher, als allein zu sein. Sie stand auf, trat an das große Erkerfenster und sah in den Park hinaus. Lockwood rückte von ihr ab. Als ob sie ansteckend wäre und man sich bei ihr die Pest holen könnte.

Sie legte die Hände auf die Fensterbank und blickte die Straße hinunter. Wenn Vater früher in der Kutsche und später in dem gigantischen Automobil vorgefahren war, hatte sie ihm gewinkt. Woraufhin er den Hut in die Stirn zog und so tat, als sähe er sie nicht. Und sie hatte sich ausgeschüttet vor Lachen. Immer dachte er sich Spiele für sie aus, Späße und Streiche. Wie sie ihn als kleines Kind dafür geliebt hatte. Bis sie irgendwann erkannte, dass es gar kein Spaß war. Dass er sie überhaupt nicht bemerkte und kaum einen Gedanken an sie verschwendete.

Wäre sie zu Selbstmitleid fähig, könnte sie es leichter ertragen. Oder hätte sie weinen können. Doch dem war nicht so, und alles, was sie empfand, war Grauen.

Noch war alles beim Alten. Lockwood war ernst und energisch aufgetreten und hatte sich unmissverständlich ausgedrückt. Jede vermutete Machenschaft musste angezeigt und gegebenenfalls vor Gericht gebracht werden. Wobei sich die Beschuldigten von den besten Anwälten in London vertreten lassen konnten. Ja, vom heutigen Tag an würde das Haus rund um die Uhr von Reportern belagert werden, Inspektoren von Scotland Yard würden sich die Klinge in die Hand geben, kein Nachbar würde ihr mehr seine Visite abstatten. Klatsch und Tratsch würden das Haus besudeln, Spekulationen und alles Grässliche, was man sich nur ausmalen konnte. Aber irgendwann musste es doch damit vorbei sein, oder nicht?

»Gehen Sie spazieren«, sagte Lockwood. »Zeigen Sie sich in der Öffentlichkeit. Es nützt nichts, sich im Haus zu verkriechen.«

Die Idee hatte etwas für sich. Sie besaß noch ihren Chauffeur, ihr Automobil und den treuen Kammerdiener. Nicht zu vergessen ihre Aussteuer. Sie suchte das Crêpekleid mit dem Gagatbesatz heraus, das Alice nicht hatte annehmen wollen. Bei dem Gedanken wurde es ihr eng in der Kehle. Das Mädchen war verschwunden. Miss de Vries spürte noch den Druck ihrer Finger, roch den Duft ihrer Haut. In ihrer Brust klaffte eine große Leere. Sie zog Handschuhe an, setzte einen Hut auf und ging, gefolgt von William, stumm wie ein Fisch die Straße hinunter.

Von hinten kam eine knatternde Motorkutsche herangerollt und hielt genau neben ihnen an. Nachgedunkelte weinrote Ledersitze, fleckiger Chrom. Miss de Vries lachte in sich hinein. Alles war besudelt. Alles auf der Welt war verdorben.

»Lord Ashley«, sagte sie mit fester Stimme. Sie war erstaunt, ihn zu sehen. An seiner Stelle wäre sie daheimgeblieben. Sie hätte sich so weit wie möglich von diesem Haus distanziert. Zur eigenen Sicherheit, um den guten Ruf nicht zu ruinieren.

William beobachtete sie. Er legte ihr kurz die Hand auf den Arm, eine kleine freundliche Geste.

Sie schüttelte ihn ab und stieg mit einem Lächeln auf den Lippen in die Victoriette.

Lord Ashley lenkte die Motorkutsche mit einer Miene, die zum Fürchten war. Er fragte sie nicht, wie es ihr gehe, fragte nicht nach ihren Gefühlen. Verlor kein Wort über das Haus oder die Ereignisse der vergangenen Nacht.

»Schmucker Bursche, der Ihnen da die Sachen hinterhergetragen hat.«

»William?«, fragte sie.

»Baumlanger Kerl. Gefällt mir gar nicht, wie er Sie angafft.«

»Ich bemerke ihn kaum.«

»Wäre ich verheiratet, würde ich meiner Frau nicht erlauben, so einen attraktiven Diener zu beschäftigen. Falls Sie sich noch vorteilhaft verheiraten wollen, werden Sie sich an schmerbäuchige Strolche gewöhnen müssen.«

Falls? Sie presste stumm die Lippen zusammen und ließ sich nicht reizen.

»Ihr Mister Lockwood ist heute Morgen bei meiner Mutter vorstellig geworden.«

Miss de Vries wurde vollkommen ruhig. »Ach ja?«, sagte sie, in den Park hinausblickend.

»Was hat es mit der ominösen Liste auf sich, von der gemunkelt wird?«

Am Hyde Park Corner bog das Gefährt klappernd um die scharfe Kurve. Miss de Vries schwieg. Lord Ashley wartete ab.

»Liste?«, entrang es sich schließlich ihrer trockenen Kehle.

»Ich stehe nicht drauf.« Er warf ihr einen Blick von der Seite zu. »Natürlich nicht.«

Sie staunte über seine Kühnheit, sein atemberaubendes Selbstbewusstsein.

»Ihr Mister Lockwood sagt, er wird dafür sorgen, dass das auch so bleibt. Er hat uns seine Hilfe angeboten.«

»Seine Hilfe?« Sie konnte den scharfen Unterton in ihrer Stimme nicht verbergen. »Er wird Ihnen dafür Bedingungen stellen.«

»Die Bedingungen haben *wir* gestellt. Mutter ist sehr strikt bei solchen Geschichten. Nicht der Schatten eines Makels darf an unserer Familie hängenbleiben, nicht die leiseste Andeutung, dass wir irgendetwas vertuschen wollen.« Er musterte sie flüchtig. »Die Gerüchte über die unappetitlichen Geschäfte Ihres Vaters sind allseits bekannt. Es muss jemand zur Polizei gehen.«

Sich an der Tür der Motorkutsche festhaltend, drehte Miss de Vries sich zu ihm herum. »Warum um alles in der Welt sollten Sie das tun wollen?«

»Weil es meine Pflicht ist«, sagte er aalglatt. »Als Christenmensch.«

Er lenkte das Automobil in den Park, wo es viel zu schnell über den rauen Untergrund holperte.

»Lockwood wird Sie gewiss noch selbst informieren. Wir haben den Vertrag zerrissen. Den mit Ihnen.« Er bremste den Wagen so abrupt ab, dass es sich für Miss de Vries wie ein Schlag in den Magen anfühlte.

Er drehte sich zu ihr, die Miene genauso ausdruckslos wie ihre eigene. »Ich hielt es für meine Pflicht als Gentleman, es Ihnen persönlich zu sagen.«

Lockwood erwartete sie im Vestibül. »Miss de Vries, ich bedaure, aber ich muss Ihnen leider meinen juristischen Beistand entziehen.«

Am liebsten hätte sie ihm die Daumen in die Kehle gerammt, um ihn zum Schweigen zu bringen. Sie wäre dazu fähig gewesen. »Hauptsache, Sie kommen unbeschadet davon, nicht wahr?«, sagte sie. »Sie widerwärtige Kakerlake.«

Lockwood verzog das Gesicht und schnitt ihr mit einer Handbewegung das Wort ab. »Ah, Shepherd!«

Eine Tür ging auf, der Butler stapfte lässig heraus. Er sah erst Lockwood, dann seine Herrin an. »Die Schlüssel«, knurrte er.

Die Atmosphäre wurde eisig.

»Wie bitte?«, sagte Miss de Vries.

Shepherd malmte mit dem Kiefern, seine Augen glühten. »Die Schlüssel, Miss. Ich muss Ihre Schlüssel an mich nehmen, zur sicheren Aufbewahrung. Während die Polizei in der Angelegenheit ermittelt.«

Später war sie stolz auf sich, dass sie bei diesem Affront nicht so reagierte, als hätte ihr jemand von einer Sekunde auf die andere den Wind aus den Segeln genommen. Seelenruhig steckte sie die Hand in die Tasche. »Ich habe nur diesen«, sagte sie und holte ihren einzigen Schlüssel heraus, den für das Gartentor. »Das wissen Sie doch ganz genau.«

Sie ging leicht in die Knie, holte aus und schleuderte ihn quer durchs Vestibül. Klirrend schlug er auf und schlitterte an Shepherds Füßen vorbei.

»Hol's Schlüsselchen«, höhnte sie.

Es war noch nicht vorbei. Ihre Hände zitterten. Noch lange nicht.

40

Der Tag nach dem Ball

An diesem Abend veranstalteten die Frauen ein Festmahl. Nicht in der Tilney Street, sondern in Mrs Bones Erfindungszimmer am Hafen, umgeben von fröhlich tickenden und zu jeder vollen Stunde frohlockenden Kuckucksuhren.

Es lag ein seltsames Kribbeln in der Luft. Die ersten Geldbeträge trudelten bereits ein, unaufhaltsam wie eine dunkle Flut, die sich durch unterirdische Kanäle ergoss, schneller, als Mrs Bone sie zusammenrechnen konnte. Bestellungen, die die Drähte heißlaufen ließen und sich per Dampfschiff, Eisenbahn und Eilbrief in rasender Geschwindigkeit verbreiteten – nach Paris, Marseille, Kristiania, Venedig, Prag. Mrs Bone hatte Wildpastete kommen lassen, einen entbeinten Kapaun, Koteletts, Erbsen und Huhn in Aspik. Sie tischte ihnen Melonen und grüne Feigen, bunt geschichtete Götterspeise und einen bernsteingoldenen Biskuitkuchen auf, der mindestens einen Fuß hoch war. Es gab kandierte Apfelsinen, eine Schüssel mit verschiedenen Eissorten, Baisers und einen Korb voll Renekloden.

»Ich kann nicht mehr.« Hephzibah hielt sich den Bauch. »Dabei dachte ich immer, Sie wären ein Geizkragen, Mrs Bone.«

»Ich kann noch mehr auffahren«, antwortete Mrs Bone mit strahlenden Augen. »Ihr könnt haben, was ihr wollt!« Auch wenn ihre Großzügigkeit für sie selbst fast schon ans Unanständige grenzte: Heute hatte sie die Spendierhosen an!

Mrs King war mit ihr die Bücher durchgegangen. »Zwei Siebtel vom Kuchen für Sie«, murmelte sie. »Abzüglich Ihres Vorschusses. Meinen Anteil halten wir noch zurück.«

Obwohl Mrs Bone sich ihre Verlegenheit nicht anmerken lassen wollte, war sie rot geworden. »Ein Siebtel reicht mir völlig«, sagte sie. »Was soll ich mit einem so riesigen Vermögen? Es würde mich bloß um den Verstand bringen.« Und sie fügte hinzu: »Gib meinen Janes noch einen Nachschlag. Die können bestimmt mehr damit anfangen als ich.«

Nicht zu fassen, dass sie, Mrs Bone, so etwas gesagt haben sollte! Aber es war kaum über ihre Lippen gegangen, da wusste sie auch schon, dass es zutiefst richtig war. Sie befahl den Janes, ihre Hausmädchenschürzen zu verbrennen und sich Operncapes und Pelze, Sonnenschirme und Lackschuhe zuzulegen. Sie schickte einen ihrer Männer heimlich in ein Warenhaus, um Hüte für die beiden zu kaufen. Sie hatten die Form von Booten und waren mit weißen Rosen gefüllt. Die Janes trugen sie zum Abendessen. »Ihr seid meine *besten* Mädels«, sagte die Gastgeberin und drückte sie an sich, den Tränen nah.

»Danke, Mrs Bone«, antworteten sie ungerührt.

Alice saß zwischen ihnen. Sie waren mit ihren Stühlen zur Seite gerückt, damit sie auch am Tisch Platz hatte.

»Danke«, hauchte sie. Sie war blass geworden, als Winnie von ihrer erfolgreichen Verhandlung mit Miss de Vries erzählte.

»Aber ich habe es geklaut«, sagte sie heiser. »Ich habe Madam ihr Geld gestohlen.«

Eine bleischwere Stille folgte ihrer Eröffnung. Winnies Miene verkrampfte sich. Bevor Mrs King ihrer Halbschwester beispringen und die Wogen glätten konnte, meldete sich Jane Zwei zu Wort. Mit ernstem Blick sagte sie zu Alice: »Du hast das nur gemacht, um dich zu schützen. Dafür brauchst du dich nicht zu schämen.«

Mrs King tippte Winnie auf den Arm. »Miss de Vries hätte sich sowieso nicht an die Abmachung gehalten. Sie fühlt sich zu Großem berufen. Sie will nicht frei sein.«

»Das können Sie nicht wissen«, sagte Winnie.

Mrs King machte ein grimmiges Gesicht. »Doch, das kann ich.«

»Ich zahle Madam das Geld zurück«, stammelte Alice gequält. »Versprochen.«

»Sieht ja ganz so aus, als hättest du doch ein bisschen Mumm in den Knochen«, sagte Jane Eins zu ihr und stach in ihren Wackelpudding. »Gratuliere!«

»Mumm?«, wiederholte Winnie. Sie riss sich zusammen und zeigte auf Hephzibah. »Apropos Mumm! Ich habe noch nie im Leben eine derart mutige schauspielerische Leistung gesehen!«

Hephzibah leuchtete so rosa wie ihr Ballkleid und warf Winnie ein schiefes Lächeln zu.

Mrs King saß da, als hätte sie ein Lineal verschluckt. Das Essen rührte sie nicht an.

Irgendwann beugte sich Mrs Bone zu ihr. »Was ist los? Was hast du?«

»Nichts.«

»Komm mir nicht mit ›nichts‹.«

»Es fehlt etwas«, antwortete Mrs King. »Das ist alles.«

Sie hatte sich das gesamte Raubgut genau angesehen. Einen Gegenstand nach dem anderen hatte man ihr zum Inspizieren gebracht, getragen oder gezogen, unter Abdecktüchern hervorgezerrt. Eine mühsame Knochenarbeit.

Kein Brief!

Ob es ihn je gegeben hatte? Sie dachte an den Blick aus Mr de Vries' wässrigen Augen. Vielleicht war es nur ein weiterer böser Streich, eine Lüge, eine Wahnvorstellung auf dem Totenbett …

Während über der Fabrik die Sonne unterging, hockte sie im Hof auf einer umgedrehten Kiste und raufte sich die Haare.

Ein dünnes Stimmchen fragte: »Stimmt was nicht?«

Alice hatte Mrs King aus sicherer Entfernung beobachtet, bis sie sich über deren Gemütsverfassung im Klaren war.

Mrs King gab sich einen Ruck. Sie stand auf, ging zu ihrer Halbschwester und packte sie fest bei den Schultern. »Die Welt ist eine Schlangengrube«, sagte sie. »Lass dich davon nicht beeindrucken.«

Alice retournierte: »Du dich aber auch nicht, Dinah.«

Mrs Bone hatte jeder Frau ein verrammeltes, abgeschottetes Zimmer zugeteilt. »Haltet die Füße still. Bleibt, wo ihr seid. Ich brauche drei Tage, um die besten Stücke an den Mann zu bringen. Und eine Woche, um den Rest loszuwerden.«

Sie fügten sich gern. Mrs Bone wusste, was sie tat.

Uralte, quietschende Sprungfedern unter sich, lag Mrs King mit dem Gesicht zur Wand im Bett und ging hart mit sich ins Gericht. Sie war jetzt schon reich und würde bald noch viel reicher sein, aber sie fühlte sich leer.

Sie hatte versagt.

Kalt rieselte es ihr den Rücken hinunter.

Leise klopfte es an der Tür. Sie drehte sich um. »Ja?«

Die Tür ging auf, ein orangefarbener Lichtstreifen fiel herein. Es war Winnie im langen Nachthemd, die Haare auf Papierlockenwickler aufgedreht. Hephzibah hatte ihr dabei geholfen.

»Kann ich reinkommen?«

Am liebsten hätte Mrs King sie wieder weggeschickt. »Aber natürlich.«

Winnie schloss die Tür, tappte auf Zehenspitzen zum Bett. Fast zaghaft setzte sie sich neben Mrs King. »Dinah.«

»Ja.«

»Weißt du noch, was ich dir damals gesagt habe? Als wir angefangen haben, den Coup zu planen?«

Mrs King sah sie schweigend an.

»Dass du mit mir reden, mich um Rat fragen sollst. Dass du mir anvertrauen musst, was in Wirklichkeit hinter dem ganzen Raubzug steckt.«

»Nichts steckt dahinter, Winnie. Es ist vorbei. Wir haben es geschafft.« Die eigene Stimme klang ihr tot und kalt in den Ohren.

Winnie musterte sie forschend. Irgendwann sagte sie: »Nun komm. Spuck's aus.«

Mrs King wurde das Herz schwer. Die aufmunternden Worte der alten Freundin klangen wie ein Echo aus ferner Vergangenheit, eine Erinnerung an die ersten Nächte in der fremden Umgebung der Park Lane vor zwanzig Jahren. Als sie in der kleinen Dachkammer saß und nicht begriff, was sie getan hatte. Dass sie ihre Mutter, ihre kleine Schwester, ihr gesamtes Leben zurückgelassen hatte – und wofür? Für einen mysteriösen Wohltäter, wie ihn sich jedes Mädchen wünschte. Sie erinnerte sich an all das Unausgesprochene, Unerklärte, unbeantwortet Gebliebene, als sie wissen wollte: *Warum bin ich hier?* Lockwood hatte ihre Neugier im Keim erstickt. *Keine Fragen*, sagte er. *Sei einfach dankbar.* Sie sah Winnie vor sich, vollkommen ahnungslos, die sie mit ernsten Augen angestarrt hatte. *Nun komm,* hatte sie sanft lächelnd gesagt. *Kopf hoch.*

»Ich hatte ein paar Papiere«, sagte sie. »Belege. Die Speisekarte für den Ball.« Sie hielt inne. »Briefe.«

Shepherd war dabei gewesen, als sie sie im Wirtschafterinnennzimmer ins Feuer warf. Zwischen den Rechnungen, Quittungen und Notizen für den Ball hatten die Briefe an ihre Mutter gesteckt. Die Briefe, die sie nicht abgeschickt hatte. In denen sie um Verzeihung bat und Gefühle zum Ausdruck brachte, die sie unmöglich hätte aussprechen können.

War der Packen schwerer gewesen als vorher? Wenn auch nur ein wenig? War heimlich noch ein weiterer Brief dazugelegt worden?

Sie hatte alles verbrannt. Sie sah es vor sich, wie das seidene Band zerfiel und zu Asche wurde.

»Was meinst du damit? Was für Briefe?«, fragte Winnie verwirrt.

Mrs King tat etwas, was ihr noch nie passiert war. Die Arme starr an die Seiten gepresst, beugte sie sich vor und legte Winnie den Kopf auf die Schulter. Ihr war, als könnte sie nicht mehr aufrecht sitzen.

»Dinah«, sagte Winnie, als hätte sie Angst um sie. »Ach, Dinah.«

Groß und schwarz umfing sie die Nacht.

Drei Tage später

Die Anwälte verließen eine Kanzlei in der City, in der Nähe des Middle Temple. Mrs King war mit William hingegangen, um sie zu observieren. Über Nacht waren die Angebote hereingekommen. Mrs Bones Spitzel berichteten, dass es für das de Vries'sche Imperium mehrere Offerten gebe. Die mächtigsten Magnaten nannten lächerlich niedrige Summen im Austausch gegen die Tilgung der de Vries'schen Verbindlichkeiten. Dafür wollten sie sich die Minen in Kimberley unter den Nagel reißen, die Goldaktien und Reedereibeteiligungen abstoßen und die nordamerikanischen Ländereien verscherbeln. Alles, was Mr de Vries aufgebaut hatte, würde zerschlagen werden. Das Erbe wäre kaum noch einen Pfifferling wert. Trotzdem ging Mrs King immer wieder der Befehl durch den Kopf: *Finde den Brief.*

Madam ließ sich nicht blicken; sie legte keinen Widerspruch ein. Niemand wusste, wo sie abgeblieben war. Manche munkelten, sie wäre aufs Land gezogen, andere vermuteten sie im Gefängnis. Im Haus in der Park Lane wimmelte es von Polizeiinspektoren, Männern in Trenchcoats, die unendlich viele Fragen stellten, Schlösser und Fenster untersuchten und sich Mühe gaben, den größten Einbruchdiebstahl zu begreifen, mit dem sie je zu tun gehabt hatten. Der eine oder andere ermittelte in delikaterer Angelegenheit. Suchte nach den Küchenmädchen, stellte höchst heikle Fragen. Aber die meisten Dienstboten waren längst ihrer Wege gegangen, weil sie jede Hoffnung aufgegeben hatten, noch an ihren Lohn zu kommen.

»Du hattest recht«, sagte William. »Es war richtig zu kündigen.«

Mrs King zog den Hut. »Hört, hört!«

Er seufzte. »Ich war verbohrt.«

Sie dachte an den Augenblick zurück, als er ihr den Ring anstecken wollte. Das frisch gemähte Gras im Park, aber den Mief des Hauses in den Kleidern. Sie hatte ihm einen Korb gegeben. In jener Nacht hätte es geschehen müssen. Am Fluss, an einem ihrer geheimen Lieblingsorte.

»Ich auch«, sagte sie.

Ein kleiner Trupp Gentlemen mit Akten unterm Arm eilte vorbei. Mrs King zog sich den Hut tiefer in die Stirn.

William streckte ihr die Hand hin. Sie sah ihm tief in die Augen, dann schlug sie ein und drückte sie fest. Es war keine Antwort, aber mehr als nichts.

»Wann?«, fragte er. Und er meinte: *Wann sehen wir uns wieder?*

Hinter ihr wartete ein luxuriöses Automobil, ein Daimler. Ein großer Schlitten mit leise brummendem Motor. Am liebsten hätte sie Williams Hand nie wieder losgelassen. Aber sie musste stark sein. Es war zu früh. Zu gefährlich. Noch war nichts entschieden.

»Ich tauche eine Zeitlang unter«, antwortete sie ruhig, obwohl es ihr schwerfiel. Sie entzog ihm ihre Hand, versagte sich den Trost seiner Berührung. »Aber ich gebe dir Bescheid.«

Vor dem Postamt lagen die Tageszeitungen auf dem Trottoir, hohe Stapel, stabil verschnürt. Alle Blätter wurden von der gleichen Meldung dominiert, und die Berichterstattung wurde von

Tag zu Tag reißerischer: der größte Coup des Jahrhunderts, die größte Suche der Geschichte ...

Alice warf einen Blick über die Schulter. Fast rechnete sie damit, dass ihr am Ende der Gasse ein Mann auflauerte. Fast glaubte sie, den verräterischen Gardenienduft zu wittern.

Niemand da.

Sie trat ein.

Eine Postkarte nach Florenz zu schicken, war teuer. Telegrafisch eine größere Summe an eine ausländische Bank zu überweisen, kostete sogar noch mehr. Sie entschied sich für das Geldhaus gegenüber dem Grand Hotel.

»Keine Nachricht«, sagte sie. »Das ist nicht nötig.«

Hinterher fühlte sie sich leichter. Sie fühlte sich frei.

Am nächsten Tag traf Alice sich in aller Herrgottsfrühe mit ihrer Schwester, nur fünf Minuten von der Mile End Road entfernt. Es wurde langsam hell, die Vögel zwitscherten im Chor. Auf dem Friedhof roch es frisch und rein, nicht modrig oder unheimlich.

Mrs King trug nicht etwa Schwarz oder Marineblau, sondern Weiß. Sie wirkte seltsam locker, ungebunden, das Haar über die Schultern nach hinten gekämmt. Sie hatte stark gerötete Wangen. Ob sie wohl die ganze Nacht spazieren gewesen war?

»Wo ist es?«, fragte sie.

Alice führte sie zum Grab. Sie nestelte an ihrem Kruzifix. »Es ist so schön friedlich hier.«

»Nun werd mir nicht morbide, Alice.«

»Soll ich dich kurz allein lassen?«

»Ja.«

Mrs King stand lange vor dem Grab und blickte auf den Stein hinunter. Weil der Wind an ihren Röcken zerrte, sah sie aus der Ferne sehr klein aus, fast wie ein Kind. Alice musste sich abwenden.

Anschließend wanderten sie zusammen zwischen den Gräbern hindurch.

»Ich gehe ins Ausland«, sagte Alice.

»Gut!« Mrs King strahlte eine tiefe Ruhe aus. »Wer weiß? Vielleicht muss ich deinem Beispiel folgen.«

»Ich meine, nach Übersee. Wenn ich es schaffe, bis nach Amerika. Um mir die neueste Mode anzusehen.«

»Natürlich schaffst du das.« Mrs King sah sie ernst an. »Du kannst machen, was du willst.«

Alice überlegte sich ihre nächsten Worte ganz genau. »Ich wünschte mir, Mutter hätte das Meer sehen können«, sagte sie. »Ich wünschte mir, sie hätte irgendetwas machen können.« Es war ein schmerzhafter Gedanke, wie ein Stich in die Brust. Mrs King nickte, die Lippen schmal zusammengepresst. Offensichtlich quälte er sie ebenfalls.

»Wollen wir uns schreiben?«, fragte Alice.

Mrs King blieb stehen. Sie zupfte an ihren Manschetten. »Möchtest du das?«

Alice lachte nervös. »Ich weiß nicht. Wir sind schließlich Schwestern. Da will man sich doch nicht aus den Augen verlieren.«

Mrs King legte ihr die Hand auf den Arm. »Schreib, wenn dir danach ist.«

Alice drückte ihr sanft einen Kuss auf die Wange. Ihre Schwester fühlte sich nicht mehr wie eine Marmorstatue an. Sie war genauso warm wie jeder andere Mensch, sie selbst eingeschlossen.

»Du bist wunderbar«, sagte sie. Und es war ihr ernst damit.

Ihre Schwester lachte überrascht auf. »Ach was«, entgegnete sie. »Ich doch nicht.« Ein Schatten huschte über ihr Gesicht. »Das kann gar nicht sein. Nicht bei meiner Herkunft.«

Sie spielte auf ihren Vater an. Alice zögerte. Sie und die anderen Frauen umschifften das Thema geflissentlich. Es war zu gewaltig, zu gefährlich, um daran zu rühren. Sie warteten darauf, dass Mrs King ihnen erklärte, was es damit auf sich hatte und was sie darüber denken sollten. Doch sie schwieg. Sie wirkte in sich gekehrt, wie von einem wachsenden Unbehagen erfüllt, als ob etwas an ihr nagte.

Während Alice noch nach der passenden Antwort suchte, blieb Mrs King plötzlich stehen. Ihr Blick lag auf den Ruhestätten hinter ihrer Schwester. Darunter war auch ein kleiner Tempel, ein protziges Grabmal.

»Was hast du?«, fragte Alice.

Mrs King schloss die Augen. »Ich muss mit Mr Shepherd reden.«

41

Winnie musste den Schaffner bitten, den Zug an ihrem Ziel anhalten zu lassen. Eigentlich war es eher eine Haltestelle als eine Bahnstation. Hätte sie sich nicht gemeldet, wäre die Eisenbahn einfach hindurchgedampft.

Die Fahrt hatte beinahe zwei Stunden gedauert. »Ich nehme den Bummelzug«, hatte sie am Fahrkartenschalter gesagt. Die Landschaft sollte sich in ihrem eigenen gemächlichen Tempo vor ihr ausbreiten. Sie wollte sich vergewissern, dass sie die richtige Gegend ausgesucht hatte.

Sie fuhr erster Klasse. Eine wichtige Reise verlangte nach einer angemessenen Investition. Sie verlangte auch nach einer teuren Kopfbedeckung. Winnie konnte vielleicht keinen guten Hut anfertigen, aber sie konnte sich jederzeit einen kaufen. Und das tat sie. Sie erwarb einen schräg zu tragenden Wagenradhut mit magentafarbener Borte, großer Krone und rosettenbesetzter Krempe. Damit sah sie aus wie eine Mischung aus Bankier und geschmücktem Siegerpony. Sehr originell.

Vor dem Lösen der Fahrkarte hatte sie sich gefragt, ob der Schalterbeamte sie wegen des Hutes anders behandeln würde, aber das war natürlich nicht der Fall. Sie hätte sich mitten in die Bahnhofshalle stellen und Geldscheine in die Luft werfen können, sie wäre trotzdem ignoriert worden. Denn sie war immer noch sie selbst. Und nicht die Königin.

»Alles in Ordnung, Madam?«, fragte der Schaffner, als sie auf den Bahnsteig hinunterstieg.

»Ja, danke sehr.« Während ihre Rosetten noch wippten, sprang der Mann wieder auf, winkte mit der Kelle, und der Zug setzte sich erneut schnaufend und keuchend in Bewegung.

Nachdem der letzte Wagen hinter der Kurve verschwunden war, erstarb der Lärm. Nur noch Vogelgezwitscher war zu hören.

Winnie nahm den Hut ab und ließ sich die Sonne in den Nacken scheinen. »Hier bin ich richtig.« Sie sprach es laut aus, um herauszufinden, ob es auch wirklich stimmte.

Sie hatte sich den Weg aufgeschrieben, aber sie brauchte keinen Blick auf den Zettel zu werfen, so gut hatte sie sich alles eingeprägt. Am Bahnhof rechts, geradeaus bis zur Gabelung, dann bergauf.

Ich vertraue auf mich selbst, dachte sie und ging los. Sie wusste genau, wohin sie wollte.

Am Tor stand eine Rosskastanie Wache. Als ein leiser Wind die Zweige anhob, lugte das Haus durch die Blätter, ein Aufleuchten von Hellblau und Weiß, ein Glänzen der rautenförmigen Fensterscheiben.

Winnie holte den Schlüssel bei einer Nachbarin. »Nein, danke. Sie brauchen nicht mitzukommen. Allein kann ich mir besser ein Bild machen.«

Die Frau, die einen gemütlichen Strickpullover und eine kleine Nickelbrille trug, musterte Winnie vom Scheitel bis zur Sohle und – lächelte. Sie hatte ein ausgesprochen kräftiges Gebiss, was auf Winnie den Eindruck großer Stärke machte.

»Natürlich.«

Während Winnie die Größe der Zimmer auf sich wirken ließ und darüber nachsann, wie behaglich man sich darin einrichten könnte und wie viel Privatsphäre sie boten, musste sie sich die ganze Zeit dazu zwingen, den lieblichen Garten mit den üppig blühenden Schlüsselblumen und den wunderbar dichten Hecken zu ignorieren, um nicht in Gefahr zu geraten, sich vom Wesentlichen ablenken zu lassen. Sie maß Schränke und Wandschränke aus. Zählte die Namen auf Sues Liste. Die der Mädchen, um die sie sich gesorgt und die sie im Auge behalten hatte. Derjenigen, die das Haus in der Park Lane Hals über Kopf, ohne

Erklärung oder mitten in der Nacht verlassen hatten. Derjenigen, die vielleicht ein Heim benötigten.

»Was für eine lange Liste«, hatte Mrs King gesagt, als sie sie durchlas.

Winnie hatte behutsam ihre Hand genommen. »Wenn du vielleicht auch einmal ein Dach über dem Kopf suchst, brauchst du bloß zu fragen.«

Mrs King erwiderte den Händedruck. »Danke.«

Winnie ging zurück zu der Nachbarin. Die sah sie über den Rand ihrer Brille fragend an. »Nehmen Sie es?«

»Ich pflege einen ruhigen Lebenswandel«, sagte Winnie. »Aber hin und wieder werde ich Gäste haben. Frauen, die eine sichere Unterkunft brauchen, bis sie wieder auf die Beine gekommen sind. Ich möchte kein böses Gerede deswegen. Keinen Klatsch und Tratsch.«

Die Frau drehte versonnen den Schlüssel zwischen ihren Fingern. In der Diele standen Bücherschränke, neben der Tür stapelten sich Flugblätter und Zeitschriften. Sie sah Winnie vielsagend an. »Genau, was wir hier brauchen«, antwortete sie. »Tee?«

Eine Woche nach dem Ball

Hephzibah machte das, was jeder machen sollte, dem ein großes Vermögen zugefallen ist: Sie bestellte Champagner. Und dann bestellte sie noch mehr Champagner.

Es war eine jener Nächte, in denen ihr die Brust so eng wurde, dass sie glaubte, ihr Herz werde aufhören zu schlagen. In denen die schwankenden Wände von allen Seiten näher rückten. Sie wurde nach wie vor von Angstzuständen heimgesucht, obwohl sie gehofft hatte, dass es nach dem Coup in der Park Lane ein Ende damit haben würde. Die anderen Frauen waren glücklich und beschwingt: Winnie hatte ein Ziel vor Augen. Schön für sie. Und Hephzibah? Saß allein im Restaurant wie ein Frauenzimmer von zweifelhaftem Ruf, und machte sich auch allein auf den Heimweg. Wie sie es heil bis nach Hause schaffte, wusste sie selbst nicht zu sagen.

Am nächsten Morgen hatte sie ein zutiefst verstörendes Erlebnis. Als sie aufwachte, befand sie sich außerhalb ihres Körpers. Sie schwebte darüber, als hinge sie an dünnen Fäden von der Decke. Sie glaubte nicht, dass sie gestorben war, sondern hatte eher das Gefühl, man habe ihr die Gelegenheit gegeben, sich selbst und ihr Leben einer Inventur zu unterziehen. Im ersten Augenblick erschrak sie und hätte am liebsten vor Angst die Augen zugekniffen.

Aber dann riskierte sie doch einen Blick.

Ihr Gesicht wirkte grau unter der Schminke, ihr Mund stand offen. Erstaunlicherweise sah sie trotzdem nur leicht lädiert aus. Bevor ihr die Sinne schwanden, musste sie sich überaus vorsichtig – und steif wie ein Brett – ins Bett gelegt haben.

Ein entzückendes Wesen, dachte sie wohlgefällig. Was für eine hinreißende Erscheinung.

Staunend schwebte sie über sich, bis sie aufwachte.

Wenn sie sonst morgens die Augen aufschlug, war sie meistens von tiefer Scham erfüllt. An diesem Tag aber verspürte sie nur eine leise Neugierde, eine Art wissenschaftliches Interesse an der eigenen Person. Sie fasste sich in das üppig wallende, kastanienbraun glänzende Haar und empfand Stolz.

Es gab sie noch. Sie hatte überlebt – sie würde nicht untergehen, trotz allem.

Wie klug sie war! Wie einzigartig. Sie liebte es, sie selbst zu sein.

Diese Erkenntnis verfehlte ihre Wirkung nicht. Am Morgen ging sie im Park spazieren, um die Schultern ein prächtiges Cape, in der Hand einen rosa Sonnenschirm. Als sie nach Hause kam, suchte sie nach einem Bleistift. Sie brauchte eine Ewigkeit dafür und musste anschließend noch die Hälfte ihrer Schränke ausräumen, bis sie Papier gefunden hatte. Das Schreiben fiel ihr schwer, es war eine regelrechte Qual und die Buchstaben fast unlesbar. Aber die Wörter kamen wie von selbst.

Was war das? Sie starrte auf die Zeilen, die sie sich abgerungen hatte. Ein Roman? Ein Brief? Eine Beichte?

Und dann wusste sie es: ein Theaterstück! Sie würde ein Theaterstück schreiben.

In dieser Nacht schlief sie so gut wie seit Jahren nicht. In sich gestärkt wachte sie auf. Sie hatte einen Bärenhunger und gönnte sich ein gewaltiges Frühstück.

Hephzibah dachte an die Bühne im Paragon. Fehlte sie ihr?

Sie könnte ein herrliches Theater bauen – und es selbst leiten. Besser als jeder andere.

Sie griff zum Stift und fing an zu rechnen.

Mrs Bone hatte eine strapaziöse Woche hinter sich, sieben Tage, in denen sie Einnahmen und Ausgaben penibel nebeneinandergestellt hatte. Ihr gingen die Augen über, so überwältigend, so unglaublich waren die Zahlen. Archie beglich ihre Schulden, zahlte die Männer aus und verbreitete die frohe Kunde: Mrs Bone war wieder da, so dick im Geschäft wie nie zuvor. Die anderen einflussreichen Familien standen ehrfürchtig staunend daneben. Am Wochenende suchte Mr Murphy sie in der Fabrik auf, um ihr die Schlüssel der Pfandleihe zu bringen. Kreidebleich rutschte er auf den Knien in ihren Salon. Er küsste ihre Hand.

»Ich vergebe dir nicht«, sagte Mrs Bone, grub ihm die Nägel ins Fleisch und zeigte ihm, wo die Tür war. Auf dem Hof gaben ihre Männer ihm den Rest.

Eine Sache, die ihr besonders am Herzen lag, hatte sie bis zum letzten Buchführungstag aufgeschoben. Sie zweigte hier und da ein paar Pfund von den Einnahmen ab – in der ganzen Zeit ihre einzige Mauschelei. Einen Briefumschlag mit einer Bankanweisung in der Tasche, nahm sie den Omnibus nach Lisson Grove.

Mrs Bone hatte ein besonderes Talent dafür, Menschen zu finden. Wie bei ihren anderen Aktivitäten ließ sie sich auch dabei vom Instinkt leiten. Zuerst knöpfte sie sich den Konstabler vor, dann den Pastetenbäcker. Sie klapperte die Hinterhöfe und Gässchen ab, wo die jungen Mädchen Wäsche aufhängten. Sie hörte die Kinderstimmen, die Abzählreime aufsagten. Sie roch die Abwasserkanäle, denen in diesem Teil der Stadt ein ganz anderer Geruch entstieg.

Die Menschen gafften, so etwas wie sie hatten sie hier noch nie gesehen. Aber sie schickten sie in die richtige Richtung. Am Ende der Straße stieß sie auf ein dunkles, schäbiges Haus mit einer Treppe, die so beängstigend schief war, dass man hätte meinen können, das Fundament wolle sich auf Kosten des Hausbesitzers einen Witz erlauben.

»Sue?«, rief Mrs Bone und hämmerte an die Tür.

Lange tat sich gar nichts. Doch dann klapperten Schritte, Scharniere quietschten. Ein Gesicht lugte um die Tür.

Diese Augen! Tellergroß vor Angst.

»Hier, für dich, du kleines Gänschen.« Mrs Bone hielt ihr den Briefumschlag hin. »Dein Lohn.«

Sue starrte sie an. »Mein … was?« Ihre Stimme klang heiser.

»Du weißt schon, wofür.« Mrs Bone verschränkte die Arme vor der Brust. »Brauchst dich nicht dümmer zu stellen, als du bist. Ich zahle gut, wenn Leute nichts ausplaudern.« Sie deutete mit dem Kopf auf den Umschlag. »Mach auf.«

Park Lane in der Abenddämmerung.

»Aha.«

Mrs King ließ das Fernglas sinken. »Haben Sie ihn gesehen?«

»Oben am Fenster.«

Die beiden Frauen lehnten die Leiter an die Mauer und kletterten in den Garten. Mitternacht. Es wurde ein Uhr, es wurde zwei Uhr. Die Welt hielt den Atem an, die Dimensionen verschoben sich.

Mrs Bone räusperte sich in ihre Ellenbogenbeuge.

»Sie können ruhig nach Hause gehen.«

Die alte Ganovin schniefte. »Hör mal zu, ich muss dir was sagen. Ich hab … Also, ich hab wirklich geglaubt, die tun nur so, als ob sie verheiratet sind. Ich hätte nie gedacht, dass Danny …, dass er …«

»Ist schon gut«, sagte Mrs King freundlich.

Mrs Bone schüttelte den Kopf, schloss die Augen. »Ich hätte dich niemals in dieses Haus gehen lassen dürfen.«

Was hätte Mrs King darauf nicht alles antworten können? Viele Leute hätten dafür sorgen können, dass es ihr anders ergangen wäre. Sie hatten es nicht getan: weil Mr de Vries ein reicher Mann war und Reichtum eine Tugend, die alles andere überstrahlte. Sogar Mrs Bone musste davon in gewisser Weise geblendet gewesen sein.

»Damit haben Sie wahrscheinlich recht«, sagte sie. Wozu sich jetzt noch aufregen? »Und passen Sie gut auf. Ich schnappe ihn mir.«

Mrs King lief durch den Garten zum Haus. Sie konnte sich denken, wo Mr Shepherd war. Im Schlafzimmer seines verstorbenen Herrn. Sie klaubte eine Handvoll Steinchen auf, zielte auf die Balustrade im zweiten Stock und traf. Ein Steinchen. Ein zweites.

Es dauerte nicht lange. Holz schleifte über Holz. Ein Fenster ging auf. Flackernd fiel ein blasses Licht aus dem Zimmer.

»Mr Shepherd«, rief sie. »Ich bin's. Mrs King.«

Ihre Stimme hallte durch den dunklen Garten. Das Licht begann zu zittern. Wie mochte Shepherd sich wohl fühlen, so ganz allein in dem Haus? Bis es verkauft werden konnte, musste es jemand bewachen, und der Butler war dafür der ideale Kandidat. Ob er auf dem Fußboden schlief, die Wange an den kalten Marmor geschmiegt?

Das Fenster schloss sich wieder. Das Licht erstarb.

Er kam.

Mr Shepherd brauchte eine ganze Weile. Schließlich vernahm Mrs King das Klicken der Terrassentür, und eine Gestalt tastete sich vorsichtig die Treppe hinunter. Der Mann hatte in den letzten Wochen stark abgenommen.

Er sah auch nicht mehr wie ein Priester aus. Noch nicht mal wie ein Butler. Eher wie die Kanalratte, die er war. Wie ein Zuhälter oder der Helfershelfer eines Zuhälters, der in einem Schattenreich sein Leben fristete.

»'n Abend«, sagte sie.

Mrs Bone hielt sich im Verborgenen.

Mr Shepherd flocht die Finger ineinander. Seine Stimme war ölig wie immer. »Mrs King«, säuselte er. »Was für eine angenehme Überraschung.«

Sie schloss kurz die Augen und stellte sich die finstersten Nächte in diesem Haus vor, malte sich aus, wie es gewesen sein musste. Shepherd, der das Gartentor verriegelte. Ein schwacher Schein, der aus dem Remisenhaus fiel. Ein Mädchen, das auf wackeligen Beinen durch den dunklen Garten lief. Das geisterweiße Leuchten ihrer Schürze.

»Sie haben etwas, das mir gehört, Shepherd.«

Bei dem Gedanken an ihren Vater war es ihr plötzlich wie Schuppen von den Augen gefallen. Der kleine Tempel, vor dem Alice auf dem Friedhof gestanden hatte, war ein Triumph düsteren Bestatterpomps.

Dabei hatte sie sofort an das Mausoleum in der Park Lane denken müssen.

Die Andeutung eines höhnischen Lächelns trat in Mr Shepherds Augen. Er nahm die Laterne in die andere Hand. Das Licht schwankte hin und her. »Das glaube ich kaum.«

»Sie wissen, wo der Brief ist.«

Shepherd schwieg. Seine Augen sprühten Funken.

»Ich weiß, dass mein Vater Ihnen den Brief gegeben hat«, sagte Mrs King. »Beziehungsweise, dass er ihn Ihnen anvertraut hat. Sie waren ihm bedingungslos ergeben. Als Einziger.«

Shepherd reckte das Kinn. Doch er widersprach nicht.

»Aber Sie haben ihm seinen letzten Wunsch nicht erfüllt. Das ist die einzige Erklärung. Sonst hätten Sie mir den Brief ausgehändigt. Was er Ihnen aufgetragen haben muss. Doch Sie haben sich über den Befehl hinweggesetzt. Sie dachten, Sie wüssten es besser. Sie wollten mir auf gar keinen Fall den Beweis für meine legitimen Ansprüche in die Hand geben.«

Shepherd musterte sie angriffslustig. »Ich habe keine Zeit für diesen Unsinn. Ich muss einen Haushalt führen.«

»Scheint mir nicht so. Die Gnädige ist verschwunden. Wobei mir einfällt … Warum hat *sie* den Brief eigentlich nicht? Nach dem Tod des Masters hätten Sie damit sofort zu ihr gehen müssen.«

Shepherd schwieg.

»Wollten Sie sie bestrafen? Hatten Sie das Gefühl, dass sie Sie loswerden wollte?«

Shepherd kniff den Mund zusammen.

Mrs King nickte. »Also haben Sie mich *und* Madam gehasst. Beide Töchter Ihres Herrn. Was für ein elender Wurm Sie doch sind, Shepherd.« Sie schmunzelte. »Ich gehe davon aus, dass Sie den Brief an einer Stelle versteckt haben, wo ihn niemand finden kann.«

Es wäre ein Klacks, Shepherd beim Schlafittchen zu packen und durchzuschütteln, die erbärmliche Kreatur, bis seine Knochen klapperten. Ihn zu Fall zu bringen, ihm den Kiefer zu brechen. Die Versuchung war sehr groß. Mrs King konnte sich kaum zügeln.

»Ich habe hier jeden Winkel durchsucht«, fuhr sie fort. »In

jedem Schrank nachgesehen, jede Wand abgeklopft. Das Haus ist schließlich keine Burg. Es gibt keine Geheimgänge. Keine Geheimtüren. Keine Stahlkammern, keine Tresorräume.«

Mrs Bone trat aus den Schatten hervor. Shepherd riss die Augen auf. »Du böses, böses Weib«, fauchte er, als er sie erkannte.

»Das müssen Sie gerade sagen, Mr Shepherd«, antwortete Mrs Bone.

»Der Brief liegt bei ihm im Sarg, nicht wahr?«, fragte Mrs King. Trotz blitzte in seinen Augen auf. Noch immer respektierte er sie nicht. Er hasste sie. Der Hass war seine Schwäche. Er hob drohend die Hände. Er wollte sie doch wohl nicht wegstoßen oder schlagen?

»Ich breche Ihnen die Finger«, sagte Mrs King. »Und zwar so, dass Sie sie nie mehr gebrauchen können. Das dürfen Sie mir glauben.«

»Ich habe ihm den Brief in die Jacke gesteckt«, sagte er schließlich.

Es war, als hätte sich die Nacht weit aufgetan. Mrs King hatte recht gehabt. Natürlich hatte Shepherd dem Bestatter geholfen, seinen Herrn anzukleiden. Da war es nur logisch, dass er ihm das Blatt Papier in die Tasche steckte, wo es niemand finden konnte.

»Und Sie kommen nicht ran«, fügte er mit einem gehässigen Grinsen hinzu.

»Ach nein?«, sagte Mrs King.

Mrs Bone pfiff laut durch die Finger.

Bewegung am Ende des Gartens. Das Klappern von Leitern. Gestalten, die auf das Dach des Remisenhauses kletterten. Schwarze Schatten, die zu Boden sprangen. Im Handumdrehen waren die Frauen und der Butler von Männern umringt – Kapuzen auf dem Kopf, in den Händen Spitzhacken und Schaufeln.

Leichenräuber.

Mr Shepherd stand die nackte Angst ins Gesicht geschrieben.

»Die Schlüssel bitte, Mr Shepherd«, sagte Mrs King.

Das Mausoleum flirrte im Laternenschein. Shepherd steckte die Hand in die Tasche seiner Butlerjacke und holte den kleinen Schlüssel wie selbstverständlich aus der Tasche. Er hatte es nicht einmal für nötig befunden, ihn etwa ins Futter einzunähen oder sonst wie zu verstecken. Der Schlüssel war leicht geriffelt, wie der Rand eines Zahns. »Das wagen Sie nicht«, sagte Shepherd.

Mrs Bone riss ihm den Schlüssel aus der Hand. »Das braucht sie auch gar nicht. Dafür haben wir ja *Sie*. Gebt ihm eine Schaufel, Jungs.«

Die Männer packten ihn bei den Armen und hielten ihn fest.

Nachdem Mrs King sich von Mrs Bone den Schlüssel hatte geben lassen, trat sie unter den kleinen Portikus, der zum Mausoleum gehörte und tastete auf der kalten Bronzetür nach dem Schlüsselloch.

Mrs Bone und die Männer hielten gespannt den Atem an.

Der Schlüssel drehte sich geräuschlos im frisch geölten Schloss.

Die Tür schwang auf.

Kühle Luft. Natürlich schlug ihr kein Verwesungsgeruch entgegen, obwohl sie fast damit gerechnet hatte. Der Boden war kahl. Es waren weder Blätter noch kleine Zweige hereingeweht worden. Nichts und niemand hatte die Grabstätte angetastet. Still und düster lag sie da. Der riesige Marmorsarkophag leuchtete halb aus dem Dunkel hervor. Mrs King streckte die Hand danach aus. Kniende Engel.

Ihr Magen verknotete sich vor Angst. Ihr graute vor dem Anblick, der sie erwartete.

»Her mit der Hacke«, rief sie.

Shepherd versuchte zu fliehen. Es gab ein Gerangel. Sie hörte ihn ächzen, als er niedergeschlagen wurde und zu Boden ging.

Sie drehte sich um. In ihr kochte das Blut der O'Flynns. »Los, kommen Sie«, befahl sie.

Sie hatten Shepherd die Laterne aus der Hand gerissen. Im hin und her schwingenden Licht sah Mrs King den Schock und die Verzweiflung in seinen Augen. Mrs Bone beförderte ihn mit einem Fußtritt vorwärts.

»Wie lange wird es dauern?«, fragte Mrs King.

Mrs Bone warf einen Blick in das Mausoleum. »Das ist ne ganze Menge Marmor.«

Die Männer standen mit ihren Hacken und Meißeln parat.

Plötzlich hatte Mrs King das groteske Schauspiel in seiner ganzen Monstrosität vor Augen. Der aufgebrochene Sarkophag, die Marmortrümmer auf dem Boden, der nach draußen gezerrte Sarg. Zersplittertes Holz. Hände, die den Leichnam nicht berühren wollten. Die sich an der Weste zu schaffen machten, mit dem Messer die Nähte auftrennten.

Und das alles, um ein Blatt Papier zu finden.

Sie konnte sich vorstellen, was darauf stand. Wenige Zeilen nur. Eine reine Formsache. *Freitag, den fünften Mai, im Jahr des Herrn 1905. Im Vollbesitz meiner geistigen Kräfte erkläre ich hiermit im Dienste der Wahrheitsfindung, dass ich Catherine Mary Ashe zu meinem gesetzlich angetrauten Weib genommen habe ...*

Gefolgt vom Namen der Kirche St Anne's in Limehouse, Christ Church in Spitalfields oder St Mary's in Whitechapel. Dazu das Datum der Eheschließung und die Namen, mit denen sie sich ins Heiratsregister eingetragen hatten. Weder Anwälte noch Gerichte würden etwas daran auszusetzen finden.

Ein Blatt Papier.

Das Imperium ihres Vaters, noch nicht verkauft, noch vollkommen intakt ...

Vor ihr knieten die Engel. Es war eine schreckliche letzte Ruhestätte. Einsam, verlassen, vergessen. Auch sie würde an diesem Ort bestattet werden, wenn sie hier im Haus wohnte. Sie stellte sich vor, wie ihr Sarg in das Familiengrab verbracht wurde. Familie, dachte sie, und es fröstelte sie. Sie griff nach der Lampe und bückte sich, um das Messingschild zu lesen.

Es war unbeschriftet.

Kein Name. War ihm die Zeit davongelaufen? Oder hatte er sich nicht entscheiden können, wie er sich nennen sollte? Hatte er dem Namen de Vries zum Schluss nicht mehr vertraut? Sie wollte es gar nicht wissen. Sie verspürte nicht mehr den leisesten Wunsch, ihn zu verstehen.

Sie atmete auf. »Lasst es gut sein«, sagte sie.

Mrs Bone packte sie am Arm. »Ohne Beweise kriegst du keinen Penny, Dinah.«

Mrs King wandte dem Mausoleum den Rücken zu. Mr Shepherds röchelnder Atem drang an ihr Ohr. Das Haus war leer. Wiedergutmachung war geleistet worden.

»Ich brauche nichts«, antwortete sie.

42

Neun Monate später

———◄o►———

»Sie ist es«, sagte Winnie.

»Bestimmt?«, fragte Mrs King.

Die beiden Frauen standen vor einer Damenschneiderei in der Bond Street.

Winnie antwortete nicht. Ihre Miene sagte alles: *Ja.*

»Passen Sie doch auf«, sagte eine fesche Frau, die das Geschäft verließ und fast mit Winnie zusammengeprallt wäre. Mrs King spähte durch die Scheibe. Aus dem Hinterzimmer kam eine Näherin, einen Stoffballen auf dem Arm.

Ja, sie war es. Ganz gleich, was sie trug oder wie sie sich verkleidete, sie war und blieb die unverwechselbare Miss de Vries. Ganz gleich auch, in was sie sich verwandelt hatte. Sie hatte die Haare gefärbt, trug sie jetzt kürzer und hochgesteckt, wodurch die steile Linie ihres Halses betont wurde.

»Warte hier«, sagte Mrs King. Sie öffnete die Tür.

Beim Bimmeln der Ladenglocke blickte Miss de Vries hoch. Ihr Blick war ausdruckslos. Sie erkannte Mrs King nicht. Sie tat nicht nur so, sie wusste wirklich nicht, wer sie war. Mrs King empfand die fehlende Reaktion als spannend. Sie war eine andere als früher. Sie trug einen senffarbenen Mantel, etwas Leuchtendes, Fröhliches für den Winter, mit Pelz und Spitze besetzt, wenn auch vielleicht ein klein wenig übertrieben, wie ihr der Spiegel verriet.

»Ja, bitte?«

Miss de Vries sagte nicht »Madam«. Offenbar brachte sie das Wort nicht über die Lippen. Sie trug ein seltsam formloses, mattgrünes Kleid ohne Gürtel mit langweiliger Stickerei an den Ärmeln.

»Na, wer hätte das gedacht, dass Sie einmal hier landen würden?«, sagte Mrs King mit einem Lächeln.

Es war nicht einfach gewesen, Miss de Vries aufzuspüren. Mrs King durchforstete vergeblich die Tageszeitungen, und Mrs Bone befragte – noch erfolgloser – jeden Dienstboten, den sie kannte. Alle Welt weidete sich an dem Raubzug in der Park Lane, genoss den Kitzel, den die Geschichte hervorrief, suhlte sich in moralischen Abartigkeiten und erregte sich über den Mädchenhandel. Mrs King fand das Gerede, das vollkommen am Kern der Sache vorbeiging, unerträglich.

Sie vermuteten, dass Miss de Vries London verlassen hatte, vielleicht nicht einmal mehr in England lebte. Mrs King konnte sie sich gut auf dem Kontinent vorstellen, als Dauergast an den Spieltischen. Schließlich war sie immer noch ihres Vaters Tochter. Doch dann hatte Winnie über ihre alten Kontakte aus der Kleiderbranche einen Tipp bekommen: In einem Laden in der Bond Street arbeite eine hochnäsige junge Frau, eine richtige Kratzbürste.

»Man hat mir erzählt, sie sei unheimlich fleißig.«

»Als Näherin?«, sagte Mrs King. »Nicht sehr wahrscheinlich.«

»Als Lehrling«, antwortete Winnie. »Es könnte sich lohnen, da vorbeizuschauen.«

Und so waren sie nun hier. Die Schneiderei lag auf der Südseite der Bond Street, in überraschender Nähe zur Park Lane. Zehn Minuten zu Fuß, wenn man die Nebenstraßen nahm. Winnie hatte recht behalten: Es war tatsächlich Miss de Vries. Sie kniff die kalten, grauen Augen zusammen, die Mrs King so gut kannte. »Ich habe zu tun.« Ihre Stimme schwankte, sie hatte Mrs King erkannt.

Sie ging gebückt, wirkte irgendwie kleiner. Mrs King überkam der Drang, sie aufzurichten, ihre Haltung zu korrigieren. Der Impuls machte sie nachdenklich.

»Sind Sie hier, um mich auszulachen?«, fragte Miss de Vries schließlich.

»Ganz und gar nicht.«

»Ich könnte *Sie* auslachen. Sie sehen fürchterlich aus.«

Mrs King betrachtete ihre Ärmel. Sie hatte sich den Mantel gekauft, um Mrs Bone eine Freude zu machen, die eine leidenschaftliche Vorliebe für Pelze, Rüschen und gewagte Muster entwickelt hatte. »Er war sehr teuer«, entgegnete sie freundlich.

»Schön für Sie«, sagte Miss de Vries emotionslos.

Sie hatte wunde, aufgesprungene Hände, genau wie Alice früher.

Miss de Vries war tief gesunken. Sie ist eine von uns, dachte Mrs King. Doch es fühlte sich nicht nach einem Triumph an, sondern nach einer großen Ungerechtigkeit.

»Wer hat Sie so hart gemacht?«, fragte sie. »Unser Vater? Oder waren Sie es selbst?«

Sie wartete vergeblich auf eine Antwort. Miss de Vries war offenbar nicht willens, diesen Abgrund auszuloten, ganz gleich, für wen, und ganz gleich, aus welchem Grund. Mit rauer Stimme sagte sie: »*Ihre* Methoden sind ja auch nicht gerade zimperlich, Mrs King.«

Mrs King lächelte. »Sie hätten es genauso gemacht«, sagte sie. »Sie hätten alles in Ihrer Macht Stehende getan, um zu bekommen, was Ihnen zusteht.«

Miss de Vries rührte sich nicht. Kampfgeist blitzte aus ihren Augen, aber schon in der nächsten Sekunde glomm der Funke nur noch tief in ihrem Inneren.

»Verstehe! Sie *haben* etwas getan«, sagte Mrs King. »Nicht wahr?«

Seit sie damals von Mr de Vries' Tod erfahren hatte, war ihr dieser Verdacht nicht mehr aus dem Kopf gegangen. Miss de

Vries musterte sie zurückhaltend. Dann veränderte sich ihr Gesichtsausdruck, und ihr Blick wurde fast schüchtern.

»Nein.« Auch ihre Stimme war eine gänzlich andere. Die leicht geröteten Wangen, das etwas selbstgefällige Mienenspiel verrieten Mrs King, dass sie log.

»Ich hätte volles Verständnis dafür«, sagte Mrs King.

Es war ihr ernst damit. Sie erinnerte sich daran, wie sie in Mr de Vries' Schlafzimmer gestanden hatte, dachte an die prallen, seidenen Daunenkissen. An das fahle Licht, in das der Raum getaucht war. An den Todkranken, der keuchend um sich schlug. Miss de Vries war zwar ein zartes Persönchen, aber trotzdem stabil gebaut. Sie hätte ihm mit Leichtigkeit ein Kissen aufs Gesicht drücken und jedes Geräusch ersticken können, bis ihr Vater keinen Atemzug mehr tat. Damit er die Kränkung nicht wiederholen konnte: *Mrs King hat Vorrang vor* dir, *nicht umgekehrt.*

»An Ihrer Stelle würde ich anfangen, mir neue Freunde zu suchen«, sagte Mrs King. »Die Sie beschützen können. Für den Fall, dass sich sonst noch jemand zusammenreimt, was passiert ist.«

Dieser Rat gefiel Miss de Vries ganz und gar nicht. Man sah es ihr an. »Ich brauche keine Beschützer«, sagte sie.

»Ich kann Ihnen helfen.«

»Wie denn?«

Mrs King fasste sich in die Manteltasche und holte eine kleine silberne Taschenuhr heraus. Die Initialen blitzten sie an. *WdV.* Miss de Vries holte scharf Luft.

»Verkaufen Sie das Ding«, sagte Mrs King. »Betrachten Sie es als Erbstück. Die Uhr ist wahrscheinlich sehr wertvoll.«

»Sie sind wahnsinnig. Ich könnte Sie anzeigen.«

Im Hinterzimmer scharrten Stühle über den Boden. Die Näherinnen standen vom Arbeitstisch auf, um in die Pause zu gehen.

Miss de Vries machte keine Anstalten, die Uhr anzunehmen. Mrs King ärgerte sich. Mach was, dachte sie. Wehr dich. Sag was. Sie hatte sich solche Mühe mit ihrer Erscheinung, ihrem Auftreten gegeben, um einen Eindruck von Stärke und Würde zu erwecken. Vergeblich. Bei Miss de Vries verpuffte die Wirkung.

»Nehmen Sie die Uhr«, sagte sie. »Ich würde es mir wünschen. Sie haben sie verdient.«

Miss de Vries schüttelte den Kopf. »Ich verlasse mich lieber auf mich selbst.«

Wetten, Spiele, Glück und Gewinn. Hohes und niedriges Risiko. Mit dem zornigen Funkeln in Miss de Vries' Augen ähnelte sie ihrem Vater so sehr, dass es Mrs King übel wurde. Falls Mr de Vries als Geist oder als Erinnerung im Raum war, blieb seine Präsenz so gut wie unbemerkt. Er war schon fast vergessen. Sein Name würde vergehen, vom Wind verweht werden.

»Wie Sie meinen«, sagte Mrs King.

Was hatte sie erwartet? Dass sie sich unterhalten und Vergleiche darüber anstellen würden, wie sie verraten und verkauft worden waren? Mrs King hatte die Szene fast vor Augen: zwei Damen von gleicher Körpergröße und gleichem Temperament, die einen flotten Spaziergang durch den Park machten. Ihr wurde klar, warum sie gekommen war – um eine Schwester zu finden. Aber die gab es hier nicht.

Sie holte einen Briefumschlag aus der Manteltasche. »Das ist nicht von mir«, sagte sie. »Und es ist auch kein Geschenk.«

Sie hielt sich genau an Alice' Anweisungen. Das Mädchen hatte sämtliche Fahrkarten gekauft. Für den Zug bis zur Küste, für die Überfahrt von Plymouth zum Kontinent, für die Züge von Frankreich nach Italien. »Sag weiter nichts«, hatte sie zu Mrs King gesagt. »Gib ihr einfach die Sachen.«

Miss de Vries nahm den Umschlag verwundert entgegen. Dass sie ihn nicht öffnete, überraschte Mrs King nicht. Sie selbst hätte ihn auch nicht aufgemacht – nicht in aller Öffentlichkeit und vor den Augen der Überbringerin.

»Guten Tag«, sagte sie. Sonst nichts.

Damit verließ sie den Laden, ohne sich noch einmal umzudrehen.

43

Juni 1906

————◄o►————

Mrs King wedelte mit den Händen und vertrieb den Staub. Sie sah auf die andere Straßenseite hinüber, wo sich Schreiber, Rechtsanwälte und Mitarbeiter des Auktionshauses auf dem Trottoir drängten. Ein Meer glänzender Zylinderhüte.

»Da hätten wir ja die Schurken aufs Schönste beisammen«, sagte eine Stimme.

Erleichtert drehte Mrs King sich um. Hinter ihr lehnte Mrs Bone am Geländer, daneben ein Fahrrad mit einem derart großen Korb, dass Mrs King laut lachen musste. »Wozu brauchen Sie den denn?«, fragte sie. »Haben Sie einen Schinken gestohlen?«

»Das wüsstet du wohl gern.«

»Jetzt sagen Sie nicht, Sie wären damit hergeradelt.«

»Bewegung ist gut für die morschen Gelenke.«

Mrs King nahm sie in den Arm und drückte sie. So schnell, dass Mrs Bone weder protestieren noch zurückweichen konnte.

»Bist wohl auf deine alten Tage ein sentimentaler Knochen geworden, was?«, sagte Mrs Bone mit belegter Stimme.

»Und Sie haben sich in eine feine Dame verwandelt.« Mrs King richtete sich auf. »Was ist denn das für ein Duft? Französisches Parfüm?«

Mrs Bone warf ihr einen finsteren Blick zu. »Richte deinen Schleier, Kind.«

Mrs King zupfte den Tüll unterm Kinn zurecht, obwohl sie wusste, dass ihr Gesicht dicht verhüllt war. »Danke.«

Plötzlich streckte Mrs Bone behutsam die Hand nach ihr aus. »Hör zu. Ich mische mich nicht gern in anderer Leute Angelegenheiten. Und als Kupplerin lasse ich mich auch nicht missbrauchen.«

»Schon gut. Wo ist er?«

Mrs Bone deutete mit dem Kopf einmal kurz zur Seite. Mrs King sah ihr über die Schulter, und ihr ging das Herz auf. »Fein. Dann lassen Sie uns jetzt ein bisschen allein.«

Sie hob die Hand, eine ernste Geste, und William, der, den Hut tief in die Stirn gezogen, in einiger Entfernung wartete, erwiderte den Gruß.

»Sag mir Bescheid, ja?« Mit zusammengekniffenen Augen sah Mrs Bone zu der Vries'schen Villa hinüber. Ein besorgter Blick trat in ihre Augen. »Wozu auch immer du dich entscheidest.«

Entschlossenen Schrittes kam William über das Gras auf sie zu. Das ruckelnde Fahrrad neben sich herschiebend, verschwand Mrs Bone zwischen den Bäumen.

Mrs King ergriff zuerst das Wort. »Tut mir leid, ich suche keinen Kammerdiener.«

William tippte sich an die Krempe. »Dann vielleicht einen Herzensmann?«

»Die Stelle ist längst vergeben.«

»Na, wenn das so ist.« Er lächelte.

»Da! Siehst du?« Sie zeigte auf das Haus.

Er folgte ihrem Blick. Weißer Putz, Säulen. Die großen Erkerfenster, die Markisen. Die Ausmaße, die Höhe des Gebäudes.

»Das schmuckste Haus in London«, bemerkte Mrs King.

»So sagt man.«

»Und zu verkaufen!«

Die Männer aus dem Auktionshaus fächelten sich Luft zu.

»Hab ich auch gehört«, antwortete William zögernd.

Mrs King entging nicht das Geringste: weder die warme Brise, die durch den Park wehte, noch das Dröhnen und Rauschen des Verkehrs hinter der Kurve. Und schon gar nicht das böse Funkeln der Fensterscheiben.

William sagte: »Ich dachte, wir würden uns früher wiedersehen.«

»Ich hatte es dir doch gesagt, dass ich eine Zeitlang untertauchen musste.« Sie lächelte hinter dem Schleier.

Er legte die Hand auf ihren Arm, und ihr Herz schlug schneller. Es hatte sie ein unendliches Maß an Selbstbeherrschung gekostet, sich von ihm fernzuhalten. Zu ihrer eigenen Sicherheit und auch zu seiner. Aber jetzt wurde sie doch langsam schwach. Er hatte ihr so gefehlt. Sie ließ die Gefühle zu, die sie durchströmten.

»Hm.« William hätte sie mit Fragen überschütten, ja, bombardieren können, doch er tat es nicht. Und dafür liebte sie ihn. Er sagte nur: »Glaub bitte nicht, dass ich an dein Geld will.«

Mrs King faltete die Hände. »Geld? Wer sagt denn, dass ich Geld habe?«

Sie trug einen teuren Hut, beladen mit einem Berg von Rosen, kostbare Spitze am Hals, einen Rubin am kleinen Finger.

Sein Blick verfinsterte sich. »Dinah. Was man sich über die Mädchen erzählt ...« Er ließ sie nicht aus den Augen. »Wusstest du davon?«

»Nein. Du?«

Er überlegte kurz. »Nein. Aber das macht es auch nicht besser.«

»Dann musst du Buße tun, genau wie ich. Komm, reden wir mit den Geiern.«

Zum ersten Mal in ihrem Leben zog eine ganze Gruppe Männer bei ihrem Erscheinen den Hut. Schließlich hatte sie einen Besichtigungstermin. Sicher machte sie einen befremdlichen Eindruck auf sie. Eine Dame, ja, aber auch eine Lady? Stramm gegürtet. Die Lippen granatrot. Selbstredend hatte sie einen falschen Namen angegeben. Sie zog den Schleier straff.

Ruhig und still erhob sich das Haus vor ihr. Konnte ein Bauwerk aus Ziegeln, weißem Putz und Sandstein tatsächlich jemandem etwas zuleide tun? Es besaß weder gute noch böse Kräfte. Es besaß nichts – es war nichts. Und doch besaß es eine gewisse

Anziehung. Eine leise Versuchung ging von ihm aus. Mrs King musste sich auf die Probe stellen. Um zu prüfen, ob sie sich richtig entschieden hatte.

»Möchten Sie hineingehen?«, fragte ein Gentleman, während er seinen Zylinder wieder aufsetzte.

Sie nickte. »Allein.«

Mrs King betrat das Haus durch den Portikus, nicht durch den Lieferanteneingang. Nicht durch das Gartentor, nicht durch die Hoftür. Durch den Haupteingang!

»Wartest du auf mich?«, fragte sie William leise.

»So lange du willst«, antwortete er und drückte ihre Hand.

Sie wanderte allein durch das Haus. Sie erlaubte sich, alles zu berühren, den Marmor und das Eisen. Jemand hatte die Fenster geöffnet, und die Luft zirkulierte durch die Räume, sodass sich die schwebenden Staubteilchen überall verteilten. Das Haus roch anders. Sauber.

Sie war Miss de Vries gegenüber nicht ganz ehrlich gewesen. Eine Sache befand sich noch im Haus, ein hölzerner Kasten, verborgen in einer Nische hinter dem alten Wirtschafterinnenzimmer. Mrs King bückte sich und zog ihn ächzend heraus. Anschließend musste sie sich erst einmal den vielen Staub vom Ärmel klopfen.

»Dinah?« Williams Stimme. Er rief nach ihr. Es war ein Gefühl, als bebe unter ihr der Boden, als liege ein helles Pfeifen in der Luft.

Mit dem Kasten unterm Arm verließ sie die Villa. Das leise Brummen eines Automobils empfing sie. Ihr eigener herrlicher Rolls war inzwischen vorgefahren. Die Männer mit den Zylindern starrten sie gespannt an. Wahrscheinlich hätte sie sich das Haus leisten können. Wenn sie dafür alles, was sie besaß, auf den Tisch geblättert hätte, bis auf den letzten Penny.

William trat auf sie zu, drückte ihren Arm. »Alles gut?«, fragte er.

»Willst du es haben?« Sie meinte: das Haus.

Er antwortete nicht gleich. »Und du?«

Ernst schüttelte sie den Kopf. »Nein.«

Sie hob den Schleier, hängte sich bei ihm ein und küsste ihn.

Er erwiderte ihren Kuss.

Der Auktionator starrte sie sprachlos an. »Es ist nichts für mich«, sagte sie leise zu ihm.

William lachte, ein leises Glucksen. Sie spürte seine Wärme, seine Nähe. »Komm«, sagte sie.

Das Haus schimmerte weiß auf sie herab. Ein Zweifel glomm in ihr auf, ein kurzes Begehren, doch genauso schnell hatte die Realität sie wieder. Winnie und Hephzibah erwarteten sie zum Mittagessen. Alice war aus New York zu Besuch. Die Janes stellten ihr Patent für einen neuartigen Saugreiniger vor. Sie konnte sich auf einen sehr ausgefüllten Nachmittag freuen.

Sie stiegen ein. Als sich der Rolls in Bewegung setzte, nahm sie die Kiste auf den Schoß.

»Was ist das?«, fragte William, der neben ihr saß.

Mit den Handschuhen wischte sie den Staub ab. Sie öffnete den Verschluss, klappte den Deckel auf. Betrachtete wohlgefällig die Messer, die im schwarzen Samt vor ihr lagen.

Mrs King nahm sie heraus und inspizierte sie. Nicht um William zu imponieren, obwohl er natürlich beeindruckt war, sondern aus Prinzip. Sie pflegte ihre Messer, hielt sie tipptopp in Schuss. Sie war für alles gerüstet.

Der schwere Wagen rauschte davon. Die Park Lane ließen sie für immer hinter sich.

ANMERKUNG DES AUTORS

Wie seltsam, wie herrlich, zum ersten Mal eine Geschichte in die Welt hinauszuschicken. Es ist aber auch ein wenig beängstigend, wenn ein langgehegter Traum schließlich wahr wird. Deshalb möchte ich einen Dank an Sie vorausschicken, an die Leserinnen und Leser, die mir in die Welt meiner Heldinnen gefolgt sind. Ich hoffe, *Mayfair House* hat Ihnen gefallen. Hier noch ein paar Worte zur Entstehung des Romans.

Ich glaube, dass jeder schreibende Mensch eine zentrale Story, ein zentrales Thema hat, die ihn umtreiben, sei es ein Schauplatz, seien es bestimmte Konflikte und Träume, die ihn immer wieder an die Tastatur zurück zwingen, auch wenn es ihm vielleicht fast unmöglich erscheint, einen Roman zu verfassen, geschweige denn, ihn fertigzustellen. Ich habe eine besondere Vorliebe für Bücher, in denen herrschaftliche Residenzen, zerrüttete Familien, treue Freundschaften und kühne Vorhaben vorkommen, unterlegt von den herrlichen Bildern, Gerüchen und Geräuschen der Vergangenheit.

Der Ursprung von *Mayfair House* findet sich in meinem Wunsch, einen Roman zu schreiben, der um 1900 spielt. Mir schwebten dabei die wagenradgroßen Hüte und extravaganten Gesellschaften vor, von denen der Blick auf jene Zeit geprägt ist: Krocketspiele auf unendlichen Rasenflächen, goldene Sonnenuntergänge, der Gedanke, dass es für das Vereinigte Königreich die letzten »fetten« Luxusjahre vor dem Ersten Weltkrieg waren. Natürlich verdanken wir als Nachgeborene der Geschichtsschreibung eine differenziertere Sicht auf jene Ära mit ihren weitreichenden Umwälzungen – gesellschaftlicher Wandel, neue Technologien, politische Konflikte, Krieg. Am 12. Mai 1905, als

Mrs King in unserer Fantasie vielleicht schon die Planungen für ihren kühnen Raubzug in Angriff nimmt, demonstrierte Emmeline Pankhurst mit den Suffragetten in Westminster. Am 27. Juni, dem Tag, an dem unsere Ladys bei edlem Wein und Huhn in Aspik den gelungenen Coup feiern, meuterten die Matrosen auf dem russischen Schlachtschiff *Potjomkin*. Erst kurz zuvor, im Februar desselben Jahres, hatte die erste russische Revolution stattgefunden. Mit anderen Worten: Die Dinge waren im Fluss, und nicht alles, was glänzte, war Gold.

So hatte ich für meine Geschichte also meine perfekte Bühne – glamourös und komplex, eine ganze Welt, aus der ich nach Herzenslust schöpfen konnte. Wie aber sah es mit der Handlung aus? Die minutiöse Planung und Durchführung von gewagten Raubzügen in Literatur und Film haben mich schon immer fasziniert, und ich hatte große Lust, mich selbst an einer solchen Geschichte zu versuchen. Ich erledigte gerade den Abwasch – wie passend, höre ich Sie sagen –, als mir eine Eingebung kam: Als glitzernd verruchte Kulisse für einen spektakulären Coup machten die Salons und Gesellschaftsräume des edwardianischen Londons mit ihrer marmornen Pracht doch genauso viel her wie ein Spielcasino in Las Vegas. Plötzlich sah ich vor meinem inneren Auge eine mit grünem Stoff bespannte Tür, und ein Ensemble dienstbarer Geister trat aus den Schatten hervor, von jeweils eigenen Rachemotiven getrieben.

Auch wenn die Handlung von *Mayfair House* frei erfunden ist, hat die protzige Villa, das Monstrum in der Park Lane, um das sich alles dreht, eine Reihe ganz außergewöhnlicher Vorbilder, wie sie einst in den wohlhabendsten Teilen von Westlondon zu finden waren. Wer in der Park Lane vor dem heutigen Dorchester Hotel steht, sieht das ehemalige Stanhope House mit seinen Türmchen und Wasserspeiern, das sich der Seifenfabrikant Robert William Hudson 1899 erbauen ließ. Direkt gegenüber, in der Park Lane 25, stand die luxuriöse Stadtvilla von Barney

Barnato, einem ehemaligen Varieté-Künstler, der es in den Diamantenfeldern zu unvorstellbarem Reichtum brachte, bevor er unter mysteriösen Umständen auf See zu Tode kam. Es waren die Häuser mächtiger Männer, angefüllt mit den teuersten, dekadentesten Schätzen, versorgt von einem nicht abreißen wollenden Strom gehorsamer Bediensteter. Und genau das machte die Arbeit an diesem Buch zu einem solchen Vergnügen: mir auszumalen, was wohl geschehen wäre, wenn einige der Frauen aus dem Souterrain beschlossen hätten, sich ihren Anteil zu holen.

Bücher wie *The Lost Mansions of Mayfair* von Oliver Bradbury und *The Rise of the Nouveaux Riches* von J. Mordaunt Crook, welche die Exzesse und die finanziellen Extravaganzen der damaligen High Society mit großer Detailfreude lebendig werden lassen, erwiesen sich beim Entwurf von Mr de Vries' monströsem Haus und seinem gigantischen Imperium als ungeheuer hilfreich. Genau wie die Archive der *Illustrated London News*, in denen ich auf die penibel einzeln aufgeführten Posten der Möbel- und Kunstsammlung des britischen Politikers und Salonlöwen Sir Philip Sassoon stieß und die Wertgegenstände, die sich in solchen Häusern befanden, für mich erst greifbar und begreifbar wurden. Die sachkundige Anleitung für die Reinigung von Bilderrahmen habe ich mir bei Isabella Beeton abgeschaut. Und bei Listverse werde ich wohl ewig für meinen liebsten Recherchefund in der Schuld stehen: Parenty's Rauchmaschine. An dieser Stelle muss ich an den guten Willen meines Publikums appellieren und Sie bitten, mir zu glauben, dass es Winnie in der Welt des Romans möglich war, diese verrückten Geräte in beachtlicher Menge und zu günstigen Großhandelspreisen einzukaufen und dass man damit ein Feuer simulieren konnte, das überzeugend genug war, um Miss de Vries' Gäste aus dem Haus zu jagen. Im Dienst der Geschichte erlaubt sich mein Jahr 1905 hier und da Freiheiten gegenüber der historischen Wahrheit – und natürlich bin ich für Fehler und Irrtümer allein verantwortlich. Um nur ein Beispiel zu nennen: Die Herzogin Montagu, die im Roman auftritt, ist eine fiktionale Figur und das Herzogtum Montagu bereits Ende des achtzehnten Jahrhunderts erloschen. Auch das Wetter habe ich meinen Zwecken angepasst. Während George Sanger mit seinem legendären Zirkus unter Umständen tatsächlich Kamele hätte verleihen können, existieren schattenhafte Gestalten wie Mr Whitman ausschließlich in Mrs Kings Universum.

Mir sei noch eine Bemerkung gestattet: In der Romanwelt von *Mayfair House* gründen Reichtum und Überfluss auf verwerflichen Taten und Korruption. Doch es gibt keinerlei Hinweise darauf, dass sich die historischen Personen, die mich zu bestimmten Aspekten von Mr de Vries und seinen Agenten inspiriert haben, Taten des Missbrauchs und der Ausbeutung schuldig gemacht hätten, wie sie im Roman aufgedeckt werden. Allerdings danke ich Autorinnen wie Julia Laithe, die in ihrem brillanten Buch *The Disappearance of Lydia Harvey* auf ergreifende, scharfsinnige Weise die sehr realen Gefahren schildert, denen junge Frauen ausgesetzt waren, die sich zur Zeit der Jahrhundertwende als Dienstmädchen verdingten.

Damit verabschiede ich mich und lasse Mrs King und ihre Bande in den Sonnenuntergang ziehen – oder ihrem nächsten Abenteuer entgegen. Mit ihrer kämpferischen Entschlossenheit, der Welt ihren Stempel aufzudrücken, das Unrecht, dessen Zeuginnen sie sind, wiedergutzumachen und sich der selbstgewählten Aufgabe mit Begeisterung und Hingabe zu widmen – am liebsten am Trapez –, haben sie mir die Arbeit an *Mayfair House* zur reinen Freude werden lassen. Dafür liebe ich sie, und ich danke Ihnen, dass Sie ihre Geschichte – und meine – gelesen haben.

Es wäre schön, wenn wir in Verbindung bleiben könnten. Ich würde mich über Ihre Meinung freuen. Besuchen Sie mich auf Twitter oder Instagram (@AlexHayBooks) oder auf meiner Website www.alexhaybooks.com. Ich freue mich schon darauf, Ihnen eines Tages eine der Geschichten erzählen zu können, auf die ich während der Recherchen für Mrs King und ihre Ladys gestoßen bin – ein ganzes Universum aus Hochstaplerinnen, niederträchtigen Impresarios und entlaufenen Dienstmädchen …

DANKSAGUNG

———◄o►———

Es ist mir ein großes Anliegen, möglichst vielen Menschen zu danken, die bei der Entstehung von *Mayfair House* Geburtshilfe geleistet haben. Meine Leserinnen und Leser mögen es mir nachsehen.

Ein riesiger Dank geht an meine Agentin Alice Lutyens – Traumfängerin und Geschichtenguru, die nie ein Blatt vor den Mund nimmt. Dafür, dass du dem Roman und mir dein Können und deine Aufmerksamkeit hast zuteilwerden lassen. Besonderen Dank auch an Shanika Hyslop für die wertvolle Unterstützung am Anfang dieser wahnwitzigen, beglückenden Reise. Ebenso an Flo Sandelson und das gesamte Superstar-Team bei Curtis Brown – mit einem Extradank an Luke Speed, Anna Weguelin und Theo Roberts, die Mrs King nach Los Angeles gebracht haben. Und noch weiter.

Einen enormen Dank an Frankie Edwards und Melanie Fried aus dem phänomenalen Lektorat von Graydon House. Mit unermüdlicher Lektüre, genialen Vorschlägen und nicht kleinzukriegender guter Laune habt ihr den Schreibprozess zum kreativen Vergnügen gemacht. Dir, Frankie, möchte ich auch dafür danken, dass du das Team »*Mayfair House*« so weitsichtig, fantasievoll und professionell gelenkt hast. Du hast das Buch – und mich – auf Anhieb verstanden und die Arbeit an dem Projekt zu etwas ganz Besonderem werden lassen. Einen speziellen Dank auch an dich, Melanie, für deine konstruktiven Vorschläge und das unglaublich geschulte Auge. Du hast dem Buch sehr gutgetan. Es war mir eine solche Freude! Ein gewaltiger Dank geht an Jessie Goetzinger-Hall für kluges Nachfragen und die fruchtbare, motivierende Korrespondenz. Dank an Samantha Stewart und Greg

Stephenson für das akribische Korrektorat und an Shan Morley Jones, Nikki Sinclair, Leigh Teetzel, Sasha Regehr und Erin Moore für die grandiose Fahnenkorrektur.

Unendlich großen Dank an Rebecca Folland, Flora McMichael bei Headline. An Grace McCrum und alle in der Abteilung Rechte und Lizenzen. An Becky Bader, Chris Keith-Wright und die Leute vom Vertrieb, an die PR-Frau Caitlin Raynor, an Lucy Hall vom Marketing, an Hannah Cawse von den Hörbüchern, Louise Rothwell aus der Herstellung. Danke Mari Evans, Jennifer Doyle und Sherise Hobbs für das mehr als herzliche Willkommen und die tolle Unterstützung. Bei Graydon House: einen speziellen Dank an Diane Lavoie und Ambur Hostyn für das Marketing, an Sophie James und Leah Morse aus der PR-Abteilung und alle Mitarbeiter*innen in Vertrieb, Herstellung und Lizenzen, die hinter den Kulissen so viel zum Erscheinen von *Mayfair House* beigetragen haben. Danke Andrew Smith und Quinn Banting für das wunderschöne Umschlagdesign der Originalausgabe. Ich bin überwältigt von der Kreativität und der Energie, mit denen so viele kluge Köpfe dafür gesorgt haben, dass *Mayfair House* quasi auf der ganzen Welt veröffentlicht werden kann, und schließe alle Beteiligten in meinen Dank ein.

Der einzigartigen Community aus Autor*innen, Buchblogger*innen, Rezensenten*innen und ersten Leser*innen, die das Projekt *Mayfair House* von Anfang an unterstützt haben: vielen herzlichen Dank.

Ich danke Wendy Bough und dem Caledonia Novel Award – die Nominierung für die Longlist 2022 hat *Mayfair House* einen für mich vorher unvorstellbaren Schub gegeben und ungeheuer viel bewirkt.

Danke allen Mitarbeiter*innen von Curtis Brown Creative. Einen ganz lieben Dank an Anna Davis für die klugen Ratschläge, die sie mir im Lauf der Jahre so großzügig gegeben hat. An Norah Perkins für Ansporn und Ermutigung bei meinen ersten Schreibversuchen. An die unvergleichliche Erin Kelly für ihre Freundlichkeit und ihr inspirierendes Wesen. An meine lieben Kolleg*innen aus dem CBC-Seminar für das leckere Essen, die herzliche Freundschaft und dafür, dass sie im Lauf der Jahre bereitwillig Bücher, Ideen, E-Mails und dringende WhatsApp-Hilferufe bei Problemen mit Track Changes gelesen und ausgehalten haben.

An meine überaus geschätzten Apple Owls/Dancing Toads – Amy, Anneka, Fran, Sacha. Ihr seid die Größten! Ich danke euch von ganzem Herzen, dass ihr mich auf dieser Reise angefeuert hab. Einen besonderen Dank an Richard, Mitbewohner von The Towers, für jahrelange Solidarität und fürs Mutmachen.

Ein unermesslicher Dank geht an meine wunderbare Mutter, die grandiose Schriftstellerin Dale Frances Hay. Du hast mich auf jede erdenkliche Weise inspiriert, ermutigt und unterstützt. Wollte ich alles auflisten, was du für mich getan hast, würde es den Rahmen sprengen. Deshalb muss ein warmes, aufrichtiges Dankeschön genügen.

Zum Schluss möchte ich aus tiefstem Herzen meinem wunderbaren Mann Tom danken. Während der Entstehung von *Mayfair House* warst du immer für mich da, sowohl im wörtlichen wie im übertragenen Sinne. Mit deinen Fragen und Ratschlägen hast du dem Roman ungeheuer viel mit auf den Weg gegeben, noch bevor ich ihn einer Agentur vorgelegt hatte. Während der aufreibenden Tage/Wochen/Monate/Jahre, in denen ich in Ungewissheit schwebte, ob sich die Anstrengungen auch auszahlen würden, waren deine Geduld und Freundlichkeit unendlich wichtig für mich. Ich danke dir, dass du genau im richtigen Augenblick den Prosecco-Korken hast knallen lassen: ein *Perfect Moment*, der mir ohne dich nicht halb so viel bedeutet hätte. Danke, Buddy. Ich liebe dich.

DAS HAUS DE VRIES
PARK LANE

—◦—

ERSTE ETAGE UND
AUßENANLAGEN

*Zugang für
die Iren*

GARTEN
TOR

*Hier warten
die Kamele*

Alice?

MISS DE
VRIES'
KAPELLE

*Zu den Schlaf-
zimmern*

*Zur
Terrasse*

SOUPER- SALON

*Suppe
für Heßzibah
reservieren*

Sonstiges
– Versch
– Perück
– Rauch
     B
– Salzfä
– Wein
– ~~Die Co~~
– KEINE

– Brate
– Brate

AUFRISS
Maßstab

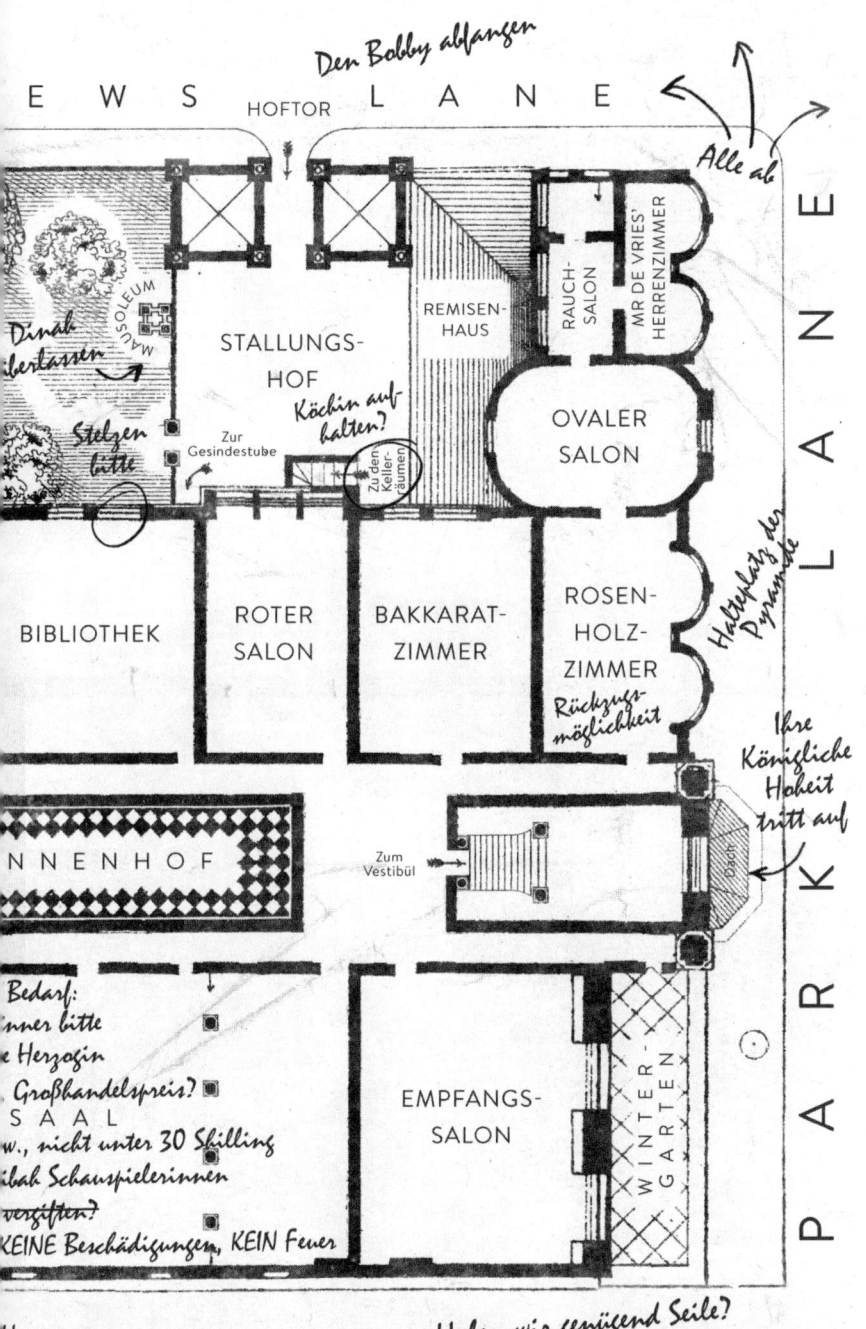

Den Bobby abfangen

EWS LANE   HOFTOR

Alle ab

Dinah überlassen

Stelzen bitte

MAUSOLEUM

STALLUNGS-HOF

Köchin aufhalten?

Zur Gesindestube

Zu den Kellerräumen

REMISEN-HAUS

RAUCH-SALON

MR DE VRIES' HERRENZIMMER

OVALER SALON

BIBLIOTHEK

ROTER SALON

BAKKARAT-ZIMMER

ROSEN-HOLZ-ZIMMER

Rückzugs-möglichkeit

Halteplatz der Pyramide

Ihre Königliche Hoheit tritt auf

Loge

NNENHOF

Zum Vestibül

Bedarf:
...nner bitte
...e Herzogin
...Großhandelspreis?
...SAAL
...w., nicht unter 30 Shilling
...ibah Schauspielerinnen
...vergiften?
...KEINE Beschädigungen, KEIN Feuer

EMPFANGS-SALON

WINTER-GARTEN

PARK LANE

H

Haben wir genügend Seile?

»Dieser hochkomische Roman macht süchtig ...« Die Zeit

Wodehouse-Fans können aufatmen! Weiter geht's mit Herrn Bertie und seinem getreuen und über die Maßen gebildeten Diener Jeeves – und der ganzen Entourage aus der zauberhaften Welt des degenerierten Adels.

Wieder einmal steht alles kopf im Leben von Bertie Wooster: Durch ein von ihm ausgelöstes Missverständnis droht die Verlobung von Gussie Fink-Nottle und Madeline zu platzen, Tante Dahlia schwafelt von einem silbernen Sahnekännchen in Form einer Kuh, das er einem Antiquitätenhändler madigmachen soll, und ein alter Freund erwartet ein Ständchen über die Freuden der Liebe von ihm. Eine Situation, die nur Jeeves aufzulösen weiß, für ihn eine Ehrensache ...

P. G. Wodehouse, Ehrensache, Jeeves! Roman. Aus dem Englischen von Thomas Schlachter. insel taschenbuch 4717. 360 Seiten.

**»Wodehouse ist eine der reichsten Quellen von Glück.«
Daniel Kehlmann**

Wodehouse-Fans können aufatmen! Weiter geht's mit Herrn Bertie und seinem getreuen und über die Maßen gebildeten Diener Jeeves – und der ganzen Entourage aus der zauberhaften Welt des degenerierten Adels.

Furcht und Schrecken in Brinkley Court: Der menschenscheue Molchfreund Gussie Fink-Nottle ist in Liebe zu der notorischen Schmalznudel Madeline Bassett entbrannt, bringt ihr gegenüber aber kein Wort über die Lippen. Tuppy Glossop überwirft sich mit seiner Verlobten Angela Travers. Und deren Mutter hat beim Bakkarat ihr letztes Hemd verspielt. Alles Fälle für den vielfach versierten Jeeves, doch da sich Bertie mit seinem Diener wegen einer Petitesse gestritten hat, nimmt Bertie die Sache selbst in die Hand – mit desaströsen Folgen …

P. G. Wodehouse, Auf geht's, Jeeves! Roman. Aus dem Englischen von Thomas Schlachter. Mit einem Nachwort von Denis Scheck. insel taschenbuch 4686. 364 Seiten.

Eine englische Affäre ...

England, 1936. Die 19-jährige May Thomas ist gerade aus Barbados angekommen und tritt eine Stelle als Chauffeurin bei Sir Philip Blunt an. Dort trifft sie auf den Oxfordstudenten Julian, für den sie schon bald mehr empfindet, als ihr erlaubt ist. Zur selben Zeit hält die lebensfrohe Amerikanerin Evangeline Nettlefold Einzug bei den Blunts und sorgt auf Anhieb für jede Menge Ärger: Sie steht in engem Kontakt mit Wallis Simpson, deren Affäre mit dem König nicht nur die Skandalpresse in Alarmbereitschaft versetzt. May taucht immer tiefer ein in die Verstrickungen der gehobenen Gesellschaft und findet sich bald in einem einzigen Gefühlschaos wieder ...

»*Als Mrs. Simpson den König stahl* ist witzig, romantisch und sehr detailgetreu – ein tolles Debüt von Juliet Nicolson, das man in einem Rutsch durchliest.« *Freundin*

Juliet Nicolson, Als Mrs. Simpson den König stahl. Roman. Aus dem Englischen von Hans-Christian Oeser. it 4237. 392 Seiten

NF 186 / 1 / 9.13

Traurig, fröhlich, rauschhaft, opulent – eine Verführung

Die Aussichten sind nicht rosig: Sir Robert Merivel, Medicus, Lebemann und Vertrauter Charles' II., hat bessere Zeiten gesehen. War er nicht der Mann, der den König von England zum Lachen brachte? Soll er sich jetzt, mit seinen 57 Jahren, bereits zurückziehen und zusammen mit dem alten Diener Will auf seinem Landgut Trübsal blasen?
Nichts dergleichen! Merivel begibt sich nach Frankreich, zum Sonnenkönig in dessen soeben erbautes Wunderwerk Versailles. Als er der charmanten Louise de Flamanville begegnet, glaubt er an einen zweiten Frühling – der jäh zu enden droht, als ihn ein Ruf des englischen Hofes erreicht: Sir Merivel soll umgehend ans Krankenbett Charles' II. eilen …

Rose Tremain, Adieu, Sir Merivel. Roman. Aus dem Englischen von Christel Dormagen. insel taschenbuch 4314. 445 Seiten

**Für alle, die Buchhandlungen
und Bücher lieben**

Für Valentina geht ein Traum in Erfüllung: Sie erbt überraschend
eine Buchhandlung in London. Der Laden in der Baker Street
gehörte ihrer Mutter Eloise, die die Familie vor vielen Jahren verlassen und jeglichen Kontakt abgebrochen hatte. In London angekommen, entdeckt Valentina in ihren Lieblingsbüchern »Nachrichten« von ihrer Mutter – und diese enthüllen Unglaubliches.
Valentina muss sich nicht nur mit sorgsam gehüteten Familien-
geheimnissen auseinandersetzen, sondern steht plötzlich vor den
vielleicht größten Herausforderungen ihres Lebens, doch sie erhält
unerwartete Hilfe …
Ein Roman über zwei starke Frauen, die sich vom Schicksal nicht
unterkriegen lassen, über die Kraft der Liebe … und der Bücher.

Sarah Jio, Die Buchhandlung in der Baker Street. Roman.
Aus dem Amerikanischen von Katharina Förs. insel taschenbuch
4968. ca. 426 Seiten. Auch als eBook erhältlich

»Wenn ich mir fünf Bücher für
die einsame Insel aussuchen müsste,
Die Buchhandlung wäre unbedingt
dabei.«
Michael Ondaatje, Druckfrisch

Florence Green erwirbt in Hardborough, einem verschlafenen
Dorf an der Küste Ostenglands, das Old House als zukünftiges
Domizil für ihre Buchhandlung. Dass das Gebäude anscheinend
von einem Poltergeist besessen und bis auf die Grundmauern
feucht ist, bringt sie von ihrem Vorhaben ebenso wenig ab wie die
Tatsache, dass sie von finanziellen Dingen keine Ahnung hat. Voller Schwung stürzt sie sich in die Vorbereitungen und stattet ihre
Buchhandlung liebevoll aus. Die Einwohner des kleinen Städt-
chens begegnen dem Unternehmen zunächst mit Skepsis, bald
stellen sich jedoch erste Stammkunden ein. Als Florence Green
aber dann ein gerade erschienenes Buch eines bis dahin unbekann-
ten Autors, Vladimir Nabokov, verkauft, ist die Aufregung groß
und weitet sich zu einem Skandal aus ...

Penelope Fitzgerald, Die Buchhandlung. Roman. Aus dem
Englischen von Christa Krüger. Mit einem Vorwort von David
Nicholls. insel taschenbuch 4346. 164 Seiten

NF 379/1/6.17

»Vergangene Nacht träumte ich,
ich wäre wieder in Manderley …«

In einem Hotel an der Côte d'Azur lernt Maxim de Winter eine
junge Frau aus einfachen Verhältnissen kennen. Die beiden ver-
lieben sich, und schon nach kurzer Zeit nimmt sie seinen Heiratsantrag an und folgt dem Witwer nach Cornwall auf seinen
prachtvollen Landsitz Manderley. Doch das Glück der Frischver-
mählten währt nicht lange: Der Geist von Maxims toter Ehefrau
Rebecca ist allgegenwärtig, und die ihr ergebene Haushälterin
macht der neuen Herrin das Leben zur Hölle, sie droht nicht nur
die Liebe des Paares zu zerstören …

Daphne du Maurier, Rebecca. Roman. Aus dem Englischen
neu übersetzt von Brigitte Heinrich und Christel Dormagen.
insel taschenbuch 4434. 560 Seiten